# Comme à la maison

# 1



J'AI LU

## DU MÊME AUTEUR

LIVRES :

❖ Aux Éditions Le Signe
GOURMANDISE AU SINGULIER, 1979.

❖ Aux Éditions Le Pré-Aux-Clercs
LE BON VIVRE, 1989.
LE VRAI VIVRE, 1989.
AU SECOURS LE GOÛT, 1992.

❖ Aux Éditions Plon
COMME À LA MAISON, TOME I, 1993.
COMME À LA MAISON, TOME II, 1994.
DE LA VACHE FOLLE EN GÉNÉRAL
ET DE NOTRE SURVIE EN PARTICULIER, 1997.
LE POTAGER PLAISIR, 1998.

❖ Aux Éditions Balland
AU BONHEUR DES FRUITS, 1996.

❖ Aux Éditions TF1
LE MARCHÉ, 1996.

❖ Aux Éditions J'ai lu
LE MARCHÉ, 1998.
COMME À LA MAISON 1, 1998.

CÉDÉROMS :

COFFE, LE MARCHÉ (NOUVELLE VERSION
SUR DEUX CÉDÉROMS AVEC 1 000 RECETTES), 1998.

Jean-Pierre Coffe

# Comme à la maison

# 1

Dessins d'Ogust Carrière

Éditions J'ai lu

# INTRODUCTION

Non. Cet ouvrage n'est pas un "livre de recettes" de plus. Il y a des recettes, il y en a même 230. Des recettes de ma famille, directement transcrites du cahier manuscrit de ma grand-mère qui était cuisinière au début de ce siècle dans des maisons dites bourgeoises, des recettes de ma mère qui ne se débrouille pas trop mal, des recettes de cuisiniers reconnus dont je cite les noms, des recettes "volées" dans d'autres ouvrages et que j'ai "réinventées" à ma manière et de nombreuses recettes de Christian Ignace qui, après avoir collaboré de longues années avec l'inoubliable Raymond Oliver, fut le chef incontesté et brillant du "Petit Bedon". Toutes ces recettes constituent ma base lorsque je reçois des amis. Étant donné que je ne suis qu'un cuisinier amateur, elles sont avant tout faciles à réaliser et donc d'abord destinées à celles ou à ceux qui n'ont pas de la cuisine un usage courant. Elles ont toutes été testées par une jeune femme qui n'avait jamais cuisiné, c'est pour cela que j'ai pris le parti de ne pas indiquer les temps de préparation. Selon que l'on a ou pas l'habitude de manipuler ingrédients et ustensiles, de lire des recettes, on met plus ou moins de temps pour les assimiler et les appliquer. J'insiste donc sur une règle qui me paraît essentielle : ne jamais inscrire au menu d'un repas, qu'il soit amical ou social, une recette que l'on n'ait essayée au moins une fois auparavant. Toute dérogation à cette règle comporte des risques...
Les recettes ne m'ont jamais paru être une fin en soi. Pour réussir un repas, plusieurs paramètres doivent être pris en compte : équilibre et concordance entre les différentes

composantes du repas (entrée, plat de résistance, fromage et dessert) ; qualité et accord entre les mets et les vins ; adéquation entre le matériel de cuisine dont on dispose et ses ambitions culinaires ; facilité et praticabilité du service ; choix et harmonie entre les convives. Le respect de ces règles premières me semble indispensable pour que tout concoure à la réussite.

Un repas, du quotidien ou de fête, demande trop d'énergie, de temps et d'argent pour ne pas mettre tous les atouts de son côté. Je me suis donc cru autorisé à y ajouter quelques principes de base de savoir-vivre et des conseils à propos du service des apéritifs, des cafés et des digestifs. Ces conseils sont le fruit de mon expérience et ne correspondent pas toujours aux règles établies. Tant pis. J'assume.

Quelle que soit la nature du repas, familial, amical ou social, il faut respecter des principes élémentaires qui tiennent en deux mots : qualité et simplicité. Combien de dîners ratés par prétention ! Aucune personne sensée parmi vos invités ne pourra vous reprocher d'avoir fait simple et bon. Pour faire bon, il n'y a qu'une loi, incontournable : l'excellence des produits.

Le plus grand talent ne pourra camoufler la médiocrité des ingrédients. Ni sauce, ni épices, ni tour de main, ni truc ne redonneront fraîcheur ou goût à un produit "passé". Le souci de la qualité implique un minimum de connaissance quant aux lois et à l'étiquetage, au respect des saisons et aux choix des fournisseurs. J'ai donc essayé de les définir pour vous et de vous indiquer les pièges à éviter. Un commerçant auquel on assure régulièrement sa pratique manifestera sa reconnaissance en vous faisant bénéficier de bonnes affaires et des produits les plus adaptés à vos besoins du moment.

Quant au respect des saisons, il est le garant du meilleur

prix et de la plus grande fraîcheur (un clafoutis, à Noël, avec des cerises péruviennes, risque de vous faire passer pour un parvenu, sans régaler personne). La simplicité dans la préparation de vos différents plats est le meilleur gage de la réussite de votre dîner. Le camouflage passe souvent par la complication. Il faut laisser les ingrédients s'exprimer dans leur fraîcheur et leur authenticité. La simplicité est aussi l'assurance de la disponibilité de la maîtresse de maison. Rien de plus exaspérant qu'une hôtesse qui passe son temps en cuisine. C'est une faute de goût et un manque d'égards vis-à-vis de ses invités.

Ce livre est classé selon une méthode inhabituelle. J'ai privilégié les airs de connivence entre les différentes recettes. La famille des "Pot-au-feu" regroupe autour du chef de famille ses parents plus ou moins éloignés, poule au pot, hochepot, potée, irish stew, bœuf à la ficelle et tous les ingrédients qui se cuisent à l'eau. Dans la famille des "Tartes", j'ai fait cohabiter le salé et le sucré et dans celle des "Salades", les plus simples des hors-d'œuvre avec les plus sophistiquées des entrées, la salade "plat principal" avec la salade "dessert". Il m'a paru utile de faire intervenir un peu d'histoire, et des histoires, pour expliquer l'évolution des plats faisant partie d'une même famille. Dans chacun des chapitres, j'ai eu à cœur de mettre en valeur les ingrédients de base et de raconter leur origine, leur évolution, leur qualité vitaminique et leurs différents usages. On aime mieux quand on connaît bien. J'ai souhaité, également, vous aider dans l'achat ou l'utilisation des ustensiles nécessaires à la réalisation des plats d'une même famille et, dans tous les cas, j'ai cherché à éliminer le superflu. Nos cuisines sont suréquipées et la réussite n'est pas toujours à ce prix-là.

Dans chaque chapitre, je me suis cantonné aux recettes de base qui, lorsqu'elles sont bien assimilées, permettent de laisser libre cours à l'imagination. L'erreur fréquente dans l'organisation d'un dîner vient souvent du mauvais rapport de force entre les entrées, le plat de résistance et les desserts. Je me suis donc attaché à offrir des tableaux d'équivalences qui restent des données de base sans prétention ni exhaustivité. Le vin concourant à la réussite d'un dîner, j'ai exprimé mes goûts et ma passion à leur propos, ils n'engagent que moi.
L'utilisation des restes est un art, je l'ai évoqué avec prudence. Ce domaine fait partie des jardins secrets de toute ménagère, il est l'expression de sa fantaisie, de son talent et de son sens de l'épargne. Le livre que vous avez entre les mains sera suivi d'un second tome dans lequel s'installeront les familles que la place m'a empêché d'évoquer dans celui-ci.

# REMERCIEMENTS

Ogust CARRIÈRE avait accepté d'illustrer mon premier livre, *Gourmandise au singulier*. Ma joie est totale de la retrouver tout au long de celui-ci. Son coup de crayon ironique, incisif et gentiment caricatural m'enchante. Mon affection et ma tendre amitié lui sont acquises.

Sans le travail méticuleux et opiniâtre de Sonia LAROZE qui a assuré toute la recherche et la documentation, ce livre ne serait pas. Qu'elle soit convaincue de ma gratitude.

Christian IGNACE a bien voulu me faire profiter de son immense talent de cuisinier et de ses conseils éclairés. Je lui en suis profondément reconnaissant.

Françoise BOUQUET a supporté ma mauvaise humeur et mes exigences avec son entrain habituel. Elle a coordonné l'ensemble de cet ouvrage sans compter son temps. Elle peut être assurée de mon indéfectible amitié.

# TABLE DES MATIÈRES

# LA FAMILLE DES SALADES

Bizarre, cette famille des salades. Avant de s'agrandir et de prospérer, elle était plutôt méprisée. On avait besoin de plats solides, roboratifs, "tenant bien au corps" et ces "herbes" sauvages n'avaient rien à faire ni dans les menus ni dans la diététique, dont on se préoccupait peu. Cette verdure n'avait pas encore trouvé son statut de transition entre les rôts et le fromage. On connaît mal ses origines et l'évolution de sa position dans l'ordonnancement des repas. Bien malin celui qui pourrait affirmer que notre belle laitue est originaire d'Inde ou d'Asie centrale, ni à quel moment précis elle a commencé à être cultivée, ni depuis quand elle a été introduite en Europe… On sait qu'à leur départ d'Égypte, les Hébreux étaient attristés d'avoir à se priver de la laitue particulièrement tendre qui poussait sur les bords limoneux du Nil. On a quelques vagues informations sur les relations entre les Romains et la salade. Après les bacchanales et les banquets, allongés

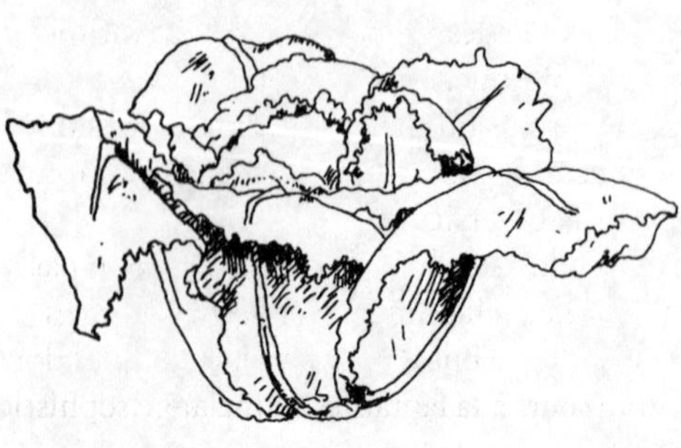

sur leurs lits, défaillants, proches de l'apoplexie, ils se faisaient servir des salades légères : laitue de Perse, chicorée, roquette et jeunes pousses variées (notre mesclun ne date pas d'hier !), à moins qu'au bout de leurs possibilités digestives ils n'aient préféré une salade d'orpin dont les propriétés vomitives les eussent soulagés.
Après une sévère éclipse au Moyen Age, durant laquelle on préférait "la bâfre barbare", la salade retrouve des laudateurs et non des moindres. Ronsard consacre quelques vers louangeux aux herbes et à la diététique :
"L'artichaut et la salade
L'asperge et la pastenade
Et les pompons tourangeaux
Me sont herbes plus friandes
Que les royales viandes
Qui se servent à monceaux."
La Quintinie, le célèbre directeur des jardins fruitiers et potagers de la maison royale, apportait tous les jours une salade différente sur la table de Louis XIV. Bel exploit ! On ne dira jamais assez l'influence de ce grand agronome sur l'évolution des fruits et légumes. Il serait d'ailleurs temps de lui ériger une statue.
Au cours des siècles, la situation et les produits de base des salades ont beaucoup évolué pour se stabiliser depuis quelques années.
La variété des salades "hors-d'œuvre" est infinie. Tous les légumes, ou presque, crus ou cuits, peuvent s'assaisonner, seuls ou mélangés, agrémentés d'herbes ou de crème. Leur principe est le charme, la simplicité, la fraîcheur et la diversité.
Mises à la mode, réinventées avec imagination par les tenants de la nouvelle cuisine, les salades "entrées" interviennent au début d'un repas de fête. Elles doivent laisser libre cours à la fantaisie, au mélange sophistiqué ou

audacieux. Elles sont les reines de l'innovation, de l'imagination et de la liberté. Tout est possible dès l'instant où les règles de l'harmonie des saveurs sont respectées.
Les salades "repas" se conjuguent, elles aussi, à l'infini. Elles constituent souvent un plat unique réunissant tous les ingrédients d'un repas complet. Deux adjectifs doivent procéder à son élaboration: appétissant et nourrissant. On peut utiliser des restes mais en les transformant, en les égayant. Ceux-là aussi en appellent à l'imagination.
La salade se fait légume d'accompagnement quand elle est cuite. Simplement pochée ou braisée, en gratin, elle permet souvent d'utiliser les parties plus vertes qui entourent son cœur. Elle ne dédaigne pas, non plus, la participation au potage.
Maintenant tête haute la tradition, la salade "dite verte" a toujours sa place entre le plat de résistance et le fromage. Aucune raison de s'en priver, elle allège un repas, crée une sorte d'aire de repos dans son ordonnancement. Chaque saison apporte sa variété.

*Les salades de fruits sont un recours et une panacée pour toutes les maîtresses de maison en panne d'imagination. A chaque saison ses mélanges, savoureux, colorés, légers.*

A l'exception des salades de fruits, la base de nos différentes salades reste "la salade verte". Elle peut, dans certains cas, être blanche ou rouge, mordorée ou jaune. Une salade verte ne peut être que fraîche, extrêmement fraîche, l'exemple de la fraîcheur. L'idéal, la perfection est évidemment de se rendre au jardin une heure avant de la consommer. Je vous accorde que nous sommes rares à pouvoir nous le permettre. On peut tout de même juger de la fraîcheur d'une salade en vérifiant l'état de la coupe. Si le trognon est encore blanc, légèrement laiteux, elle a été cueillie depuis peu. Au fur et à mesure que les heures s'écoulent après la cueillette, le trognon jaunit puis noircit. Il faudra donc choisir la salade, quelle qu'elle soit, le plus fraîchement cueillie. Dès le retour du marché, il faudra l'éplucher, retirer les feuilles abîmées et conserver les autres, sans les laver, dans une boîte hermétique en prenant soin de ne pas les tasser. La salade n'échappe pas à la règle commune à tous les ingrédients qui séjournent dans un réfrigérateur, il faut la sortir suffisamment à l'avance pour qu'elle retrouve la température de la pièce avant de l'utiliser.

## Les grandes salades

Il était une fois, dans la Grèce antique, à l'époque où les dieux peuplaient l'Olympe, un jeune batelier sympathique mais que la nature avait doté d'un

physique qui ne lui permettait pas de concourir pour les prix de beauté... Phaon de Mytilène ne manquait pas de travail, la Grèce étant constituée de centaines d'îles plus ou moins éloignées les unes des autres. Un jour, la très belle Vénus, déesse de l'amour, lui demanda de la transporter de l'île de Lesbos au continent. Arrivée à terre, Vénus voulut lui payer sa course. Phaon refusa. Vénus était si belle que le jeune batelier en était tombé amoureux durant la traversée. Vénus ne circulant jamais sans son cabas de flacons de parfums aux pouvoirs magiques lui en offrit un pour le remercier. Phaon respira le parfum et se transforma instantanément en un jeune homme d'une beauté incroyable. Jamais homme, en Grèce, ne fut aussi beau et aussi entreprenant. Rapidement, sa réputation fit le tour des îles et les plus belles femmes tentaient de le rencontrer dans l'espoir de le séduire. Même la poétesse Sapho tomba amoureuse de lui. Elle écrivit de nombreux poèmes vantant sa beauté et précisant ses avances. Phaon la dédaigna et repoussa ses invites. Folle de douleur, la poétesse se jeta dans la mer du rocher de Leucade. Apprenant la nouvelle, Vénus rendit Phaon responsable de cette mort et le transforma en laitue pour le déguster en salade avec un peu de miel et de vinaigre d'hydromel... Voilà comment, pour les Grecs, fut créée la première laitue.

## LES LAITUES

La laitue est probablement la plus célèbre des salades. Sa place en tête du hit-parade tient plus à sa notoriété qu'à son goût. Ses formes, tailles et couleurs varient selon les saisons, et leurs noms, malheureusement disparus des étiquettes, auraient pu chacun donner un titre aux poèmes de Georges Fourest : laitue crêpe à graines blanches, laitue Tom-Pouce, la blonde de Berlin, la laitue grosse blonde paresseuse, la pochonnée rousse, la madrilène, la blonde trapue. Qu'elles soient petites, légèrement aplaties, les feuilles extérieures amples mais courtes, vert pâle presque blanchâtre, devenant blond, presque jaune beurre lorsqu'elles s'exposent au soleil ou ramassées, trapues, pleines, la pomme arrondie composée de feuilles à grosses cloques chiffonnées, d'un vert tendre lavé de brun bronzé, elles sont toujours attirantes, appétissantes et convaincantes. Les Anglais l'appellent : "White-seeded brown dutch lettuce". La laitue est, avec le bromure, le seul remède capable d'apaiser les obsédés sexuels, les tourmentés de l'orgasme. Son suc laiteux, depuis la plus haute Antiquité, calme les transports déraisonnables. Les Grecs ne la considéraient-ils pas comme la plante des eunuques et, au Moyen Age, qui en faisait son ordinaire sinon les moines ? Bien qu'elle milite pour la tempérance, elle nous apporte également cuivre, manganèse, zinc, potassium, sodium et vitamines. Elle a toutes les vertus quand elle vit au jardin, dépurative, laxative, analgésique. Elle soulage l'irritation des yeux, des bronches et draine le foie. Les botanistes ne garantissent pas toutes ces qualités lorsqu'elle est suralimentée en engrais chimiques, soignée aux pesticides, sous un éclairage artificiel, dans une serre surchauffée au fuel…

### *La laitue romaine*

La laitue romaine, que nous appelons familièrement "romaine", se distingue des laitues pommées que nous venons d'évoquer par la forme de ses feuilles, allongées, presque toujours en cuillère, et par le grand développement de leurs nervures médianes. Son cœur est blanc, tendre, les feuilles extérieures sont croquantes, vert foncé presque vernissé. Les Allemands l'appellent : "Pariser grüner selbstschliessender Binde-salat." Les deux derniers mots lui servent de diminutif. Braisée directement au beurre, sans avoir séjourné précédemment dans l'eau bouillante, elle accompagne délicieusement un médaillon de veau.

### *La batavia*

La batavia fait partie de la famille des laitues. Ses feuilles sont toujours frisées, finement cloquées et très ondulées, dentées sur les bords et souvent colorées de rouge. La variété blonde géante est une excellente et belle laitue d'été. Ses feuilles sont croquantes mais elle est fragile et demande à être mélangée délicatement juste avant le service. Elle ne dédaigne pas les fines herbes ; l'estragon et la ciboulette sont des compagnons avec lesquels elle s'entend à merveille. Dans son cas, l'huile peut être remplacée par de la crème fleurette et du vinaigre fort en parfum. Les Hollandais l'appellent : "Groote gele montree latouw".

### *La sucrine*

La sucrine, qu'on appelle aussi rougette, se présente comme une petite laitue avec des feuilles grasses, croquantes, serrées et épaisses, rougissantes. Comme son nom l'indique, elle est plutôt "sucrotée", goûteuse et meilleure qu'une pauvre laitue abîmée par son séjour en serre.

### *La feuille de chêne*

La laitue, à la suite d'amours perverses et botaniques, a donné naissance à un enfant bâtard : la feuille de chêne, devenue à la mode. Elle existe en rouge doré ou en vert pâle. Sous ces deux couleurs, elle est fragile et fane rapidement. Son ancêtre est probablement la frisée d'Amérique. On lui connaît des amateurs !
Depuis quelque temps, on voit apparaître la dénommée lolo rossa. On comprend facilement qu'avec un nom pareil elle ait du mal à se trouver une vraie famille ! Elle semble descendre de la laitue frisée de Californie. Elle est à la mode, mais serait plus à sa place dans un magasin de décoration que chez un marchand de fruits et légumes.

> *Ni batavia ni laitue, la lolo rossa pomme mal, frise comme un caniche qui a pris la pluie, rougit comme une prostituée à laquelle on demanderait la position du missionnaire.*

## LES CHICORÉES

Bien que faisant partie de la même famille, aucune des sœurs "chicorée" ne se ressemble. Toutes sont différentes. A l'origine de l'arbre généalogique, la "laideron". Cette chicorée sauvage abonde encore sur le bord des chemins, le long des murs ensoleillés des vieux jardins. Quand on en trouve, elle entre dans la composition du "vrai mesclun". Depuis le XV^e^ siècle, grâce aux travaux des botanistes, la "laideron" a bien changé, elle a donné naissance à une branche "endives" dont le père était "la barbe-de-capucin", le pissenlit étant le représentant d'une autre branche ; la frisée et la scarole sont chacune des sœurs chicorée, les rouges de Trévise ou de Vérone constituant la branche cadette. Le point commun à toutes ces salades est leur cœur blanc.

Pour l'obtenir, un seul système : les mettre à l'abri de la lumière pour éviter les phénomènes de photosynthèse. La frisée et la scarole sont nouées et terminent leur croissance comme un sachet de bonbons, le cœur à l'intérieur des feuilles extérieures ; les endives, barbes-de-capucin et pissenlits sont enterrés ou cachés dans des hangars, à l'abri de la lumière jusqu'à l'heure de la cueillette. Leur autre point commun était l'amertume de goût. Les généticiens ont réussi, depuis quelques années, à l'adoucir !

## *La chicorée frisée*

La chicorée frisée a des feuilles disposées en rosettes serrées, très découpées dans la moitié supérieure, alors que la partie inférieure est souvent réduite à une large côte légèrement rosée à la base. La feuille s'emploie cuite, mélangée à une béchamel et gratinée ou en salade pour les plus blanches, avec des lardons bien dorés et croustillants. La petite blanche frisée mousse est une variété très distincte car elle

est petite, bien étalée, son diamètre dépasse rarement 30 à 35 centimètres. Ses côtes larges sont légèrement teintées de rose et ses feuilles, très découpées, frisées, presque crépues, sont d'un vert blond transparent pour l'extérieur et blanc nacré pour le cœur.

### *La chicorée scarole*

La chicorée scarole se distingue de la frisée par ses feuilles plus larges, entières, ondulantes comme une danseuse de mambo, enroulées et dentées sur les bords. Si les feuilles extérieures s'étalent avec une tendance marquée pour l'exhibitionnisme, celles du cœur se replient pudiquement vers l'intérieur pour se mettre à l'abri des rayons indiscrets du soleil. On l'appelle quelquefois la langue-de-bœuf ou la très grosse de Saint-Mihiel. Les Danois, eux, n'hésitent pas à la surnommer : "Bret bladet batavisk Endivien".

### *La cornette*

La cornette, ou cornet d'Anjou ou cornet de Bordeaux, est une variété de scarole, plus petite, très allongée, semblable au chou de printemps. Elle est légèrement amère.

### *La barbe-de-capucin*

La barbe-de-capucin, que l'on appelle quelquefois chicorée de Bruges ou encore cheveux de paysan, est sûrement la plus ancienne, sinon la doyenne des chicorées sauvages améliorées. Elle est déjà à l'honneur dans des grimoires édités en 1615. On peut la considérer comme la mère de l'endive puisque l'une et l'autre sont portées par une longue racine. Les feuilles de la barbe-de-capucin peuvent être longues de 20 à 30 centimètres, très étroites, dentées ou découpées, jaune beurre frais. Elles sont amères.

## L'endive

L'endive est le nom parisien de la witloof (du flamand wit : blanc, et loof : feuille). Dans le nord de la France, on appelle familièrement l'endive, le chicon. Elle est issue de la chicorée à grosses racines. La culture de l'endive se faisait en deux temps : d'abord l'obtention de racines régulières, de la taille d'une carotte, aptes à donner des endives et, ensuite, une période dite de forçage pendant laquelle les racines, placées au fond d'une fosse, étaient recouvertes de terre et de paille, puis de tôle pour permettre à l'endive de pousser à l'abri de la lumière et lui assurer sa blancheur immaculée. Les endives sont maintenant cultivées hors sol, c'est-à-dire sans terre de couverture. Les racines sont placées dans des bacs superposables et palettisables, dans des salles climatisées obscures et chargées d'humidité, alimentées de solutions nutritives.

> *L'endive est ainsi pratiquement dépourvue de goût mais n'impose plus la corvée de lavage. On ne peut pas tout avoir!*

On attribue la découverte du procédé de forçage dans l'obscurité à M. Brézier, botaniste belge, dans les années 1850. M. Brézier avait sûrement lu le *Théâtre d'agriculture* de l'agronome d'Henri IV, Olivier de Serres, qui indiquait la manière d'étioler la salade en l'enterrant après l'avoir liée d'un osier. On ne prête qu'aux riches ! Lorsqu'on achète des endives, il faut veiller à ce que les feuilles extérieures soient bien d'un blanc d'ivoire. Si les bordures sont teintées de vert, cela signifie qu'elles ont été cueillies depuis quelque temps et soumises à la lumière.

## Le pissenlit

Le *Taraxacum officinale* doit à ses pouvoirs diurétiques le nom de pisse-en-lit que lui a donné Olivier de Serres.

Certains jardiniers continuent à l'appeler dent-de-lion, salade de taupe ou laitue de chien. A l'état sauvage, on le traque dans les jardins où il se multiplie à la vitesse du vent qui entraîne ses aigrettes duveteuses partout où le jardinier ne les désire pas. Le pissenlit sauvage est très amer et, de ce fait, ne plaît pas à tous. Il ne manque pourtant pas de mérites. Outre qu'il est diurétique, on lui prête des vertus de dépuratif sanguin. Il serait précieux dans la lutte contre le cholestérol, le scorbut, les rhumatismes, la goutte, la constipation, l'obésité. Il pourrait même décongestionner le foie. A toute cette pharmacopée, il faut ajouter que son suc fait disparaître les verrues, l'acné, les dartres, l'eczéma, la furonculose et même l'anémie. Aujourd'hui, on le cultive, on dit même qu'on l'"améliore". Autrement dit, on le couvre pour que ses feuilles s'allongent, blanchissent et s'adoucissent. Les boutons du pissenlit, légèrement blanchis à l'eau citronnée, sont délicieux dans une omelette.

## *La trévise et la vérone*

La trévise et la vérone sont des chicorées à part entière. La première a des feuilles arrondies, vert foncé, la pomme est formée mais lâche, elle rougit en hiver. La vérone a une pomme très serrée. Elles ont récemment accepté des amours coupables avec l'endive. Le résultat est consternant, une pomme blanc rosé, ourlée de rouge comme une vieille cocotte mal maquillée qui aurait perdu tous ses vices pour devenir banale, douceâtre, sans esprit ni talent.

Les chicorées sauvages à grosses racines sont des chicorées à café. Les deux variétés sont celle de Brunswick et celle de Magdebourg. Elles sont employées dans l'industrie pour la préparation du café de chicorée. Leurs racines, même torréfiées, débitées en tranches minces, grillées et pulvérisées, restent de mauvais souvenirs. Les "gens du

Nord", les Belges et les Allemands en sont friands. Grand bien leur fasse !
Depuis l'Antiquité, on considère que les décoctions, infusions ou sirops de chicorée sauvage sont très efficaces pour les maux du foie, de l'estomac et des reins. Pline, pourtant considéré comme un homme éminent, prétendait dans son *Histoire naturelle* qu'il suffisait de s'enduire le corps de suc de racines de chicorée pour réussir toutes ses entreprises... Si cette hypothèse s'était révélée exacte, on peut parfaitement imaginer le nombre de petits "Tapie" qui nous encombreraient. Qui nous expliquera jamais pourquoi, pendant des siècles, on a prétendu que regarder le premier quartier de lune, en jurant qu'on ne mangerait plus de chicorée, éviterait qu'on n'ait mal aux dents pendant un mois ? Probablement pas les dentistes. La chicorée a également le privilège de faire fuir les diables aussitôt, là où elle a été brûlée. La nouvelle me paraît d'importance, d'autant que nous vivons dans un monde dans lequel nous ignorons souvent qui nous entoure... Hormis que la chicorée est une excellente salade, il est conseillé d'en porter toujours sur soi, mais pas n'importe laquelle, exclusivement celle qui a été cueillie en posant genoux à terre, la nuit de la Saint-Jean, et arrachée avant le lever du soleil. Je me permets ce conseil, car on n'est jamais trop prudent!

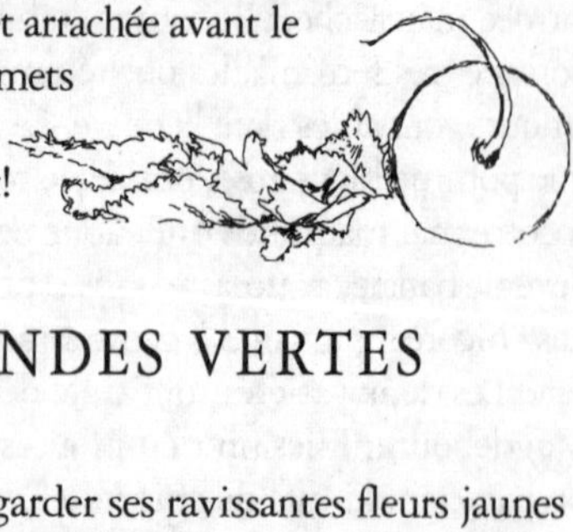

# AUTRES GRANDES VERTES

## *Le pourpier*

On est plus habitué à regarder ses ravissantes fleurs jaunes et rouge orangé qu'à le manger. Et pourtant, le pourpier, dont l'origine indienne ne paraît pas douteuse, est devenu si commun qu'il est considéré comme une mauvaise herbe. On l'a appelé "porcelin", "poulpier" ou "pied-de-poule". C'est une plante à tige épaisse, charnue, garnie de feuilles épaisses, grasses, gonflées. Le pourpier vert, que les Anglais n'hésitent pas à appeler "Green purslane", a les feuilles d'un vert plutôt gai. On s'en serait douté. Alors que le pourpier doré, qui se fait appeler "Golden purslane" outre-Manche, a les feuilles d'une teinte jaunâtre, dorée, mais plus grandes du double que celles du pourpier vert. Les feuilles de pourpier se mangent cuites, assaisonnées au jus. On peut les faire cohabiter dans un potage avec d'autres ingrédients et la texture charnue, gonflée du sucre de son suc, les autorise dans un mesclun. On prétend qu'il est diurétique, dépuratif et vermifuge, qu'il soulage les inflammations urinaires, digestives et respiratoires et qu'il fournit une dose non négligeable de vitamines B et C.

### *La mâche*

Aucune autre salade ne peut prétendre à autant de surnoms : l'accroupie, la barbe de chanoine, la laitue de brebis, la poule grasse, la ramponnet, la repouchon, la salade du chanoine et, le plus commun d'entre eux, la doucette. Cette énumération ne représente que le dixième des surnoms de la mâche commune.
Dès qu'on s'avance dans les variétés, on est fasciné par l'imagination des jardiniers.
La mâche fait partie de la famille des valérianacées que l'on trouve à l'état sauvage en bouquets rose et blanc accrochés aux pierres des remparts. Les variétés comestibles ont des feuilles en forme de spatules allongées, d'un vert un peu grisâtre, à nervures marquées, naissant par paires superposées en quinconce les unes au-dessus des autres et formant une jolie rosette appétissante assez fournie.

On la trouvait en abondance dans les blés pendant l'hiver et au premier printemps. Les engrais et pesticides, devenus la nourriture essentielle des céréales, doivent lui déplaire.
On la trouve sur les marchés avant les premières gelées. Elle est douceâtre, fadassonne et dépourvue de "mâche"... Mon grand-père, maraîcher, ne se serait jamais permis d'en vendre à ses clients avant que les gelées ne se soient répandues sur elle pour la durcir, la viriliser, lui donner du croquant et du goût. Les variétés de mâche française, rondes, d'Étampes ou coquilles, ont des feuilles étroites qui vont en s'élargissant, ou ondulées, ou encore creusées en cuillère se recourbant en forme de capuchon. Alors que la variété d'Italie, assez répandue dans le sud de la France, a une couleur verte légèrement plus blonde, des feuilles très sensiblement plus longues, légèrement velues et dentées sur les bords vers la base.
Nous l'aimons, la mâche, bien qu'il faille la laver souvent, au minimum trois eaux, la seconde légèrement additionnée de vinaigre d'alcool blanc.
Elle est la proie de la quatrième gamme, c'est-à-dire vendue en sachet et préalablement désinfectée à l'eau chlorée, auquel son goût subtil ne résiste pas. La mâche ne veut pas être en reste vis-à-vis de ses camarades salades et prétend à quelques vertus thérapeutiques.
Elle combattrait l'anémie et la constipation et soulagerait les affections respiratoires et même l'arthrite.

### *Le cresson*

Le cresson n'a pas bonne réputation. Les gargotiers l'ont souvent relégué au rôle de garniture, paradant, triste et fané, à côté de frites blanchâtres et ramollies, dépassant d'une semelle de snow-boot pompeusement appelée steak. Cette présence néfaste l'a détourné de nos saladiers, détourné de nos palais. Pour lui nuire, on a créé la confusion entre la variété sauvage, poussant au bord des ruisseaux infectés par des excréments ovins et transmettant la douve du foie, et les cressons de fontaine. Reconnaissons qu'il n'y avait là rien pour l'encourager à fanfaronner dans nos paniers. Il existe trois sortes de cresson : l'Alénois, frisé ou commun, au goût fort et piquant dont les feuilles très découpées sont ramifiées sur une tige lisse, le cresson de fontaine, une plante aquatique à tige très longue et aux feuilles composées d'un beau vert foncé, à divisions arrondies, cultivé dans les prairies abondamment arrosées par des eaux vives et limpides, dans des fontaines et dans des ruisseaux. A l'exception des périodes de grands froids, on le récolte en toutes saisons. Le cresson de jardin fait partie, comme ses deux autres parents, de la famille des crucifères. On l'appelle également roquette. Son feuillage ressemble au cresson de fontaine, mais en nettement plus dur et sa saveur est plus piquante. Cette roquette vous relève un mesclun ou une salade composée en un tour de feuille. Le cresson, qu'il faut considérer comme une salade à part entière, a des mérites insoupçonnés : les parasites intestinaux fuient, les rhumatismes sont moins douloureux, le scorbut évité. Il est également d'une générosité peu commune et comble nos manques en cuivre, fer, manganèse, phosphore, zinc, vitamines, iode et calcium. Une mine... Le cresson avoue un petit inconvénient, il n'aime l'assaisonnement qu'à la dernière minute car le vinaigre le ramollit, le fane et lui fait perdre une partie de ses saveurs. Il boude l'échalote, l'oignon et l'ail. Mais peut-on lui en vouloir ?

### *Le mesclun*

Chez les marchands de graines, le mesclun n'existe pas. Il faut demander un sachet de graines de "salades à couper".

*Le mesclun n'est pas une variété de salade mais le nom donné en Provence à un mélange de petites feuilles de salades composé* ad libitum, *selon son goût et ses trouvailles sur le marché.*

Généralement, on y mêle de la chicorée frisée, de la Trévise, quelques petites feuilles de laitue romaine, pourquoi pas du pourpier ou quelques feuilles de tétragone.
Quelques branches de cerfeuil ou de persil plat ne déméritent pas, la roquette est la bienvenue et de jeunes pousses d'épinard peuvent compléter avantageusement le mélange. Mesclun implique fraîcheur et n'a rien à voir avec des mélanges de vieux "morceaux" de salades fatiguées, avachies, épuisées par de longs séjours au réfrigérateur.

## L'assaisonnement

Il est des couples inséparables, des associations inévitables, des accords inéluctables. La salade et son assaisonnement sont de ceux-là. L'un sans l'autre, c'est une mariée sans son bouquet. Pour la plupart d'entre nous, l'assaisonnement d'une salade demeure une vinaigrette traditionnelle : huile, vinaigre, sel, poivre. Rien n'est plus évident et pourtant, si cette simple alchimie n'est pas réussie, la salade ne sera qu'une salade, alors qu'accomplie elle peut devenir un chef-d'œuvre. La salade est peu exigeante. Elle restera croquante et fraîche si l'on prend soin de ne pas l'inonder d'huile ou de l'asphyxier de vinaigre. Trop d'ingrédients et nous voilà privé de son goût, de sa saveur, de sa personnalité.

*Pour assaisonner une salade, il faut tenir compte de deux paramètres : son propre goût et les besoins de la salade, d'où les innombrables variétés de mélanges possibles.*

Certaines salades manifestent une irrépressible passion pour la crème, vinaigrée ou citronnée. D'autres la détestent. L'huile de noix ou de noisette est courtisée par certaines coquines, alors que d'autres rêvent d'être acoquinées leur vie durant à l'huile d'olive. Il en est de même pour les vinaigres, on en voit exigeantes de vinaigres parfumés, comme le xérès, et d'autres inconditionnelles de vinaigre de vin "maison" ou de cidre. On a même vu des salades tomber à feuilles raccourcies dans les vinaigres aromatisés aux fruits. D'aucunes en sont revenues rapidement, reconnaissant leur erreur. Les fines herbes ou les oignons, échalotes et ail cherchent souvent à s'immiscer dans les salades. On assiste alors à des bagarres homériques entre celles qui les supportent en les déplorant et celles qui les détestent et ne peuvent s'en débarrasser, car il existe des idées reçues pour les assaisonnements et elles ont la vie dure.

On a beau essayer, innover, inventer, ajouter, retirer, l'assaisonnement classique, huile, vinaigre, sel et poivre, reste une base indispensable.

## L'HUILE

Certaines huiles ont abdiqué depuis longtemps. Où trouver de l'huile d'œillette, fabriquée à partir des graines de pavot autrefois destinées à d'autres plaisirs que la salade ? Elle a disparu ainsi que l'huile de roquette chènevis, de faine (le fruit du hêtre), de pépins de cassis, de citrouille ou d'onagre (herbe aux ânes).
Les huiles de consommation courante sont d'arachide, d'olive, de colza, de maïs, de soja, de tournesol, de pépins de raisin. L'huile de noix et l'exquise huile de noisette font une apparition très "mode".
Certaines grandes surfaces vendent de l'huile de sésame, la plus ancienne de la famille, qui régnait sur l'Égypte comme l'huile d'olive sur la Grèce antique. L'huile de carthame se pousse du col. Les perroquets vont bouder car, jusqu'à présent, la graine oléagineuse de cette plante herbacée servait essentiellement à leur alimentation ainsi qu'à fabriquer une teinture rouge, la carthamine. L'huile d'amandes trouve, depuis peu, sa place dans la cuisine et non plus dans la salle de bains. Signe des temps, sans doute... On peut définir deux critères pour choisir son huile : le parfum et la teneur en acides gras. Certaines huiles sont de goût neutre, comme l'arachide, le tournesol, le maïs, le soja, le colza, les pépins de raisin. Elles se contentent de donner de l'onctuosité à la salade. C'est la seule chose qu'on leur demande, elles l'assurent avec efficacité et parfaite discrétion. Les huiles d'olive, de noix et de noisette ont un goût caractéristique, prononcé, typique. Elles assument leur parfum spécifique tout en assurant leur vocation de liant graisseux. L'huile de sésame, personne ne s'en étonnera, a un fort goût de sésame et, bizarrement, l'huile de carthame rappelle discrètement le goût de l'huile de noisette. Cette proximité de goût

amène à poser la question suivante : pourquoi encombrer ses placards avec deux bouteilles dont le contenu est semblable ?
Inutile de chercher une huile moins grasse ou plus légère que les autres. Qu'elles soient extraites de graines ou de fruits, leurs teneurs lipidique ou calorique sont strictement les mêmes (900 calories pour 100 g). Ce qui différencie les huiles est leur teneur en acides gras, indispensables au bon fonctionnement de notre organisme. Ces acides gras sont saturés, mono-insaturés ou polyinsaturés. Les premiers, les saturés, sont nocifs ; les seconds, les mono-insaturés, sont bons ou neutres et les derniers, les polyinsaturés, composés d'acides linoléiques et alpha-linoléniques, sont essentiels. On les appelle, d'ailleurs, les acides gras "essentiels". La solution de simplicité serait évidemment de choisir uniquement des huiles à forte teneur en acides polyinsaturés.
Mais les trois acides sont présents dans toutes les huiles, à des degrés variables heureusement. On ne peut donc pas absorber uniquement des acides gras "essentiels" en évitant les acides saturés. Il faut donc choisir celles qui contiennent le maximum des premiers et délaisser ou user avec parcimonie de celles qui contiennent le maximum des seconds. Trois huiles sont riches en acides alpha-linoléniques : l'huile de colza, l'huile de noix et l'huile de soja.
L'acide linoléique se trouve essentiellement dans les huiles de tournesol, de pépins de raisin, de noix, de maïs et de soja. Les acides mono-insaturés sont abondants dans l'huile d'olive (acide oléique) suivie à la corde par les huiles de colza et d'arachide. Les huiles qui contiennent le moins d'acides gras saturés, considérés comme nocifs, sont les huiles de colza et de noix. On constate, donc, que dans la course aux acides gras essentiels, les

indispensables, les nécessaires sont, dans l'ordre d'arrivée, l'huile de colza, de soja et de noix. Grâce à ses acides mono-insaturés, l'huile d'olive combat le "mauvais cholestérol" et l'athérosclérose. Devant toutes ces informations, que faire pour choisir l'huile assurant le meilleur rapport goût et teneur en acides gras ? Simple. Les mélanger. En effet, aucune consigne diététique ou gastronomique n'interdit de mêler, dans des proportions que vous seul déciderez, de l'huile de colza avec de l'huile de noix ou de l'huile de soja avec de l'huile d'olive.

### *Vierge ou raffinée*

En règle générale, il existe deux méthodes pour fabriquer l'huile : la pression et l'extraction.
Les huiles dites de pression, ou huiles vierges, sont totalement pures. Le produit de base, fruits ou graines, est pressé mécaniquement comme n'importe quel jus de fruits, sans additif ou adjuvant. Les fruits, olives, noix, noisettes, sont pressés à froid, les graines, tournesol, pépins de raisin, maïs, à chaud. L'huile brute ainsi obtenue est clarifiée par décantation naturelle ou par centrifugation. Ensuite, les huiles sont filtrées. La technique de l'extraction est tout autre. Pour extraire le maximum du maximorum d'huile, on utilise un solvant qui rend l'huile ainsi obtenue acide, âcre, impure. C'en est fini de sa virginité. Il est donc nécessaire de la raffiner pour la rendre limpide et éliminer le goût des solvants. Championne de la virginité, l'huile d'olive bénéficie d'une réglementation mise en place en 1988 par la Communauté européenne. En principe, tous les producteurs de tous les pays membres doivent fabriquer les mêmes produits sous la même dénomination : huile d'olive vierge extra, huile d'olive vierge, huile d'olive et huile de grignons d'olive. L'acidité oléique des deux

premières catégories doit être inférieure à 1 et 2 g pour 100 g et l'huile extraite par pression ; l'huile d'olive est un mélange d'huile raffinée et d'huile d'olive vierge et la 4e catégorie, un mélange d'huile de grignons raffinée et d'huile d'olive vierge. Les grignons sont des résidus de pâte obtenue après la première pression des olives. Les connaisseurs choisissent la marque, le pays d'origine et, pourquoi pas, la région précise de provenance. On peut même rechercher un moulin bien particulier.

*Comme le vin, les huiles d'olive ont leurs crus. La nature du sol, l'exposition du terrain, les conditions climatiques jouent leur rôle sur la qualité.*

La coloration des huiles varie du vert chartreuse à l'or pâle selon la variété des olives et leur maturité au moment de la cueillette. Une huile trop verte sera issue d'olives cueillies avant maturité; trop jaune s, les olives seront trop mûres. Le goût de l'huile d'olive peut être puissant ou léger. Sachant qu'une huile d'olive coûte quatre fois plus cher qu'une huile végétale alimentaire issue de graines oléagineuses, on peut se demander pourquoi acheter une huile d'olive au goût neutre. L'huile d'olive se consomme froide comme assaisonnement alors que son point de fusion, qui se situe entre 5 et 7°, lui assure, cuite, une très bonne digestibilité. Sa consommation est faible, 0,4 litre par an et par habitant alors que ses nombreuses propriétés lui assurent une excellente réputation. Imaginez un peu : bonne pour le cœur, bonne pour la vésicule biliaire dont elle favorise la vidange, bonne pour la croissance osseuse, bonne pour la lutte contre le vieillissement, bonne pour combattre le diabète. Tellement bonne qu'en Grèce on ajoute quelques gouttes d'huile d'olive dans le biberon des nouveau-nés. C'est presque trop. On ose à peine évoquer les vitamines A, B1, B2, C, D, E et K, les minéraux, calcium, phosphore, potassium, soufre, magnésium, fer, cuivre, manganèse, qu'elle dispense…

Les huiles neutres sont généralement raffinées. Les autres huiles "à goût", noix, noisette, sésame et carthame, se vendent vierges ou mélangées à de l'huile raffinée.

*Les huiles se conservent un an environ, bouteille fermée, à l'abri de la chaleur et de la lumière, si possible à température constante.*

Les huiles vierges polyinsaturées (noix, noisette) sont fragiles. Si on ne les maintient pas en bidons opaques et au frais, elles rancissent après trois ou quatre mois.

L'huile d'olive bénéficie d'un conservateur naturel, l'acide stéarique ; on la conservera, sans problème, de 12 à 18 mois.

Certaines huiles sont inaptes à la cuisson, elles se dégradent à la chaleur, surtout les huiles de colza, soja, noix, riches en acides alpha-linoléniques. L'huile de pépins de raisin, les huiles d'olive et d'arachide supportent mieux les fortes températures de cuisson.

Les huiles se parfument sans difficulté. Chacun peut le faire sans avoir suivi de cours particuliers de parfumerie. Il suffit de plonger l'arôme désiré dans la bouteille ou le bocal d'huile, de le refermer et de laisser macérer. Au bout de huit jours, le parfum aura déjà envahi l'huile, après six semaines il s'exhalera généreusement jusqu'à saturation.

Il est préférable de choisir des huiles neutres pour les aromatiser à la vanille, au citron, au basilic ou aux cèpes. La vanille devra être fraîche, c'est-à-dire souple dans le même bocal ; elle s'entendra très bien avec le citron que

l'on choisira jaune ou vert, à peau fine, préalablement lavé, soigneusement essuyé et clouté d'un ou deux clous de girofle. Le basilic sera également lavé et séché et une petite gousse d'ail frais épluché lui tiendra agréablement compagnie.
Aromatisez selon vos goûts, carvi, cumin, cardamome sont candidats. Faites à votre idée mais en petite quantité pour éviter de gâcher.

## LE VINAIGRE

Le vinaigre s'obtient par la transformation de l'alcool en acide acétique sous l'action d'une bactérie microscopique découverte par Pasteur, le *mycoderma aceti*. On peut donc fabriquer autant de sortes de vinaigre qu'il y a de liquides contenant de l'alcool : bière, cidre, poiré, hydromel. Si tout est possible, tout n'est pas bon. Mais nous savons tous que, seul, le vinaigre de vin est le roi incontesté des vinaigres.
Le vinaigre existe depuis au moins cinq mille ans et rappelez-vous que c'était une éponge imbibée de vinaigre additionné d'eau (oxycrat) que les soldats romains donnèrent à Jésus mourant. Comment se fabriquait-il ? De façon tout à fait empirique si l'on s'en tient à la description d'Olivier de Serres, dont les qualités d'agronome ne sont pas à défendre mais les talents de vinaigrier pour le moins suspects : "Ajouter au meilleur des vins, pois chiches, pois ou fèves rôties, racines de bettes ou de ronces, levain, figues vertes, fleurs de roses et d'œillets, fers et aciers chauds, tuiles et briques chaudes, sel frit, mûres sauvages traînant à terre et encore vertes, langues de lamproies, fiels de lièvres en poudre, dedans d'oranges pourries..."
Il est préférable de ne pas imaginer le résultat et de s'en tenir à la recette de Louis Pasteur.

# FAIRE SON VINAIGRE

Pour faire un bon vinaigre dans le cadre d'une fabrication familiale, il faut d'abord un bon vinaigrier. Les modèles les plus courants sont en grès vernissé ou en bois.
On peut négliger le bois qui demande un entretien délicat et peut donner un léger goût que tous n'apprécieront pas.
On prendra soin de munir le vinaigrier d'un petit robinet de verre qui évitera les fuites fréquentes rencontrées sur les robinets en bois rongés par le vinaigre.
Le fond du couvercle du vinaigrier sera garni de coton hydrophile afin de permettre à l'air de circuler plus facilement.
Pour que le vinaigre se fasse bien, il ne faut remplir le vinaigrier qu'à moitié, avec 2/3 d'un bon vin rouge, bien tanique et d'un degré alcoolique élevé, et 1/3 du meilleur vinaigre que l'on trouvera dans le commerce. Le vin est alors ensemencé par les bactéries acétiques déjà contenues dans le vinaigre.
Le vin devra être de bonne qualité. On ne fait pas de bon vinaigre avec du mauvais vin. Meilleur sera le vin, meilleur sera le vinaigre.
Le vinaigrier sera placé dans un endroit dont la température oscillera entre 20 et 30°. Il est évidemment hors de question de l'installer dans une cave ou dans tout autre endroit où l'on conserve du vin. Le local serait rapidement saturé en bactéries acétiques et l'ensemble de la cave risquerait d'en souffrir.
Après quelques jours de patience, on apercevra un voile qui commence à se former à la surface du mélange vin-vinaigre. Il ne faut pas y toucher.
Au bout de trois à quatre semaines, le vinaigre sera prêt, il faudra alors le mettre en bouteilles. On tirera deux bouteilles de 75 centilitres que l'on remplacera par la même quantité de vin. On peut utiliser pour cela des

fonds de bouteilles mais seulement après les avoir filtrés et conservés en litres. Il faut attendre d'en avoir une quantité suffisante pour les verser dans le vinaigrier. Il est en effet exclu de verser du vin chaque jour. Il faudra verser les vins de rajout, très précautionneusement, le long du vinaigrier, pour éviter que le voile blanc ne soit cassé.
Après avoir été tiré, le vinaigre devra reposer 10 à 15 jours dans sa bouteille pour se débourber, se séparer de ses lies. On le décantera alors délicatement, afin de le clarifier. A ce moment-là, en assaisonnant sa première salade, on comprendra l'ineffable bonheur d'utiliser son propre vinaigre.
On peut le laisser vieillir en le maintenant hermétiquement bouché par un bouchon de qualité, pourquoi pas plusieurs années. Le vinaigre, comme le vin, se bonifie en vieillissant. Au fil du temps, la teneur en acide acétique du vinaigre diminue, il devient plus doux. Certains amateurs n'hésitent pas à attendre 5 à 10 ans pour s'en régaler.
On peut aussi verser le vinaigre dans de petits fûts en chêne pour le laisser vieillir. On provoque ainsi une légère oxydation et donc un léger marquage du goût de chêne. Cette méthode est la méthode traditionnelle d'Orléans qui fut la capitale du vinaigre.
Malheureusement, il ne reste dans cette ville qu'une maison importante qui mette autant de soin à la fabrication du vinaigre, la maison Martin Pouret.
Ces vinaigres n'ont, bien entendu, rien à voir avec ceux que les industriels fabriquent en 24 ou 48 heures en injectant de l'oxygène dans des vins médiocres ensemencés de bactéries sélectionnées pour leurs performances. Ce mélange est brassé en permanence afin de mettre le liquide en fermentation. Le résultat est souvent mortel pour la salade.
La mère du vinaigre est une masse gluante, inerte, peu appétissante, reconnaissons-le, formée des mycodermes

(*mycoderma aceti*) morts par manque d'oxygène, immergés au fond du vinaigrier.
Pendant longtemps, on a prétendu qu'il fallait une mère pour fabriquer du vinaigre, on se la repassait même sous le manteau alors qu'en fait elle le détruit plutôt.
On peut s'amuser à faire des vinaigres avec des vins des différentes régions viticoles de France.
Deux vinaigriers dans une maison me paraissent faire bonne mesure. Un grand pour les vinaigres de vin à base de vins de Bordeaux, de Bourgogne et un plus petit pour les vinaigres à base de vins doux naturels.
Les vinaigres fabriqués soi-même à base de banyuls ou de maury sont exquis, parfumés, généreux en arômes.
Pasteur disait que le vinaigre de vin est le seul qui mérite l'appellation vinaigre, suivi de près par le vinaigre de cidre.
Les vinaigres peuvent être issus de vins blancs ou rouges.
Le vinaigre d'alcool, incolore ou teinté au caramel, ne s'emploie jamais pour confectionner une salade. Son usage doit être réservé pour la conservation des cornichons, oignons, etc. (voir p. 378), et quelques cuissons au court-bouillon.

On peut aromatiser soi-même son propre vinaigre avec des fruits, des épices, des aromates. Tout est permis. Il suffit d'introduire dans la bouteille de vinaigre, par exemple, trois belles branches d'estragon rincées et séchées, ou encore 45 g de poivre en grains, ou 45 g de clous de girofle, ou deux gousses d'ail épluchées, ou trois piments, ou 65 g de noix muscade grossièrement concassée ou ce que vous aurez imaginé vous-même.

# LE VINAIGRE À LA FRAMBOISE

**INGRÉDIENTS**

- 1 LITRE DE VINAIGRE DE VIN
- 1,5 KG DE FRAMBOISES, SAINES, PROPRES ET SÈCHES

**PRÉPARATION**

Déposer les framboises dans un bocal, les écraser grossièrement avec une cuillère en bois pour leur faire rendre leur jus, ajouter le vinaigre de vin et fermer hermétiquement le bocal.
Le laisser 5 jours exposé au soleil.
Passer le vinaigre à travers un filtre.
Remplir une bouteille.
Le vinaigre à la framboise est prêt pour l'assaisonnement.

## *Vinaigre balsamique*

Depuis quelques années, il est à la mode. Pas un restaurant, pas une auberge qui n'assaisonne ou ne déglace au vinaigre balsamique.
Même les fruits rouges y ont droit. Il est fabriqué à Modène, à partir de moûts de raisins blancs, et mis en tonnelets de plus en plus petits et de bois différents (chêne, châtaignier, cerisier, frêne, mûrier) au fur et à mesure de son évaporation.
Au fil des ans, les sucs et arômes se développent, se concentrent et l'acidité s'atténue. Une dizaine d'années plus tard, il devient une sorte de réduction de vinaigre qui titre aux environs de 3°.
Il n'a plus droit à l'appellation de vinaigre (la répression

des fraudes impose un degré minimum de 6°), on l'appelle alors *salsa balsamica* et son prix atteint des sommets qu'un premier grand cru classé n'oserait même pas espérer pour un millésime exceptionnel.

La mode aidant, pour satisfaire à la demande, on "vieillit" à la va-vite et ce qu'on consomme habituellement n'est qu'un pâle ersatz de la *salsa balsamica*.

## LA MOUTARDE

La moutarde est une plante herbacée de la famille des crucifères, comme la carotte et le navet. Seules les graines de deux variétés (*Brassica negra* et *Brassica Juncea*), sur la quarantaine de variétés que compte l'espèce, servent à fabriquer le fameux condiment.
Déjà les Égyptiens, les Grecs et les Romains broyaient au mortier des graines de sénevé (moutarde dans la littérature condimentaire) avec du vinaigre. Paladius y ajoutait du miel, ce qui tendrait à prouver que l'on n'invente pas grand-chose dans la gastronomie moderne. Tout au long de son histoire, la moutarde suit fidèlement l'évolution des goûts. Au Moyen Age, on l'épice ; à la Renaissance, on la pimente ; au cours du Grand Siècle, on la vanille, on y ajoute des câpres et des anchois ; les plus douces pour les dames sont préparées au vin de Champagne. Il existe deux sortes de moutardes, la forte et la douce. Au cours de la fabrication de la forte, lorsque les graines sont broyées et mélangées avec du jus de raisin, du vinaigre, du sel, du sucre, des aromates, on tamise la pâte pour éliminer l'écorce de la graine car ces téguments adouciraient la moutarde si on les laissait dans la pâte. La moutarde douce contient encore ces sons qui l'adoucissent. C'est le cas de la

moutarde de Meaux ou moutarde à l'ancienne. La moutarde la plus consommée est celle de Dijon. Elle est forte. La Savora n'est pas une moutarde mais un condiment.
Au Moyen Age, la moutarde était considérée comme une sauce à part entière, plus ou moins liquide.

## LE CITRON

On remplace souvent le vinaigre par le jus d'un citron. Dans ce cas, il faut préférer le jaune au vert. J'aime l'adoucir de quelques gouttes de jus d'orange.
Originaire du Cachemire, après la conquête de la Chine quelque deux mille ans avant l'ère chrétienne, le citron gagna rapidement la Perse et le Bassin méditerranéen. Jusqu'au Moyen Age, seuls les botanistes et les médecins en faisaient usage. Il devint à la mode sous Louis XIV.
Il faut les choisir lourds, odorants, avec une écorce fine au grain très serré et, si possible, non traités, même si la dose résiduelle de fongicides autorisée pour éviter qu'ils ne moisissent est fixée à 1 % de la dose journalière admissible.

## LE SEL

Le sel est indispensable à l'équilibre des liquides que nous avons tous dans le corps et à l'harmonie d'une bonne vinaigrette. Sans sel, nous risquerions la déshydratation. Un adulte a besoin de 6 à 8 g de sel par jour, 10 g en cas de travail intense ou de forte chaleur. Le sel n'a peut-être pas fait l'histoire du monde mais il y a contribué largement. Il fit pendant très longtemps la fortune des gens qui détenaient ses réserves. Il était tellement indispensable qu'il y eut un impôt sur le sel dans presque tous les pays du monde. Dès 1341 fut instituée la fameuse gabelle, abrogée seulement, et définitivement, en 1945. Le sel assaisonne,

nourrit et conserve. On le trouve dans la mer (30 g pour un litre d'eau) et dans le sol sous forme de sel gemme.
Le principe d'extraction du sel de l'eau de mer est simple : on pompe l'eau pour l'amener sur de grands terrains plats, les salins.
L'action conjuguée du soleil et du vent assure l'évaporation de l'eau pour ne laisser que le sel ; ensuite, il est récolté avec des pelleteuses, traité et conditionné. Sur une étendue de 10 000 hectares, on récupère 1 million de tonnes de sel.
Le sel gemme se trouve dans des mines souterraines ou à ciel ouvert, qu'on appelle également des salines. Les blocs récupérés sont dissous dans l'eau ou cuits et, par un système de chauffage, on procède à l'évaporation de l'eau et à la récupération du sel.
Les sels extraits par ces deux techniques sont des sels industriels à partir desquels on fabrique notre sel de table ou de cuisine "fin" ou "gros".

*Ma préférence va au sel artisanal, issu des marais salants des îles de Noirmoutier ou de Ré ou de la presqu'île de Guérande. Ces sels ne subissent aucun traitement chimique, conservent leur richesse en oligoéléments et plus particulièrement en magnésium.*

Les salières existaient déjà au Moyen Age. Denrée rare, le sel était investi de pouvoirs symboliques, aucun contenant n'était trop précieux pour le présenter sur les tables des nobles, alors que chez les pauvres, on taillait un cube de pain bis, et on l'évidait pour y déposer le sel.

## LE POIVRE

Seuls les grains de *Piper nigrum* verts, gris, noirs ou blancs ont droit à l'appellation "poivre". Le *Piper nigrum* est une

liane dont on cueille les grappes à différents stades de maturité. Le poivre vert est cueilli avant maturité. On le trouve lyophilisé, il est donc possible de le concasser dans un moulin.
Son intérêt n'a jamais été démontré dans la salade. Le poivre gris, ou noir, a, en fait, une seule et même couleur car il n'est jamais ni tout à fait gris ni tout à fait noir. C'est un poivre cueilli à maturité. A l'origine, les grains sont d'un joli rouge, ils noircissent en séchant au soleil. Ces grains-là se concassent au moulin et exaltent le goût des mets. Le poivre blanc, cueilli très mûr, est lavé, décortiqué, pour obtenir la graine blanche qui lui donne son nom.
On essaie de nous faire avaler du poivre rose ou rouge. Ce n'est pas du poivre mais le fruit d'un arbuste qui pousse aux États-Unis. Le poivre de la Jamaïque est une baie plus grosse que le poivre, également parfumée mais qui n'a rien à voir avec celui qui nous occupe.
Le poivre long de Java ou le poivre de Cayenne ne sont que des piments et le chevalier, ou maniguette, ou graine de paradis, ou poivre des nègres... n'est pas du poivre non plus.
Le poivre nous vient des Indes. Comme toutes les épices, il fut au Moyen Age une monnaie d'échange très recherchée. On en trouve maintenant à Java, au Brésil, en Indonésie, au Cambodge.
Le poivre de Madagascar se fait rare alors qu'il fut très apprécié. Les typhons et la bureaucratie en sont venus à bout.

*Le poivre est une ponctuation, il doit exalter les goûts sans les camoufler.*

Le poivre en poudre s'évente rapidement, il est donc préférable, dans la cuisine ou sur la table, de l'utiliser

entier, en grains ou concassé au moulin. La meule sera en fer plutôt qu'en plastique qui s'use trop vite. En petite quantité, le poivre est bon pour l'estomac et le pancréas, favorise la dissolution des graisses.
Il n'est pas recommandé pour les foies fragiles et les maladies des voies urinaires.

## LA MAYONNAISE

La mayonnaise est une préparation célèbre dans tous les pays du monde et dont il semble que personne ne connaisse réellement l'origine. Certains prétendent que le 28 juin 1756, Richelieu, ayant pris Port-Mahon, aurait souhaité se détendre en cuisinant.
Le hasard des ingrédients lui aurait fait découvrir une sauce qu'il aurait baptisée "Mahonnaise" en souvenir de son éclatante victoire.
D'autres affirment qu'il s'agirait d'une déformation de "bayonnaise" qui aurait été dans des temps lointains une spécialité de la ville de Bayonne. Enfin, Carême l'appelle "magnionnaise", ce qui, d'après lui, viendrait du verbe magner ou manier.
On nous dit que des chercheurs du très sérieux CNRS seraient sur le point de découvrir l'origine de cette sauce si populaire.

En principe, la mayonnaise ne se rate pas si tous les ingrédients sont à même température.

# LA MAYONNAISE

**Ingrédients pour un bol de mayonnaise**

- 1 JAUNE D'ŒUF
- 1 CUILLÈRE À CAFÉ DE MOUTARDE
- 1/4 LITRE D'HUILE
- SEL ET POIVRE
- QUELQUES GOUTTES DE JUS DE CITRON OU DE VINAIGRE

**Préparation**

Dans un mortier, ou un bol lourd, afin qu'il ne tourne pas pendant que vous actionnez le fouet (on peut poser le bol sur un torchon, ce qui évitera cet inconvénient), mettre le jaune d'œuf, une pincée de sel, quelques tours de moulin à poivre et la moutarde.
Opérer le mélange à l'aide d'un fouet ou d'une cuillère en bois. Laisser couler un très mince filet d'huile en mélangeant sans cesse les ingrédients, un changement de débit pourrait faire tourner la mayonnaise.
Lorsque la mayonnaise est achevée, le mélange est consistant et se détache du bol.
Il est inutile de rajouter de l'huile. Là encore, elle risque de tourner.

Si elle est trop ferme, on peut ajouter quelques gouttes de citron ou de vinaigre bouillant pour l'assouplir.

La sauce ne doit pas être conservée dans un récipient en métal ni dans un lieu trop froid, l'huile risque de se figer. Le réfrigérateur est donc déconseillé, sauf si l'huile est de maïs ou de pépins de raisin.

Si, malgré toutes ces précautions, la mayonnaise a refusé

de monter ou a tourné, on peut la récupérer en recommençant l'opération avec un autre jaune d'œuf ou quelques gouttes d'eau froide, ou une autre cuillère à café de moutarde.
Ces différentes opérations devront s'effectuer dans un bol passé quelques minutes au congélateur. Une mayonnaise ainsi rattrapée est moins ferme de consistance.

## LES FINES HERBES

Aussi indispensables à la salade qu'un nuage de parfum à une femme élégante, les fines herbes sont souvent le révélateur de la personnalité de la salade.

### *L'estragon*

L'estragon est une plante de la famille des armoises, comme l'absinthe dont il a un arrière-goût.
Il en existe deux espèces : le français, originaire du sud de la France, et l'espagnol, aux feuilles lisses, vert foncé.
Le parfum de l'estragon français est très prononcé.
Son nom botanique *Dracunculus* signifie "petit dragon". Est-ce l'évocation de cet animal légendaire ou une référence à sa propriété de guérir les morsures d'animaux venimeux ?
Les feuilles de l'estragon se consomment fraîches ; coupées à la fin de l'été, elles peuvent être conservées au congélateur, lavées, emballées dans des sacs en plastique.
Dans la salade, l'estragon aime le tête-à-tête avec la laitue ou le duo avec sa copine la ciboulette.
Son parfum puissant aromatise le vinaigre (voir p. 42), comme nous l'avons vu, les poissons ou les beurres.
On dit qu'il est souverain pour stopper efficacement le hoquet. Ah, si le pape qui en est mort avait connu cela !

## *Ciboule, cive et civette, ciboulette*

Quatre noms, deux plantes, proches l'une de l'autre puisque faisant partie de la grande famille des *Allium*.
Les feuilles de la ciboule ou cive restent vertes toute l'année alors que la civette ou ciboulette est plus difficile à trouver durant l'hiver.
On les appelle souvent l'une et l'autre "appétit". Elles se plaisent dans presque toutes les salades vertes à l'exception de la mâche et de l'endive.
Elles s'amusent avec la carotte, font rire la betterave quand elle est seule, sans mâche, et donnent de l'esprit au concombre.
Elles ne boudent pas à la vue d'une paire de ciseaux surtout lorsque celle-ci est décidée à les ciseler finement.
Ses fleurs mauves, très décoratives dès leur éclosion en juin et juillet, délicieusement comestibles, entières ou effeuillées, donnent du goût, de l'humour et de la couleur aux salades.

## *Le basilic*

En Orient, le basilic est consacré aux dieux hindous Krishna et Vishnou. Dans le pourtour méditerranéen, c'est à la tomate et au pistou qu'il est consacré.
Dans ces pays, il trône, planté en pots, sur les terrasses et les balcons, dans la plupart des habitations. Dans le midi de la France, on appelle souvent le basilic "pistou" alors qu'en fait le pistou est un mélange de gousses d'ail broyées avec du basilic frais et du parmesan, ajouté au dernier moment dans une soupe de légumes et de pâtes.
Dans le nord de l'Italie, le pistou s'appelle *pesto*. Le parfum de cette plante annuelle, délicieusement aromatique, rappelle un peu celui du clou de girofle.
On trouve un basilic à grandes feuilles, un autre à feuilles toutes petites. Également parfumées, les deux variétés ont leurs thuriféraires.

On l'appelait, jadis, herbe royale, parce que seul le souverain pouvait la cueillir avec une faucille d'or, et aussi, plus prosaïquement, oranger des savetiers, parce qu'ils installaient toujours un pied de basilic à côté de leurs établis pour que son odeur puissante combatte celle du cuir.

*Dans le sud de la France, une tradition veut que l'on offre aux jeunes mariés le mortier et le pilon pour préparer la fameuse soupe et c'est toujours le* novi *qui reçoit le pilon !*

Il est également une tradition que je transmets volontiers aux jeunes filles amoureuses.
Pour avoir la certitude que le jeune homme qu'on fréquente n'est pas un coureur de jupons, il suffit de lui glisser un brin de basilic dans la main. Si l'herbe se dessèche en quelques secondes, le garçon sera fidèle !
Outre que le basilic est excellent dans de nombreuses salades, que son entente avec la tomate est un lieu commun, il a des propriétés antispasmodiques et digestives qui donnent de bons résultats sur l'aérophagie, les coliques gazeuses, les digestions lentes et la constipation.
Il est fermement déconseillé de le faire sécher car il perd ses facultés aromatiques ; on peut toutefois prévoir quelques branches bien sèches pour les réduire en poudre et les priser lorsqu'un coryza foudroyant s'abat sur vos sinus.

## *Le cerfeuil*

Le cerfeuil est une plante courante ; compagnon de plate-bande du persil, il exhale une délicieuse senteur anisée lorsqu'on le chiffonne.
A part entière dans les fines herbes, il parfume délicieusement les salades et n'a pas honte d'être traité en potage. Il s'utilise frais, et seulement frais.

En application sur les piqûres d'insectes, l'inflammation disparaît instantanément.
Le cerfeuil bulbeux ou tubéreux est cultivé surtout pour sa racine dont le goût rappelle celui de son frère ombellifère, mais aussi celui de la châtaigne ou de la pomme de terre.

## *Aneth, fenouil amer et fenouil doux*

On confond souvent ces trois plantes.
L'aneth est une plante rustique qui se promène à l'état sauvage sur les bords des routes et que l'on sème également au début du printemps pour la récolter l'été.
Elle est connue sous son nom saxon de *dil*. On l'appelle aussi "fenouil bâtard" ou "fenouil puant". Il est originaire d'Orient.
Dans l'Antiquité, il était utilisé pour cicatriser les plaies des gladiateurs. Raspoutine versait des graines d'aneth, réputé aphrodisiaque, dans son bain et dans l'eau de celui des dames qu'il voulait séduire.
Ses vertus carminatives favorisent l'expulsion des gaz intestinaux et enraient le hoquet. Les nourrices en étaient friandes pour activer la sécrétion du lait.
En Amérique du Sud, on l'utilise contre les hémorroïdes.
Le fenouil amer est assez commun à l'état sauvage. On le cultive pour ses graines qui sont d'un usage fréquent dans la composition des liqueurs.
Les Italiens sont très friands du fenouil doux qu'ils appellent *Carosella*. Lorsque les tiges sont encore jeunes et tendres, on les casse et les mange garnies de leurs feuilles.
On utilise le délicat brouillard vert des jeunes feuilles d'aneth ou de fenouil, en petites quantités, dans les salades vertes ou pour exciter un poisson froid.

*Le fenouil a les mêmes propriétés médicinales que l'aneth avec un plus : en bains d'yeux, il soulage la conjonctivite.*

Lors de promenades en forêt, pensons à glisser une feuille fraîche de fenouil dans notre chaussure gauche pour éviter les piqûres d'insectes.
Depuis quelques années, on rencontre sur les marchés un fenouil d'une tout autre famille, le fenouil de Florence. Cette plante basse et trapue a des pétioles blancs, très élargis qui s'emboîtent les uns dans les autres pour former une pomme ou un renflement de la taille d'un poing. On le consomme cuit. Son goût rappelle celui du céleri avec un goût sucré et un parfum doux et anisé. Cru, il participe sans se faire prier à certaines salades composées.

## *La menthe*

Toutes de la même famille, les sœurs labiées ont pourtant chacune leur petite personnalité.
La menthe verte est employée par les Anglais pour leur sauce à la menthe, indispensable au gigot, d'après eux.
La menthe poivrée se distille et, de la menthe du Japon, on extrait le menthol, sorte de camphre très utile contre les névralgies et efficace en inhalations contre les rhumes de cerveau.
La petite pouliot s'emploie comme condiment et son odeur, quoique agréable, est nettement moins forte que celle de toutes les autres menthes.
La menthe de chat est une grande belle plante d'un mètre de hauteur dont les feuilles et les jeunes pousses s'emploient également comme condiment.
La menthe coq ne fait pas partie de la famille des labiées mais des composées. On l'appelle aussi la menthe de Notre-Dame ou la grand baume. Ses feuilles, citronnées et mentholées, macérées dans l'huile, utilisées comme baume, soulagent les douleurs rhumatismales.
S'il est une plante dont la réputation aphrodisiaque est bien ancrée, c'est la menthe. Les soldats grecs n'y avaient pas

droit tant elle incitait à l'amour et diminuait la combativité. Les différentes menthes sont originaires d'Europe méridionale. Elles essaimèrent jusqu'en Asie où elles finirent par s'imposer dans la cuisine pour revenir ensuite chez les Anglais qui en font une grande consommation pour assaisonner l'agneau et les légumes (voir p. 337).
La menthe s'entend comme larron en foire avec le concombre. Elle est indispensable dans l'exquis taboulé des Libanais. On peut tenter des essais insolites comme parfumer vinaigre ou huile avec de la menthe, ou en parsemer, en dose minimale, des carottes râpées.
En dehors de la cuisine, on prétend que quelques feuilles fraîches, ajoutées à l'eau d'un vase, font durer le bouquet plus longtemps. Une feuille de menthe appliquée entre la peau et la ceinture de flanelle facilite les efforts, mais l'usage de cette dernière tend à disparaître...

## *La marjolaine*

La marjolaine, qu'on appelle aussi grand origan, se confond avec la marjolaine sauvage. Ces deux plantes sont plutôt sédatives. Elles ne s'en cachent pas. Réjouissons-nous pour une fois qu'une plante n'affiche pas de vertus aphrodisiaques ! Elles participent à la cuisine méditerranéenne et font merveille dans les salades vertes, de concombres, de courgettes où elles remplacent la menthe. Le poulet l'aime bien quand il est préparé en salade ; elles parfument aussi agréablement les champignons à la grecque.

## *L'ail*

Voir p. 316.
Certaines salades, comme la chicorée frisée, s'accommodent

parfaitement d'ail, mais frotté sur des morceaux de pain rassis ; sinon, même haché très finement, son parfum tue tous les autres.

### *L'échalote*

L'échalote a bien du mérite de s'être trouvé une place entre l'ail, roi du Midi, et l'oignon, roi du Nord. Ils font tous les trois partie de la même famille et ont le même signe distinctif : l'odeur. Celle de l'échalote est plus fine et plus subtile.
La petite grise, rare et chère, a un goût très prononcé. Le parfum moins caractéristique de l'échalote de Jersey, ronde et cuivrée, se rapproche de celui de l'oignon. L'échalote poire, ou échalote ordinaire, bulbe verdâtre à la base et violacé vers le sommet, est nettement moins parfumée que les autres. Elle se rajoute finement hachée dans les salades ou dans les crudités. Ma préférence va vers son jus rajouté à la vinaigrette. Ses feuilles, coupées vertes, sont tout à fait savoureuses et délicatement parfumées.

## La vinaigrette

Dès que l'idée de manger de la verdure est apparue, l'assaisonnement a suivi, plus sophistiqué et plus compliqué que celui que nous connaissons actuellement. Les Romains mangeaient les salades crues en hors-d'œuvre, comme nous mangeons nos crudités, à la main (à main nue), juste trempées dans un bol de sauce. Les Italiens et les Méridionaux ne procèdent pas autrement avec leur *Bagna cauda* (voir p. 73) dans lequel ils trempent salades, céleris, carottes, radis, etc. La sauce des Romains était composée de garum, d'huile et de vinaigre.

Le garum, aussi fort en odeur qu'en saveur, était employé à " toutes les sauces". Il s'obtenait en laissant macérer des morceaux de poissons et de viscères avec des plantes aromatiques dans de la saumure. Cette sauce est comparable au nuoc-mâm. Le principe du trempage semble universel puisque les Asiatiques trempent aussi leurs rouleaux de printemps entourés de feuilles de menthe et de salade.
Les salades se mangeaient aussi cuites mais assaisonnées avec des épices et pilées. Apicius nous donne la recette suivante : "Pilez les laitues avec du poivre, du garum, de l'eau et de l'huile. Faites cuire. Liez avec des œufs. Saupoudrez de poivre et servez." Je vous communique cette recette pour mémoire sans pour autant vous inciter à la mettre en pratique.
Au XVe siècle, à Milan, dans les repas de gala, on servait obligatoirement une zalada préparée à l'antique, sorte de ragoût très liquide, très salé, d'où son nom, relevé de confiture, moutarde, citron et décoré de massepain. Le service se faisait dans des coupes individuelles. Cette préparation obtint un tel succès qu'elle se devait de figurer à la place d'honneur dans les mariages royaux. Dès le XVIe siècle, on revint à des assaisonnements plus traditionnels, huile et vinaigre. La préparation de la vinaigrette a toujours exigé un grand soin.
A la Renaissance, un dicton réclamait le savoir de quatre personnes de caractère différent pour réussir cette délicate opération : "Un fol, pour le choix et sans épargne d'une variété de bonnes herbes
Un sage, pour le sel
Un avaricieux, pour le vinaigre
Un prodigue, pour y verser et n'y épargner l'huile."
La vinaigrette est une trouvaille française et ce sont les Anglais qui le disent.

Ils l'appellent d'ailleurs french dressing. Un émigré français sans le sou, le chevalier d'Albignac, lança à Londres la mode de la salade assaisonnée. Ce gentleman français devint rapidement la coqueluche de l'establishment londonien. Pas un dîner sans le fashionable salad-maker. Il arrivait avec son domestique et son nécessaire en acajou, ses fioles en cristal d'huile et de vinaigre, opérait en magicien et ne livrait pas son secret. Fortune faite, il fila "à l'anglaise". Parmi tous les ingrédients que nous venons d'évoquer, certains se marient mieux que d'autres. Chacun peut faire des essais, comme il l'entend. Il est toutefois préférable d'y procéder par petites quantités pour éviter le gâchis en cas d'échec.

## RECETTE DE LA VINAIGRETTE

La vinaigrette peut se préparer à l'avance, dans un litre qu'il suffira de secouer énergiquement avant de s'en servir.

### CLASSIQUE

#### INGRÉDIENTS

- 2 DL DE VINAIGRE DE VIN
- 8 DL D'HUILE D'ARACHIDE OU D'OLIVE
- 15 G DE SEL FIN
- 4 G DE POIVRE AU MOULIN

#### PRÉPARATION

Mélanger le sel avec le vinaigre, ajouter l'huile puis le poivre lorsque le mélange des trois précédents ingrédients est harmonieux.

### ◆ Variante 1

**Ingrédients**

- 2 dl de vinaigre de vin
- 8 dl d'huile d'arachide ou de colza, ou de maïs ou de tournesol
- 2 cuillères à café de moutarde forte
- 4 g de poivre au moulin
- 15 g de sel fin

**Préparation**

Délayer le sel, la moutarde et le vinaigre.
Lorsque la moutarde est onctueusement allongée, ajouter doucement l'huile en travaillant lentement.
Le poivre moulu, ensuite.

### ◆ Variante 2

**Ingrédients**

- 1 dl de vinaigre de vin
- 1 dl de vinaigre de xérès ou banyuls ou maury
- 8 dl d'huile d'arachide, olive ou autre
- 15 g de sel fin
- 4 g de poivre au moulin

**Préparation**

Délayer soigneusement le sel et les vinaigres, l'huile et le poivre en dernier.
A ces vinaigrettes classiques, on peut ajouter :
des fines herbes : persil, ciboulette et cerfeuil, ciselées aux ciseaux ;
de l'estragon haché finement aux ciseaux ;
de l'échalote hachée ou pressée.
Ces ingrédients conviennent à tous les mélanges à base de

vinaigre de vin, d'huile d'olive, d'arachide, de colza, de maïs et de tournesol.
Le vinaigre de xérès n'aime ni la ciboulette ni l'échalote mais supporte parfaitement le persil, le cerfeuil et l'estragon.
L'huile de noix, au parfum très entêtant, ne supporte guère que le persil.

## *Préparation de la salade verte*

Qu'elle intervienne entre le plat de résistance et le fromage ou dans une composition sophistiquée en entrée, ou cuite, il faut toujours la laver. D'abord, sans hésitation, on sacrifie les feuilles extérieures flétries, avant de détacher chaque feuille et de leur faire subir une toilette sévère. Rien n'est plus désagréable qu'un peu de terre ou de sable qui crisse sous la dent, ou qu'une limace, étonnée de se retrouver assaisonnée sur une assiette de porcelaine. Le toilettage de la salade ne consiste pas à la laisser tremper longtemps dans l'eau mais, au contraire, à renouveler fréquemment l'eau de lavage. Un séjour prolongé dans l'eau la "rincerait" de ses vitamines. Elle se lave à l'eau fraîche, minutieusement, car, modernisme oblige, on la cultive souvent dans des terres sablonneuses. Il faudra l'égoutter et la sécher pour éviter que l'eau n'affaiblisse le caractère de l'assaisonnement.

*Beaucoup d'entre nous se servent d'un torchon, ce procédé m'a toujours paru inefficace d'autant qu'il casse et chiffonne inutilement et inesthétiquement les feuilles.*

Le panier à salade reste l'ustensile idéal, malcommode dans les appartements, je le reconnais volontiers.
Il existe des paniers, généralement en plastique, qui s'installent dans un récipient plus grand et qui, par le principe de la force centrifuge, permettent de les essorer très convenablement.
Les grandes feuilles de salade se découpent en plusieurs morceaux, ce qui est infiniment plus pratique pour les invités et leur permet de respecter l'usage qui interdit de couper les feuilles avec son couteau (tradition instaurée au siècle dernier parce que les lames de couteau, oxydables, noircissaient au contact du vinaigre). Les grosses côtes ou nervures sur les chicorées peuvent s'éliminer ou se fendre en deux.
La salade se sert dans un saladier ou sur une assiette déjà assaisonnée et "fatiguée".
Le mélange assaisonnement-salade se fait à la dernière minute, sinon elle risque d'être "cuite", confite, avachie.
L'art du "remueur" consiste à savoir exactement à quel moment la verdure est suffisamment imprégnée de son assaisonnement, voilà pourquoi il est préférable que le mélange s'effectue à la cuisine.
Dans un saladier de cuisine ou un cul-de-poule, on verse l'assaisonnement sur les feuilles et on soulève doucement, gentiment, tendrement les feuilles pour que celles du dessous se retrouvent sur le dessus.
La formule idéale reste le mélange à la main. Le contact est plutôt agréable et permet de sentir le moment idéal où l'opération est terminée.
On met dans un saladier de service la salade assaisonnée et on la présente avec un couvert en bois ou en corne. Si le service de la salade se fait à l'assiette, c'est évidemment sur celle-ci qu'on la dépose, à la cuisine.

# Les crudités

Partie intégrante de la table de hors-d'œuvre, les crudités sont synonymes de déjeuner familial. Rien de plus appétissant que quelques beaux saucissons secs, une terrine de lapin et des rillettes d'oie, quelques lisettes marinées au vin blanc, des crevettes grises, une anchoïade et des légumes de saison, colorés, éclatants de fraîcheur, variés, irrépressibles. Les recettes qui suivent n'ont rien d'exhaustif. Ce sont des idées, des préférences... A vous ensuite d'innover. Liberté, liberté dans le choix des légumes, en respectant les saisons, des assaisonnements, des huiles, des fines herbes.

## *La tomate*

Ce fruit – puisqu'il s'agit d'un fruit – fut découvert au Mexique ou au Pérou en 1598, les Aztèques lui donnèrent son nom de tomate. Elle poussait à l'état sauvage, rouge ou jaune ; sur place on l'appréciait au même titre que le piment, le maïs ou le haricot. Elle eut du mal à s'implanter en Europe, considérée comme un poison car faisant partie de la famille des solanacées, tels la belladone et le tabac.
La tomate est un fruit fragile, qui voyage mal ; il a donc fallu attendre les progrès de la génétique et de la technique pour qu'elle paraisse sur les étalages douze mois sur douze. Malheureusement, le progrès ne pense pas à tout : l'absence de soleil, le butane, les lampes, les engrais ne lui donnent hélas pas de goût. Entre juillet et octobre, rougissante, bosselée, côtelée, elle est juteuse, goûteuse et sucrée. Rien à

voir avec les pimbêches, impeccablement rondes, lisses, colorées, calibrées qui débarquent, dès le mois de janvier, de leurs serres hollandaises, marocaines ou bretonnes, sans défaut esthétique, mais aussi sans saveur et sans odeur.

*A contre-saison, seules les petites tomates de Sicile, en grappes, bien rouges, sucrées, me semblent comestibles.*

### *Le concombre*
Le concombre n'est pas gâté par l'état civil, il fait partie de la famille des cucurbitacées. Lui aussi a perdu le sens des saisons, il est présent toute l'année, prospérant dans des serres semblables à celles de la tomate. Nous devons ces déviations saisonnières du concombre aux Anglais et aux Russes, gros consommateurs supportant mal d'être privés de leur légume préféré. Le concombre se choisira bien vert, long, ferme pour éviter les pépins, luisant comme une publicité pour la brillantine.

### *Le céleri*
Voir p. 297.

### *Les haricots*
Le haricot peut être vert, ou jaune, dit beurré, ou à parchemin, ce qui signifie qu'on l'écossera. Il est originaire d'Amérique centrale comme la tomate. Que mangerions-nous sans Christophe Colomb qui les a rapportés de son périple, après avoir constaté que les Aztèques en étaient friands ? Les haricots à grains arrivent en France grâce à Catherine de Médicis lors de son mariage avec Henri II. Sa description en est émouvante :
"Ces graines bariolées de rouge et blanc, pareilles à des pierres précieuses que l'on eût confiées à la terre." La formule est jolie mais la réputation de ces légumineuses se

dégrade rapidement : graines "venteuses", chargeant l'estomac et difficiles à digérer. Cette réputation les poursuit tout au long des siècles.
Brillat-Savarin ne disait-il pas qu'ils étaient les amis des pauvres "dont ils égaient la solitude par leurs bavardages et leurs saillies" ?
On les écosse avec gourmandise, qu'ils soient flageolets, vert pâle et très fins ; cocos, gros et blancs ; lingots, venus du Nord, gros, allongés, translucides ou rouges, presque grenat, vedettes du chili con carne.
Le haricot vert, présent toute l'année, nous arrive souvent du Sénégal ou du Kenya, entre novembre et mai. Ses longues gousses vertes et fines doivent être brillantes, cassantes et dépourvues de fil. Avant l'achat, on peut se permettre de casser un haricot en deux, la goutte d'eau qui devrait perler au niveau de la cassure nous assurera de sa fraîcheur.

### *La betterave*

La betterave est une racine longue, ou piriforme, ou ronde. Sa chair est rouge foncé. On l'achète crue ou déjà cuite. Je préfère l'acheter crue et la faire doucement cuire au four, à feu doux. On la voit alors se friper, se recroqueviller dans des sucs caramélisés. Cette pauvre betterave a, elle aussi, mauvaise réputation ; elle rappelle la cantine, le service militaire et la nourriture pour bovins. Et pourtant, seule dans un saladier, éclatante comme un grenat, parsemée d'un hachis d'ail blanc et de persil haché grossièrement, elle est exquise. Elle se marie avec la mâche, les endives et apporte généreusement calcium, magnésium, phosphore, potassium et vitamines A, B et C. Délicieusement sucrée, elle est tristement interdite aux diabétiques et aux candidats à la colite.

*Dans nos campagnes, on avait l'habitude de boire chaque jour, pendant un mois, un verre de son jus pour éviter les épidémies de grippe.*

## *L'artichaut*

L'artichaut et le cardon ont un ancêtre commun, le chardon. Ses fleurs, d'un bleu intense, sont somptueuses mais ne se mangent pas. Il semblerait que ce soit l'habileté des jardiniers italiens qui transforma le cardon en artichaut tel qu'il apparaît dans les jardins actuellement. Il est évoqué fréquemment dans la littérature gastronomique comme un mets très recherché.
On le consomme entier, cuit à l'eau, dans un repas familial, avec une vinaigrette classique. On a toujours considéré que tremper la base des écailles et tirer dessus pour en récupérer la partie comestible n'avaient rien d'élégant. Aussi a-t-on pris l'habitude de ne servir que le réceptacle ou fond, débarrassé du foin et des feuilles qui l'entourent.
Les deux principales variétés sont le gros camus de Bretagne ou le violet de Venise qu'on appelle aussi "poivrade". Le second se mange cru avec la *Bagna cauda* ou cuit à la *barigoule*.
Pour pouvoir compléter le cocktail explosif de toutes les plantes aphrodisiaques, il convient d'ajouter l'artichaut, avec un avantage de taille, celui de favoriser la conception d'enfants mâles.

## *L'avocat*

Les colonisateurs espagnols, intéressés par la valeur nutritive de l'avocat, due à sa haute teneur en matières grasses, plantaient des noyaux dans toutes les régions où ils sévissaient, constituant ainsi des variétés locales. Les Mayas et les Aztèques l'avaient appelé *awa gualt*, les Espagnols qui le découvrent en Colombie lui donnent le nom d'*aucatl*. Jusqu'à la Seconde Guerre mondiale, on l'ignore en Europe. Seuls quelques voyageurs l'ont goûté. Bernardin de Saint-Pierre a mangé ceux de l'île Maurice, il ne les trouve pas mauvais, sans plus.
L'avocat est indissociable des traditions culinaires des États-Unis et de l'Amérique du Sud. Au Mexique où sa consommation est de 15 kg par an et par personne, on le réduit en purée avec des piments et des épices : c'est le *guacamole*.
Les créoles de l'océan Indien le mangent en dessert, sucré et citronné. Aux Antilles, il est la base du "féroce", salade de morue salée, crue et déchiquetée.
En France, on le consomme généralement avec une vinaigrette ou intégré en lamelles dans des salades composées.
L'avocat originaire d'Israël est plutôt petit de taille, la peau est marronnasse violacé ; le lulla martiniquais donne dans le gigantisme et les petits avocats africains, Côte-d'Ivoire, Sénégal ou Kenya, sont très gras, onctueux, fondants.

## *Les champignons de Paris*

Les champignons sont vraiment de curieux végétaux. Ils n'ont ni fleur, ni racine, ni tige et se caractérisent par une absence de chlorophylle, c'est-à-dire une incapacité à utiliser l'énergie solaire pour assimiler le carbone de l'air. Les premières tentatives de culture ont eu lieu en Toscane sur des souches de figuiers. Le jardinier d'Henri IV, Olivier de Serres, détenait la technique pour obtenir le rosé des prés.

*Évitez le vieux champignon flasque et ridé, vous n'en tireriez que déception. Prenez soin de le laver avant de le découper, sinon il sera imbibé d'eau.*

Et c'est à Paris que la formule du compost idéal fut découverte à l'emplacement de l'aquarium du Trocadéro. Des grognards de l'empereur Napoléon, réfugiés sous la butte Chaillot, avec leurs chevaux, s'aperçurent que la formule "paille + humidité + crottin de cheval" convenait parfaitement à la reproduction de l'aquaire des champs, ancêtre du champignon de Paris.
Peu de choses ont changé dans la fabrication du compost, inévitable support de l'ensemencement. Le champignon de Paris existe en "blanc" et "blond ou bistre". Ce dernier est plus parfumé et pourtant le consommateur l'apprécie moins. Allez comprendre. Il est riche en vitamines et peu calorique. Il se choisit ferme, tête haute, ainsi il sera croquant.

# Les salades "crudités"

## SALADE DE TOMATES

Les tomates se pèlent et s'épépinent. Si vous n'avez jamais tenté l'expérience, de grâce, faites-le, rien qu'une fois, pour être convaincu.
Choisir de grosses tomates bien mûres. Les plonger 30 secondes dans l'eau bouillante. A l'aide d'un couteau

pointu, retirer la peau, les couper en 2 ou en 4 et retirer les pépins. Ranger les tomates sur une grille fine.
Répandre quelques grains de gros sel et laisser égoutter une vingtaine de minutes pour éliminer le trop-plein d'eau de végétation. Mélanger avec de la vinaigrette classique dans un saladier, des fines herbes et des petits oignons blancs émincés grossièrement.
On peut aussi se contenter, en plein été, quand la tomate est parfaitement mûre et le basilic odoriférant, d'un simple filet d'huile d'olive et de basilic très grossièrement haché.
Les tomates peuvent parfaitement se farcir de viande mais aussi de légumes et autres préparations.
Éviter de les mettre au réfrigérateur.

## TOMATES MONACO

### Ingrédients

- 2 petites tomates par personne
- 2 œufs cuits durs
- 2 carottes
- 1 pamplemousse
- 1 boîte de thon à l'huile 1/5 ou 160 g
- 6 cuillères de vinaigrette à l'huile d'olive
- sel et poivre

### Préparation

Couper le chapeau des tomates. Épépiner. Saler et les retourner sur une grille pour éliminer un peu de leur eau de végétation.
Faire cuire les œufs durs et les rafraîchir. Faire cuire les carottes coupées en bâtonnets, les égoutter ainsi que le thon.

Peler le pamplemousse à vif et prélever les quartiers.
Mélanger les œufs coupés en quartiers, le pamplemousse, les carottes et le thon avec la vinaigrette. Rectifier en sel et en poivre après avoir goûté.
Garnir les tomates de cette composition.
Servir sur des feuilles ou, mieux, sur une chiffonnade de laitue (feuilles de laitue coupées aux ciseaux mélangées avec 2 ou 3 cuillères à soupe de mayonnaise citronnée).

# POIVRONS GRILLÉS

**Ingrédients pour 6 personnes**

- ❖ 5 POIVRONS ROUGES OU VERTS
- ❖ HUILE D'OLIVE
- ❖ SEL ET POIVRE

**Préparation**

Allumer le gril du four.
Laver les poivrons, les couper en 4 dans le sens de la longueur.
Enlever la tige centrale, les graines et les nervures.
Poser les poivrons sur la grille, peau en direction du gril.
Mettre au four à mi-hauteur et laisser lentement griller jusqu'à ce que la peau devienne noire.
Retirer du four et enlever la peau qui vient, généralement, très facilement.
Couper les poivrons en lanières de 1,5 centimètre de large.
Dans un petit plat creux, mettre d'abord

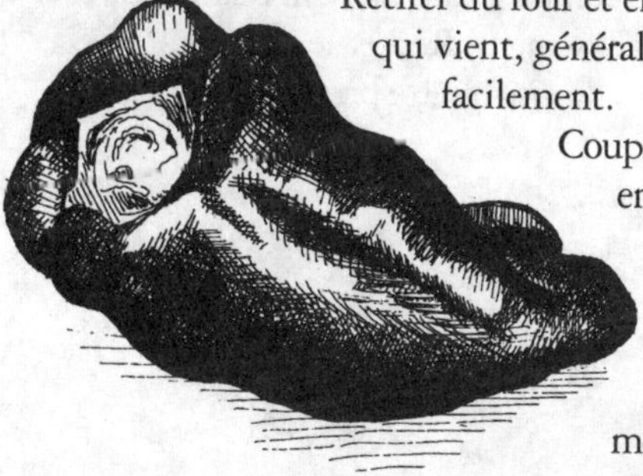

une couche de poivrons, saler, poivrer et ainsi de suite jusqu'à épuisement des poivrons.
Recouvrir d'huile d'olive pour les laisser tremper.
Ce hors-d'œuvre peut se préparer plusieurs jours à l'avance.

# POIREAUX VINAIGRETTE

### Ingrédients pour 6 personnes

- 20 POIREAUX MOYENS
OU 30 PETITS POIREAUX NOUVEAUX
- 10 CUILLÈRES À SOUPE DE
VINAIGRETTE À LA MOUTARDE

### Préparation

Éplucher les poireaux en ne gardant que le blanc et les feuilles vert clair (on peut faire un potage avec les parties vertes).
Les couper en 2 dans le sens de la longueur.
Effectuer une toilette très "intime" en les lavant dans plusieurs eaux.
Les ficeler en petits bottillons de 4 ou 5 poireaux et les faire cuire 12 à 15 minutes dans de l'eau bouillante, salée.
Les égoutter soigneusement. Retirer les ficelles.
Servir tiède nappés de vinaigrette bien émulsionnée.

◆ **Variante**

On peut ajouter à cette salade des langoustines, pochées au court-bouillon 3 minutes et décortiquées (gardez les pattes et les têtes pour une bisque).
Dans ce cas, on parsèmera les poireaux et les langoustines de 2 œufs durs écrasés en mimosa.
Sous cette forme, cette préparation rentre dans la catégorie des salades "entrées".

# AMUSE-GUEULES

Faire griller de larges tartines de pain de campagne d'un demi-centimètre d'épaisseur.
Tartiner copieusement de tapenade ou d'anchoïade toutes prêtes que l'on trouve dans le commerce.
Poser des morceaux de tomates concassées après avoir été pelées, épépinées, dégorgées ainsi que des feuilles de basilic grossièrement ciselées.
Rien n'est meilleur pour attendre l'heure du déjeuner, surtout avec un verre de bellet, cassis ou bandol blanc.

# SALADE DE CONCOMBRE

Le concombre se prépare le matin pour le déjeuner car, faute de le faire dégorger, il "reproche".
Éplucher un concombre, le couper en tranches très fines au robot ou au mouli-julienne (grille pommes chips).
Dans un saladier, mettre une couche de concombre et quelques grains de gros sel superposés l'un après l'autre jusqu'à épuisement.
Laisser dégorger 3 bonnes heures.
Rincer à l'eau froide courante.

Mettre dans un torchon et presser avec force pour extraire l'eau de végétation.
On peut l'assaisonner avec une vinaigrette classique à laquelle on aura ajouté de l'estragon haché.
Le concombre aime aussi la crème et la menthe fraîche, on préparera donc une vinaigrette composée de 3 cuillères à soupe de crème fleurette ou de 2 cuillères à soupe de crème double, d'une cuillère à soupe de vinaigre de vin, sel et poivre.
On peut remplacer le vinaigre par la moutarde, dans les mêmes proportions. Personnellement, je préfère le vinaigre, il "agace" davantage.

## CAROTTES RÂPÉES

Éplucher les carottes ou, si elles sont nouvelles, les gratter ou les frotter au gros sel avant de les rincer à l'eau courante. Les râper au robot ou au mouli-julienne (grille moyenne), préparer une vinaigrette avec 4 cuillères à soupe d'huile d'olive, le jus d'un citron, sel et poivre.
Mélanger pour qu'elles soient bien imbibées et parfumées.
L'assaisonnement peut se prévoir avec du vinaigre de vin ou du jus de citron vert qui s'harmonise délicieusement avec le goût sucré de la carotte.
Les carottes aiment l'ail. Une gousse, hachée finement ou écrasée, leur convient parfaitement.
Vous pouvez rajouter une belle pomme fruit, coupée en petits dés et citronnée.
Vous pouvez aussi égayer votre carotte râpée d'une poignée de petits pois, juste cuits à l'eau salée.
Carottes, pomme et petits pois manifesteront à être ensemble une aussi vive satisfaction que celle de vos invités à les goûter.

## CHAMPIGNONS CRUS

Passer les têtes des champignons de Paris sous l'eau froide (les pieds serviront pour une sauce, un potage ou une crêpe), sécher soigneusement avec un torchon. Arroser de jus de citron pour qu'ils ne noircissent pas. Préparer une sauce avec un pot de 25 cl de crème fleurette, une cuillère et demie à soupe de jus de citron, sel, poivre et du cerfeuil haché grossièrement. Couper les têtes des champignons en fines lamelles, les mélanger à la sauce avec délicatesse pour éviter qu'elles ne se brisent.
On peut remplacer, dans les mêmes proportions, le jus de citron par du vinaigre de xérès, de vin, de banyuls ou de maury.

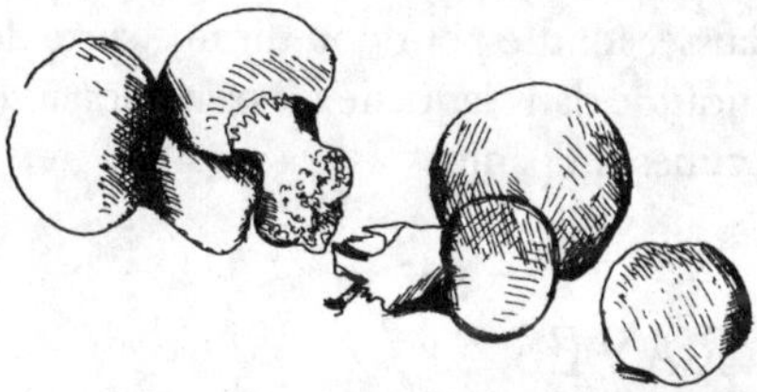

## LÉGUMES CRUS À LA BAGNA CAUDA

Prévoir un bel assortiment de légumes d'été :
- petites tomates bien mûres ;
- artichauts poivrade ;
- carottes épluchées et coupées en bâtonnets ;
- céleri branche ;
- partie blanche du fenouil, décortiqué et sans ses feuilles vertes ;
- oignons blancs avec la tige ;

- poivrons rouges ou verts, coupés en lanières et débarrassés de leurs graines et côtes ;
- cœurs de laitue ou de sucrine ;
- champignons de Paris, soigneusement lavés et essuyés ;
- sauce.

La Bagna cauda, pour 12 personnes, est un mélange de 12 anchois, 6 gousses d'ail et 1 demi-litre d'huile d'olive. Dans une casserole à fond épais, déposer une douzaine de filets d'anchois, étêtés, désarêtés et dessalés. Ajouter deux cuillères à soupe d'huile d'olive et laisser fondre, à feu très doux, vingt bonnes minutes en remuant de temps en temps pour que le mélange huile-anchois se fasse bien. Ajouter 6 gousses d'ail, épluchées, dégermées, fendues en quatre. Rajouter le restant du demi-litre d'huile et laisser fondre pour obtenir une sorte de pommade liquide dans laquelle on trempera, à tour de rôle, les légumes du panier.

## BETTERAVES À L'AIL OU À L'ÉCHALOTE

Faire cuire ou acheter des betteraves de petite taille qui seront plus sucrées et moins filandreuses. Enlever la peau et les couper en tranches très, très fines pour que l'assaisonnement se mélange intimement aux betteraves. Ajouter-leur une vinaigrette classique et une gousse d'ail hachée très fin ou écrasée (si vous n'aimez pas l'ail, une petite échalote grise donnera elle aussi un parfum agréable) et du persil grossièrement haché (voir mâche et endives).
Je préfère la betterave coupée en rondelles très fines

plutôt qu'en cubes, car l'assaisonnement pénètre mieux.
Pour faire cuire les betteraves, on les emballe dans 2 épaisseurs de papier aluminium et on les laisse à feu doux sur la grille du four pendant 2 heures

## CÉLERI RÉMOULADE

Choisir une boule de céleri assez jeune car les vieilles sont amères. La passer au robot ou au mouli-julienne, grille moyenne. Jeter la julienne 3 minutes dans l'eau bouillante salée. Rafraîchir rapidement à l'eau froide et égoutter. Le céleri ne doit pas cuire mais seulement s'attendrir pour éliminer son goût trop prononcé.
Préparer une sauce avec un pot de crème fraîche épaisse (25 cl), 3 cuillères à soupe de moutarde de Dijon, 3 cuillères à soupe de jus de citron, sel et poivre au moulin. Mélanger la crème, la moutarde, le jus de citron et le sel. Dès que la julienne de céleri est égouttée, la rajouter à la sauce et remuer intimement. Rectifier en poivre. Cette préparation peut se faire 2 à 3 heures à l'avance. Grâce au citron, le céleri ne noircira pas et s'imbibera de la sauce.

◆ **VARIANTE**

Lorsque le céleri est râpé, le mélanger avec 6 cuillères de mayonnaise à la moutarde forte à laquelle vous aurez ajouté une demi-cuillère à café de bon curry. Mélanger avec des queues de crevettes roses décortiquées.
Dresser sur une assiette avec quelques feuilles de salade verte en garniture.
Si vous avez acheté le céleri avec les branches, épluchez-en

une ou deux et coupez-les en tout petits morceaux que vous ajouterez au mélange final.
Vous pouvez, si vous le souhaitez, enrichir le plat en ajoutant 2 noix de Saint-Jacques par personne, escalopées en deux, cuites à la poêle avec une noix de beurre.

## SALADE DE LENTILLES

On peut préférer les lentilles vertes du Puy.
Chacun son goût.

### INGRÉDIENTS POUR 6 PERSONNES

- 500 G DE LENTILLES VERTES OU BRUNES
- 1 GROS OIGNON, COUPÉ EN DEUX, CHAQUE MOITIÉ PIQUÉE DE 2 CLOUS DE GIROFLE
- 1 GOUSSE D'AIL PELÉE
- 1 FEUILLE DE LAURIER
- 1 BRANCHE DE THYM

### PRÉPARATION

Laver les lentilles, les mettre dans une casserole avec l'oignon, l'ail, le laurier et le thym.
Couvrir largement d'eau froide, porter à ébullition lentement, à feu moyen. Maintenir le mijotage à feu moyen et à couvert pendant 30 minutes jusqu'à ce que les lentilles soient tendres mais encore bien entières.
A la fin de la cuisson, l'eau doit être totalement absorbée.
Mélanger les lentilles avec une vinaigrette classique au vinaigre de vin ou de xérès. Ajouter des échalotes émincées ou des oignons rouges d'Espagne.
Si on le désire, on peut également faire revenir des lardons de poitrine fumée que l'on ajoutera au moment de

servir, après les avoir épongés sur un papier absorbant. Quelques feuilles de persil, hachées grossièrement, assureront le point d'orgue pour le goût et la présentation.

## SALADE DE HARICOTS BLANCS FRAIS

On préférera les haricots blancs frais que l'on achète en été dans leurs gousses non écossées. La salade peut se réaliser, évidemment, avec des haricots secs ou des flageolets mais ils devront gonfler deux heures à l'eau froide avant de les faire cuire.

Pour 4 ou 6 personnes, selon qu'ils seront accompagnés, sur la table de hors-d'œuvre, d'autres plats plus ou moins nombreux.

### INGRÉDIENTS

- 2 KG DE HARICOTS À ÉCOSSER
- 2 OIGNONS CLOUTÉS DE GIROFLE
- 2 GOUSSES D'AIL
- 1 BRANCHE DE THYM, 1 FEUILLE DE LAURIER
- 1 CUILLÈRE À SOUPE DE GROS SEL
- QUELQUES TOURS DE MOULIN À POIVRE

### PRÉPARATION

Dans une grande casserole, porter à ébullition 2 litres 1/2 d'eau, les oignons coupés en 4, l'ail, le thym, le laurier et le sel. Quand l'eau bout, ajouter les haricots écossés, porter de nouveau à ébullition, écumer, baisser le feu, poivrer, couvrir et laisser cuire à petits bouillottements pendant 1 heure. Égoutter, assaisonner-les chauds avec une vinaigrette classique à l'huile d'olive, des oignons blancs coupés en rondelles et des fines herbes, persil, cerfeuil et ciboulette. Rectifier en sel et en poivre, éventuellement en huile, car le haricot absorbe les matières grasses.

## SALADE DE POMMES DE TERRE

Choisir des pommes de terre de qualité exemplaire : roseval, BF 15, ratte ou bonnette de Noirmoutier. Ces pommes de terre doivent rester fermes à la cuisson. Les faire cuire à la vapeur dans un couscoussier. Les laisser refroidir avant de les éplucher et les couper en rondelles d'un demi-centimètre d'épaisseur. Faire chauffer une vinaigrette classique et la verser chaude sur les pommes de terre en ajoutant des échalotes, des oignons hachés et des fines herbes. Une autre méthode consiste à éplucher les pommes de terre encore chaudes ou tièdes et à les arroser, sitôt coupées en rondelles d'un demi-centimètre, de quelques cuillères d'un bon vin blanc sec, chaud. Lorsque les pommes de terre sont bien imbibées, ajouter une vinaigrette moutardée, des échalotes hachées et des fines herbes. La salade de pommes de terre est meilleure tiède que froide, on peut donc la laisser tiédir à la porte du four, dans un cul-de-poule. La salade de pommes de terre aux truffes est aussi simple à réaliser que la recette classique mais, malheureusement, infiniment plus coûteuse. Il faut des truffes fraîches ou en conserve, taillées en rondelles de 2 ou 3 millimètres d'épaisseur que vous mélangerez à la salade de pommes de terre déjà assaisonnée dans laquelle on évitera échalotes, oignons et herbes. La truffe se chargera de parfumer l'ensemble.

# SALADE DE CHOU, VERT OU ROUGE

Choisir un beau chou, vert ou rouge, bien pommé et bien ferme. Ne prendre que les feuilles fermes et croquantes. Les laver dans une eau vinaigrée pour éliminer les limaces. Faire blanchir dans de l'eau bouillante salée 3 minutes. Rincer à l'eau froide, égoutter. Émincer les feuilles de chou très, très finement. Saler, poivrer, ajouter 4 cuillères d'huile d'arachide. Laisser macérer. Faire revenir des lardons sans les avoir blanchis au préalable. Verser 2 cuillères à soupe de vinaigre de vin dans le jus de cuisson des lardons, gratter le fond de la poêle pour récupérer les sucs. Verser sur le chou et remuer pour qu'il soit bien imprégné.
La salade de chou se prépare également sans lardons. On mélangera simplement les choux émincés avec une vinaigrette classique, de l'échalote finement hachée et des raisins de Corinthe macérés une heure dans du vinaigre de vin.

# SALADE DE COURGETTES

Laver 10 petites courgettes nouvelles et les couper en fines rondelles au robot ou au mouli-julienne (grille pommes-chips). Assaisonner d'une vinaigrette citron, huile d'olive, sel, poivre. Bien mélanger. Par ailleurs, mélanger 4 yaourts nature au lait entier avec 2 cuillères à soupe de crème fraîche et une cuillère à soupe de moutarde de Dijon. Faire chauffer ce mélange au bain-marie en remuant continuellement. Verser sur la salade de courgettes. Parsemer de feuilles de menthe fraîche hachées grossièrement.

# CHOU-FLEUR EN SALADE

### INGRÉDIENTS

- 1 CHOU-FLEUR BIEN BLANC
- 6 POMMES DE TERRE DE NOIRMOUTIER OU 6 RATTES
- 6 CUILLÈRES DE VINAIGRETTE AU VINAIGRE DE VIN
- 1/2 CUILLÈRE À CAFÉ DE CURRY
- 2 CUILLÈRES À SOUPE DE PERSIL SIMPLE HACHÉ
- 1 CUILLÈRE À SOUPE DE CÂPRES

### PRÉPARATION

Détacher le chou-fleur en bouquets et le faire cuire dans une grande marmite d'eau bouillante additionnée d'une cuillère à café de bicarbonate de soude et d'un trognon de pain pour éviter l'odeur nauséabonde qu'il dégage en cuisant. Après 10 minutes d'ébullition, égoutter.
Mélanger avec les pommes de terre cuites en robe des champs, bien lavées, épluchées et coupées en rondelles d'un demi-centimètre d'épaisseur. Ajouter le curry à la vinaigrette. Napper pommes de terre et chou-fleur. Mélanger. Ajouter le persil. Servir tiède.

# AVOCATS VINAIGRETTE

Les avocats doivent être choisis mûrs à point, souples sous le doigt quand on appuie légèrement dessus. Coupés en deux dans le sens de la longueur et débarrassés de leurs noyaux, ils sont servis nature, avec une vinaigrette moutardée au vinaigre de xérès à laquelle on ajoute beaucoup d'estragon haché menu.
On peut aussi préparer les avocats, formés en boule, à

l'aide d'une cuillère spéciale dite "cuillère parisienne". On les mettra directement dans le plat de service nappés de la même vinaigrette et d'estragon haché.

## LÉGUMES FRAIS À LA GRECQUE

### INGRÉDIENTS

❖ 1 CAROTTE ❖ 2 PETITES COURGETTES ❖ 1 ENDIVE
❖ LE BLANC DE 2 POIREAUX
❖ 1 PETITE BOTTE D'OIGNONS FRAIS, BLANCS
❖ 1 DOUZAINE DE TOMATES CERISES
❖ 2 CŒURS D'ARTICHAUTS FRAIS
❖ 1 VERRE À MOUTARDE DE VIN BLANC
❖ 1 VERRE À MOUTARDE D'HUILE D'OLIVE
❖ 1 CUILLÈRE À SOUPE DE SUCRE
❖ LE JUS D'UN CITRON
❖ SEL ET POIVRE
❖ 1 CUILLÈRE À CAFÉ DE CORIANDRE EN GRAINS

### PRÉPARATION

Cette préparation se fait la veille, elle exige des légumes de première fraîcheur. Éplucher tous les légumes, les laver. Couper en bâtonnets les carottes et les courgettes sans les éplucher, tailler les poireaux en sifflets, l'endive en grosse julienne, les petits oignons en 2 (s'ils sont trop gros).
Dans une sauteuse à fond épais, déposer tous les légumes. Ajouter le vin blanc, l'huile d'olive, la coriandre en grains, le jus de citron et le sucre.
Faire cuire à couvert pendant 20 minutes.
Les légumes doivent rester craquants.

# Les salades "entrées"

Elles se servent généralement, pour ne pas dire toujours, sur des assiettes individuelles.
Elles sont élégantes et sophistiquées, ce qui ne veut pas dire obligatoirement coûteuses.
Selon ses moyens, on peut faire gai, frais, appétissant.
Elles n'appellent jamais la pomme de terre, le haricot blanc ou la lentille mais plutôt la pointe d'asperge, le fond d'artichaut, le haricot vert. Le mesclun est souvent leur base.
Ces salades entrées doivent jouer l'esthétique et la couleur. Il ne faut pas avoir peur de se piquer d'élégance. L'œil doit être charmé et les papilles excitées.
Leur principe est simple : une base, seule ou mélangée, légèrement assaisonnée et un complément, juste cuit, froid, tiède ou chaud. Les fleurs seront d'un secours précieux pour jouer la couleur. Il ne s'agit pas d'avaler de l'orchidée à pleine bouche mais d'utiliser, à la saison, tout ce qu'on trouve. Des fleurs d'acacia, sucrées, au goût de miel ; la capucine, jaune, rouge, pourpre, orange, légèrement poivrée et corsée comme des câpres ; des fleurs de pissenlit, de giroflée, de primevère, une ou deux violettes de teintes différentes, pourquoi pas une fleur de coquelicot, délicieuse. Il faudra savoir se servir des fleurs d'ail, de ciboulette, de thym et de romarin.
Plus tard dans la saison, on usera de fleurs de sauge, de sureau, de pétales de rose, de fleurs de phlox. Le choix est vaste, l'imagination est dans votre camp.
Il faut simplement se souvenir que les fleurs de capucine des Canaries, du laurier-rose et du datura sont des poisons…

# POIS GOURMANDS AUX LANGOUSTINES (RECETTE DE BERNARD BROUX)

**Ingrédients pour 6 personnes**

- 700 G DE POIS GOURMANDS
- 12 BELLES LANGOUSTINES OU 18, SI ELLES SONT MOYENNES
- 1 PAMPLEMOUSSE
- QUELQUES FEUILLES DE BASILIC
- 5 CUILLÈRES DE VINAIGRETTE À L'HUILE DE NOIX
- 50 G DE BEURRE
- 1 CUILLÈRE À SOUPE DE SEL DE GUÉRANDE

**Préparation**

Choisir des jeunes pois translucides, les blanchir 10 minutes dans une grande casserole remplie d'eau bouillante salée.
Décortiquer les langoustines à cru.
Les poêler 2 minutes de chaque côté dans un beurre chaud.
Mettre les pois gourmands égouttés dans les assiettes. S'ils sont trop gros, les couper en lanières, disposer les langoustines chaudes sur les pois.
Décorer avec des quartiers de pamplemousse épluchés à vif, verser un cordon de vinaigrette à base d'huile de noix, sel, poivre sur la présentation. Parsemer de basilic ciselé finement. Servir.

# SALADE CÉSAR

**Ingrédients pour 6 personnes**

- 1 BELLE BATAVIA
- 6 ŒUFS EXTRA-FRAIS
- 100 G DE ROQUEFORT BIEN GRAS ET PERSILLÉ
- 100 G DE POITRINE FUMÉE
- 20 G DE BEURRE
- 12 FILETS D'ANCHOIS
- 6 CUILLÈRES DE VINAIGRETTE AU VINAIGRE DE VIN
- 1/2 VERRE À MOUTARDE DE VINAIGRE BLANC

**Préparation**

Casser les œufs dans une tasse, un par un, et les verser doucement dans 2 litres d'eau frémissante (l'eau ne doit pas bouillir) additionnés d'un 1/2 verre à moutarde de vinaigre blanc (surtout pas de sel). Laisser pocher quatre minutes. Sortir les œufs, les mettre à égoutter sur un linge et saler au sel fin.

Couper le lard fumé en petits lardons après avoir retiré la couenne, les mettre dans l'eau froide et les égoutter avant le début de l'ébullition.

Les faire dorer au beurre dans une poêle. Laver la batavia. Mélanger dans un saladier les lardons, les anchois, le roquefort émietté, les feuilles d'estragon, la vinaigrette et la salade. Répartir sur les assiettes et ajouter l'œuf poché.

*Cette recette peut parfaitement se faire avec des œufs de caille. Plus petits comme chacun sait que l'œuf de poule, il faudra donc en prévoir 3 par personne.*

# ŒUFS AUX MOULES

## INGRÉDIENTS POUR 6 PERSONNES

- 9 GROS ŒUFS EXTRA-FRAIS
- 4 LITRES DE MOULES DE BOUCHOT
- 6 CUILLÈRES À SOUPE DE MAYONNAISE
- 1/2 VERRE À MOUTARDE DE VIN BLANC
- 1 PETIT OIGNON BLANC
- 1 CUILLÈRE À SOUPE DE PERSIL, ESTRAGON ET CIBOULETTE HACHÉS
- 1 CUILLÈRE À CAFÉ DE KETCHUP
- QUELQUES FEUILLES DE LAITUE

## PRÉPARATION

Gratter et laver les moules qui doivent être achetées parfaitement fermées. Verser le vin blanc dans une cocotte. Ajouter l'oignon haché fin, donner quelques tours de moulin à poivre.
Porter à ébullition, laisser cuire à couvert 3 minutes. Ajouter les moules et faire cuire une dizaine de minutes en mélangeant régulièrement jusqu'à ce qu'elles soient toutes ouvertes. Égoutter les moules et filtrer le jus de cuisson dans une passoire.
Faire cuire les œufs durs, les écaler et les couper en 2. Séparer les jaunes des blancs. Décoquiller toutes les moules.
Mélanger la mayonnaise, 3 cuillères à soupe du jus de cuisson des moules, le ketchup, les herbes et les moules. Rectifier éventuellement l'assaisonnement. Poser trois blancs d'œufs sur de jolies feuilles de laitue (3 demi-blancs par personne). Garnir les blancs d'œufs avec cette préparation. Parsemer de jaunes écrasés grossièrement à la fourchette, façon mimosa.

# ASPERGES ET CULS D'ARTICHAUTS

**INGRÉDIENTS POUR 6 PERSONNES**

- 800 G DE POINTES D'ASPERGES VERTES OU BLANCHES
- 6 ARTICHAUTS RONDS, FRAIS. UTILISER DE PRÉFÉRENCE LES ARTICHAUTS DITS BRETONS, PLUS AVANTAGEUX
- 6 CUILLÈRES À SOUPE DE VINAIGRETTE À L'HUILE DE NOIX
- 250 G DE FOIE GRAS CRU D'OIE OU DE CANARD
- FARINE, CERFEUIL
- SEL ET POIVRE

**PRÉPARATION**

Éplucher les pointes d'asperges avec le couteau économe, les faire cuire à l'eau bouillante salée 10 à 15 minutes, vérifier avec la pointe d'un couteau qu'elles soient tendres mais fermes. Casser les queues des artichauts. Les rincer à l'eau vinaigrée au vinaigre d'alcool, les plonger dans l'eau bouillante et les faire cuire à gros bouillons 45 minutes. Enlever les feuilles (qui seront servies avec une vinaigrette au cours d'un autre repas), retirer le foin. Sur une assiette, poser au centre les fonds d'artichauts coupés en 8. Sur les fonds d'artichauts, disposer les pointes d'asperges. Couper le foie gras en tranches de 30 à 60 g chacune selon que vous souhaitez en servir une ou deux

tranches par personne. Les fariner très légèrement sur les deux faces, saler et poivrer. Faire chauffer une poêle à fond antiadhésif. Poser les tranches à même la poêle bien chaude, faire dorer deux minutes sur chaque face, essuyer le foie gras en posant chaque tranche l'une après l'autre sur du papier absorbant. Arroser les artichauts et pointes d'asperges avec la vinaigrette, le cerfeuil en pluches, poser les tranches de foie gras. Servir.
Cette salade doit se servir légèrement tiède. On peut donc préparer les fonds d'artichauts et les asperges à l'avance, les assaisonner et les mettre à l'entrée du four dans un cul-de-poule. On préférera le foie d'oie, qui fond moins à la cuisson, au foie de canard. Les fonds d'artichauts frais peuvent se remplacer par des fonds d'artichauts en conserve. Malheureusement, tous ne sont pas bons.

◆ **VARIANTE**

Selon le même procédé, on peut faire une salade de :
- pointes d'asperges, culs d'artichauts et haricots verts,
- haricots verts et pointes d'asperges,
- haricots verts et culs d'artichauts,

Le foie gras peut se remplacer par des langoustines, coquilles Saint-Jacques, écrevisses, crabes, ou foies de volaille.

# HARICOTS VERTS AUX RIS DE VEAU

## Ingrédients pour 6 personnes

- 1 PETITE FRISÉE
- 500 G DE HARICOTS VERTS
- 150 G DE CHAMPIGNONS DE PARIS
- 2 NOIX DE RIS DE VEAU BIEN RONDES ET BIEN FERMES
- 6 CUILLÈRES À SOUPE DE VINAIGRETTE AU VINAIGRE DE VIN
- 2 CUILLÈRES À CAFÉ DE VINAIGRE DE BANYULS OU DE XÉRÈS OU BALSAMIQUE
- 1 CUILLÈRE À SOUPE DE PLUCHES DE CERFEUIL
- 20 G DE BEURRE
- SEL ET POIVRE

## Préparation

Les ris de veau sont délicats et demandent à être bien préparés.
Faire dégorger les ris de veau dans de l'eau fraîche pendant 1 ou 2 heures jusqu'à ce qu'il n'y ait plus aucune trace de sang.
Mettre les noix dans une casserole d'eau froide. Porter à ébullition, laisser frémir 3 minutes, égoutter et laisser refroidir. Retirer ensuite les petites peaux.
Envelopper les ris dans un torchon.
Les placer entre deux planches et poser un poids ou un dictionnaire sur la planche supérieure.
Les conserver au moins une matinée dans cette situation pour qu'ils s'aplatissent et expriment leur eau.
Éplucher les haricots verts et les faire cuire dans de l'eau bouillante salée, à découvert, pendant, selon leur degré de

fraîcheur et leur taille, 3 à 10 minutes. La cuisson du haricot vert se vérifie en le goûtant. Quand ils sont croquants, les égoutter très rapidement et les jeter dans une bassine d'eau glacée pour arrêter la cuisson. Après quelques instants, les égoutter.

Éplucher la salade. La laver, l'égoutter. Laver les champignons de Paris, les émincer et les citronner légèrement.

Mélanger frisée, haricots verts, champignons crus dans la vinaigrette. Répartir dans les assiettes.

Escaloper les ris en tranches fines. Les passer très légèrement dans la farine. Mettre le beurre dans la poêle à feu moyen ; quand il grésille, poser les escalopes et les faire cuire doucement des deux côtés. Les retirer et les poser sur du papier absorbant avant de les répartir sur la salade.

Verser le vinaigre de xérès, banyuls ou balsamique dans la poêle. Avec une spatule en bois, gratter pour récupérer les sucs de cuisson et verser ce jus sur les escalopes de ris de veau. Servir.

• **Variante**

*Cette salade peut se préparer avec des ris d'agneau, des foies de volaille. On peut même y ajouter une langoustine décortiquée à vif et poêlée avec les ris de veau.*

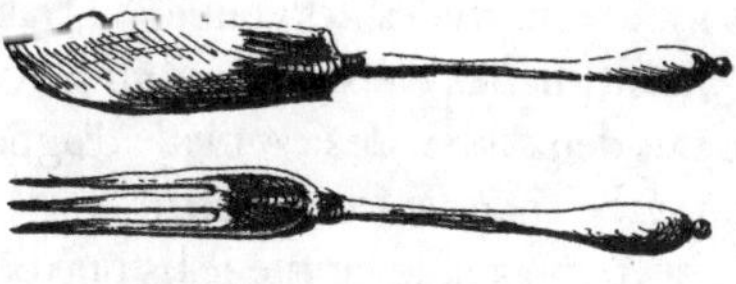

# SALADE DE JEUNES ÉPINARDS À LA CERVELLE

**INGRÉDIENTS POUR 6 PERSONNES**

- 300 G D'ÉPINARDS CRUS ET JEUNES
- 2 CERVELLES DE VEAU MOYENNES OU 6 CERVELLES D'AGNEAU
- 25 G DE BEURRE
- 6 CUILLÈRES À SOUPE DE VINAIGRETTE À L'HUILE D'OLIVE ET AU VINAIGRE DE XÉRÈS OU BANYULS
- LE JUS D'UN CITRON
- 1/2 VERRE À MOUTARDE DE VINAIGRE BLANC
- SEL ET POIVRE

**PRÉPARATION**

Choisir de tout petits épinards ou de la tétragone. Les équeuter soigneusement et ne conserver que les feuilles parfaitement saines. Les laver et les sécher délicatement. Sous l'eau froide, courante, nettoyer les cervelles en enlevant les petits filaments sanguinolents et les peaux superflues. Plonger les cervelles, 4 à 5 minutes, dans une grande casserole d'eau salée additionnée d'un 1/2 verre à moutarde de vinaigre blanc. Égoutter et laisser refroidir sur du papier absorbant.

Quand elles sont bien froides, les couper en tranches obliques de 2 centimètres d'épaisseur pour les cervelles de veau. Séparer les deux lobes de la cervelle d'agneau et couper chaque lobe en 2 dans l'épaisseur.

Faire fondre, à feu moyen, le beurre dans une poêle. Quand il grésille, installer les escalopes de cervelle et faire dorer doucement, 4 minutes par côté.

Mélanger les épinards avec la vinaigrette. Poser les escalopes de cervelle sur les épinards. Ajouter le jus du citron. Laisser mousser. Verser sur les cervelles et servir.

• **VARIANTE**

*Les jeunes pousses d'épinards et la tétragone s'entendent très bien avec les foies de volaille. On peut aussi demander à son tripier d'escaloper finement 50 g de foie de veau par personne. On les poêlera après les avoir farinés. N'excluons pas de cette salade, à base d'épinards, un joli rognon de veau rôti dans sa graisse et escalopé en tranches fines.*

# HOMARD EN SALADE À L'ITALIENNE

**INGRÉDIENTS POUR 6 PERSONNES**

- 2 HOMARDS DE 600 À 700 G
- 4 CUILLÈRES À SOUPE DE VINAIGRE BALSAMIQUE
- 1 MÉLANGE DE SALADES DE TRÉVISE ET MESCLUN
- 1 PETIT POT DE CRÈME FRAÎCHE
- 1 BRANCHE DE ROMARIN FRAIS
- 2 BELLES ORANGES
- 6 PETITS CÈPES DITS "BOUCHONS DE CHAMPAGNE"
- 1 CUILLÈRE À SOUPE D'HERBES, CERFEUIL, CIBOULETTE, PERSIL
- SEL ET POIVRE AU MOULIN

**PRÉPARATION**

Préparer un court-bouillon au vin blanc (voir p. 194). Plonger les homards à ébullition et les laisser 2 minutes.

Les sortir. Séparer la tête de la queue et des pinces.
Remettre les queues à cuire pour 6 minutes et les pinces pour 2 minutes. Égoutter et laisser refroidir.
Avec un gros couteau, couper les têtes en 2 dans le sens de la longueur, enlever la poche dite "à pierres" qui se trouve à la hauteur des yeux.
Broyer les têtes au mixer.
Les mettre dans une casserole à fond épais, ajouter un demi-verre de court-bouillon, la crème fraîche et la branche de romarin.
Laisser cuire à petits bouillons 10 minutes afin que la crème se parfume du homard et de romarin.
Filtrer à la passoire fine et laisser refroidir.
Essuyer les cèpes, les émincer et les faire cuire dans une poêle à revêtement antiadhésif avec une 1/2 cuillère à café d'huile d'olive jusqu'à ce qu'ils deviennent translucides.
Éplucher les salades. Les laver.
Les assaisonner avec la vinaigrette, mélanger et poser sur le centre d'une assiette.
Éplucher et couper des quartiers d'orange à vif.
Décoquiller les homards et les pattes, escaloper en tranches

fines et les répartir autour de la salade. Ajouter les quartiers d'orange et les cèpes tout autour.
Saucer les homards avec la crème au romarin. Ajouter les fines herbes. Servir.

## SALADE DE CRESSON AUX ROUGETS

**Ingrédients pour 6 personnes**

- 2 BOTTES DE CRESSON BIEN VERT, BIEN FRAIS
- 6 ROUGETS DONT ON DEMANDERA AU POISSONNIER DE LEVER LES FILETS
- 6 CUILLÈRES À SOUPE DE VINAIGRETTE AU VINAIGRE DE VIN
- 25 G DE BEURRE

**Préparation**

Laver soigneusement le cresson et couper les tiges trop grosses.
A feu moyen, faire grésiller le beurre.
Poser les filets de rougets.
Les faire cuire doucement 2 minutes 1/2 sur chaque face et poser sur la salade de cresson, juste mélangée avec la vinaigrette.
Le mélange vinaigrette-cresson doit se faire au tout dernier moment car le cresson a tendance à se flétrir très vite au contact de l'huile et du vinaigre.

# SALADE D'ÉTÉ

**INGRÉDIENTS POUR 6 PERSONNES**

- 6 AVOCATS
- 6 FIGUES FRAÎCHES
- 1 MELON
- 3 POIRES
- 12 TRANCHES TRÈS FINES DE JAMBON DE PARME, DE SAN DANIELE OU DE BAYONNE
- 3 CUILLÈRES À SOUPE D'HUILE
- LE JUS D'UN DEMI-CITRON
- 1/2 CUILLÈRE À CAFÉ DE VINAIGRE BALSAMIQUE
- SEL ET POIVRE

**PRÉPARATION**

Choisir des avocats bien mûrs, les éplucher, les dénoyauter et les couper en petits dés. Mélanger avec l'huile et le citron.

Laisser macérer au frais le temps d'épépiner un melon, de le vider entièrement avec une petite cuillère à faire des boules, les saler et poivrer et les remettre dans les melons vidés, ajouter une goutte de vinaigre balsamique.

Fermer les melons et les tenir au frais.

Éplucher les poires, les couper en quartiers et les escaloper en tranches fines dans le sens de la longueur.

Couper les figues en 2.

Poser deux gouttes de citron sur chaque quartier de figue et sur une grande assiette, préalablement passée au congélateur, laisser libre cours à votre imagination en posant le jambon, à plat ou roulé, les petits dés d'avocat, les boules de melon retirées de leur écorce, poires et figues.

Servir bien frais avec un verre de vin moelleux.

# *Les salades " plats de résistance "*

Salades "plats de résistance" ne veut pas dire utilisation des restes. Il s'agit de plats complets, réunissant divers ingrédients comme base principale du repas, viandes, poissons ou volailles, accompagnés de légumes, verdures, condiments. L'apparence doit être appétissante et le contenu suffisamment nourrissant pour remplacer un repas complet.
Les quelques recettes qui suivent sont des éléments de base. A vous de laisser jouer ensuite votre imagination.

## SALADE NIÇOISE

En écoutant ou en lisant le récit des recettes de salade niçoise des uns ou des autres, j'ai pu constater qu'elles avaient toutes un point commun, le mot "véritable". Aucun interlocuteur qui ne détienne, non pas "sa" recette, mais "la" recette. Aucun récit, dans aucun livre, qui ne précise que "cette" recette-là est la seule, la vraie, celle du pays niçois, mieux encore, de l'arrière-pays niçois. N'oublions pas que tout ce qui est supposé provenir de l'arrière-pays (de n'importe quel arrière-pays, mais principalement

de celui de Nice) est authentique, irréfutable.
Il me semble toutefois que l'essentiel reste la qualité de l'huile d'olive et la fraîcheur des produits utilisés.

**INGRÉDIENTS POUR 6 PERSONNES**

- 1 LAITUE OU ÉVENTUELLEMENT 3 PIEDS DE PETITES SUCRINES
- 5 TOMATES
- 5 ŒUFS EXTRA-FRAIS
- 1 POIVRON ROUGE, 1 POIVRON VERT, 1 OIGNON ROUGE
- 350 G DE HARICOTS VERTS
- 1 PIED DE FENOUIL BIEN BLANC
- 1 BOÎTE DE FILETS D'ANCHOIS À L'HUILE
- 18 OU 24 PETITES OLIVES
- 10 CUILLÈRES À SOUPE DE VINAIGRETTE AU VINAIGRE DE VIN
- BASILIC, SEL ET POIVRE

**PRÉPARATION**

Éplucher les haricots verts et les faire cuire selon la recette p. 88. Faire cuire les œufs durs, les rafraîchir avant de les écaler. Faire griller les poivrons (voir p. 69). Peler, épépiner les tomates et les couper en quatre. Égoutter le thon et les anchois en conservant l'huile. Couper le fenouil en lamelles et l'oignon en rondelles. Dans un vaste saladier, rallonger la vinaigrette déjà préparée avec l'huile du thon et des anchois. Ajouter la laitue, les haricots verts, les poivrons coupés en lanières, l'oignon, les tomates, le fenouil et le thon émietté en gros morceaux. Mélanger et décorer avec les œufs durs, les filets d'anchois et un hachis grossier de feuilles de basilic. Servir aussitôt décoré avec des olives noires (si possible, des petites olives de Nice).

*Depuis deux ans, on trouve de l'huile d'olive "primeur". Particulièrement parfumée, elle se conserve un an. On la préférera…*

# LENTILLES, POULE FAISANE ET SAUCISSON DE MORTEAU

## INGRÉDIENTS POUR 6 PERSONNES

- 300 G DE LENTILLES VERTES DU PUY
- 1 POULE FAISANE BARDÉE
- 1 SAUCISSON DE MORTEAU
- 2 CAROTTES
- 1 PETIT OIGNON PIQUÉ DE 2 CLOUS DE GIROFLE
- 1 PETIT BOUQUET GARNI
- 8 CUILLÈRES DE VINAIGRETTE MOUTARDÉE
- 2 CUILLÈRES À SOUPE DE PERSIL PLAT HACHÉ
- 20 G DE BEURRE
- 1 CUILLÈRE À SOUPE D'HUILE D'ARACHIDE
- SEL ET POIVRE

## PRÉPARATION

Dans une cocotte en fonte, faire chauffer l'huile. Ajouter une noix de beurre. Lorsqu'il grésille, poser la poule faisane bardée et faire cuire 20 minutes de chaque côté, à feu doux cocotte couverte. Égoutter soigneusement la poule et la laisser refroidir, poitrine vers le bas. Débarrasser la cocotte du gras de cuisson. Ajouter les lentilles sans avoir lavé la cocotte pour que les sucs accrochés les parfument. Ajouter de l'eau froide (2 fois le volume des lentilles), les carottes, l'oignon clouté et le bouquet garni. Laisser cuire à petit feu 3/4 d'heure puis, pour 30 minutes, mettre le saucisson de Morteau. Ajouter de l'eau si nécessaire. Goûter, rectifier l'assaisonnement en sel et en poivre.

Désosser les ailes et les cuisses de la poule faisane. Retirer la peau. Couper la chair en cubes d'1 centimètre environ.

Égoutter les lentilles. Couper le saucisson de Morteau en rondelles épaisses. Ajouter aux lentilles les carottes coupées en dés. Mélanger le tout avec la vinaigrette moutardée. Parsemer de persil haché. Servir en saladier.

# SALADE DE PIGEONNEAUX AUX ÉCREVISSES

## INGRÉDIENTS POUR 6 PERSONNES

- 3 PIGEONS DE GRAIN DE 300 G CHACUN
- 24 ÉCREVISSES, PATTES ROUGES SI POSSIBLE
- 1 GROSSE TOMATE
- 250 G DE HARICOTS VERTS
- 200 G DE SALADE DE MESCLUN
- 1 BOTTE D'ASPERGES DITES "SAUVAGES" À POINTES VERTES OU UNE TRENTAINE DE POINTES
- 5 CUILLÈRES À SOUPE DE VINAIGRETTE AU VINAIGRE DE BANYULS OU XÉRÈS
- 2 CUILLÈRES À SOUPE D'HUILE D'OLIVE
- 50 G DE BEURRE
- 1 CUILLÈRE À SOUPE DE COGNAC
- 1 CUILLÈRE À SOUPE DE PORTO
- SEL ET POIVRE

## PRÉPARATION

Faire chauffer les 2 cuillères d'huile d'olive et le beurre dans une cocotte en fonte. Déposer les pigeons salés et poivrés et laisser dorer sur chaque côté. Couvrir et laisser cuire 12 minutes.
Châtrer les écrevisses (on châtre les écrevisses en enlevant le boyau intérieur, il suffit pour cela de tirer en

tournant légèrement la partie centrale du bout de la queue de l'écrevisse). Dans le gras de cuisson des pigeons, ajouter les écrevisses pour 6 minutes. Sortir les écrevisses.
Vider le gras et ajouter le cognac et le porto avec 4 cuillères à soupe d'eau. Porter à ébullition en grattant avec une cuillère en bois le fond de la cocotte pour décoller les sucs.
Passer le jus dans une passoire fine.
Faire cuire les haricots verts *al dente* dans de l'eau bouillante salée. Les rafraîchir dans de l'eau glacée. Dans l'eau de cuisson des haricots verts, faire cuire les asperges.
Décortiquer les queues d'écrevisses (conserver les têtes et les pattes pour faire une bisque).
Désosser les ailes et les cuisses des pigeons. Peler, épépiner la tomate. La couper en dés.
Dans une assiette, répartir le mesclun, lavé et essoré, les haricots verts, les pointes d'asperges, la tomate coupée. Poser dessus les aiguillettes de pigeonneau entourées d'écrevisses.
Arroser de vinaigrette ainsi que de jus de cuisson. Décorer avec des pluches de cerfeuil.
Cette recette peut se préparer 1 heure avant de passer à table.

♦ **VARIANTE**

*Cette salade peut se faire avec un petit canard colvert, des perdreaux en place du pigeon et les écrevisses peuvent se remplacer par des langoustines dont on gardera, également, les têtes pour une bisque.*

# SALADE DE CABILLAUD

## Ingrédients pour 6 personnes

- 1 BEAU TRONÇON DE CABILLAUD (600 G) PRIS DANS LA PARTIE PROCHE DE LA TÊTE
- 1 OU 2 LANGOUSTINES PAR PERSONNE
- 1 LAITUE
- 12 PETITES POMMES DE TERRE, NOIRMOUTIER, RATTE OU BELLE DE FONTENAY
- 2 CITRONS
- 3 TOMATES
- 1 BOL DE MAYONNAISE
- 2 CUILLÈRES À SOUPE DE CÂPRES
- 3 CUILLÈRES À SOUPE D'ESTRAGON, PERSIL ET CERFEUIL HACHÉS
- SEL ET POIVRE

## Préparation

Faire pocher le cabillaud 15 à 18 minutes dans un court-bouillon (voir p. 194). Vérifier la cuisson. Retirer la peau et les arêtes du poisson.

Faire pocher les langoustines 3 minutes dans le court-bouillon du poisson. Retirer la carapace en conservant les têtes.

Faire cuire les pommes de terre à la vapeur, sans les peler.

Peler, épépiner et couper les tomates en petits cubes. Laver la laitue entière en la plongeant à plusieurs reprises dans des eaux différentes. L'égoutter soigneusement et la couper en lanières avec des ciseaux, à partir des pointes pour obtenir de longs rubans. Saler et poivrer cette chiffonnade. Mélanger et répartir dans le centre de grandes assiettes.

Dans un saladier, mélanger les pommes de terre pelées et coupées en rondelles, le cabillaud effeuillé, les fines herbes,

les câpres, les tomates et la mayonnaise. Répartir le contenu du saladier sur la chiffonnade.
Ajouter les langoustines et les rondelles de citron en décoration.

◆ **VARIANTE**
*Sur le même principe à défaut de cabillaud, on peut réaliser cette salade avec du haddock poché dans du lait, du lieu jaune ou des filets de grenadier et remplacer les pommes de terre par du riz.*

# SALADE DE BŒUF (VOIR P. 399)

# SALADE DE RIZ AUX ENCORNETS

**INGRÉDIENTS POUR 6 PERSONNES**

❖ 250 G DE RIZ
❖ 1 KG D'ENCORNETS ❖ 3 COURGETTES
❖ 3 TOMATES ❖ 1 POIVRON ROUGE
❖ 5 CUILLÈRES À SOUPE D'UNE VINAIGRETTE À BASE D'HUILE D'OLIVE, CITRON ET SAFRAN
❖ 2 CUILLÈRES À SOUPE D'ANETH ET DE CORIANDRE HACHÉS
❖ 2 CUILLÈRES À SOUPE D'HUILE D'OLIVE
❖ 2 GOUSSES D'AIL
❖ SEL ET POIVRE

**PRÉPARATION**
Faire cuire le riz à la créole (voir p. 319) en prenant soin de le rincer à l'eau froide pour que les grains se détachent.
Laisser égoutter.

Faire enlever, par le poissonnier, le petit os transparent des encornets. Les laver soigneusement pour éliminer le sable. Les couper en lanières. Les faire revenir 5 minutes dans une sauteuse avec l'huile d'olive et les gousses d'ail écrasées.
Laver les courgettes, les couper en rondelles et les faire revenir, sans les éplucher, jusqu'à ce qu'elles soient transparentes.
Peler, épépiner et couper les tomates en dés.
Mélanger l'ensemble avec la vinaigrette à l'huile d'olive.
Parsemer avec l'aneth et la coriandre et décorer avec le poivron épépiné, coupé en lanières très fines.

◆ **Variante**
*On peut ajouter des moules à cette salade, cuites et retirées de leurs coquilles ou, à défaut de moules, des coques.*

# SALADE DE POULET

**Ingrédients pour 6 personnes**

❖ 1 PETIT POULET ❖ 1 SCAROLE ❖ 6 PETITES TOMATES
❖ 6 ŒUFS ❖ QUELQUES BRANCHES DE CÉLERI
❖ 6 TRANCHES FINES DE POITRINE FUMÉE
❖ 100 G DE COMTÉ OU DE BEAUFORT
❖ 5 OU 6 FEUILLES D'OSEILLE
❖ 1 BOL DE MAYONNAISE AU KETCHUP ❖ SEL ET POIVRE

A défaut d'un poulet entier, on peut acheter 4 blancs et 12 manchons.

**Préparation**
Faire cuire le poulet à la broche ou en cocotte ou faire revenir les blancs à la cocotte, croustillants à l'extérieur, moelleux à l'intérieur.
Faire cuire les œufs durs.

Peler, épépiner les tomates et les couper en quartiers.
Tronçonner les branches de céleri. Monter une mayonnaise avec le ketchup.
Couper le comté en très fines lanières.
Désosser le poulet.
Retirer la peau et trancher les chairs en fines escalopes.
Dans une poêle, faire revenir les fines tranches de poitrine fumée jusqu'à ce qu'elles soient très croustillantes (comme pour un foie de veau à l'anglaise). Ajouter les manchons (si vous avez choisi la solution des blancs de poulet tout préparés), les faire dorer et croustiller.
Éplucher la salade et couper les feuilles.
Dans un saladier, mélanger la salade avec les feuilles d'oseille coupées en chiffonnade, les morceaux de poulet escalopés, les œufs coupés en rondelles avec un coupe-œufs, le céleri, les tomates et la mayonnaise.
Servir avec les tranches de poitrine fumée et les manchons bien égouttés.

## Les salades "légumes"

Les salades "légumes" sont d'exquises garnitures. Elles accompagnent le porc, le veau, le poulet rôti. Elles sont simplissimes à réaliser, quelquefois le jus du rôti leur est suffisant. Elles supportent la crème, la béchamel, les gratins. En utilisant les grosses feuilles vertes extérieures, on réalise des économies tout en se régalant. Les salades, comme tous les légumes en général, se cuisent à l'anglaise ou à l'étuvée. La cuisson à l'anglaise est la plus simple : elle consiste à plonger les salades dans de l'eau bouillante salée. La quantité d'eau doit être très importante par rapport au légume. La cuisson s'établit à découvert, à gros bouillonnements, pendant un temps qui varie selon les légumes. En ce qui concerne la salade, la moyenne se situe entre 7 et 15 minutes. Les légumes doivent rester fermes pour conserver leur goût et leurs vitamines. Après les avoir égouttés soigneusement et pressés délicatement pour exprimer l'eau de cuisson, il suffira de les accommoder à sa convenance. La cuisson à l'étuvée implique un peu de matière grasse, généralement du beurre, une sauteuse ou une cocotte, le tout cuisant hermétiquement à couvert et à petit feu. Les salades cuisent ainsi dans leur eau de végétation. Lorsque celle-ci s'est évaporée en partie, il suffit de rajouter une noix de beurre pour obtenir un jus délicieux.

## LAITUE ROMAINE POÊLÉE AU BEURRE

### INGRÉDIENTS

- 1 BELLE ROMAINE PAR PERSONNE
- 40 G DE BEURRE
- SEL ET POIVRE

### PRÉPARATION

Supprimer les feuilles flétries des romaines. Couper le pied. Les laver à l'eau froide à plusieurs reprises en les tenant par le trognon.

Faire cuire à l'anglaise 15 minutes. Bien exprimer l'excédent d'eau.

Dans une grande poêle ou dans une sauteuse, faire fondre

le beurre à feu moyen. Lorsqu'il grésille, poser les romaines et laisser dorer en les retournant doucement pendant une quinzaine de minutes.
Poivrer au moulin et servir dans un plat chaud.

### ◆ VARIANTE : LAITUE ROMAINE ÉTUVÉE

#### INGRÉDIENTS

- 6 PETITES OU 3 GROSSES ROMAINES
- 50 G DE BEURRE
- SEL ET POIVRE
- 1 BRANCHE DE THYM

#### PRÉPARATION

Éliminer les feuilles extérieures si elles sont fanées.
Rafraîchir la queue et tremper les salades à plusieurs reprises dans de l'eau bien fraîche en les tenant par le trognon. Les égoutter.
Dans une cocotte, mettre la moitié du beurre. Lorsqu'il est fondu, rajouter les romaines et la branche de thym.
Couvrir et laisser cuire à feu doux pendant 40 minutes.
Retirer la branche de thym.
Mettre les romaines dans un légumier bien chaud. Ajouter le restant du beurre dans la cocotte. Faire fondre et verser sur les légumes.

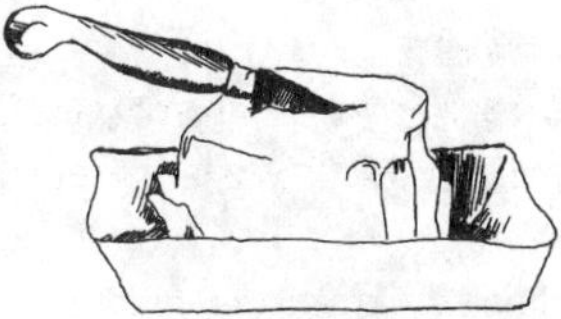

# VERT DE SALADE EN GRATIN

## INGRÉDIENTS

- VERT DE CHICORÉE FRISÉE OU DE CHICORÉE SCAROLE
- 1/2 LITRE DE BÉCHAMEL
- 125 G DE GRUYÈRE RÂPÉ
- 20 G DE BEURRE

## PRÉPARATION

Faire cuire à l'anglaise toutes les feuilles extérieures et vertes de la salade, 8 à 10 minutes. Égoutter. Presser pour éliminer l'eau de cuisson.
Former des boules, les couper en morceaux avant de les étaler dans un plat à gratin. Recouvrir de béchamel agrémentée, préalablement, des 2/3 du gruyère râpé.
Allumer le four à température moyenne (200°, thermostat 5), saupoudrer le plat avec le reste du gruyère râpé.
Ajouter le beurre en fines lamelles.
Mettre au four 10 minutes et sous le gril 5 minutes pour faire dorer.

*L'endive convient parfaitement à ce type de traitement, cuisson à l'anglaise, béchamel, gratin.*

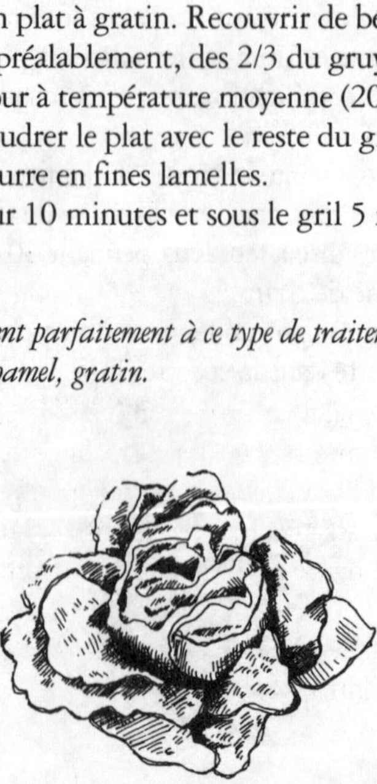

## LA BÉCHAMEL

Contrairement à ce qu'on imagine, la béchamel peut se faire rapidement alors qu'auparavant cette sauce était une corvée qui exigeait plus d'une heure de cuisson.

### INGRÉDIENTS

- 1/2 LITRE DE LAIT
- 40 G DE FARINE OU DEUX CUILLÈRES À SOUPE DÉBORDANTES
- 40 G DE BEURRE
- 1 GROSSE CUILLÈRE À SOUPE DE CRÈME FRAÎCHE
- SEL ET POIVRE
- NOIX DE MUSCADE RÂPÉE

### PRÉPARATION

Dans une casserole à fond épais, faire fondre le beurre à feu doux.
Dès qu'il est fondu, verser la farine et mélanger avec une cuillère en bois jusqu'à obtenir un mélange lisse, sans grumeaux.
Verser d'un coup le lait froid.
Porter à ébullition à feu moyen, sans cesser de tourner, jusqu'à ce que le mélange épaississe. Saler, poivrer.
Rajouter la noix de muscade râpée (une pointe de couteau).
Poser la casserole sur une plaque isolante et laisser cuire pendant une 1/2 heure à feu doux, en remuant de temps en temps.
Ajouter une bonne cuillère à soupe de crème fraîche.
Rectifier l'assaisonnement.

# SALADE FARCIE

### INGRÉDIENTS

- 2 BELLES LAITUES
- 1 VERRE DE CONSOMMÉ DE VOLAILLE INSTANTANÉ
- 12 TRONÇONS DE MOELLE D'UN BON CENTIMÈTRE D'ÉPAISSEUR CHACUN
- 30 G DE BEURRE
- 1 CUILLÈRE À SOUPE DE PLUCHES DE CERFEUIL
- SEL ET POIVRE

### PRÉPARATION

Éplucher les laitues. Plonger les feuilles 3 minutes dans l'eau bouillante puis les passer sous l'eau froide. Les essorer soigneusement et empiler l'une sur l'autre 2 ou 3 feuilles de laitue, les plus larges et les plus grosses, celles de l'extérieur. Mettre au centre de ces feuilles une rondelle de moelle.
Saler, poivrer.
Plier les feuilles pour emballer complètement la moelle.
Dans un plat à gratin, ranger les petits paquets les uns contre les autres.
Ajouter la moitié du beurre et un verre de bouillon.
Couvrir le plat avec un papier d'aluminium et faire cuire, à feu doux, pendant une demi-heure.

Mettre les paquets sur un plat chaud.
Ajouter le reste du beurre et faire réduire à feu vif.
Parsemer de cerfeuil.

◆ **VARIANTE**

La laitue ou la laitue romaine peuvent se farcir avec une farce de porc et de veau. Il faut procéder exactement comme dans la recette ci-dessus et remplacer la moelle par la farce. Rien n'empêche d'ailleurs de mettre l'une et l'autre.

# CRESSON ÉTUVÉ

**INGRÉDIENTS**

- 2 BOTTES DE CRESSON
- 40 G DE BEURRE
- SEL ET POIVRE

**PRÉPARATION**

Éplucher le cresson en supprimant les plus grosses tiges. Laver soigneusement et égoutter. Dans une sauteuse, faire fondre le beurre à feu moyen. Ajouter le cresson et remuer régulièrement jusqu'à le faire "tomber". Maintenir à feu moyen jusqu'à ce que l'eau de végétation ait disparu. Saler, poivrer. Servir.

◆ **VARIANTE : PURÉE DE CRESSON**

Faire cuire le cresson 3 à 4 minutes dans de l'eau salée. Rafraîchir à l'eau froide. Passer au mixer pour obtenir une purée et y incorporer une bonne cuillère à soupe de crème fraîche sur feu doux. Il faut compter une botte de cresson pour deux personnes.

# LAITUES BRAISÉES

## INGRÉDIENTS

- 6 BELLES LAITUES
- 100 G DE CHAIR À SAUCISSE
- 40 G DE BEURRE
- 2 CUILLÈRES À SOUPE D'HUILE
- 6 TRANCHES FINES DE POITRINE FUMÉE
- 1 CAROTTE
- 1 OIGNON
- 1 BRANCHE DE CÉLERI
- 2 VERRES DE CONSOMMÉ INSTANTANÉ DE BOUILLON DE BŒUF (KNORR)
- 1 BRANCHE DE THYM
- 1 FEUILLE DE LAURIER
- SEL ET POIVRE

## PRÉPARATION

Enlever les feuilles extérieures abîmées des laitues. Rafraîchir le pied. Laver les laitues entières à grande eau fraîche.
Les égoutter soigneusement. Les faire cuire à l'anglaise 3 minutes. Les retirer une à une avec une écumoire et les passer sous l'eau froide.
Les égoutter et les presser pour extraire l'eau de cuisson.
Faire chauffer le beurre et l'huile dans une sauteuse.
Ajouter carotte, oignon et céleri émincés finement.
Émietter la chair à saucisse. Ajouter le thym, le laurier.
Faire colorer. Rouler la tranche de poitrine fumée autour de la laitue, la faire tenir avec un bâtonnet en bois. Ranger les laitues sur les légumes et faire cuire à couvert, à four doux (120°, thermostat 2), pendant 1 heure.
Déposer les laitues sur un plat chaud. Passer le jus de cuisson en essayant d'extraire le maximum de matière des

légumes et de la chair à saucisse.
Faire réduire à feu vif.
Napper les laitues et servir très chaud.

## SALADE DE FRUITS À LA MOUTARDE

### Ingrédients

- 1 PETIT ANANAS FRAIS
- 2 BANANES
- 2 ORANGES
- 1 POMME GRANNY-SMITH
- 1 PETITE GRAPPE DE RAISIN BLANC
- 1 PETITE GRAPPE DE RAISIN NOIR
- 50 G DE CERNEAUX DE NOIX
- 150 G DE CRÈME FRAÎCHE ÉPAISSE
- 1 CUILLÈRE À CAFÉ DE MOUTARDE
- 1 CUILLÈRE À CAFÉ DE SEL ET DE POIVRE
- LE JUS D'UN CITRON

### Préparation

Choisir des fruits très sains et mûrs. Couper l'ananas en deux dans le sens de la longueur sans lui enlever le plumet, prélever la chair sans percer l'écorce qui servira à la présentation de la salade.
Enlever la partie ligneuse du cœur et couper les chairs en petits quartiers. Éplucher les oranges à vif, ôter les pépins.
Éplucher la banane et la couper en rondelles d'un 1/2 centimètre. Laver la pomme, enlever cul et pépins, émincer comme la banane.
Égrapper les raisins.

Mélanger le tout avec le jus du citron pressé. Dans un saladier, mélanger crème fraîche, moutarde, sel et poivre.
Ajouter les fruits avec leur jus. Mélanger le tout et remplir les moitiés d'ananas évidées. Décorer avec les noix.
Cette salade ne doit surtout pas séjourner dans le réfrigérateur.
Il faut la servir avec du jambon blanc à l'os, un rôti de porc froid ou un canard rôti servi tiède.

# Les salades "desserts"

## SALADE DE FRUITS

Certains nutritionnistes intransigeants prétendent qu'il ne faut jamais manger de fruits crus après le repas. Si nous devions les écouter, nous nous priverions d'abord de beaucoup de plaisir et, surtout, de desserts très pratiques pour la maîtresse de maison. Ces salades se préparent une ou deux heures avant le début du service afin qu'elles macèrent. Elles se tiennent sagement au réfrigérateur en attendant d'apparaître avec des petits fours, un morceau de brioche ou, simplement, nature dans leurs parfums mélangés. On a tendance à rajouter de l'alcool. Il me semble que c'est dénaturer la saveur des fruits. Pourquoi ne pas poser une bouteille d'eau-de-vie de fruits frappée sur la table, chacun pouvant en ajouter selon son goût ?

S'il est un impératif indispensable à respecter, c'est la saison.

# SALADE D'ORANGES

**Ingrédients**

- 9 ORANGES
- 3 CUILLÈRES À SOUPE DE SUCRE SEMOULE
- 1 CUILLÈRE À CAFÉ DE CANNELLE EN POUDRE
- 1 CLOU DE GIROFLE RÉDUIT EN POUDRE

**Préparation**

Peler 8 oranges à vif, c'est-à-dire la chair de l'orange visible et débarrassée de sa membrane blanche. Les couper en rondelles très fines.
Éliminer les pépins. Récupérer le jus.
Presser le jus de l'orange restante, lui ajouter le jus récupéré. Mélanger le sucre, la cannelle et le clou de girofle en poudre, l'ajouter au jus de l'orange.
Verser sur les rondelles. Mélanger et tenir au frais.

**◆ Variante de la salade d'oranges**

Cette salade peut se préparer avec des quartiers d'orange dits "à cru". C'est incontestablement meilleur mais incomparablement plus long. Il faut peler le fruit à vif puis séparer, à l'aide d'un couteau très aiguisé, chaque quartier de chair de la membrane qui l'entoure.
On peut également agrémenter ces deux variantes de

zestes de citrons cuits au sirop. Couper les zestes en fine julienne et les porter à ébullition avec un peu d'eau froide. Égoutter et les passer sous l'eau froide. Faire un sirop et y cuire les zestes jusqu'à ce que le sirop épaississe vraiment.
Le sirop se rajoute à la salade et les zestes la décorent.

# SALADE DE FRUITS D'HIVER

**Ingrédients pour 6 personnes**

- 2 POMMES BOSKOOP, REINETTES DU MANS OU COX'S ORANGE
- 2 POIRES CONFÉRENCE, DOYENNÉS DU COMICE OU PASSE-CRASSANE
- 2 BANANES ❖ 2 ORANGES
- LE JUS DE 2 MANDARINES
- LE JUS D'UN 1/2 CITRON
- 4 CUILLÈRES À SOUPE DE SUCRE SEMOULE

**Préparation**

Éplucher les fruits.
Couper les pommes et les poires en 2, les émincer.
Couper les bananes en rondelles, les oranges pelées à vif en demi-rondelles.
Mélanger tous les fruits.
Recouvrir de sucre et arroser du jus des mandarines et du citron mélangés.
Mettre au frais.
Sortir au début du repas et servir après avoir bien mélangé.
On peut rajouter des cerneaux de noix fraîches, à la seule condition de les avoir soigneusement épluchés.

# SALADE DE FRUITS D'ÉTÉ

Tous les fruits peuvent se mélanger : abricots, pêches, poires, cerises dénoyautées ou fraises coupées en quartiers, la moitié d'un melon épluché, coupé en dés. Tout est possible. Seule votre imagination fera la différence. Dans les salades d'été, on peut ajouter des fleurs de thym ou de romarin, de la menthe fraîche hachée. Selon la qualité de la saison et, par conséquent, des fruits, il faudra seulement saupoudrer de plus ou moins de sucre semoule.

# SALADE DE PÊCHES

**INGRÉDIENTS**

- 9 BELLES PÊCHES, BLANCHES DE PRÉFÉRENCE, ET BIEN MÛRES

**PRÉPARATION**

Plonger les pêches 1 minute dans l'eau bouillante. Les retirer, les peler et garder une louche de l'eau de cuisson. Mettre une pêche pelée de côté et couper les autres en 6 dans le sens de la hauteur en supprimant le noyau. Les disposer dans un saladier.

Mixer la pêche restante, sans le noyau, cela va de soi, avec une dizaine de feuilles de menthe. Ajouter à cette purée une petite louche de l'eau dans laquelle on aura plongé les pêches pour mieux les peler. Verser ce mélange froid sur les pêches. Mélanger et servir frais.

# SALADE DE FRUITS FRAIS ET EXOTIQUES

**Ingrédients**

- 1 BELLE MANGUE D'ENVIRON 200 G
- 1 KAKI
- 150 G DE LITCHIS
- LE 1/4 D'UN ANANAS
- 2 PETITES BANANES
- 1 BELLE POIRE
- 4 FIGUES FRAÎCHES
- 1 PETITE BOÎTE D'ABRICOTS AU SIROP

**Préparation**

Éplucher et dénoyauter les fruits qui le demandent. Les couper en morceaux sensiblement égaux. Faire un coulis avec les abricots en boîte et leur jus. Mélanger le tout et servir frais.

## Le service des salades

La salade se sert dans un saladier, à l'exception des salades "entrées" qui se servent à l'assiette, des salades "hors-d'œuvre" dans des raviers et des salades "cuites" qui demandent un plat de service ou légumier, ou encore le plat de cuisson.
Les raviers à hors-d'œuvre apparaissent au milieu du XIXe siècle mais, dans un texte du chroniqueur L'Isle de Hermaphrodite, on trouve déjà une allusion à un plat qui ressemble à ces raviers. Ce texte est surtout une moquerie

de l'usage de la fourchette à la cour d'Henri III : "Premièrement, ils ne touchoient jamais la viande avec les mains mais avec des fourchettes ; ils la portoient jusque dans leur bouche en allongeant le col, et le corps sur leurs assiettes... Il y avoit aussi quelques plats de salade... elles estoient dans de grands plats esmaillez, qui estoient tous faits par petites niches, ils la prenoient avec des fourchettes... ceux qui n'étoient pas si adroits que les autres laissoient bien autant tomber dans le plat, sur leurs assiettes et par le chemin qu'ils en mettoient en leurs bouches."

Le saladier, dans sa forme actuelle, récipient de forme ronde, d'une profondeur de 10 à 15 centimètres, sans anses, n'est apparu qu'au XVIIe siècle. Jusque-là, il était considéré comme un ustensile de batterie de cuisine. A partir du XVIIIe siècle, il se fabrique en argent ou en faïence. Les assiettes à salade en forme de haricots datent de la fin du XIXe siècle et ont pratiquement disparu des services de table.

Les couverts de service, fourchettes et cuillères en bois, en os ou en argent, les pinces à salade datent également de la fin du XIXe siècle...

Lors de repas entre intimes, la salade peut se servir avec le plat de résistance, dans de petites assiettes placées à gauche. Si la maîtresse de maison a décidé de procéder comme on vient de l'indiquer, elle devra veiller à ne pas prévoir d'assiettes à pain, sinon les risques d'encombrement sont évidents. Bien qu'il soit très agréable de mélanger la salade avec la sauce tiède d'un rôti, cette "extravagance" ne pourra être tolérée qu'en famille. Exclusivement en famille.
Si le plat de résistance est froid, type pièce de bœuf, assiette anglaise, aiguillette de bœuf en gelée, il faudra servir une salade en accompagnement. On peut, dans ce cas, se dispenser d'une assiette spéciale pour la salade. Le mélange peut être toléré.
Généralement, la salade se sert entre le plat de résistance et le fromage. Il arrive que la salade et le fromage soient servis en même temps. C'est une hérésie, ou alors, il faut prévoir deux assiettes.
Le mélange du vinaigre, de l'huile et du fromage n'a rien d'intéressant sur le plan des saveurs.
Il va de soi qu'on ne sauce pas davantage la vinaigrette que la sauce d'accompagnement du plat principal. La salade se mange avec une fourchette. Exclusivement. Si la maîtresse de maison n'a pas prévu de couper la salade, il faudra la couper à la fourchette ou la plier à l'aide d'un morceau de pain. Ce diktat est également valable pour les salades de fruits.

*Si l'ordonnancement du repas a prévu une salade comme entrée ou, à plus forte raison, comme plat de résistance, on ne doit pas servir de salade verte avant le fromage.*

# Les équivalences

## Les salades "crudités"

*Salade de tomates - Concombres à la crème*
*Betteraves en salade - Poivrons grillés*
*Carottes râpées - Avocats vinaigrette*
*Légumes crus Bagna cauda - Salade de pommes de terre*
*Salade de haricots blancs frais,*
*etc .*

### Plat principal

*Palette de porc - Spare rib - Andouillette grillée*
*Boudin poêlé - Rouelle de jambon - Côte de veau au jus*
*Escalopes viennoises - Tendrons de veau - Gigot rôti*
*Pâté à la viande - Papillotes de poisson - Poissons grillés*

### Fromages et desserts

*Plateau de chèvres - Plateau de picodons -*
*Comté et pont-l'évêque*
*Chaource - Fruits rouges nature*
*Glaces - Compotes - Tartes - Œufs à la neige - Œufs au lait*

## Salades "entrées"

*Haricots verts/ris de veau - Épinards/cervelle - Homard en salade*
*Rougets au cresson - Mesclun/foie gras - Salade d'été*

### Plat principal

*Côte de bœuf au vin rouge - Hachis Parmentier - Turbot rôti*
*Gigot de sept heures - Canard/cerises - Pintade cocotte*
*Râble de lapin - Chevreau rôti - Fricassée de volailles*
*Selle de chevreuil - Barbue au vin rouge*

### Fromages et desserts

*Fourme d'Ambert - Stilton/porto*
*Roquefort - Mousse au chocolat - Terrine de fruits*
*Tarte aux fruits - Crêpes fourrées - Clafoutis - Salade d'oranges*
*Soufflet au citron vert - Charlotte aux poires*

## Salades "plats de résistance"

*Salade de bœuf - Salade de poulet - Salade de cabillaud*
*Salade niçoise - Lentilles/poule faisane*

### Entrées

*Bisque d'étrilles - Quiche lorraine - Tarte à l'oignon*
*Œufs cocotte - Soufflé au fromage*
*Soupe de potiron - Maquereaux marinés*

### Fromages et desserts

*Reblochon fermier - Munster/cumin*
*Fromage blanc au sucre - Tarte - Baba au rhum*
*Flan aux œufs - Bavarois aux fraises*

*NB : Ces tableaux n'ont pas la prétention d'être exhaustifs. Ce sont tout juste des pense-bêtes. On peut organiser ses repas à partir du plat principal, ou à partir d'un vin exceptionnel dont on veut faire profiter ses amis. Il faut se souvenir de quelques règles simples, la principale étant de ne jamais servir deux fois le même type d'ingrédients par repas, même préparés différemment, une seule fois des œufs, une seule fois de la crème, une seule fois de la pâte. Autrement dit, pas de mayonnaise avec des œufs au lait, pas de quiche avec une tarte aux fruits.*

## Les vins

Voilà un chapitre des plus simples à écrire et qui se résume par une règle d'or : pas de vin sur le vinaigre. De l'eau. Du puits, de source, minérale, de la ville, mais de l'eau.

On peut contourner ce "fanatisme" en servant un vin rouge léger et frais ou un rosé de bonne qualité (voir p. 276), sous réserve que la gorgée de vin soit précédée d'une bouchée de pain et d'une gorgée d'eau.

Sinon, le vin risque de paraître piquant, acide, sans goût, donc sans intérêt.

# LA FAMILLE DES PÂTÉS ET TERRINES

Si l'on veut bien admettre que la farce est son ancêtre, force est de reconnaître que l'invention du pâté remonte au IVe siècle avant Jésus-Christ et que son origine se situe sur les autels. Après les sacrifices, il n'était pas question de perdre les bêtes, alors on les farcissait de miel, de figues, de raisins secs et d'aromates. Hérodote nous en donne d'ailleurs des descriptions méticuleuses. Tout au long de l'histoire, on retrouve ces farces, quelquefois simples, à base d'herbes aromatiques, quelquefois plus sophistiquées et comportant des viscères, intestins compris, du sang, du vinaigre, du fromage grillé, des graines de pavot, de l'oignon et des graines acides de grenades. Avis aux amateurs, les ingrédients existent toujours ! Apicius nous a laissé des récits détaillés de hachis et même de truies engraissées au vin miellé et aux figues afin d'hypertrophier leur foie comme celui des oies.

Chez Lucullus, dont nous parlons dans le chapitre consacré aux poissons (il avait fait percer une montagne pour alimenter son vivier en eau de mer), on est encore plus précis. Les recettes de pâtés de cervelles de rossignol ou de langues de becfigues donnent le tournis.

Pline l'Ancien parle avec délectation des vulves et des tétines de truies farcies comme du *nec plus ultra* des banquets patriciens. Les mérites comparés de la vulve de la

truie primipare ayant avorté et des tétines de truie venant de mettre bas et sur le point d'allaiter sont des morceaux d'anthologie littéraire et gastronomique, à condition d'avoir le cœur ou l'estomac bien accroché. Pline, toujours lui, fut un des premiers à vanter la "bonté du foie des oies qu'on engraisse et qui devient très gros en le trempant dans du lait miellé". Nous tenons là, sans doute, l'ancêtre de notre foie gras.
En France, au Moyen Age, ce sont les "chair-cuitiers" qui avaient le privilège de préparer la chair cuite et la charcuterie. Les pâtés connurent alors de grandes heures de gloire. Chaque région se signalait par des recettes particulières.
La confection des pâtés était très surveillée, au point que Jean le Bon signe en 1351 une ordonnance interdisant aux hommes de l'art de garder "leurs pastés" plus d'une journée et d'y employer des viandes corrompues sous peine d'amende. Les "pastés" non conformes étaient solennellement brûlés devant leurs boutiques. Combien resterait-il de charcutiers en exercice actuellement si cette ordonnance n'avait pas été abrogée ?

Dans *Le Viandier* de Taillevent (cuisinier de Charles V), les recettes de pâtés abondent : "pasté de chapon", "pasté d'anguille" (avec des groseilles, déjà), "pasté de pigeon". Les pâtés sont au sommet de leur gloire dans les "dîners spectacles", coutume héritée des nouveaux riches de la fin de l'Antiquité. Les cuisiniers rivalisaient d'imagination et de fantaisie pour élaborer des mises en scène avec de la nourriture.

Au "festin du faisan", à Lille, le 17 février 1433, apparaît sur une table gigantesque "un pasté dans lequel estoit vingt-huit personnages vifs jouant de divers instrumens, chacuns son tour venoit, entre autres un berger, une musette multe nouvellement". Quelle imagination !

Au XVIe siècle, Catherine de Médicis introduit un certain raffinement dans la cuisine de la cour de France, mais les pâtés, même si les ingrédients se sophistiquent, sont toujours à l'honneur : pâté de héron, pâté de poule d'Inde, pâté de bedoult (blaireau), de liron (loir), de porc-épic.

Aux XVIIe et XVIIIe siècles, on vit sous le règne de la tourte. N'importe quoi, sucré, salé, poisson, fromage, légume dans une pâte. On pourrait considérer qu'il s'agit là des ancêtres de nos vol-au-vent ou pâtés en croûte, mais ça serait déshonorant pour Carême, indéniable "créateur du vol-au-vent" et ennemi juré de la tourte.

Comment faire la différence entre une terrine et un pâté ? Au XVIIIe siècle, l'*Encyclopédie* définit la terrine comme un récipient en terre, à haut bord, avec couvercle. Plus tard, elle est devenue une farce de viande, de poisson ou de légumes, cuite au four, dans un moule en terre et qui se mange froide. Le contenu a rattrapé le contenant. A cette époque, le pâté obéissait aux mêmes principes mais il était enrobé de pâte et se mangeait chaud.

Aujourd'hui, le terme de pâté s'applique aux mêmes farces cuites au four, sans pâte, dans une terrine. Allez donc vous y retrouver !
Dans ce chapitre de la "famille pâtés", nous traiterons essentiellement des farces cuites dans un moule. Les farces entourées de pâte se trouvent dans le chapitre "tartes" et "tourtes". Les pâtés, terrines, galantines, ballottines et tous leurs dérivés sont des fleurons de la tradition charcutière française. Chaque région, ville ou village a sa spécialité. Fort de cette évidence, on pourrait parfaitement négliger l'idée même d'en fabriquer chez soi. Mais pour se convaincre du contraire, il n'est que de lire les textes que le législateur a imaginés pour, logiquement, protéger le consommateur : "Le pâté est une préparation ne pouvant contenir d'autres éléments que des viandes de porc, de bœuf, de veau, de mouton, de lapin, de volaille, de gibier et du gras de porc avec addition éventuelle des abats de ces animaux. La quantité de muscles (ou de foies) ne doit pas être inférieure à 13%."
Si ces termes étaient respectés à la lettre par des charcutiers peu scrupuleux, nous pourrions acheter un pâté de lièvre contenant 87% de porc.
La fabrication des terrines "simples" est totalement valorisante pour une maîtresse de maison. Elle procure à celle qui l'a faite et à ceux qui la dégustent un plaisir qui justifie sa mise en œuvre.
Il n'est pas dans notre intention de vous entraîner vers des techniques charcutières compliquées. Bien au contraire.

# Les farces

La variété des farces est infinie, tant la nature des ingrédients de base, des liants, des aromates et des épices est multiple. Quels que soient les éléments qui composent une farce, coûteux comme le foie gras ou la truffe, simples comme le porc ou le poulet, elle doit être homogène, savoureuse et préserver les arômes de ses différents composants. Le secret de la réussite d'une farce dépend essentiellement de la qualité et de la fraîcheur des produits utilisés, et donc du talent à faire son marché.
La farce est toujours composée d'un ou de plusieurs éléments dominants : viande, poisson, volaille, gibier, abats, légumes et d'un liant, essentiel pour la réussite du résultat final. Ce liant peut être de la matière grasse, des œufs entiers ou jaunes et blancs séparés, de la mie de pain, de la farine, de la fécule, de la gelée ou du riz.

## LES LIANTS

Les liants interviennent, comme leur nom l'indique, pour assurer la liaison entre les éléments dominants de la farce. Ils ne doivent jamais supplanter ou altérer la saveur intrinsèque de l'élément dominant mais, au contraire, le conforter, l'exacerber, le mettre en valeur et participer à la déclinaison de toute la palette de ses parfums.

## LES ENVELOPPES

L'enveloppe principale est évidemment le récipient. Quelle que soit sa nature, il donnera à la farce la forme dans laquelle le pâté apparaîtra sur la table et isolera le fluide de la matière. La mission de l'enveloppe secondaire sera d'enfermer la farce pour éviter la dilution des arômes pendant la cuisson, l'aider à conserver son moelleux et l'empêcher d'attacher à l'enveloppe principale, le moule.

### *La barde*

C'est un miracle qu'on en trouve encore ! La mode voulant que les cochons soient de moins en moins gras, un jour nous ne pourrons même plus faire de pâtés, leur couverture de graisse ayant disparu. La barde est prélevée sur la bardière, toute la partie grasse qui recouvre l'ensemble du dos de l'animal.
Ce sont des tranches taillées dans l'épaisseur du gras, sur toute la longueur de la bardière, le plus finement possible. Pour obtenir des bardes d'épaisseur régulière, on effectue le travail à la machine. On ne la mange pas mais elle participe au liant de la farce.

### *La crépine*

C'est le repli du péritoine qui relie le gros intestin à la rate. On l'appelle aussi la "coiffe" et même la "toilette".
Si on la trempe quelques heures dans l'eau froide, elle blanchit ; dans l'eau tiède, elle s'assouplit, on peut ainsi l'étirer sans la déchirer.

### *Les légumes*

Pour les terrines de poissons ou de légumes, on tapisse souvent le contenant de feuilles d'épinard blanchies ou de carottes émincées.
Cette pratique nouvelle permet une présentation inventive et colorée. Il s'agit encore d'une seconde enveloppe. Il sera nécessaire de beurrer soigneusement le moule avant de la tapisser.

## *Le saindoux*

C'est une graisse de porc obtenue en faisant fondre doucement la panne (graisse enveloppant les rognons). Il sert à protéger et isoler le pâté lorsqu'il est terminé.

## *La gelée*

Elle intervient après la cuisson, on la rajoute pendant la période de refroidissement. Elle n'est savoureuse que lorsque l'on se donne la peine de la confectionner soi-même.
La gelée toute préparée, gavée de gélatine, transforme la moindre farce en béton armé. A la fois liant et enveloppe, on ne peut l'empêcher, ajoutée à l'état liquide, de se répandre dans les interstices de la farce. Ces deux fonctions font tout son intérêt.
Elle se réalise à partir d'un consommé ou bouillon de bœuf recuit et concentré avec un pied de veau qui lui donnera le gélifiant naturel dont elle a besoin pour rester "tremblotante".

### PRÉPARATION DE LA GELÉE

Faire un bouillon de bœuf en utilisant la recette du consommé de pot-au-feu mais en rajoutant un pied de veau coupé en deux.
Dégraisser ce consommé selon la recette p. 308.
Clarifier selon la recette p. 311.
Le résultat ainsi obtenu se solidifiera au réfrigérateur et pourra être réemployé en le déposant dans une casserole, sur feu doux, pour lui redonner son état liquide.

# Les ustensiles

## LE MATÉRIEL DES PÂTÉS ET TERRINES

Le matériel se réduit à peu de chose dès l'instant où l'on mettra à profit la compétence de ses fournisseurs.

### *Un hachoir*

Il existe des hachoirs électriques, bon marché et efficaces. On peut se dispenser de les acheter si l'on entretient avec son charcutier, ou son boucher, d'excellentes relations. Elles vous autorisent à lui demander de bien vouloir hacher les viandes commandées selon le diamètre de la grille du hachoir qui conviendra au type de farce à obtenir. Les farces ne doivent jamais se hacher au mixer, qui n'est pas équipé pour ce travail. Ce matériel a tendance à chauffer et donc à détériorer les viandes.

### *Un petit couteau à désosser*

Il est indispensable mais vous pouvez faire faire les corvées de désossage par le volailler qui vous procurera lapin, poulet, canard dont vous avez besoin.
Il pourra aussi hacher lui-même ce qu'il aura désossé.

### *Les récipients*

Pas de règle en la matière. Les terrines peuvent être en terre ou en porcelaine. Un seul impératif : un couvercle. Sinon, liberté complète pour les formes, les tailles et les décors.

# Recettes des pâtés et terrines

## PÂTÉ DE CAMPAGNE

### INGRÉDIENTS

- 500 G DE GORGE FRAÎCHE DE PORC DÉCOUENNÉ
- 200 G DE FOIE DE PORC FRAIS
- 2 BELLES ÉCHALOTES GRISES
- 3 CUILLÈRES À SOUPE DE PERSIL HACHÉ
- 1/2 VERRE À MOUTARDE DE VIN BLANC SEC
- 2 ŒUFS ❖ 150 G DE CRÉPINE DE PORC
- 3/4 DE CUILLÈRE À CAFÉ DE SEL
- POIVRE AU MOULIN

### PRÉPARATION

Hacher, ou faire hacher par le charcutier, la gorge et le foie. Veiller à ce que la grille du hachoir soit grosse.
Hacher finement l'échalote et la laisser mariner une demi-heure dans le vin blanc. Mélanger le porc et le foie hachés, le vin blanc, l'échalote, le persil, les œufs, le sel et le poivre.
Allumer le four à 250°, thermostat 7.
Garnir un plat à gratin avec la crépine qui doit déborder tout autour du plat. Déposer la farce et replier la crépine. Enfourner le plat pour 10 minutes sur la lèchefrite, puis verser un peu d'eau dans la lèchefrite et réduire à 200°, thermostat 5. Laisser cuire environ une heure. Le pâté doit se recouvrir d'une légère croûte dorée. Laisser refroidir. Pas de précipitation, attendre au moins 3 jours pour le déguster sur de larges tranches de pain croustillantes, moelleuses à l'extérieur et fondantes à l'intérieur, avec, éventuellement, des cornichons et des condiments.

# RILLETTES DES "CARMET"

*Les Carmet remplissent toutes les conditions du "couple rillettes". Ils ont en commun le goût du coin de table, de l'improviste, du casse-croûte, du pain de campagne, du fromage de tête, du cornichon croquant et vinaigré, du saucisson à l'ail et du vin blanc acidulé, perlant, le "déglaceur de 10 heures".*
*Dans un "couple rillettes", la répartition équilibrée des tâches n'est pas toujours des plus simples. A priori, celui qui les réalise peut prétendre à plus de mérite que celui qui les déguste. Erreur primaire !*
*La dégustation demande attention et concentration. Le moindre laisser-aller dans la qualité du compliment, la plus petite erreur dans l'analyse du produit risquent de mettre en péril la prochaine préparation car celui qui a pris goût à la fabrication des rillettes en devient, inévitablement, "accro"...*
*Dans le couple Carmet, la répartition des tâches ne s'est pas faite spontanément. Chacun avait déjà confectionné des rillettes et comme chacun croyait savoir mieux que l'autre les faire, il fut décidé, afin d'éviter une rupture pour cause d'"incompatibilité de rillettes", la constitution d'un jury d'honneur, composé d'amis sûrs et discrets, chargé de juger les qualités intrinsèques, organoleptiques et gustatives des rillettes de l'un et de l'autre. Au grand étonnement de tous, Catherine Carmet exigea un délai de 15 jours. Délai "irréductible", d'après elle... Ce long isolement lui fut accordé avec réticence par son mari : le temps pressait, le couple était en péril, l'inquiétude de Jean augmentait, le problème "rillettes" du couple devait être, selon lui, réglé sans... délai.*
*Enfin, le moment fatidique de la dégustation arriva. Un dimanche matin, 10 heures, après la messe, bouche propre, précisait le carton d'invitation (la moquerie anticléricale laissa le jury supposer, à tort, que l'expéditeur était "le curé de Tours"). Toutes les précautions étaient prises, l'anonymat des terrines parfaitement respecté, la dégustation pouvait commencer.*

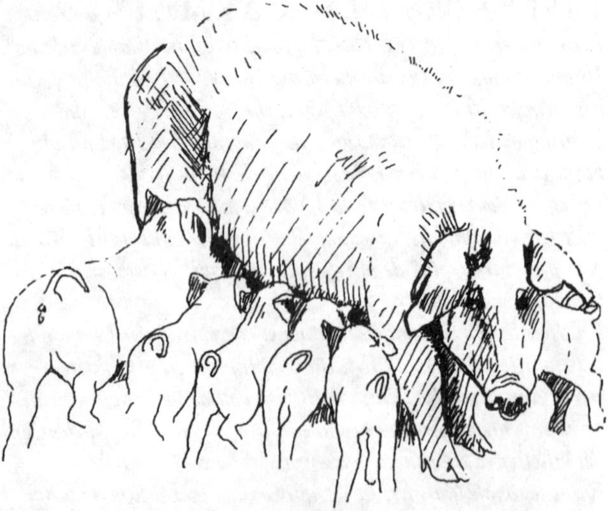

*Nous avions affaire, à l'évidence, aux deux principales écoles de la "rillette". L'une, hachée finement, pratiquement blanche, onctueuse mais sans moelleux, presque sèche, parfumée de thym et de laurier, ferme. Une "rillette" à manger en morceaux, difficile à tartiner. Une "rillette" à caractère charcutier prononcé mais estimable et digne de notre attente. L'autre était une "rillette" que nous avons, à l'unanimité du jury, qualifiée de spéciale, d'inhabituelle, une sorte de compote de viande de porc, de textures et de goûts différents. Le mélange des saveurs nous a surpris mais intéressés. Le volume des morceaux était insolite, alternant consistance et purée, et se répandait harmonieusement sur les tartines. Nous eûmes, immédiatement après la première dégustation, des regards inquiets car il nous fallait faire un choix et il nous paraissait évident.*
*Bien qu'inhabituelle, cette "rillette"-là était grande, digne d'éloges.*
*Comment préserver l'unité du couple Carmet devant une telle*

*inégalité de qualité de leurs préparations respectives ? Comment le vainqueur de cette dégustation se comporterait-il en face du vaincu ? Nous prenions, avec angoisse, conscience de l'étendue de nos responsabilités... Nous demandâmes du temps pour délibérer, les débats furent houleux. Les risques et leurs conséquences nous paraissaient dépasser les limites de l'enjeu. Le jury exigea de regoûter, en changeant à plusieurs reprises de vin. Des blancs de huit régions furent essayés, ainsi que onze vins rouges. Vers midi, la clairvoyance du jury s'étant enfin manifestée, il décida solennellement de rendre son verdict en faveur de ce qu'il considérait être "de la grande rillette". Devant la résolution sans appel du jury, Jean Carmet fut admirable. Il se leva fièrement, s'approcha de sa complice, l'enlaça avec tendresse et affirma avec autorité : "Tu fais les rillettes comme personne !" Chacun peut imaginer l'intense émotion qui étreignit le jury à l'audition de cette reconnaissance pleine d'amour et d'abnégation. Ce 17 février fut une journée de liesse et, tous les ans, à 10 heures, les mêmes se réunissent, bouche propre, pour fêter la "Sainte-Rillette".*

*Chers lecteurs, vous n'imaginerez jamais, à la lecture de la recette des rillettes de Catherine Carmet, combien il a fallu d'efforts, de ruse, d'abnégation, de flatteries pour lui ravir le procédé et vous le communiquer...*

**Pour obtenir 8 à 9 pots de type confiture,**

- ❖ IL FAUT 3 KG DE VIANDE DE PORC.
- ❖ 1 KG DE TRAVERS DE PORC OU SPARE RIB
- ❖ 1 KG DE POINTE, DE PALETTE OU D'ÉCHINE BIEN MAIGRE
- ❖ 1 KG DE JARRET
- ❖ 3 OU 4 BEAUX OIGNONS
- ❖ 150 G DE SAINDOUX
- ❖ 30 CL DE VIN BLANC SEC
- ❖ POIVRE

**Préparation**

Catherine Carmet ne sale pas ses rillettes. Elle prend, indifféremment, une des trois variétés de viande demi-sel. Découper les différents morceaux en gros cubes. Le jarret sera coupé en quatre, par exemple.
Mettre dans une cocotte et faire "dorer croustillant".
Ajouter le vin blanc, deux verres à moutarde d'eau, les oignons épluchés coupés en quatre. Baisser le feu à 160°, thermostat 3, couvrir.
La préparation de ces rillettes exige surveillance. Le plus souvent possible, on vérifiera l'avancement de la cuisson et "touillera" (sic) vigoureusement pour inciter la viande à se déliter. Chaque fois que ce sera nécessaire, on pourra ajouter un peu d'eau et, dès que les os se détacheront des chairs, on les retirera.

Quand la viande prend, enfin, l'apparence de rillettes, éliminer tous les os restants et les cartilages. Si la consistance finale manque de moelleux, on peut éventuellement ajouter deux ou trois cuillères de saindoux. Mettre en pots. Laisser refroidir. Couvrir ensuite les rillettes d'une couche de saindoux et ranger au réfrigérateur pour laisser "rassir" trois à quatre jours.

RECOMMANDATIONS DE CATHERINE CARMET :

- Ne jamais hacher la viande.
- Ne jamais utiliser de Cocotte-Minute.
- Ne jamais "dégraisser" les morceaux de viande.
- Conserver toujours la couenne du jarret.
- Prendre patience, le passage du morceau à l'état de rillettes peut durer dix heures et même davantage.

C'est à ce prix qu'elles sont "goûteuses".

- La cuisson des rillettes peut s'interrompre sans inconvénient.

La reprendre après refroidissement, même le lendemain.
Mettre en terrine et laisser refroidir une nuit.
Le lendemain, recouvrir du gras en réserve après l'avoir fait fondre et laissé figer. Tout comme le pâté de campagne, les rillettes exigent 3 à 4 jours de patience avant la dégustation.
S'il vous reste du gras, soyez certains que vos pommes de terre "sauteront de joie" si vous les faites rissoler en sa compagnie.
Les rillettes peuvent se faire en plus grande quantité afin de les utiliser pour farcir une omelette.
Les rillettes d'oie ou les rillettes de canard se réalisent selon le même principe, échine de porc, panne, magret d'oie ou de canard, coupé en lanières fines dans le sens de la fibre.
La proportion est : poids de l'oie égal à la moitié du poids du porc.

# OMELETTE AUX RILLETTES

**Ingrédients pour six personnes**

- 12 œufs
- 200 g de rillettes, porc, canard ou oie
- 1 pot de crème fraîche de 250 g
- 1 cuillère à café de concentré de tomate
- 3 cuillères à soupe de ketchup
- 3 cuillères à soupe de xérès
- 4 cuillères à soupe d'huile d'arachide
- 50 g de beurre
- ciboulette, estragon, cerfeuil ❖ sel et poivre

**Préparation**

Sortir les rillettes deux heures avant de commencer la préparation.

Casser les œufs six par six. Faire chauffer deux cuillères à soupe d'huile dans une poêle à revêtement antiadhésif. Battre les œufs à la fourchette. Poivrer et saler au dernier moment. Verser les œufs dans la poêle chaude. Remuer à la fourchette. Ajouter, à mi-cuisson, 25 g de beurre entre l'omelette et la poêle. La faire glisser dans une assiette sans la rouler. Faire de même avec les six autres œufs.

Tartiner chaque omelette avec les rillettes, les rouler séparément comme une bûche de Noël et les poser côte à côte sur un plat de service.

Dans un bol, mélanger la crème fraîche, la tomate concentrée et le ketchup. Ajouter le xérès, saler, poivrer et napper chaque bûche à l'aide d'une cuillère. Décorer avec les tiges de ciboulette entières, de grosses pluches de cerfeuil et d'estragon.

Cette omelette se sert avec une salade d'endives, scarole ou romaine, fatiguée d'une vinaigrette à l'huile de noix enrichie de 120 g de comté coupé en fines lamelles.

# TERRINE DE LAPIN AU THYM

## INGRÉDIENTS POUR LA TERRINE

- ❖ 1 BEAU LAPIN DE 1,5 KG ENVIRON
- ❖ 500 G DE POITRINE DE PORC FRAÎCHE DÉCOUENNÉE
- ❖ 3 CUILLÈRES À SOUPE DE COGNAC OU DE VIEILLE PRUNE
- ❖ 1/2 CUILLÈRE À CAFÉ DE THYM EFFEUILLÉ
- ❖ 3 CUILLÈRES À SOUPE DE PERSIL PLAT HACHÉ
- ❖ 150 G DE FOIES DE VOLAILLE
- ❖ 1 ÉCHALOTE GRISE HACHÉE

## INGRÉDIENTS POUR LA GELÉE

- ❖ 1 CAROTTE ❖ 1 GROS OIGNON
- ❖ LES COUENNES DE LA POITRINE DE PORC
- ❖ 1/2 PIED DE VEAU
- ❖ 1 GRAND VERRE DE VIN BLANC SEC
- ❖ LES OS DU LAPIN
- ❖ 1 CUILLÈRE À SOUPE D'HUILE
- ❖ 15 G DE BEURRE ❖ 1 PINCÉE DE SUCRE
- ❖ 1 BOUQUET GARNI
- ❖ 1/2 CUILLÈRE À CAFÉ DE THYM ❖ SEL ET POIVRE

*Demandez à votre volailler de désosser votre lapin en vous gardant les filets intacts. Si vous avez envie de réaliser ce travail fastidieux, vous le pouvez…*

**Préparation de la gelée à faire la veille**
Dans une casserole, faire chauffer l'huile, le beurre, ajouter la carotte et l'oignon épluchés et hachés finement. Faire revenir, ajouter les os du lapin et une pincée de sucre. Laisser rissoler et caraméliser. Ajouter le vin blanc et laisser réduire de moitié. Ajouter la couenne coupée en morceaux, le demi-pied de veau, le thym, le bouquet garni, le sel, le poivre. Couvrir l'ensemble d'eau et laisser cuire, aux 3/4 couvert, une petite heure. Laisser refroidir l'ensemble toute une nuit.

**Préparation de la terrine**
Couper les filets ainsi que le foie du lapin et les foies de volaille en gros dés. Recouvrir avec le vin blanc et une cuillère à soupe de cognac ou de prune. Laisser mariner au minimum une heure.
Allumer le four à 250°, thermostat 7.
Hacher à la grille fine les chairs du lapin qui n'ont pas mariné et la poitrine de porc. Mélanger ce hachis avec les 2 cuillères de cognac ou de prune, la 1/2 cuillère à café de thym effeuillé, le persil haché, les morceaux de lapin et de foie, leur marinade et l'échalote hachée. Mélanger bien soigneusement.
Faire fondre la gelée du lapin. Filtrer et peser 1/4 de gelée du poids total de la farce. Ajouter la gelée à la farce et mélanger.
Mettre l'ensemble de la farce dans une terrine. Poser une feuille de laurier et une petite brindille de thym sur le dessus. Fermer avec le couvercle et enfourner sur la lèchefrite 15 minutes. Verser ensuite un peu d'eau dans le fond de la lèchefrite pour que le reste de la cuisson s'effectue au bain-marie. Réduire à 200°, thermostat 6. Laisser cuire une bonne heure.
A la sortie du four, laisser reposer un quart d'heure et poser

à même le pâté une petite planche de bois alourdie d'une boîte de conserve ou d'un poids de 1 kg. Laisser refroidir. Là encore, et comme toujours, patience. Trois jours.
Nous indiquons 1 heure pour la marinade. C'est un minimum. Dans tous les cas de figure, plus long sera le séjour des ingrédients dans la marinade, plus corsée sera la farce.
Pour tous les pâtés ou terrines, il est indispensable de respecter la taille des grilles. De là, bien souvent, résulte la qualité d'un pâté.
Un pâté de campagne, grille fine, manquerait de mâche et de matière alors qu'un pâté de lapin, grosse grille, en aurait trop. Les temps de cuisson indiqués sont des temps minimaux.
Un pâté, quel qu'il soit, peut toujours cuire 15 minutes de plus, sans risque. Tous les ingrédients d'un pâté doivent se travailler froids.

## MOUSSE DE FOIES DE VOLAILLE

### Ingrédients pour six personnes

- 350 G DE FOIES DE CANARD OU DE POULET
- 250 G DE LARD GRAS DÉCOUENNÉ, BIEN FERME
- 500 G DE CRÈME FLEURETTE (LIQUIDE)
- 4 JAUNES D'ŒUFS ❖ 25 G DE RAISINS DE CORINTHE
- 3 CUILLÈRES À SOUPE DE COGNAC
- 10 G DE SEL FIN ❖ 5 TOURS DE MOULIN À POIVRE

### Préparation

Tremper les raisins une petite heure dans de l'eau tiède.
Passer le lard à la grille la plus fine du hachoir, puis au mixer pour obtenir une pâte fine.

Ajouter les foies de volaille dénervés, les jaunes d'œufs, le cognac, le sel, le poivre.
Mixer.
Ajouter ensuite la crème fleurette.
Mélanger toujours au mixer.
Verser ce mélange dans un plat à gratin.
Parsemer des raisins égouttés qui descendront dans la mousse durant la cuisson.
Cuire au bain-marie à 200°, thermostat 6, durant 40 bonnes minutes.
Laisser refroidir une nuit et servir dès le lendemain.

## TERRINE DE FOIE GRAS DE CANARD OU D'OIE ENTIER

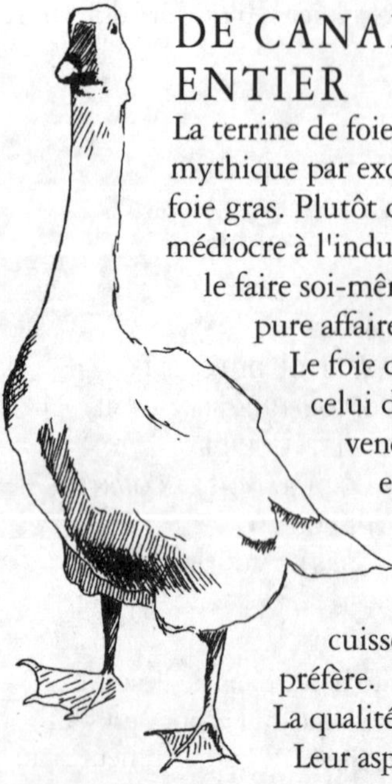

La terrine de foie gras est le pâté mythique par excellence. Pas de Noël sans foie gras. Plutôt que d'en acheter de médiocre à l'industrie, il est préférable de le faire soi-même. Canard ou oie, c'est pure affaire de goût.

Le foie de canard, moins cher que celui d'oie, est aussi le plus vendu en France. Son goût est plus rustique, plus campagnard. Il a l'inconvénient de fondre davantage à la cuisson mais c'est celui que je préfère.

La qualité des foies est primordiale. Leur aspect doit être blanchâtre,

rose ou beige rosé, d'une nuance un peu cireuse. S'il est rouge ou rougeâtre, il aura été mal refroidi et ne mérite donc pas votre investissement. Au toucher, les foies doivent être fermes mais souples.
Trop dur, le foie gras sera sec et manquera de moelleux. Avant l'achat, faites écarter les deux lobes qui composent le foie et vérifiez que le fiel a été correctement retiré. La moindre trace verdâtre lui donnerait de l'amertume.
Les foies ne sont jamais vendus dénervés. C'est un travail délicat que l'on doit exécuter soi-même, à l'aide d'un petit couteau pointu et très affûté. On coupe chaque lobe de haut en bas, on retire le gros nerf d'abord puis les ramifications. Essayez de ne pas tout transformer en hachis !
Cela dit, opérez sans crainte, la chair se ressoude à la cuisson.

**INGRÉDIENTS**

- 1,2 KG DE FOIE GRAS DE CANARD (ENVIRON 2 FOIES GRAS DE 600 G CHACUN)
- 12 G DE SEL DE GUÉRANDE
- 4 CUILLÈRES À SOUPE DE PORTO
- 400 G DE GELÉE DE CANARD

*Pour réussir sans risque cette recette, il est impératif de respecter les températures. Il faut donc utiliser un thermomètre de cuisson.*

**PRÉPARATION**

La veille, faire une gelée comme indiqué dans la terrine de lapin (voir p. 138) en achetant 500 g d'ailerons de canard.
Après avoir dénervé les foies, les plonger dans de l'eau glacée (avec des glaçons) et laisser dégorger 6 heures au

frais. Égoutter sur un torchon, répandre le gros sel sur les foies et les arroser avec le porto.
Allumer le four à 140°, thermostat 2.
Choisir une terrine plus grande que les foies, ovale si possible, et y ranger les foies tête-bêche. Poser la terrine dans un large plat à gratin.
Faire bouillir 400 g de gelée filtrée et verser la gelée bouillante sur les foies. Mettre le couvercle sur la terrine, remplir le plat à gratin d'eau bouillante et, tout de suite après, d'un verre d'eau fraîche. L'eau doit être à 75° environ. Mettre au four pour 35 minutes de cuisson.
Retirer la terrine et retourner délicatement les foies.
Remettre au four pour 40 minutes. Vérifier, à l'aide du thermomètre, que la température à l'intérieur de la terrine soit aux environs de 58°.
Enlever le couvercle.
Laisser tiédir en posant sur le foie une planche avec un poids pour éviter qu'il ne remonte.
Garder ainsi au frais 3 à 4 jours.

*Le foie risque de rendre un peu de sang. Ne vous inquiétez pas, il se répandra dans la gelée. La terrine peut se garder 12 jours si vous ne l'entamez pas et 3 à 4 jours après un premier usage.*

Servir avec du pain de campagne ou de la brioche grillée.

# TERRINE DE MERLANS

## INGRÉDIENTS

- 600 G DE FILETS DE MERLAN SANS PEAU NI ARÊTES
- 250 G DE CONGRE SANS PEAU NI ARÊTES
- 100 G DE BEURRE À TEMPÉRATURE DE LA CUISINE
- 3 ŒUFS
- 500 G DE CRÈME FRAÎCHE
- 200 G DE CHAMPIGNONS DE PARIS
- 200 G DE CAROTTES
- 100 G DE PETITS POIS FRAIS OU SURGELÉS
- 10 G DE SEL FIN
- 5 OU 6 TOURS DE MOULIN À POIVRE

## PRÉPARATION

Garder 400 g de filets entiers et couper le reste du poisson en gros dés. Passer au mixer puis rajouter le beurre et les œufs à mixer ensemble avant d'incorporer la crème, le sel et poivre. Mixer le tout ensemble. Garder la farce au frais.
Faire cuire les carottes ainsi que les petits pois dans de l'eau salée. Faire revenir les champignons émincés avec une noix de beurre et une goutte d'huile. Couper les carottes, bien égouttées, en petits dés et mélanger les trois légumes avec la farce.
Habiller une terrine rectangulaire d'une feuille de papier sulfurisé. Étaler un peu de farce dans le fond de la terrine. Poser une couche de filets de merlan, légèrement salés et poivrés. Superposer les couches jusqu'à remplir votre terrine sachant que c'est la farce qui terminera le remplissage.
Mettre au four à 180°, thermostat 4, pour 1 heure 1/2.

Cette terrine peut se manger froide avec une mayonnaise allégée d'un blanc d'œuf et rehaussée d'un assortiment de fines herbes, ou chaude avec, par exemple, un beurre d'oursins ou toute autre sauce à votre choix.

# TERRINE DE LÉGUMES DU JARDIN

**INGRÉDIENTS**

- 2 BELLES CAROTTES
- 1 COURGETTE
- 2 POIREAUX DONT ON NE GARDERA QUE LE BLANC ET LE VERT PÂLE
- 6 BELLES ASPERGES, VERTES OU BLANCHES
- 200 G D'ÉPINARDS BIEN LARGES ET FRAIS
- 6 ŒUFS
- 150 G DE CRÈME FLEURETTE
- 2 CUILLÈRES À SOUPE D'ESTRAGON HACHÉ
- 2 CUILLÈRES À SOUPE DE PERSIL HACHÉ
- SEL ET POIVRE

**PRÉPARATION**

Laver et cuire les épinards, 1 ou 2 minutes, pas davantage.
Bien les égoutter et les laisser une nuit au réfrigérateur.
Éplucher les carottes, les asperges, les poireaux.
Les laver soigneusement.

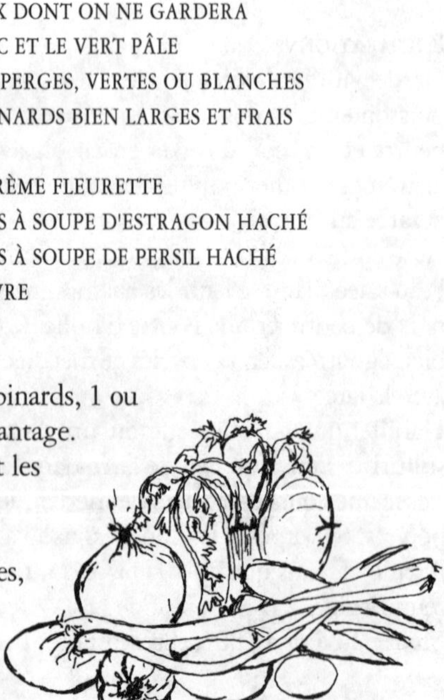

Couper les légumes en rondelles épaisses de 1 centimètre, y compris la courgette que l'on a essuyée mais pas épluchée.
Faire cuire à la vapeur une dizaine de minutes.
Allumer le four à 180°, thermostat 4.
Dans le mixer, mélanger les œufs, la crème, le sel, le poivre et les épinards.
Ajouter les légumes cuits et assaisonnés avec le mélange d'un joli vert tendre.
Garnir une terrine rectangulaire tapissée de papier sulfurisé.
La couvrir d'un papier d'aluminium et mettre à cuire.
Vérifier au bout de 2 heures si l'ensemble est cuit.
Laisser refroidir une nuit avant de couper et servir avec des tomates fraîches pelées, épépinées, concassées, assaisonnées d'huile d'olive et de vinaigre de vin.

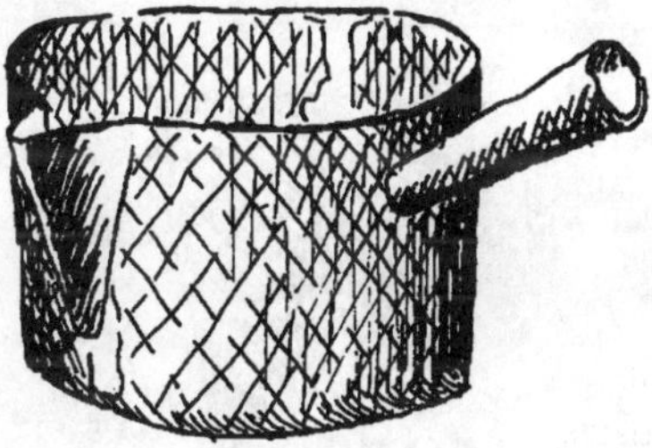

## Service des pâtés et terrines

Les terrines à base de viande se servent en casse-croûte, le matin vers dix heures, ou en entrée, avec une table de hors-d'œuvre.
Elles demandent, éventuellement, des condiments :

cornichons, cerises au vinaigre, pickles (voir p. 378) mais, surtout, du pain de toute première qualité et bien grillé. Elles se posent généralement sur la table avec un bon couteau de service et chacun se sert copieusement.
La terrine de poisson se sert chaude ou froide, en entrée ou en plat de résistance. En entrée, elle sera seule, sans accompagnement. En plat de résistance, il faudra servir à l'assiette des légumes verts, à l'anglaise ou sautés. Les terrines de légumes peuvent se servir en entrée, très simplement, ou en garniture de poissons froids. Le foie gras se sert en entrée avec du pain ou de la brioche toastée, mais jamais avec de la salade. Le vinaigre gâterait le goût délicat de votre préparation.

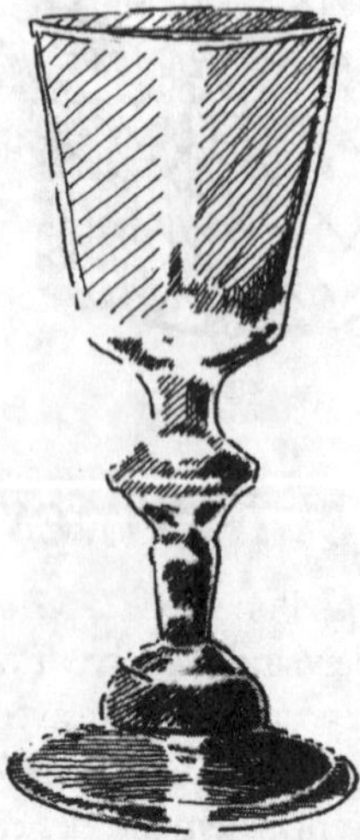

# Les vins

Pour les terrines à base de viande, un vin blanc sec et modeste fera l'affaire. Un petit chablis, sylvaner, muscadet, saumur blanc ou un joli graves. On peut préférer un vin rouge, modeste lui aussi, et jeune, servi à température de cave. Tous les vins rouges de Loire conviennent. Ces terrines sont peut-être l'occasion de s'essayer au bergerac ou aux rouges d'Alsace. Certains sancerres rouges ne sont pas médiocres, les terrines sont un bon prétexte pour les goûter à nouveau.
Les terrines de légumes et de poissons s'adapteront aux vins choisis pour le menu.
Le foie gras exige un grand liquoreux. Une tendance actuelle voudrait que l'on essaie d'accorder les pineaux des Charentes, banyuls, maury, rivesaltes au foie gras. Il y a suffisamment d'occasions de goûter ces merveilles avec des desserts parfaitement adaptés pour qu'il soit inutile d'entraîner vos convives vers des désillusions.

# LA FAMILLE DES POISSONS

Puisque nos ancêtres de la préhistoire chassaient, on peut imaginer, sans risque d'erreur, qu'ils pêchaient aussi. Sûrement de façon rudimentaire, à la main ou avec une fourche en bois à deux dents, comme le font encore les enfants dans les ruisseaux peu profonds. L'art rupestre offre de nombreuses représentations de poissons. Dans la grotte de Beaume-Bonne, à Quinson dans les Basses-Alpes, on a trouvé un galet sur lequel était gravée une capture de saumon à la ligne. A Lespurges, en Haute-Garonne, le dessin d'une sole. Comment est-elle arrivée là ? Mystère. A l'examen des fossiles, le saumon semble le favori de nos grands-aïeux ! Il est probable qu'on ait commencé à le manger cru, puis séché et qu'avec la découverte du feu le fumage du poisson ait fait son apparition. Nous en avons d'ailleurs la preuve puisqu'on a découvert des résidus d'un système de fumage à La Baume de Montclus, dans le Gard. Dans la plupart des religions, le poisson symbolise fertilité, fécondité et régénération. La tradition arabe considère tout rêve de poisson comme de bon augure et, dans l'Égypte ancienne, les amulettes en forme de poisson sont des porte-bonheur. Le Christ est souvent représenté comme un pêcheur et les chrétiens ayant reçu la révélation et la rédemption par l'eau du baptême, eux, par des poissons. Lorsque le Christ ressuscité apparut aux apôtres, il leur dit : "Avez-vous ici quelque chose à manger ? Ils lui apportèrent du poisson rôti et un rayon de miel." Le poisson, remontant lui aussi des profondeurs de l'au-delà, ne pouvait qu'être la première nourriture du Ressuscité. On en a fait un des symboles du repas eucharistique. L'Ancien Testament et la quasi-totalité des religions antiques proscrivent le sacrifice du poisson. En Égypte, sa consommation était interdite à toute personne sacralisée, prêtre, pharaon, alors que le peuple s'en nourrissait. Archestrate, poète gastronome grec, plus amoureux de la cuisine que cuisinier véritable, voyagea partout pour trouver les meilleurs produits et la meilleure manière de les accommoder. Quatre siècles avant Jésus-Christ, il fut le chantre des produits de la mer. Très à cheval sur l'origine des poissons, il expliquait qu'ils devaient leurs qualités aux eaux dans lesquelles ils étaient pêchés. L'esturgeon était meilleur à Rhodes, les mulets dans un étang entre Priène et Milet, les thons d'Hippone encore meilleurs que ceux de Byzance ou de Cephalu : "Après eux, il n'y a plus rien à mettre en parallèle." Ses recettes sont encore applicables aujourd'hui : anguille cuite dans des feuilles de bettes,

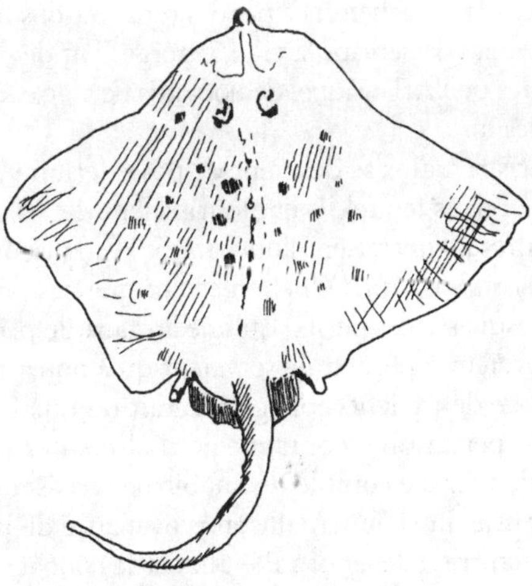

bonite enveloppée de feuilles de figuier cuite sous la cendre... Le talent des grands chefs de cette époque se mesurait à leur art d'accommoder le poisson. Un court-bouillon de congre, un poisson rôti étaient élevés au rang de chefs-d'œuvre. Même si Homère écrivait des poissons : "Nourriture infecte, dernière ressource des naufragés", les Grecs vivaient de la mer. Cinq siècles avant Jésus-Christ, ils usaient de lignes, filets, harpons, tridents et installaient, de Gênes à Port-Vendres, des sortes de fermes aquatiques, les madragues, vastes enclos en bordure de mer entourés de filets pour la pêche au thon.
Les Romains étaient atteints d'une sorte de démence, l'"ichtyofolie". Il fallait qu'ils fussent fous pour vouer une telle passion aux poissons. Les textes nous permettent d'imaginer l'abondance, le foisonnement, l'extravagance du marché aux poissons de Rome. De Méditerranée, des lacs et des rivières de toute l'Europe, ils arrivaient à Rome dans des citernes ou sur de la glace, emballés dans des algues. De gigantesques bassins, alimentés en eau de mer puisée à Ostie et acheminée par des canalisations reliées aux aqueducs desservant la ville, regorgeaient de langoustes de l'Atlantique, de homards de Corse, d'huîtres de Bordeaux.
Les nantis romains se devaient de posséder un vivier personnel dans lequel ils engloutissaient des fortunes supérieures à l'entretien d'une troupe de danseuses. Ces grandioses aquariums n'hébergeaient que des poissons "gigantesques". Les petits, qu'une armada de pêcheurs s'employaient à pêcher, ne servaient qu'à nourrir ces gros-là. Le délire ichtyophagique était tel que Lucullus avait fait percer une montagne pour alimenter son vivier en eau de mer. Le comble du snobisme consistait à ne manger que du thon femelle en provenance de Byzance et pêché entre le lever des Pléiades et le coucher

d'Acturus ! Il y a de quoi rêver quand on songe que certains poissonniers, à notre époque, vendent des coquilles Saint-Jacques en surimi ! Plus les poissons étaient gros, plus les Romains les appréciaient. Objets de toutes les convoitises, ils se vendaient aux enchères. Imaginez un rouget de 2,5 kg vendu 5 000 sesterces, soit 50 000 francs d'aujourd'hui. Suétone raconte que trois autres rougets furent achetés 30 000 sesterces ! Le sadisme romain ne s'exerçait pas seulement au détriment des esclaves mais également à celui des poissons. On apportait couramment sur la table un rouget dans un vase en cristal que l'on faisait chauffer très doucement pour que les convives jouissent de l'agonie du malheureux en regardant ses couleurs se ternir peu à peu.
Domitien, le "Néron chauve", exigeait que les plus gigantesques spécimens lui fussent proposés avant d'être mis à la vente. Tout pêcheur devait se conformer à ce diktat sous peine d'être envoyé aux galères. Il acquit un turbot si gros qu'une marmite sur mesure, décidée en conseil des ministres, fut nécessaire à sa préparation. Parmi les extravagances, citons encore le repas du triomphe de César au cours duquel furent servies six mille murènes.
En Gaule, la pêche à la ligne était déjà le passe-temps favori de nos ancêtres. Le saumon rigolait dans nos belles rivières et les thons, rabattus par les dauphins, venaient s'échouer dans l'étang de Berre.
Au Moyen Age, la religion catholique a beaucoup fait pour développer le commerce du poisson en le catapultant "aliment de jeûne". Quelle est l'origine de cette décision ? La viande rouge, sanguinolente, chaude, grasse paraissait-elle une nourriture roborative et excitante alors que la chair du poisson, blanche, froide et maigre aurait été

pure et calmante ? Compte tenu de l'existence que menaient les princes de l'Église, il est difficile d'admettre qu'ils aient eu l'idée de rétablir un équilibre entre l'alimentation des riches qui se gavaient de viande et celle des pauvres qui n'en mangeaient jamais…
Charlemagne réorganisa la pisciculture pratiquée chez les Romains en imposant aux fermes d'être pourvues de viviers pour élever des brochets, des tanches et des anguilles et réglementa le droit de pêche protégeant alevins et trop petits poissons. Pour respecter les exigences de l'Église, quand on habitait loin des mers et des rivières, il fallait sécher et saler le poisson.
Dès le XIe siècle, le commerce du séché-salé-fumé se développe intensément et le hareng, leader de ces opérations, acquiert sa notoriété. Avec lui apparaît la profession de harengère, différente de la poissonnière qu'on appelle également poissarde. A chacune sa spécialité. La corporation des poissonniers était partagée entre les "harengers" et les "marchands de marée" spécialisés dans la vente des poissons de mer qu'on appelait "marée", et les "poissonniers doulx ", spécialisés dans les poissons d'eau douce, qui seuls avaient droit à l'appellation "poisson".
Les rois et les riches seigneurs se lassèrent vite de ces poissons de rivières ou d'étangs, trop faciles à pêcher. Il leur fallait de la "marée", et vivante de surcroît. Ils passaient des contrats avec les "chasse-marée" qui devaient leur faire parvenir, à cheval, le plus rapidement possible, grâce à des relais de poste établis sur les routes, les poissons pêchés dans la Manche. Louis XV avait même offert une prime de 9 000 francs de l'époque à qui lui rapporterait une dorade vivante. Sans succès… Avant que les déversements intempestifs et meurtriers de l'industrie n'aient provoqué un génocide irréparable, le

poisson d'eau douce pullulait dans les cours d'eau. Jusqu'à la dernière guerre, la majorité des recettes de poissons parues dans les livres mentionne anguilles, brochets, carpes, brèmes, ombles chevaliers et truites.

> *Il y avait tant de saumons dans nos rivières que les ouvriers, nourris par leur patron, faisaient stipuler dans leur contrat d'embauche qu'on ne leur serve pas de saumon plus de deux fois par semaine…*

La Commission européenne a instauré la mise en place de quotas limitant le tonnage de pêche, la fixation de taille minimale de capture, l'interdiction ou la limitation de la pêche dans certaines zones afin de permettre au milieu halieutique de se reconstituer après la décimation due à des ramassages exagérés et inconscients.

## Le poisson et la santé

On nous rebat les oreilles avec le phosphore contenu dans le poisson. La chose est indiscutable… Mais à moins d'être une femme enceinte dont les besoins en phosphore augmentent, notre nourriture quotidienne nous en apporte suffisamment. Ce n'est pas une overdose de phosphore qui a fait d'Einstein ce qu'il était ! Le poisson est un excellent distributeur de potassium, de sels minéraux, d'oligoéléments, de vitamines et une source de protéines (17 à 20 g pour 100 g pour la plupart des espèces, jusqu'à 28 g pour le thon). Le taux de graisses (lipides) des poissons varie selon l'espèce, l'âge, le sexe et la saison. Ils sont plus gras avant le frai. Les poissons dits maigres :

soles, églefins, merlans, lottes, limandes, carrelets, raies, dorades, bars... se contentent de 0,5 g à 1 g de lipides pour 100 g de chair. Ceux qu'on appelle les mi-gras (ou les mi-maigres) : turbots, mulets, rougets, sardines, thons, anchois affichent entre 5 et 10 g. Les poissons gras : saumons, maquereaux, harengs dépassent rarement les 12 à 13 g. Les tenants du titre des plus gras sont le sprat et l'anguille, 16 et 23 g.
La répartition du gras chez le poisson est différente de celle des animaux de boucherie. Chez ceux-ci, le gras se loge en couverture pour les protéger du froid. Les poissons n'ayant pas ce besoin, leur graisse est répartie dans l'ensemble du tissu musculaire. Ainsi, lors de la cuisson, le poisson perd peu de ses graisses.
En revanche, il s'imprègne des graisses de cuisson ou de friture, surtout s'il est enrobé de farine faisant office d'éponge.
Les poissons panés carrés dont on gave les enfants sont d'une terrible gloutonnerie en huile et en matière grasse.
Le poisson ne contient pas ou peu de graisses saturées alors qu'il est riche en acides gras insaturés. Il est maintenant prouvé que les huiles qu'il contient protègent des maladies cardio-vasculaires.
La nouvelle folie qui consiste à se bourrer à tort et à travers de vitamines devrait nous inciter à nous souvenir de l'huile de foie de morue, chargée de précieux acides gras poly-insaturés et de vitamines A et D, que nous ingurgitions lorsque nous étions enfants et qui fut si bénéfique pour notre santé.

# Règles d'achat

Pour le poisson, une seule obédience : la fraîcheur. S'il est un sujet sur lequel il est hors de question de discuter, finasser, tergiverser, c'est bien la fraîcheur du poisson. Ne vous laissez pas raconter d'histoires. Pas de bobards, pas de boniments, pas d'entourloupes. Frais !

La fraîcheur ne se sent pas, elle se voit et, éventuellement, se touche. Un poisson qui ne remplit pas les conditions de fraîcheur exemplaire ne se récupère ni à la préparation ni à la cuisson. Tous les subterfuges que vous pourriez imaginer pour essayer de l'"arranger", rinçage à l'eau vinaigrée, sauce relevée, n'y feront rien. Ce sera trop tard.

De mer ou d'eau douce, les poissons frais entiers ont des signes extérieurs de fraîcheur spécifiques. S'ils ne sont pas apparents, évidents quand vous entrez chez un poissonnier : FUYEZ, DANGER.

- Absence d'odeur à l'exception de celle, délicate, de la mer. Le moindre relent fétide, ammoniaqué, le plus léger soupçon d'un début de décomposition exigent la fuite. La raie et la roussette sont les seules exceptions à la règle du "sans odeur". Ces deux poissons, lorsqu'ils sortent de l'eau, sentent fortement l'ammoniaque.
- Œil bombé, saillant, vif, pupille brillante, convexe. On éliminera le poisson à l'œil triste, terne, enfoncé dans la cavité orbitale.
- Chair ferme, rigide, souple, élastique sous la pression du doigt. Vous pouvez demander à votre poissonnier de toucher le poisson à votre place. Si la chair est flasque et que l'empreinte du doigt reste marquée, ni le poisson ni le poissonnier ne sont dignes de vous.
- Ouïes colorées, brillantes. Certaines sont d'un beau

rouge vif, d'autres plus foncées ; dans les deux cas, elles doivent briller.

- Peau chatoyante, irisée et recouverte de mucus transparent, visqueux.
- Parois abdominales fermes et sanglées.

## Devoirs du poissonnier

La profession est malheureusement encombrée de "marchands de poissons" n'ayant aucun rapport avec le métier de poissonnier. Les CAP existent mais deux ans d'apprentissage se révèlent très insuffisants, d'autant qu'ils ne sont pas nécessaires pour ouvrir un magasin. Un poissonnier digne de ce nom doit poser son poisson sur de la glace pilée pour le maintenir entre 2 et 5°. Les règlements imposent de 10 à 15 centimètres de glace. Elle doit être saine, issue de machines régulièrement lavées et constamment renouvelée. Le poissonnier doit également éliminer tous les feuillages sur ou à la place de la glace. Les règlements les interdisent car ils sont porteurs de microbes, insecticides ou pesticides.
Les poissons qui passent à la criée sont triés selon la grille des services vétérinaires qui classent les lots en fonction de leur fraîcheur :

- E, pour excellents
- A, pour bons
- B, pour moyens
- Non admis à la vente.

Si les poissonniers voulaient bien afficher ces classements, nous saurions avec précision dans quelle catégorie ils ont acheté les poissons qu'ils nous vendent. Leur discrétion, leur pudeur à nous donner cette information essentielle les honorent peut-être, mais sûrement pas le consommateur…

Un poissonnier se devrait de :

- Vendre exclusivement des poissons frais classés E ou, à la rigueur, A.
- Connaître l'origine de ses achats et les modes de pêche.
- Vendre des poissons de saison. Il existe des saisons où les poissons sont meilleurs que d'autres, comme pour les fromages, les fruits et les légumes.
- Ecailler, éviscérer, étêter, ébarber, dépouiller tous les poissons. Écaillage : débarrasser le poisson de ses écailles ; on garde les écailles sur certains gros poissons destinés à être grillés ou pochés. Éviscérage : décoller et retirer les viscères, arracher les branchies. Étêtage : couper la tête au ras du corps. Ébarbage : couper les nageoires avec des ciseaux. Il existe deux écoles, retirer toutes les nageoires sans distinction ou laisser la nageoire dorsale qui maintient les chairs pendant la cuisson. Dépouillage : retirer la peau sombre de certains poissons en veillant à ne pas arracher la chair. Sur les marchés, les poissonniers ne sont pas équipés pour laver le poisson, alors qu'en magasin cela fait partie de leurs attributions, pour rincer la cavité ventrale, éliminer la peau sombre qui la tapisse et les écailles qui pourraient rester collées.
- Lever les filets de tous les poissons et non pas seulement de ceux dont le prix est le plus élevé. Il est certain qu'étêter ou désarêter des sardines ou des anchois... Mais petit client deviendra grand et qui achète un jour des sprats achètera, peut-être, du turbot le lendemain.
- Préparer en portefeuille un poisson destiné à être farci, en le désarêtant et le vidant par le dos. Travail superbe, spectaculaire : travail d'orfèvre.

- Préciser si le poisson a été congelé ou décongelé.
- Conseiller son client sur la préparation idéale et les temps de cuisson, lui dire que, pour avoir dans son assiette 160 à 180 g de chair sans peau ni arêtes, il doit acheter 300 g de poisson brut par personne.
- Accepter les commandes spéciales.
- Ouvrir les huîtres s'il en vend.
- Offrir des déchets pour la confection d'un fumet ou d'un court-bouillon.
- S'imposer de ne vendre ni surimi ni préparation industrielle.

Si 54% des poissons frais se consomment entiers, 24% s'achètent en filets et 22% en darnes.
Un filet ou une darne sont des morceaux de poissons auxquels on a retiré leur barrière naturelle contre les microbes, la peau. La chair du poisson, comme celle de l'homme, est stérile tant qu'elle n'est pas en contact avec l'air. Dès l'instant où une tranche est coupée, des filets levés sur la colonne vertébrale d'un poisson, sa chair se trouve exposée à tout microbe ambiant et à toute pollution par manipulation de l'homme. On préférera les darnes ou tronçons et les filets levés par le poissonnier, devant soi, sanitairement plus satisfaisants qu'une darne déjà tronçonnée patientant sur de la glace ou qu'un filet en caissette.
Les procédés de filetage du poisson sont différents selon leur destination.
Sur des bateaux usines, les filets sont généralement destinés à l'industrie et congelés à bord, le jour même de la pêche. Dans les ports, le poisson peut être fileté mécaniquement à la machine. Les conditions d'hygiène sont généralement respectées, les filets sont mis en caissettes de polystyrène. Les couches de filets de poissons et de glace en paillettes doivent impérativement être séparées par un film protecteur.

Même si la qualité et l'hygiène de la glace sont parfaites, son contact avec le filet peut être un agent polluant et exercer sur la chair, sans peau, une accélération du processus de décomposition.

Il arrive quelquefois, lorsque les quantités de poissons ne justifient pas le recours à la machine, que le filetage se fasse à la main, dans des conditions semblables à celles du poissonnier en boutique. Le principe de l'emballage, respectant les règles sanitaires du ministère de l'Agriculture, est le même que pour le filetage industriel.

La chair de la darne ou du tronçon se doit de parfaitement adhérer à l'arête centrale et de ne présenter aucun signe de sang autour de cette arête.

La chair du filet de poisson doit être élastique, l'empreinte du doigt s'effacer et la couleur être franche, appétissante et naturelle. Baladés entre la chambre froide, l'étalage dans la boîte de polystyrène ou directement sur la glace, au bout de 2 à 3 jours, les filets suintent un exsudat jaune. Alors, lavage et glaçage redonnent, pour une matinée, apparence et fausse fermeté…

En règle générale, le poissonnier a une fâcheuse tendance à faire disparaître toutes les étiquettes, marques, distinctions permettant d'établir une date de pêche, d'emballage, une origine ou un degré de fraîcheur quelconques. Pour connaître avec précision l'espèce correspondant aux filets, il n'y a que deux systèmes : la confiance et l'électrophorèse. La confiance est un problème humain. L'électrophorèse, c'est le code génétique du poisson, son empreinte qui est entre les mains du service des Fraudes mais pas dans celles du consommateur. Il n'est donc pas exclu que, ne résistant pas à la tentation, on oublie de vous signaler que le filet de loup ou de bar que vous achetez en toute confiance n'est que du loup de mer (*Anarichas*) ; que le filet de turbot est de la barbue ou du flétan ; le rouget-

barbet de roche, du rouget-barbet de vase ; la sole de l'Atlantique, une sole tropicale ; du cabillaud, du colin ; de la sole, de la limande-sole. Le saumon est particulièrement baladeur et les erreurs sur l'origine des mers est fréquente, la confusion entre l'Atlantique et le Pacifique trop souvent volontaire.
Dès votre retour à la cuisine, achats faits, retirez le poisson quelle que soit sa forme, entier, tronçons ou filets, du sac plastique qui l'empêche de respirer. Placez-le dans un récipient recouvert de Cellophane, dans un papier d'aluminium ou, mieux, dans un torchon. Rangez-le au réfrigérateur et conservez-le 24 heures au maximum. Passé ce délai, il perdrait goût, charme et vertus.

## Techniques de pêche

Les techniques sont différentes selon la taille du bateau qui permet de plus ou moins longs voyages en mer.

QUATRE SORTES DE PÊCHE :
1) La pêche côtière. Les chalutiers de 9 mètres partent de un à trois jours en mer. Ils pratiquent la pêche aux différents filets autorisés. La brièveté de leurs excursions garantit du poisson extrêmement frais, parfois même encore vivant quand il arrive à la criée à 16 heures (la criée démarre vers 17 heures). Ainsi, lorsqu'un chalutier part douze heures en mer, le poisson peut être dans les 24 heures chez le détaillant.
Le "petit bateau" pratique une pêche de hasard et de science, le pêcheur ne sait jamais ce qu'il va trouver, quelles espèces, quelle quantité. C'est la garantie du poisson le plus frais, malheureusement le plus cher.

2) La pêche artisanale concerne les bateaux de 15 mètres qui partent en mer une dizaine de jours. Ils restent à un ou deux jours de navigation des côtes, guidés par des moyens techniques sophistiqués, souvent par satellite. Ils rapportent fréquemment d'énormes tonnages de harengs, merlans ou limandes, conservés depuis leur capture sur de la glace.

3) La pêche industrielle utilise des bateaux de plus de 30 à 40 mètres. Ils sont une centaine en France et restent en mer de douze à vingt jours. Leurs trouvailles, églefins, lieux noirs et lingues, font les choux gras des industriels qui en fabriquent les petits carrés de poisson panés grâce auxquels nos enfants s'imaginent que les poissons vivent dans des congélateurs...

4) La grande pêche est pratiquée par des bateaux usines qui restent six mois en mer aux environs de Terre-Neuve. A leur bord, le poisson est directement transformé en pains de glace ou en surimi. Le surimi, pour qui l'ignorerait encore, est de la chair de poisson broyée, lavée et essorée, sans aucun goût. Avant de la congeler, on lui ajoute des "cryoprotecteurs ", sorbitol, polyphosphate, pour éviter la dénaturation des protéines au froid. A partir du gel ainsi obtenu, on peut fabriquer ce que l'on veut, des petits bâtonnets dits "de crabe" ou " parfumés au crabe", de la glace, du saumon. Tout.
Les poissons d'eau douce se pêchent à la ligne, traditionnellement, ce qui pourrait presque paraître suspect...
Le mareyeur est l'élément essentiel de la distribution du poisson, même si les grandes surfaces s'adressent souvent directement à la production sans suivre le circuit traditionnel.

A l'exception des ventes que le marin peut faire directement aux poissonniers de la région et exclusivement de la région (un poissonnier du Morbihan ne peut pas acheter dans le Finistère), il est obligé de passer par le mareyeur qui achète, trie et conditionne pour la revente aux grossistes dans les M.I.N. (Marchés d'Intérêts Nationaux) situés dans les grandes villes, aux centrales d'achat, aux collectivités, aux restaurateurs et quelquefois même aux détaillants.

## Quels poissons ?

Sur les quelque vingt mille espèces de poissons répertoriées, on ne pêche et ne consomme en France qu'une quarantaine de variétés.
Les "chic et chers", sorte de Gotha poissonnier : la sole, le turbot, le bar, le saint-pierre. Viennent ensuite, en bonne place, saumon, lotte, barbue, thon, dorade, raie, cabillaud, colin, haddock, truite.

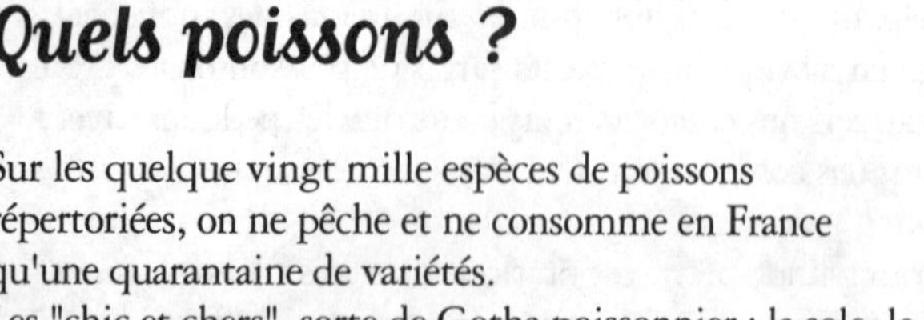

Les poissons "bon marché", souvent délicieux mais méprisés par une catégorie de consommateurs, sont les anchois, harengs, merlans, maquereaux, sardines, limandes, carrelets et sprats. Les espèces les plus vendues varient selon qu'elles sont consommées entières, en filets ou en tronçons.

> *Entiers, le quinté gagnant est saumon, sole, sardine, merlan, colin, le quarté des filets : lieu, merlan, cabillaud, julienne et le quinté du tronçon : cabillaud, lieu, raie, thon, saumon.*

Depuis quelques années, on voit apparaître sur les étals des poissonniers des spécimens que seuls les spécialistes avaient répertoriés. Ces espèces n'ont rien de nouveau, simplement elles vivaient dans les grands fonds, sans souci, loin des filets. Aujourd'hui, les pêcheurs, qui ne trouvent plus leur compte dans les eaux de surface, se rabattent sur les grenadiers, empereurs, sabres noirs, sikis, chimères et flétans noirs qui, il y a quelques années, étaient rejetés à la mer avec dégoût. Ils sont, pour la plupart, d'une laideur à côté de laquelle la lotte pourrait passer pour le "Delon" des mers.

### *Le grenadier*

Très demandé, il est pêché jusqu'à deux mille mètres de profondeur dans l'Atlantique Nord-Est et de la mer de Norvège au golfe de Gascogne. Il est éviscéré, étêté à bord et fileté par les mareyeurs. Sa chair au goût discret et sa couleur blanc nacré en font le roi de la caisse polystyrène.

### *Le beryx*

Il a été "sacré" empereur pour faciliter sa commercialisation. Il vit dans l'Atlantique Nord-Est, de l'Islande à l'Espagne, à 800, 1 300 mètres de fond. Sa chair est ferme, goûteuse, comparable à la fois à celles de la lotte et de la dorade. Les filets sont beaux, 500 à 600 g. L'empereur connaît un vif succès.

### *Le sabre noir*

Il commence tout juste sa conquête du marché hexagonal. Sa pêche n'est qu'accessoire, on le capture quand on pêche le grenadier. Il n'apparaît qu'en filets de peur que sa physionomie si repoussante, présentée sur les étals, ne fasse fuir les clients. Sa chair blanche, fine et sans arêtes, le fait apprécier par tous ceux qui ont peur de s'étrangler.

### *Les requins*

Dans le golfe de Guinée, ils se dissimulent sous le nom moins inquiétant de "veau de mer". Ils ne peuvent dissimuler d'ailleurs que leur nom, ils sont dépourvus de goût, de saveur et d'intérêt. Ça se vend, personne n'est parfait, ni le poisson ni le consommateur...

### *Le capitaine*

Originaire du lac Tchad, il aurait pu devenir à la mode. Il le fut, mais si peu de temps. C'est un gros poisson délicat, à la chair tendre, qui rappelle le bar. Les délais entre sa capture et son arrivée sur l'aéroport le plus proche ont découragé les poissonniers les plus optimistes. Après ces transports interminables, il avait perdu ses vertus.
Les poissons sont des personnages bizarres, ils changent de nom comme les escrocs de haut vol changent de passeport. Et pourtant, ils n'ont commis aucun méfait sinon de subir le chauvinisme des pêcheurs qui ne veulent pas admettre qu'un poisson de Méditerranée

puisse avoir le même goût qu'un poisson de la Manche ou de l'Atlantique, ou inversement.
Ce chauvinisme ne s'étend pas seulement aux pêcheurs mais également aux poissonniers. J'en ai rencontré un sous la halle de Nîmes qui prétendait que la lotte n'existait pas. Son argument était simple : la lotte ne peut être qu'un poisson de l'Atlantique, or l'Atlantique n'existe pas pour la bonne raison que l'on n'y pêche pas ! Il vendait les plus beaux et les plus frais poissons de Méditerranée qui se puissent imaginer : de la baudroie qui s'appelle lotte sur les côtes de l'Atlantique, du loup qui devient loubine en Vendée et bar quand il remonte vers le Nord...
Qu'est-ce qui pousse la plie à préférer s'appeler carrelet, le cabillaud à se changer en morue quand il est salé et l'églefin en haddock dès qu'on le fume ?
La lingue est folle, elle se fait appeler julienne. Un caprice. Elle n'a jamais pu dire pourquoi. Le plus cinglé de tous les poissons est sûrement le colin. Pourquoi se faire appeler colin quand on s'appelle merlu d'autant que cette transformation d'état civil n'intervient que dans la région parisienne ? Il aurait pu trouver un nom commun pour ses enfants, pas du tout. Le petit du colin est un colinot alors que celui du merlu est un merluchon. Il y a une frénésie chez le merlu à vouloir changer de nom.
A Sète, on le surnomme "pointe Bic", en Provence, "gros merlan", "merlouche" ou "bardot". Pas une région de pêche où il ne travestisse son patronyme. Non seulement le merlu change de nom, mais certains poissons lui empruntent le sien ; le lieu noir, par exemple, qui trouve plus élégant de se faire appeler colin noir alors que le merlu, un peu snob, se fait passer pour un saumon blanc, voire même un églefin dès qu'il arrive à La Rochelle. A la

frontière espagnole, il s'accorde une sonorité basquaise, "abadioa".
A la moindre possibilité, nouvelle identité, lieu jaune, merluche blanche, grelin, loriquet ou lebourch. Ces dénominations différentes donnent lieu à quelques supercheries lucratives : le lieu noir en conserve s'appelle colin noir. Il se vend mieux sous ce nom-là, pourquoi se gênerait-il ?...

# Suivons les saisons pour les poissons de mer

En respectant les saisons, le poisson est au meilleur de sa forme et les prix sont raisonnables.

## AU PRINTEMPS

### *La lotte*

La lotte, comme nous l'avons vu, change de nom selon les régions tout en gardant un surnom des plus sympathiques, homard du pauvre, car sa chair fine, blanche, compacte rappelle celle des crustacés.
La lotte, ou baudroie, aime qu'on l'aime pour sa chair et non pas pour son physique. D'ailleurs, on ne la voit jamais entière.
Sa tête de "voyou des mers" retourne à la mer dès qu'elle a été pêchée. Quelquefois, les marins ont l'idée d'en prélever les joues, mets royal, à ne laisser échapper sous aucun prétexte.
Livrée à l'étal du poissonnier sans tête et sans peau, il est

souvent difficile d'en apprécier, *de visu*, la fraîcheur. Pourtant, la présence de filaments jaunâtres sur sa chair d'un blanc immaculé sera présage de mauvais augure.

## *Les anchois*

Fin mai, début juin, nous pouvons avoir la démonstration que les anchois existent sous une autre forme qu'alignés, compressés dans une boîte, à l'huile ou au sel. Les anchois frais sont pêchés principalement dans le golfe du Lion (Collioure est la capitale de l'anchois méditerranéen), sur la côte basque et sur les côtes espagnoles. La fraîcheur se manifeste, comme chez tous les poissons, par un œil vif, un corps raide et brillant mais, signe particulier, les extrémités sont recourbées. A la moindre altération, il se ramollit, perd de son éclat et la base de sa tête devient rouge. Le poissonnier rechigne souvent à le préparer. Tant pis, on peut le faire soi-même. Lorsqu'on coupe la tête, les viscères suivent tellement facilement qu'il serait dommage de s'en priver. Les plus gros, 20 centimètres, se cuisinent au gril comme les sardines ; les plus petits, marinés au citron et à l'huile d'olive ou en escabèche. Vraiment petits, 12 à 13 centimètres, ils se préparent en friture.
A l'huile, ils se mangent tels quels sur du pain grillé beurré ; au sel, ils exigent de l'eau courante pour les dessaler. On pique quelquefois la viande de mouton avec un anchois utilisé comme une gousse d'ail. Et, bien entendu, ils sont la base de l'anchoïade ou du beurre d'anchois.

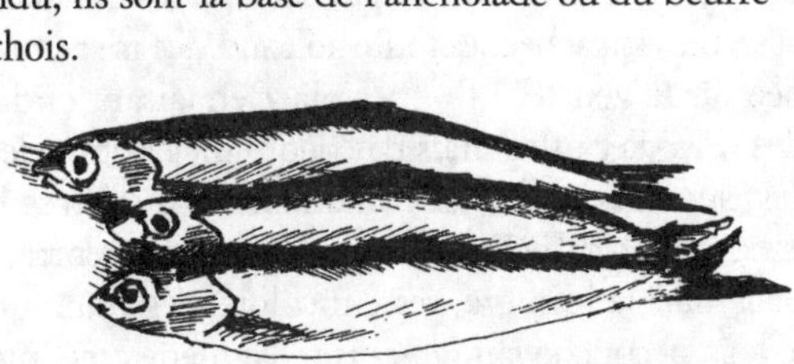

## *Le merlu*

Le merlu est particulièrement abondant au printemps et au début de l'été. Il a fait les délices de la cuisine bourgeoise et en a gardé une image un peu désuète, liée sans doute au colin grenobloise avec citron et câpres. Il a une allure majestueuse, mesurant entre 90 centimètres et 1,10 mètre et peut peser jusqu'à 5 kg. On oublie que, poché avec justesse, froid mayonnaise, il est bien meilleur que certains saumons d'élevage d'origine incertaine, même s'il rappelle les repas de première communion ou de mariage.

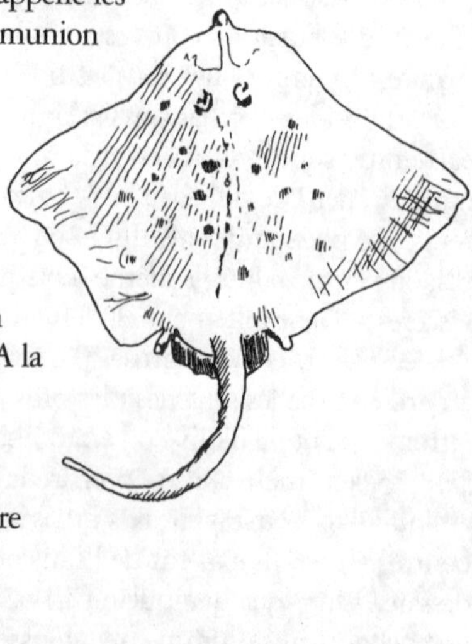

Les petits merluchons, de 200 à 300 g, se font frire ou cuire meunière. Il faut faire attention à leur cuisson car la chair est fragile. A la pleine saison, on fait quelquefois de belles affaires sur le "bâtard", taille intermédiaire entre 400 et 800 g.

## *La raie*

La raie, rare représentant des poissons cartilagineux avec la roussette, vit cachée, enfouie au fond des mers, couchée sur le ventre. Elle se déplace en faisant onduler ses ailes. Pas d'écailles mais des denticules, sortes de boucles, sur son dos gris se confondant si bien avec les rochers qu'il est difficile de l'apercevoir. Son ventre, ne voyant jamais la lumière, reste incolore. Ses yeux sont sur le dos, sa bouche sur le ventre. La queue est longue,

fine et délivre, lorsque la raie est vivante, un venin particulièrement désagréable. Les variétés de raies sont si nombreuses qu'elles ont fondé à elles seules une famille, les ragidées. Dans les mers européennes, dix-huit sont connues : la raie bouclée de Boulogne, la raie grise de Granville, la noire de Concarneau... Les femelles ont une taille nettement plus élevée que celle des mâles qui surmontent ce handicap par un organe sexuel volumineux et des épines redoutables qui servent à immobiliser les femelles au moment stratégique des rapports amoureux.
La raie bouclée est considérée comme la meilleure. Elle est reconnaissable à la présence sur son dos et son ventre de grosses épines recourbées comme des boucles. Pendant les dix heures qui suivent la pêche, le mucus qui la recouvre se renouvelle ; elle dégage alors une violente odeur d'ammoniaque. Vingt-quatre heures de repos la libèrent de cet inconvénient. On mange généralement les parties épaisses des ailes, plus moelleuses et avantageuses. Sa chair est rosée, longue. Sa peau gélatineuse s'enlève facilement après cuisson. Quelquefois, on trouve sur les marchés des joues et des foies de raies. Précipitez-vous, ils sont admirables. La joue se prépare en blanquette et le foie se fait pocher cinq minutes dans un court-bouillon au vinaigre, poêlé et déglacé au vinaigre.

## *Les poissons plats*

Au printemps règnent également certains poissons plats qui se sont réunis dans la famille des pleuronectiformes : turbot, barbue, sole, céteau.
Les autres membres, carrelet, limande, flétan, sardine, s'épanouissent plutôt à l'automne.
Pourquoi les poissons de la famille des pleuronectes sont-

ils plats ? Tout simplement parce qu'un jour Neptune, dieu des mers, sortant de sa demeure du fond des océans, le trident à la main, marcha par inadvertance sur un poisson, une sole dit-on. Un poisson parfaitement ordinaire, un poisson fuselé comme tous les poissons avec un œil à gauche et un œil à droite. Dérangé dans son sommeil, il piqua le dieu Neptune qui, en colère, l'écrasa du pied. Le poisson se retrouva tout plat avec les deux yeux côte à côte.

Neptune le condamna à se reproduire ainsi et sans dard venimeux, ce qui allait l'obliger à se cacher sous le sable, et le baptisa *solea*, qui veut dire plante du pied, pour qu'il se rappelle toujours l'offense, même involontaire, dont il s'était rendu coupable.

Il arrive, quelquefois, que la réalité rejoigne la légende puisque, à sa naissance, le bébé sole est un petit poisson parfaitement semblable aux autres poissons mais subitement, au 21$^{e}$ jour, quand il devient adulte, l'enfant se métamorphose. Il se couche sur le côté gauche et l'œil qui se trouvait de ce côté-là accomplit une migration pour venir se placer à côté de l'œil droit, sur la face qui regarde la lumière. Les deux yeux se retrouvent côte à côte, du côté droit ou du côté gauche selon les familles ! Au cours de l'opération, une narine se déplace également et la bouche se modifie.

Les pleuronectiformes sont aplatis latéralement. Les deux yeux sont situés sur la face supérieure, le dos ; la face qui repose sur le fond, le ventre, est aveugle.

Le poisson est capable d'adaptations monochromiques remarquables lui permettant de se camoufler et de s'adapter comme le caméléon à son environnement, tandis que la face aveugle est incolore.

Les nageoires sont dépourvues de rayons épineux. Les poissons plats ne prétendent pas au podium olympique des nageurs des mers : ils se meuvent en ondulant à plat. Ils vivent, sédentaires, sur des fonds meubles, dès leur métamorphose accomplie.

## *La sole*

La sole se pêche au chalut, la nuit, alors qu'elle cherche sa nourriture, vers, mollusques, bernard-l'ermite. La plus commune est la sole grise, la sole-pole est appelée souvent sole blonde, la sole du Sénégal, sole de roche, la sole langue, sole tropicale préposée aux filets de sole tout préparés.
On connaît également la sole perdrix, la sole d'Afrique du Sud, la sole velue et aussi la sole ocellée.

## *Le turbot*

Le turbot fait quelquefois partie, bien que coûteux, des bonnes affaires du printemps. Il a un corps épais, large, presque circulaire. Contrairement à la sole, ses yeux sont situés sur le côté gauche et sa peau dépourvue d'écailles est parsemée de tubercules osseux. Il est doté d'un mimétisme remarquable, reproduisant non seulement la teinte du fond de la mer mais les bigarrures de l'environnement. Ce poisson grandit lentement. A cinq ans, il ne mesure que 25 ou 30 centimètres et il arrive quelquefois de rencontrer des individus de 80 à 90 centimètres qui pèsent plus de 10 kg. Il est interdit, légalement, de le pêcher avant qu'il ne mesure 30 centimètres.
A la belle saison, il ne manque pas de témérité puisqu'il s'approche du rivage pour se nourrir, en prédateur, de petits poissons.
Comme le saumon, le turbot est devenu un poisson d'élevage sans, heureusement, avoir atteint le même rythme d'envahissement de nos étalages. Aucune législation n'oblige le poissonnier à préciser l'origine de

son poisson. Aussi la vigilance s'impose et demander au vendeur de retourner l'animal pour vérifier l'absence de pigmentation sur la partie blanche, significative de sa vie en ferme, n'aura rien d'infamant.
A la même saison, on trouve facilement la barbue, cousine du turbot. Comme lui, elle a les yeux à gauche mais sa peau est lisse et sa forme franchement ovale.
Certains spécimens, originaires des côtes scandinaves sous le nom de *grietje*, peuvent atteindre 70 centimètres.

### *Les céteaux*

Les céteaux font partie de la famille des soles, on les appelle familièrement des "langues d'avocat". Ils sont petits de taille, le corps étroit et allongé, et ne doivent pas être confondus avec les solettes qui n'ont pas de ligne latérale en forme de Z sous les ouïes.

## EN ÉTÉ

### *Les rougets barbets*

Les rougets barbets colorent les étalages des poissonniers dès les premiers jours de l'été. De roche ou de vase, ils ont la même caractéristique : des barbillons au menton qui leur servent à détecter leur nourriture. Le rouget barbet de roche est aussi appelé surmulet. Les gourmets apprécient plus que tout son foie et prétendent que plus ils sont petits, meilleurs ils sont. Dans le cas de poissons de très petite taille, il est préférable de les faire frire mais, dans tous les cas, il faut compter 250 g par personne.

### *L'églefin*

L'églefin est un parent proche du cabillaud, du lieu, de la lingue. On le pêche dans l'Atlantique Nord et, quelquefois, il se fait appeler "âne" ou "ânon". Comme le cabillaud, il porte un petit barbillon à la mâchoire inférieure mais on le distingue par une tache foncée qu'on discerne de chaque côté au-dessus de la nageoire pectorale. Cette tache crée une confusion dans le Nord où on l'appelle, à tort, saint-pierre. Avant d'atteindre sa taille adulte (80 centimètres - 1 mètre), il est souvent la victime de la raie, de la baudroie ou du cabillaud, prédateurs intraitables. Le véritable et délicieux haddock, c'est lui. Ouvert à plat, désarêté, il est fumé en principe au bois de hêtre et sa jolie couleur orange est due à un ajout de rocou, colorant alimentaire naturel issu du rocouyer, arbuste d'Amérique centrale. Sa teneur en lipides (0,3 g pour 100 g) défie toute concurrence.

### *Les thons*

La famille des thons n'est pas de tout repos. On les trouve pendant l'été et jusqu'à l'automne. Le thon rouge est vendu frais sur le marché. L'albacore, très abondant dans l'Atlantique, sert principalement à la conserverie, comme le germon ou thon blanc, à la chair fine mais sèche. Le thon obèse ou "patudo" est très proche de l'albacore. Les Japonais sont fous de la bonite, autre cousin. Séché et mis en flocons, ils en saupoudrent leurs mets. Le thon rouge a le dos bleu-noir, le ventre et les flancs blanc argenté, sans taches, sa chair est magnifique, d'un beau rouge sombre. A l'âge où nous sommes adolescents, ce gros poisson pèse parfois 300 kg et mesure jusqu'à 3 mètres. Il était courant avant guerre que les poissonnières promènent une prise exceptionnelle dans les rues, sur une brouette, en attraction. La découpe de ces énormes bêtes exige force et compétence. Beaucoup de poissonniers charcutent ce magnifique animal comme des équarrisseurs. Je leur conseille de se rendre sous la halle de Saint-Jean-de-Luz

où ils pourront apprendre beaucoup auprès d'une poissonnière dont la dextérité et le talent en font une artiste au sens le plus noble du terme.
Cet excellent poisson se mange souvent cru, en tartare ou en sashimi ; sa fraîcheur doit alors être exemplaire et se reconnaît à la chair luisante sur laquelle le sang affleurera à la coupe. Soyez vigilants, tous les poissons consommés crus doivent être exemplaires de fraîcheur. Sinon, l'intoxication rôde...
La chair du thon est dense, nourrissante. On lui a fait à tort une réputation de poisson gras alors qu'il n'apporte que 6 g de lipides contre 28 à 30 g de protéines aux 100 g. Il contient également du fer, des acides aminés, des oligoéléments et un taux exceptionnel de vitamine PP.

### *La sardine*

Pendant l'été et jusqu'à l'automne, la sardine gâche souvent les joies du camping lorsqu'elle grille, odoriférante, privant les estivants du chant des grillons et des parfums des herbes de Provence. Dommage qu'elle dégage une telle odeur car elle est jolie, la sardine, bleu argenté, mâchoires saillantes. Fraîche, elle est ferme, recourbée, les écailles bien accrochées et luisantes.
Avachie, ramollie, les écailles en débandade et les viscères hors du ventre, il faut la laisser au poissonnier qui ne mérite que cela.
Elle se prépare comme l'anchois et s'essuie avec du papier absorbant pour éliminer les écailles. La sardine se pêche en Atlantique mais celles de Sète ou de Martigues, en Méditerranée, sont renommées pour leur petite taille et la finesse de leur chair.
Elles se mangent crues, marinées, grillées ou en escabèche.

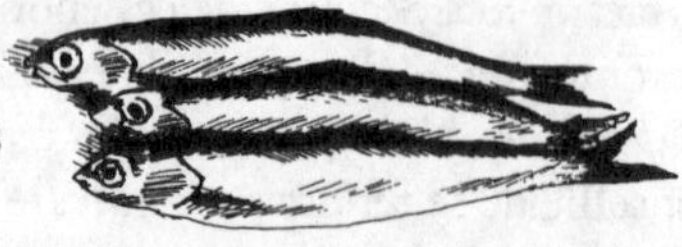

*Plus longtemps elle reste en boîte, à dormir dans son lit d'huile, meilleure elle sera. Comme les vins, certaines sardines se vendent millésimées.*

## EN AUTOMNE

### *La roussette*

Dès l'automne caracole sur les étals la roussette. Son nom est plus vendeur que celui de "chien de mer" dont on l'affuble généralement. La roussette fait partie de la famille des requins. Sa peau très dure, retirée à l'aide de tenailles, sa tête et sa queue enlevées, il reste un rouleau de chair, ferme et tendre à la fois, sans arêtes, que la *vox populi* surnomme saumonette (rien à voir évidemment avec le saumon). Lorsque la chair est blanche, c'est qu'elle a été pelée depuis trop longtemps. Ce poisson riche en urée dégage, comme la raie, une odeur d'ammoniaque quand il est frais. Si l'odeur s'avérait vraiment trop forte, ce serait alors la manifestation d'une altération. Il faudrait s'en priver.

### *Le maquereau*

Le maquereau est un séducteur. Quoi de plus normal quand on est aussi beau… Le vrai, le seul, celui qui vit dans l'Atlantique, a un dos bleu-vert traversé de sombres lignes vert ou bleu soutenu, ses flancs et son ventre sont uniformément argentés. Une coloration opaque entre les deux yeux le différencie du maquereau dit "espagnol", barbotant en Méditerranée.
Le maquereau est bourré de qualités, il est bon nageur (rare parmi les poissons), il file allégrement à 10 kilomètres à l'heure et parcourir 100 kilomètres dans la journée ne lui fait pas peur. Il hiberne mais, dès le

printemps, on le retrouve paradant au milieu de son banc le long des côtes françaises, à l'ouest de l'Irlande et au nord de l'Écosse. Il est patient ; bien qu'atteignant de 18 à 22 centimètres dès la première année, sa maturité sexuelle n'intervient que durant la troisième. Il est gourmand, ce qui pourrait être considéré comme une qualité si ce péché ne l'aveuglait au point de se laisser appâter avec des œufs de poisson.
Ses noms varient selon sa taille et les régions : en mer du Nord, un jeune maquereau s'appelle lisette, auviet près de Granville et cavaille à Aury. En Méditerranée - on ne peut pas les ignorer - le maquereau est un avrion à Nice, un timbulotte en Corse et un barrat dans le Roussillon.
La chair du maquereau est grasse, il ne peut pas le nier. Il doit être luisant, rigide, recourbé, le ventre blanc pour se cuisiner en matelote au vin rouge quand il est gros, à la moutarde, au four, quand il est moyen et quand il n'est que petite lisette, mariné au vin blanc. Sa laitance est exquise, notamment au printemps, sa chair fumée délicieuse.

## *Les dorades*

La famille des dorades est particulièrement encombrée. On peut les différencier non pas à leurs surnoms mais à leur orthographe. La dorade royale est la seule, dans le nouveau classement, à être autorisée à s'orthographier "daurade". Elle est coquette et se reconnaît à sa robe gris argenté, rehaussée d'un bandeau frontal doré entre les yeux et d'une tache noire très particulière au-dessus des ouïes. La dorade rose ou pageot rose est plutôt brun rougeâtre ; comme son nom ne le laisse pas deviner, elle présente une tache noire, très visible, à l'origine de la ligne latérale partant au-dessus des ouïes. La dorade grise ou griset est précisément grise, sans tache pour ne pas la

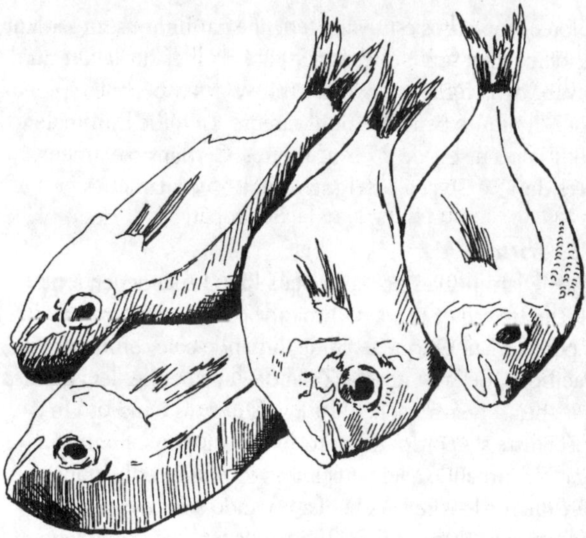

confondre avec la dorade royale. Le pageot commun fait partie de la même famille, rose foncé sur le dos, dépourvu de tache noire, il la remplace par une tache rougeâtre à la base des nageoires pectorales.
Ces signes distinctifs ont leur importance pour ne pas se laisser tromper sur la marchandise. Tous les poissons de la famille sont bons et maigres mais la chair ferme et parfumée de la dorade royale mérite tous les éloges. A Nice, comme en Espagne, la dorade est appelée *besugo*. Il est indispensable de laisser le poissonnier écailler les dorades car leurs grandes écailles sont plutôt sauteuses.

## *La plie*

En automne et jusqu'au début de l'hiver, la plie, qu'on appelle souvent carrelet, se distingue des autres poissons plats grâce aux taches rouge orangé réparties sur sa face colorée. Son corps est ovale, terminé par un museau saillant, les deux yeux sont situés sur le côté droit et sur la tête ; à l'avant de la ligne latérale, on trouve des tubercules épineux dont la piqûre peut être douloureuse. La taille minimale pour la pêche est de 25 centimètres. Certains spécimens, âgés de 15 à 25 ans, atteignent 50 à 55 centimètres.

### *Les limandes*

Quelle famille, ces poissons plats ! Les limandes en font partie. Imaginez un peu : limande commune, limande du Japon, limande à queue jaune, limande-sole commune, du Pacifique, de la Nouvelle-Zélande, sans oublier les cardines franches, à quatre taches, du Pacifique, du Canada. Un spécialiste s'y perdrait, pourquoi pas un poissonnier ! La branche limande a les yeux sur le côté droit et la branche cardine sur le côté gauche. La limande-sole se distingue facilement à sa peau lisse, à sa petite tête et à sa couleur rouge acajou marbré de brun. La limande commune a la peau rugueuse ; les cardines, que les pêcheurs appellent limandes-salopes, ont les nageoires échevelées, ce qui permet de les distinguer immédiatement.

### *Les flétans*

Le flétan de l'Atlantique est le plus gros des poissons plats, on en a vu de plus de 100 kg. Il copine avec le cabillaud dans l'Atlantique. Dans les pays du Nord, il est connu et apprécié sous le nom de "halbut".

## EN HIVER

### *Le hareng*

Dès les premiers froids, le hareng apparaît. Qu'il est joli poisson, le cousin de l'anchois ! Frais, son dos est d'un beau vert sombre variant jusqu'au bleu, ses flancs, son

ventre d'un bel argent. Dire qu'il a failli disparaître quand sa chair servait à fabriquer la farine qui donnait aux poulets ce curieux goût de poisson ! On a même dû interdire totalement sa pêche en mer du Nord en 1970. Elle est maintenant réglementée par la Communauté européenne.
Quel poisson sauve les Norvégiens de la famine au VIe siècle ? Le hareng. Pour quel poisson Charlemagne créa-t-il en 809 le port qui allait devenir Hambourg ? Toujours le hareng.
Quel est le poisson qu'on pêche à Boulogne, petit village de la mer du Nord, pour le saler et le transporter directement à Pompéi, sur la table de César ou de Caligula ? Le hareng. Rares sont les poissons qui ont une telle place dans l'Histoire, avec une majuscule. Riches ou pauvres, tous les peuples d'Europe s'en régalaient. On en mangeait en abondance car les jeûnes occupaient les deux tiers de l'année et le poisson était un des rares aliments autorisés durant ces périodes. Au XIIe siècle, on trouve du hareng en quantité et à un prix raisonnable. On le taxe, on l'impose. Il devient monnaie d'échange. Ainsi le comté de Boulogne est-il contraint de verser une redevance de 20 000 harengs par an à l'abbaye de Cluny, en Bourgogne.
Au XIVe siècle, le hareng est la cause d'une guerre entre la Ligue hanséatique et le Danemark : les marchands allemands, anglais et français qui constituaient la Hanse avaient le quasi-monopole de la pêche au hareng, ce qui agaçait prodigieusement les Danois. Ces derniers décidèrent d'instaurer un droit de douane sur les harengs étrangers. Aussitôt, en 1348, la Ligue déclara la guerre au Danemark. Plus tard, en 1429, durant la guerre de Cent Ans, les compagnons de Jeanne d'Arc éventrèrent à coups de boulet les tonneaux de harengs

des Anglais pour les affamer et les chasser de Blois. Cette glorieuse bataille est restée célèbre sous le nom de "Journée des harengs". A ma connaissance, bien peu de poissons ont laissé leur nom à une guerre ou à une bataille. Il y a bien eu une guerre des maquereaux, mais après enquête ce ne fut qu'une rixe… De bataille des turbots ou des lottes, point.

La particularité du petit hareng est de devenir grand en un an, ensuite c'est lentement qu'il s'allongera. Vers deux ou trois ans interviendra sa maturité sexuelle. A chaque étape de l'évolution de ses glandes sexuelles ou gonades, il transformera et améliorera la qualité de sa chair.

A la fin du printemps et en été, le hareng n'a qu'une préoccupation, se nourrir. Il est bien en chair, ses gonades encore petites sont en pleine formation. On l'appelle le "hareng-vierge".

Le "hareng-plein", ou "hareng-franc", a des gonades bien développées mais il n'a pas encore émis de semence. S'il est femelle, il a une poche à œufs ; s'il est mâle, de la laitance. Il est gras et trouve beaucoup d'amateurs. Ses gonades s'activent et émettent leur semence - mais moins qu'il n'en produit. Il est donc encore plein et se nomme le "hareng-bouvard". Enfin, quand ses gonades sont tristement vides, le hareng est triste et maigre. On l'appelle, sans rire, le "hareng-guai". Hormis cette dernière et peu enviable situation, la chair du hareng est grasse et parfumée.

L'habitude de le manger salé ou fumé nous fait oublier qu'il est délicieux et que la simple vue d'un feu le cuit déjà.

### *Le bar*

Le bar excite le chauvinisme régional. Sa grande voracité lui a valu le nom de "loup ", officialisé au bord de la Méditerranée. Sur les côtes de l'Océan, il est lubin, lubine, loubine... Pour tout compliquer, il existe bel et bien un loup *anarhichas lupus* qui vit au sud des îles Britanniques, mais la qualité de sa chair n'est pas comparable à celle du bar.

Lorsque les deux poissons se trouvent côte à côte sur un étal de poissonnier, la confusion est impossible. Le loup a la tête forte et le museau arrondi, rien de comparable avec l'élégance joliment argentée du bar. Certains poissonniers ou restaurateurs indélicats voudraient faire passer l'un pour l'autre alors que prix et qualité n'ont rien de comparable.

Les papiers d'identité peuvent s'exiger. En novembre et décembre, cette perche des mers est plus abondante et les petits bars de 400 g, vendus à la pièce, idéals pour deux, sont abordables. Certains gros calibres atteignent les 4 kg mais un bar de 1,5 kg suffit largement pour 4 personnes car les arêtes sont peu nombreuses. Sa chair est fine, extrêmement maigre (1,2 g de lipides pour 100 g) et nourrissante.

L'extension de l'élevage du bar en aquaculture est inquiétante car il risque de devenir banal.

### Le mulet

Le mulet se confond avec le bar, sûrement parce que quelquefois on l'appelle "bar du pauvre".

Ils sont bien nombreux, ces mulets côtiers, à pénétrer dans les étangs du bord de mer et dans les estuaires, mulet doré (le meilleur) portant fièrement sa tache dorée bien nette sur le bord supérieur de l'ouïe, mulet porc, mulet sauteur, mulet lippu, mulet cabot.

Les Méridionaux les aiment bien et les appellent familièrement "ramada" ou "carida". Ils ne manquent d'ailleurs pas de séduction, allongés mais moins fuselés que le bar, argentés mais plus foncés, moins brillants. Ils

ont souvent un léger goût de vase, leur fréquentation des ports et leur goût pour la nourriture provenant des égouts en sont la cause.
Renseignez-vous sur la provenance du mulet et choisissez plutôt celui qui vient du large. Son prix est très raisonnable jusqu'en février.
Il n'est ni maigre ni gras (4,9 g de lipides) mais très riche en protéines (24,8 g pour 100 g). Pressés et fumés, les œufs du mulet donnent la poutargue.

## *Le merlan*

Le merlan est un poisson populaire de grande notoriété, bon marché. Qu'il soit bleu du Nord, de l'Atlantique ou austral, il est fragile, ses écailles s'éliminent au moindre contact. Pacifique, le merlan est délicieux en colère. Sous cette forme, se mordant la queue, frit, il est exquis. La chair est fragile, fine, on le traite beaucoup en filets alors qu'entier, rôti, il est à son meilleur.
Pour nourrir un adulte, il est bon de prévoir un merlan de 300 g car les déchets représentent environ 30% du poids brut.
On peut presque le considérer comme un poisson de régime (0,6 g de lipides pour 100 g). Avant d'être jeté dans la friture, le merlan se farine abondamment, comme les ancêtres des coiffeurs poudraient la perruque de leurs clients, d'où leur surnom de "merlans".

## *Le saint-pierre*

Le saint-pierre est presque aussi laid que la lotte et pourtant on l'appelle quelquefois dorade en Normandie. Il y a quelques décennies, considéré comme un poisson ordinaire, il était bon marché. Le dépeuplement, la mode en ont fait un poisson affreusement coûteux, d'autant plus qu'après avoir jeté sa grosse tête et l'ensemble de ses

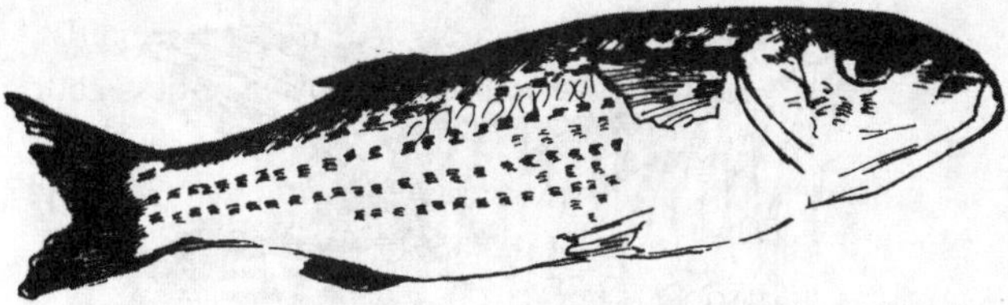

nageoires, il reste à peine 300 g de filets sur un poisson de 1 kg. Grâce au saint-pierre, on a maintenant des doutes sur l'esprit charitable de son homonyme principal, celui des douze apôtres qui, après l'avoir pêché, le trouve si laid qu'il le rejette à la mer, laissant sur son dos, pour l'éternité, la marque de ses doigts.

Comment voulez-vous qu'encore aujourd'hui ce pauvre poisson n'émette pas des grognements pour manifester son désespoir au souvenir d'une telle avanie ?

Tout est possible avec les légendes à condition de pouvoir vérifier leur justification historique et d'oublier que saint Pierre pêchait dans le lac de Tibériade alors que celui qui nous occupe est un poisson de mer. On le surnomme " Zée forgeron" ou "John Dory".

## *Le cabillaud*

Rares sont les poissons qui changent d'identité en fonction de leur nature. Celui-là se fait appeler "cabillaud" à l'état frais et "morue" lorsqu'il est salé. Il se pêche dans les mers du Nord, polaire ou arctique. En général, il pèse de 1 à 4 kg mais certains atteignent et même dépassent les 10 kg.

Les Anglais n'hésitent pas à l'appeler le *big fish*. Comme les instituteurs socialistes avant l'élection présidentielle de 1981, il porte une longue barbiche, appelée barbillon, à la mâchoire inférieure.

Son ventre est blanc, ses flancs sont marqués d'une ligne

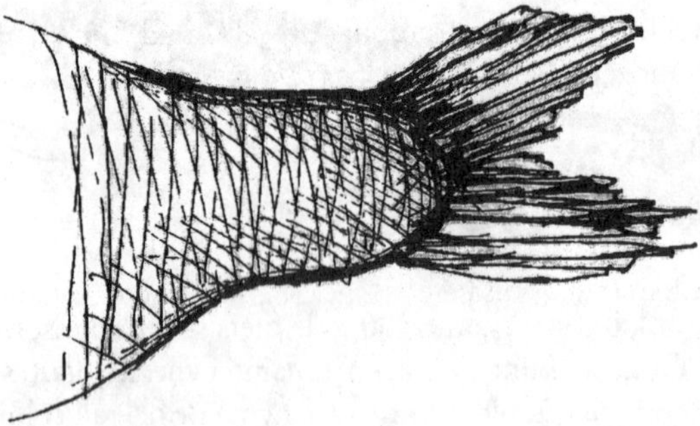

latérale, fine et blanche, alors que son dos est gris-vert olive, tacheté de grosses lentilles brun-roux.
Les pêcheurs basques prétendent que leurs ancêtres le découvrirent en suivant les baleines jusque dans le golfe du Saint-Laurent et dans les environs de Terre-Neuve.
Au Pays basque, on l'appelle d'ailleurs "bakalua". Petit, les poissonniers lui donnent le diminutif de "moruette" et le vendent entier ; sinon, il est débité en darnes ou en tronçons. Cuite, sa chair s'effeuille. On trouve quelquefois sa langue et ses joues salées. Son foie est délicieux, à l'huile, en boîte ou fumé.
Pour devenir morue, il doit subir un certain nombre de transformations. Remonté sur le bateau, le cabillaud est ouvert en deux, vidé, décapité, désarêté et empilé, séparé des autres par une couche de sel. A ce moment précis, il prend le nom de "morue verte".
Arrivée à terre, on la transforme : lavage, brossage, dessèchement en tunnel avant d'être pressée et expédiée vers les pays chauds. Pour les Européens, elle est simplement brossée et salée à nouveau, prête à la consommation. On la trouve également débarrassée de sa peau, taillée en filets, emballée dans des boîtes paraffinées ou sous vide.

Le stockfish n'est pas toujours du cabillaud, il peut s'agir d'un autre poisson. Il n'est pas salé mais séché de façon intensive jusqu'à devenir dur comme le bois d'un bâton, d'où son nom. Autrefois, les pêcheurs du Grand Nord échangeaient le stockfish contre le sel dont ils avaient besoin pour préparer la morue. Le stockfish ou le klippfish (poisson salé et séché) se prépare comme de la morue mais doit tremper plusieurs jours avant son utilisation.

## Poissons d'eau douce

Depuis très peu de temps, les poissons de rivière apparaissent à nouveau sur les étals de certains de nos poissonniers.
Apparition d'une remarquable discrétion. Cette renaissance est due au travail très exceptionnel de la Fédération française d'aquaculture.
Il y avait fort à faire, les industriels, inconscients, ayant, en quelques décennies, transformé nos lacs, fleuves et rivières en cimetières en y déversant inconsidérément leurs déchets meurtriers.
On distingue dans l'aquaculture plusieurs types d'élevage. Celui de pleine mer, encore embryonnaire mais efficace et prometteur, approvisionnera les poissonniers en dorades, bars et turbots. On a produit 370 tonnes de dorades et de bars en 1991 alors que la production de turbots atteignait seulement 10 tonnes.
L'autre, essentiellement la salmoniculture, destinée à l'approvisionnement des poissonniers ou au

repeuplement des rivières, des lacs et des étangs, concerne la truite arc-en-ciel ou fario, blanche ou saumonée, le saumon de fontaine, l'omble chevalier, la carpe, la tanche, le brochet, le gardon et le sandre. Des essais très prometteurs ont été réalisés sur des anguilles, esturgeons, écrevisses et silures. L'élevage du saumon est commun dans les vastes fermes des pays du nord de l'Europe. Nous en élevons en France mais il est difficile d'établir des différences autres que gustatives, le législateur n'imposant pas la précision de l'origine des poissons ni, surtout, la distinction entre "sauvage" et "d'élevage".

### *Le saumon*

Le saumon est étonnant. Il doit naître avec une boussole dans la tête et une carte marine dans les yeux pour qu'après un voyage de plus de 5 000 kilomètres il puisse retrouver, sans jamais se tromper, son lieu de naissance. La maman saumon dépose des œufs dans une frayère pour que le papa saumon les féconde. Devenu alevin, le bébé saumon fait rapidement l'apprentissage de l'eau claire du ruisseau. Lorsqu'il atteint la taille de 10 à 15 centimètres, il s'appelle alors tacon et l'envie du large le taraude. Il veut voir la mer. La nuit, ou par temps couvert, il est prudent, il descend la rivière, gagne le fleuve, paresse un peu dans l'estuaire puis file en direction du Groenland où il s'installe pour deux ans, quelquefois six ou huit. Il se nourrit de petits harengs, de sprats et de ces délicieuses crevettes qui vont lui donner sa belle chair rose si appétissante.
Quand il est adolescent, il s'appelle saumoneau ou madeleineau ; adulte, il prend son nom définitif de saumon, bleu ou argenté. Un jour, une envie irrépressible, incoercible, lui vient de retrouver sa rivière natale pour y frayer. Il quitte son paradis, cesse de s'alimenter et refait

les quelque 5 000 kilomètres en sens inverse, sans manger. Notre saumon perd son gras au cours du voyage, d'autant que l'eau des fleuves n'offre aucune nourriture à son goût. C'est d'ailleurs pourquoi ce poisson est si difficile à pêcher à la ligne : rien ne le tente. On peut l'attraper uniquement si l'envie lui prend de jouer avec l'hameçon ou la mouche. Certains pêcheurs tendent des filets en travers des rivières.
Solution facile et peu glorieuse qui date de Colbert et permet à quelques dizaines de pêcheurs de ramasser, sans se fatiguer, ces pauvres bêtes épuisées. Les saumons sauvages, pêchés normalement, sont rares.
Dans les pays de Loire, ils sont généralement "vendus au noir" aux restaurateurs. Pêchés dans l'Adour, les poissonniers les commercialisent, soigneusement étiquetés.
Le saumon d'élevage est élevé aux granulés ; pêché à maturité, il meurt généralement par électrocution. Il nous arrive principalement de Norvège, d'Écosse, d'Irlande et d'Islande, frais toute l'année. Lorsqu'il est originaire d'Alaska ou d'Atlantique, il a souvent été congelé et il est vendu vidé et sans tête. Le saumon de fontaine est au saumon ce que la truite arc-en-ciel est à la truite sauvage.

### *La truite*

La truite est toujours d'élevage puisque sa pêche est interdite. Nous sommes les plus gros producteurs de truites du monde. Cocorico ! Elles sont élevées dans des fermes, en plein air, installées près des cours d'eau.
On peut les acheter chez le poissonnier ou directement dans les piscicultures. Plusieurs espèces : la fario, à la robe parsemée de points rouges, variété dont rêvent les pêcheurs nostalgiques ; l'arc-en-ciel, blanche ou saumonée.

Bien malin qui pourrait faire la différence de goût entre l'une ou l'autre. Leur belle couleur saumonée n'est pas due aux eaux qu'elles fréquentent mais à l'astaxantine qu'elles absorbent.
La truite dite "de mer" donne ses premiers coups de nageoire dans une "ferme de rivière" avant d'aller quelques jours en villégiature dans une autre ferme, au bord de la mer, celle-là. Là encore, bien malin celui qui établira une différence de goût. Du temps où le pêcheur rapportait précieusement les truites vivantes pour les faire cuire rapidement au bleu, elles ne dépassaient pas 250 à 300 g.
Maintenant qu'elles sont élevées, il en est qui atteignent, sans honte, une dizaine de kilos.
Elles s'accommodent comme le saumon mais leur chair est beaucoup moins grasse et nettement plus fragile.
La truite se fume. Le résultat est plus ou moins bon et tient essentiellement à la qualité du "fumeur".
Le service des Eaux de la ville de Paris utilise les truites comme détecteurs de pollution.

### *Le brochet*

Le brochet est exigeant quant à sa nourriture. Il est donc sauvage car il refuse les granulés, aliment habituel des poissons d'élevage. Les aquaculteurs travaillent le brochet essentiellement pour le repeuplement des rivières. Ceux que l'on trouve chez les poissonniers nous arrivent fréquemment de Hollande.
Dans nos rivières, on trouve deux types de brochet, l'un au dos vert et aux nageoires argentées, l'autre brun foncé. Ce dernier vit dans des eaux dormantes et risque d'avoir un goût de vase.
Les brochets de grande taille ont une chair un peu cotonneuse et doivent être réservés pour les quenelles ou les pâtés de poissons. Les petits, qu'on appelle brochetons, sont

exquis si les arêtes ne découragent pas le consommateur. On raconte que l'oseille aurait la propriété de faire fondre les arêtes. A ce jour, mes essais personnels ne peuvent pas être qualifiés de concluants…

## *La carpe*

Il y a quelques années, les carpes apparaissaient à l'automne, lorsque les étangs étaient curés. On en trouve maintenant toute l'année, élevage aidant. Il existe deux variétés de carpes, la carpe cuir dont la peau, épaisse et brunâtre, est dépourvue d'écailles à l'exception de quelques-unes rondes, en ligne, sur le dos, et la carpe miroir dont la chair est très fine, la peau moins épaisse et dont les écailles, posées en ligne sur le milieu de chaque côté du corps, sont brillantes.
La carpe a un goût de vase qu'on peut éliminer en la faisant séjourner deux à trois semaines dans un bassin d'eau courante ou en la plongeant, pendant trois heures, dans de l'eau salée, vinaigrée, après l'avoir vidée et écaillée. Les carpes ont, sous la tête, une poche de fiel qu'il est impératif de retirer en les vidant.

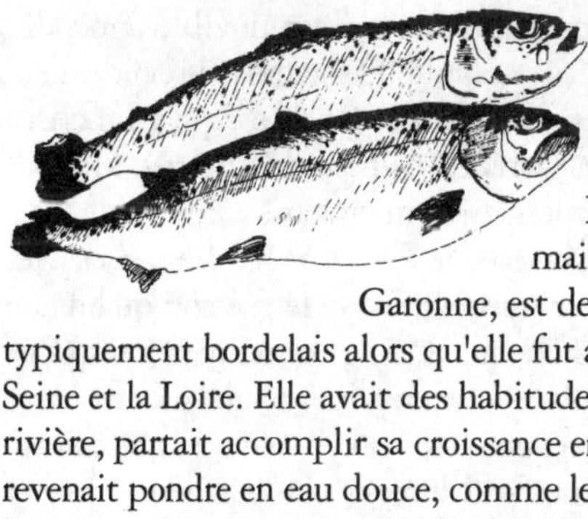

## *L'alose*

L'alose, élevée maintenant dans la Garonne, est devenue un poisson typiquement bordelais alors qu'elle fut abondante dans la Seine et la Loire. Elle avait des habitudes, naissait en rivière, partait accomplir sa croissance en pleine mer et revenait pondre en eau douce, comme le saumon. Temps lointain et heureux que celui-là… Sa chair est très fine, bien qu'encombrée de nombreuses arêtes.

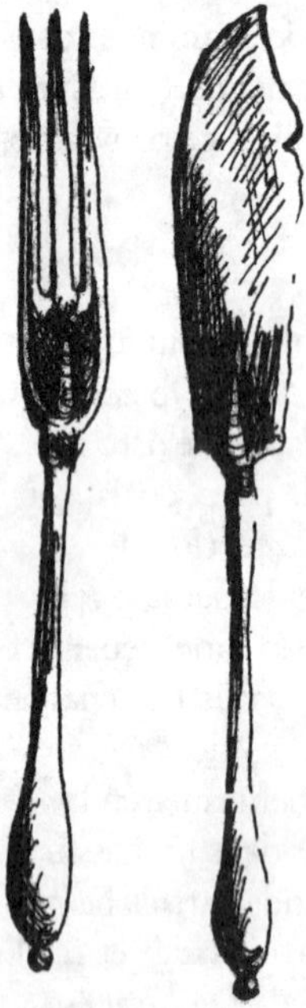

# Les ustensiles

L'investissement en ustensiles spécifiquement réservés à l'usage du poisson est peu élevé. Il est toujours possible de dépenser de l'argent mais telle n'est pas notre idée. Il est souvent plus rentable de changer une recette plutôt que d'investir dans un matériel dont on aura peu l'usage.

## *Poissonnière et turbotière*

L'achat primordial est la poissonnière. Il s'agit de la pièce maîtresse, indispensable pour cuire un poisson entier au court-bouillon. La poissonnière est aussi appelée saumonière, sorte de faitout de forme allongée, étroit, muni de deux anses et d'un couvercle et surtout d'une grille amovible dotée de deux hautes poignées sur laquelle sera posé le poisson et qui permet de le retirer du court-bouillon quand il est cuit et donc fragile. Dans *La Cuisinière bourgeoise*, Menon en donne la description suivante : "Vaisseau long de cuivre étamé où il y a dans le fond une feuille percée avec deux anses pour tirer sans le rompre le poisson qu'on a mis dessus pour le faire cuire." La poissonnière se fait généralement en cuivre (elle en a les inconvénients), en fer étamé, en "alu" ou en inox. On choisira de préférence l'aluminium, avec un fond "dressé" qui permettra une bonne transmission de la chaleur d'autant que la poissonnière sera posée sur deux feux. On peut, bien évidemment, s'en passer. Ce serait dommage. Les poissons présentés entiers, chauds ou froids, sont élégants sur une table dès l'instant où l'on aura le plat de service qui convient, bien qu'on puisse utiliser un grand plat rectangulaire sur lequel le poisson sera installé en diagonale. On peut, également, acheter une turbotière pour loger les turbots, carrelets, saint-pierre. La turbotière est une poissonnière en forme de losange qui existait déjà au XVIIIe siècle sous le nom de turbotine.

## *Poêles et plats*

Il est nécessaire d'avoir aussi une ou plusieurs poêles ovales, en fonte ou en Téflon, de 26 centimètres sur 19, pour faire cuire le poisson plat comme la sole, ainsi que des plats ovales allant au four, de préférence en terre, mais qui peuvent également être en Pyrex ou en porcelaine à feu.
Ceux qui servent au hachis Parmentier ou au gratin conviendront parfaitement.

## *Divers*

On imagine que toute cuisinière avertie a déjà dans sa batterie faitout, couscoussier, cocotte et poêle. Dans le cas où une ménagère aurait le bonheur d'avoir un mari à la fois pêcheur et chanceux, il serait souhaitable qu'elle prévoie une bassine à frire et son panier, à l'usage exclusif des petites fritures amoureusement pêchées.
Une ou deux larges spatules métalliques sont également indispensables pour retourner les poissons. On peut imaginer qu'elles font déjà partie des ustensiles de la cuisine.

# Les modes de cuisson

Il existe de très nombreuses façons de cuire le poisson. Nous en avons retenu treize : poché dans un court-bouillon, une nage ou un fumet ; à la vapeur ; en papillote ; grillé ; rôti ; braisé ; au sel ; poêlé ou meunière ; frit ; en matelote ; en marinade. Le poisson cru est plus une façon de l'accommoder, bien que l'on puisse le considérer comme cuit s'il a séjourné dans le citron.
Avant d'aborder chacune des techniques spécifiques, il est bon de noter qu'une heure avant la cuisson, quelle qu'elle soit, on pourra parsemer les pièces de gros sel pour augmenter leur rigidité et imprégner les chairs de la légère saveur iodée du sel.

# Le pochage

Pocher, c'est cuire dans un liquide "frémissant" à ébullition douce et régulière.
Lorsque le frémissement cesse, la cuisson s'effectue anormalement ; si l'ébullition, au contraire, s'intensifie, les chairs éclatent, le goût s'atténue, le poisson "se lave".
Le temps de cuisson varie selon la taille du poisson, sa forme ou l'épaisseur des tronçons. Il est donc impératif de le surveiller.
Trop cuit, il devient cotonneux ; pas assez, la chair reste translucide, rouge à l'arête ; dans les deux cas, c'est immangeable. Parfaitement cuit, le poisson reste ferme. Pour cela, il faut être vigilant et vérifier à l'aide d'un couteau que la chair s'écarte naturellement de l'arête qui doit rester légèrement rosée.

Le court-bouillon peut être simplement de l'eau de mer ou, à défaut, de l'eau additionnée de 15 g de gros sel par litre, sans autre ingrédient quel qu'il soit (cette cuisson convient aux poissons qui viennent d'être pêchés, auxquels on laisse les écailles, bars, mulets et, surtout, saumon qui conservera sa belle couleur qu'atténue forcément un court-bouillon acidifié au vin blanc ou au vinaigre), ou aromatisé selon le goût du cuisinier sans que des règles strictes soient établies.
On peut y ajouter du vin blanc, du vinaigre ou les deux, du vin rouge ou du lait.
En général, on y ajoute un bouquet garni, un oignon, piqué ou non de clous de girofle, des carottes, une branche de céleri, du citron avec ou sans zeste, quelquefois de l'ail, souvent du poivre.
On peut, dans un court-bouillon, pocher des poissons entiers, des tronçons ou des filets. Un certain nombre de règles sont à respecter pour réussir le pochage :

- Les poissons entiers se pochent vidés.
- Inutile de les écailler pour les pocher.
- Les poissons non écaillés ne demandent aucun court-bouillon parfumé, de l'eau salée suffit, les écailles forment une carapace qui les rend imperméables aux aromates.
- Le démarrage de la cuisson d'un poisson entier doit se faire à froid. Plongé dans un liquide chaud, ses chairs rétréciraient. Le court-bouillon doit cuire 20 minutes sans le poisson et refroidir complètement.
Ensuite, on peut le verser sur le poisson déposé dans son faitout ou sa poissonnière.
- Les darnes, tronçons ou filets doivent être plongés dans le court-bouillon chaud pour éviter l'extraction (voir chapitre pot-au-feu) des sucs et des saveurs.
- Tout poisson poché destiné à être servi froid doit

refroidir dans son court-bouillon de cuisson. Il est nécessaire de veiller à raccourcir le temps de cuisson de quelques minutes car elle se poursuit encore un peu avant le refroidissement complet.

# Recettes de court-bouillon

## COURT-BOUILLON CLASSIQUE AU VIN BLANC

### Ingrédients

- 3 litres d'eau
- 1 bouteille de vin blanc sec
- 4 carottes coupées en rondelles très fines
- 3 oignons émincés
- 3 échalotes émincées très finement
- 3 poireaux coupés en fines lanières
- 1 petite branche de céleri
- 1 bouquet de persil
- 2 branches de thym
- 2 feuilles de laurier
- 45 g ou 3 cuillères à soupe pleines de gros sel
- 1 cuillère à café de poivre en grains

### Préparation

Mettre les légumes et l'eau dans la saumonière ou le faitout, porter à ébullition et la maintenir 30 minutes. Ajouter le vin blanc, laisser refroidir.

Les éléments acides du vin ou du vinaigre nuisent à la cuisson des légumes et les empêchent de développer leurs arômes. Il faut donc les ajouter une fois la cuisson terminée.

# COURT-BOUILLON CLASSIQUE AU VINAIGRE

**INGRÉDIENTS**

- 3 LITRES D'EAU
- 25 CL DE VINAIGRE DE VIN BLANC
- TOUS LES INGRÉDIENTS DU COURT-BOUILLON AU VIN BLANC

**PRÉPARATION**

Procéder très exactement à l'identique du court-bouillon au vin blanc.
N'ajouter le vinaigre qu'après 30 minutes de cuisson.

*On peut aussi réaliser un court-bouillon comprenant une demi-bouteille de vin blanc sec et 15 cl de vinaigre de vin blanc.*
*Ces deux ingrédients se rajouteront après 30 minutes de cuisson et comporteront tous les légumes et aromates contenus dans le court-bouillon au vin blanc.*

# COURT-BOUILLON AU LAIT

Ce court-bouillon convient principalement à la barbue, au turbot et aux poissons fumés comme le haddock.

**INGRÉDIENTS**

❖ 2,5 LITRES D'EAU ❖ 1/2 LITRE DE LAIT
❖ 1 OIGNON PELÉ, ÉMINCÉ ❖ 1 BRANCHE DE THYM
❖ 1/2 CITRON PELÉ ET COUPÉ EN RONDELLES ❖ 30 G DE SEL

**PRÉPARATION**

Faire cuire l'ensemble des ingrédients pendant 30 minutes avant d'y introduire le poisson.
Dans le cas de poissons fumés, on s'interdira de rajouter du sel

# COURT-BOUILLON AU VIN ROUGE

**INGRÉDIENTS**

❖ 2 LITRES D'EAU ❖ 2 BOUTEILLES DE VIN ROUGE TRÈS CORSÉ ET RICHE EN TANIN (MADIRAN, CAHORS)
❖ 4 CAROTTES ÉPLUCHÉES ET COUPÉES EN RONDELLES TRÈS FINES ❖ 3 OIGNONS ÉMINCÉS
❖ 3 ÉCHALOTES ÉMINCÉES TRÈS FINEMENT
❖ 2 POIREAUX COUPÉS EN FINES LANIÈRES
❖ 1 BOUQUET DE PERSIL ❖ 2 BRANCHES DE THYM
❖ 2 FEUILLES DE LAURIER
❖ 30 G OU 3 CUILLÈRES À SOUPE PLEINES DE GROS SEL
❖ 1 CUILLÈRE À CAFÉ DE POIVRE EN GRAINS

**PRÉPARATION**

Faire cuire l'ensemble des ingrédients, vin compris, pendant 30 minutes avant d'y introduire le poisson.

# Recettes de poissons pochés

## COLIN DES FAMILLES

### Ingrédients pour 6 personnes

- 1 BEAU COLIN DE 1,5 KG
- 3 LITRES DE COURT-BOUILLON AU VIN BLANC
- 1 BOL DE MAYONNAISE
- 3 CUILLÈRES À SOUPE DE FINES HERBES HACHÉES ET MÉLANGÉES (CIBOULETTE, ESTRAGON, PERSIL, CERFEUIL)
- QUELQUES FEUILLES DE LAITUE BIEN FRAÎCHE
- 6 ŒUFS DURS

### Préparation

Préparer le court-bouillon au vin blanc comme indiqué dans la recette ci-dessus. Poser le colin dans la saumonière. Verser le court-bouillon froid sur le poisson qui doit être immergé complètement, sinon recouvrir le dessus du poisson d'un linge trempé dans le court-bouillon.
Porter à frémissement en évitant absolument l'ébullition. Compter 15 à 18 minutes à partir du frémissement. Vérifier la cuisson à l'aide d'un couteau. Soulever la grille pour sortir le poisson. A l'aide d'un couteau, retirer la peau et laisser refroidir à la température de la pièce.
Avant le service, le placer sur un plat entouré de laitue et d'œufs durs coupés en deux. Le colin se sert légèrement tiède, ainsi il restera moelleux. Si le poisson est préparé la veille pour le lendemain ou le matin pour le soir, il faudra interrompre la cuisson 5 minutes avant son terme et le

laisser refroidir dans le court-bouillon. Monter une mayonnaise classique à laquelle on incorporera les herbes et qui sera servie à part, dans un bol.
On peut accompagner ce poisson d'une salade de haricots verts ou d'une macédoine de légumes à la russe. Les légumes doivent être frais et assaisonnés de mayonnaise. Les macédoines appertisées sont particulièrement médiocres et devront être évitées.

## RECETTE DE L'AÏOLI

L'aïoli est une sauce du type mayonnaise, préparée dans le midi de la France pour accompagner des légumes et des poissons juste bouillis. A l'origine, il s'agissait de gousses d'ail écrasées au pilon et montées en sauce avec de l'huile d'olive vierge première pression.
On lui ajoute à tort un jaune d'œuf alors que la coloration venait d'une pincée de safran.
Selon son attrait pour l'ail, on peut préparer l'aïoli avec trois gousses d'ail ou trois têtes d'ail. Nous avons choisi la version "basse".

### INGRÉDIENTS

❖ 5 GOUSSES D'AIL ❖ 1/4 DE LITRE D'HUILE D'OLIVE (IDÉALEMENT DE L'HUILE PRIMEUR EN VENTE DÈS LE 15 DÉCEMBRE ET CONSOMMABLE PENDANT UN AN)
❖ SEL ET POIVRE
LA POINTE D'UN COUTEAU DE POUDRE DE SAFRAN

### PRÉPARATION

Écraser les gousses au presse-ail ou au mixer.
Les réduire en pommade dans un mortier avec le pilon et

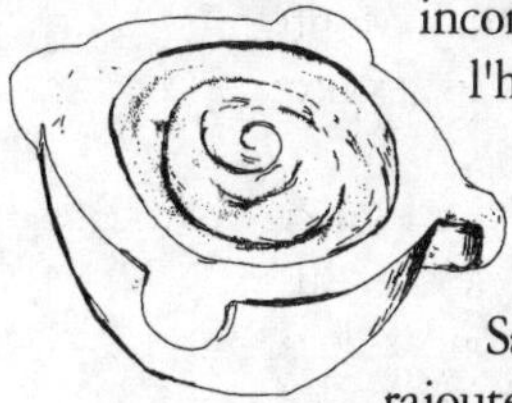

incorporer doucement, lentement, l'huile en filet comme pour monter une mayonnaise.

Tourner jusqu'à épuisement de l'huile.

Saler, poivrer à votre convenance et rajouter le safran.

*L'aïoli se sert avec du cabillaud, de la morue complètement dessalée, du lieu jaune cuit dans un court-bouillon simple. Prévoir 1 kg de poisson pour 6 auquel on ajoutera 1,5 kg d'escargots de mer cuits dans un court-bouillon au sel, piment oiseau. On accompagne le poisson et les bulots (autre nom des escargots de mer) avec les légumes de saison (carottes, navets, pommes de terre, courgettes, haricots verts, etc.) cuits à la vapeur.*

## LE BEURRE D'ANCHOIS

### Ingrédients

- 4 FILETS D'ANCHOIS AU SEL
- 50 G DE BEURRE RAMOLLI
- POIVRE AU MOULIN
- 1/2 GOUSSE D'AIL HACHÉE (FACULTATIF)

### Préparation

Laver soigneusement les filets d'anchois.
Les écraser avec le dos de la fourchette en y incorporant le beurre ramolli jusqu'à obtenir une pâte bien lisse.
Poivrer légèrement et ailler si vous le souhaitez.
Ne pas ajouter de sel ; même dessalés, les anchois seront suffisants.
Bien que cette préparation soit rapide, elle peut aussi se faire au mixer.

## L'ANCHOÏADE

**Ingrédients**

- 4 FILETS D'ANCHOIS
- 2 VERRES D'HUILE D'OLIVE
- 1 GOUSSE D'AIL
- 1 CUILLÈRE À CAFÉ DE CÂPRES

**Préparation**

Faire dessaler les anchois, les mixer avec l'huile, l'ail et les câpres.

Ces deux recettes accompagnent des steaks et des poissons grillés mais peuvent participer aux "amuse-gueules" si le repas se fait attendre.

# RAIE BOUCLÉE POCHÉE

**Ingrédients pour 6 personnes**

- 1,5 KG DE RAIE BIEN ÉPAISSE, TRONÇONNÉE EN MORCEAUX PAR LE POISSONNIER
- 3 LITRES DE COURT-BOUILLON SIMPLE (EAU SALÉE) OU DE COURT-BOUILLON AU VIN BLANC

**Préparation**

Laver le poisson à l'eau courante pour éliminer le mucus gluant. Porter l'un ou l'autre des courts-bouillons à petite ébullition. Plonger les morceaux de raie. Maintenir le court-bouillon à frissonnement pendant 15 à 18 minutes. Quand la cuisson est terminée, sortir la raie à l'aide d'une large écumoire et la poser sur un torchon sur un plan de travail. Retirer à l'aide d'un petit couteau la peau des deux

côtés et la disposer sur le plat de service mis ensuite au four pour maintenir les morceaux de raie au chaud.
La raie se sert classiquement avec un beurre noisette (jamais noir, il est trop indigeste) ou avec un beurre battu.

## LE BEURRE NOISETTE

### INGRÉDIENTS

- 120 G DE BEURRE
- 1 CUILLÈRE À SOUPE DE VINAIGRE DE VIN
- 2 CUILLÈRES À SOUPE DE CÂPRES
- SEL ET POIVRE

### PRÉPARATION

Faire fondre le beurre à feu moyen dans une poêle jusqu'à ce que sa couleur devienne noisette. Saler, poivrer et verser sur les pièces de raie après avoir sorti le plat du four.
Remettre sur feu vif la poêle débarrassée du beurre, y ajouter le vinaigre, le laisser crépiter quelques secondes et le verser sur le poisson.
Dans la même poêle chaude, hors du feu, faire réchauffer les câpres en les faisant tourner.
Verser sur la raie en les répartissant équitablement et servir immédiatement.

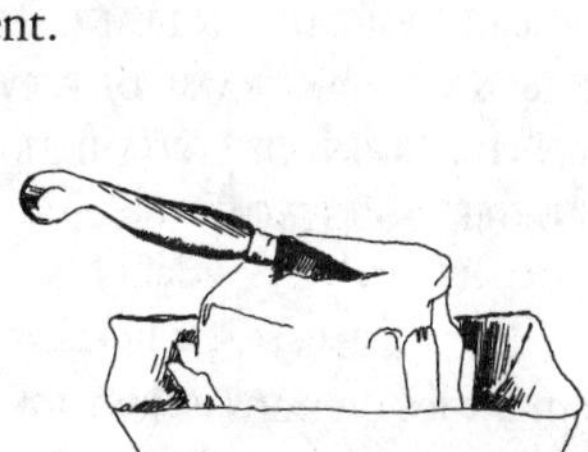

## LE BEURRE BATTU

**Ingrédients**

- 200 G DE BEURRE
- 2 CUILLÈRES À SOUPE DE CÂPRES
- 1 ÉCHALOTE GRISE
- 1 CUILLÈRE À SOUPE DE CRÈME FRAÎCHE

**Préparation**

Couper les 200 g de beurre bien ferme en petits morceaux et les remettre au réfrigérateur.
Prélever un demi-verre à moutarde de court-bouillon et le faire réduire de 3/4 dans une casserole. Ajouter la cuillère à soupe de crème fraîche. Porter à ébullition 3 minutes. Ajouter alors les morceaux de beurre bien ferme et battre énergiquement à l'aide d'un fouet. Incorporer l'échalote crue finement hachée et les câpres. Napper les morceaux de raie bien chauds de beurre battu. Le reste du beurre se sert en saucière.
On peut, si on le désire, parsemer les morceaux de raie de persil haché, mais cette décoration est facultative.
La raie pochée se sert avec des pommes vapeur.

# MAQUEREAUX AU VIN BLANC

**Ingrédients pour 6 personnes**

- 6 PETITES LISETTES OU 12 SELON LA TAILLE
- 1 BOUTEILLE ET DEMIE DE VIN BLANC SEC
- 6 OIGNONS
- 2 CAROTTES
- SEL
- 10 GRAINS DE POIVRE
- 1 DOUZAINE DE GRAINS DE CORIANDRE
- THYM, LAURIER
- 1 CITRON

**Préparation**

Émincer très finement les oignons et les carottes que vous faites cuire dans une casserole avec le vin blanc sec.

Assaisonner de sel, poivre en grains, coriandre, thym, laurier. Maintenir une forte ébullition jusqu'à ce que le vin soit réduit d'un bon tiers. Huiler légèrement un plat à gratin. Poser les lisettes tête-bêche avec le citron coupé en très fines rondelles. Verser le vin blanc bouillant avec les oignons et les carottes mais en retirant le thym et le laurier. Mettre le plat sur le feu. Porter à ébullition 2 à 3 minutes. Laisser refroidir et servir froid. Si le vin blanc est pris en gelée, ce sera délicieux.

## BARBUE AU VIN ROUGE

**Ingrédients pour 6 personnes**

- 1 BARBUE BIEN ÉPAISSE DE 1,8 À 2 KG
- 2 LITRES DE COURT-BOUILLON AU VIN ROUGE SELON LA RECETTE CI-DESSUS

**Préparation**

Faire préparer le poisson par le poissonnier. Le poser entier dans la turbotière, peau noire sur le dessus. Recouvrir du court-bouillon au vin rouge, porter à frémissement. Compter 25 à 30 minutes de cuisson.
Soulever la grille pour sortir le poisson.
Retirer la peau noire. Ne pas essayer de retourner le poisson pour retirer la peau blanche, le faire glisser délicatement sur le plat de service bien chaud ; on risquerait, sinon, de casser le poisson.

# LA SAUCE AU VIN ROUGE

**INGRÉDIENTS**

- 1/2 LITRE DE VIN ROUGE
- 2 ÉCHALOTES, 3 BRANCHES DE PERSIL
- 1 BRANCHE DE THYM, 1 FEUILLE DE LAURIER
- 1 CUILLÈRE À SOUPE DE FARINE
- 120 G DE BEURRE
- SEL ET POIVRE

**PRÉPARATION**

Sortir à l'avance 20 g de beurre pour le laisser doucement ramollir à température de la pièce. Les 100 g restants seront coupés en petits morceaux et maintenus au réfrigérateur. Mettre dans une casserole les échalotes épluchées et finement hachées avec le thym, le laurier, le persil et le vin rouge. Porter à ébullition et laisser réduire de moitié. Mélanger intimement le beurre assoupli avec la farine. Lorsque le vin est réduit, le passer au chinois et le remettre à ébullition. Dans un bol, délayer le mélange farine-beurre avec une première cuillère à soupe de vin, puis une autre. Lorsque le mélange est onctueux, verser dans le vin rouge en ébullition et laisser mijoter extrêmement doucement jusqu'à ce que cette sauce épaississe. Incorporer alors les morceaux de beurre ferme restés dans le réfrigérateur et battre énergiquement à l'aide d'un fouet. Assaisonner de sel et de poivre au moulin. Napper le poisson et servir le reste de la sauce dans un bol ou une saucière.

On peut faire cuire le turbot ou le carrelet dans un court-bouillon de vin rouge. On peut servir avec une purée de cresson ou d'oseille, des épinards en branches ou un gratin de blettes.

# HADDOCK-ŒUF POCHÉ À CHEVAL

## Ingrédients pour 6 personnes

- 3 filets de haddock bien épais et brillant
- 2 litres de court-bouillon au lait non salé
- 150 g de beurre
- 6 œufs
- 1 litre d'eau
- 3 cuillères à soupe de vinaigre d'alcool

## Préparation

Faire dessaler le haddock dans de l'eau fraîche, changée plusieurs fois, le matin pour le déjeuner. Porter le court-bouillon à petite ébullition.
Plonger les filets de haddock. Laisser le court-bouillon frémir pendant 10 minutes.
Pendant ce temps, porter à ébullition l'eau et le vinaigre, réduire à frémissement. Casser les œufs un par un dans des ramequins et les verser au fur et à mesure dans l'eau frémissante. Les retirer au bout de trois minutes et les poser sur un linge propre afin qu'ils s'égouttent. Faire fondre le beurre à feu doux dans une casserole ou au bain-marie. Égoutter le haddock, poser les filets sur une assiette chaude, les œufs sur le haddock, saler très légèrement les œufs, verser le beurre fondu autour du poisson.
Le haddock poché se sert avec des pommes de terre cuites à la vapeur.
On peut aussi servir le haddock simplement poché dans un court-bouillon au lait avec une sauce au beurre citronnée.

## LA SAUCE AU BEURRE CITRONNÉE

**Ingrédients**

❖ 1 PETITE LOUCHE (2 CUILLÈRES À SOUPE) DE COURT-BOUILLON
❖ 125 G DE BEURRE ❖ LE JUS D'UN CITRON ❖ POIVRE

**Préparation**

Faire bouillir dans une casserole la louche de court-bouillon avec le jus du citron. A ébullition, ajouter en quatre fois les 125 g de beurre, tout en remuant la casserole pour qu'il s'émulsionne avec le liquide. Lorsque tout le beurre est fondu et que la sauce a légèrement épaissi, rectifier l'assaisonnement au moulin à poivre et servir dans une saucière bien chaude.

# LA BOURRIDE

**Ingrédients pour 6 personnes**

❖ 500 G D'AILE DE RAIE ❖ 500 G DE LOTTE
❖ 500 À 600 G DE LOUP
❖ 1 VERRE À MOUTARDE DE VIN BLANC
❖ 4 JAUNES D'ŒUFS ❖ 20 TRANCHES DE PAIN
❖ 1 CAROTTE ❖ 1 OIGNON ❖ 1 POIREAU
❖ 1 BULBE DE FENOUIL ❖ 1/4 DE BOTTE DE PERSIL
❖ L'ÉCORCE D'UNE ORANGE ❖ 1 BRANCHE DE THYM
❖ SEL ET POIVRE ❖ 1 BOL D'AÏOLI (VOIR RECETTE P. 198)

**Préparation**

Faire couper chaque poisson en six tronçons par le poissonnier.
Éplucher, laver, émincer les légumes et les mettre dans une

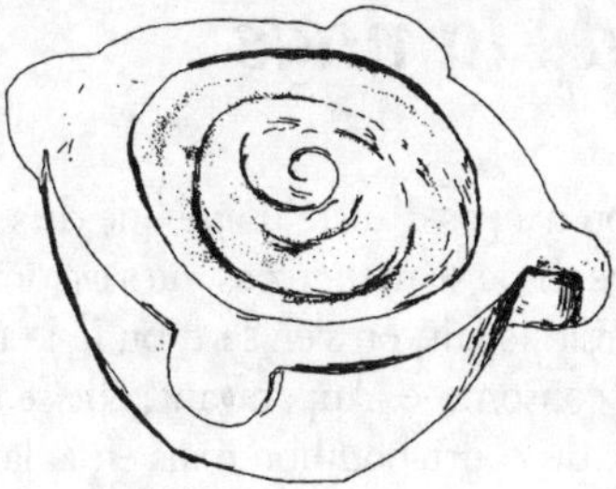

grande casserole avec 2 litres d'eau, le vin blanc, 1 cuillère à café de sel, trois tours de moulin à poivre et laisser cuire à couvert 15 minutes.
Plonger les poissons dans le bouillon et compter 10 minutes de frémissement. Vérifier la cuisson.
Dans un grand plat creux, ranger les rondelles de pain arrosées avec un peu de bouillon juste pour les imbiber et déposer les poissons sur le pain.
Mélanger 2 cuillères à soupe d'aïoli avec 4 jaunes d'œufs.
Ajouter une ou deux cuillères à soupe de bouillon, puis verser l'ensemble de cette préparation dans le bouillon de cuisson et remuer jusqu'à cuisson complète.
On doit obtenir une consistance de crème anglaise.
Pour cela, il faut veiller à ce qu'il n'y ait aucune ébullition.
Verser du bouillon sur le pain et le poisson.
Le reste du bouillon sera présenté dans une soupière et le reste de l'aïoli dans une saucière.

# *Recette de la nage*

Le court-bouillon n'a pas d'autre usage que de servir à cuire les poissons. Il ne se mange pas, ne s'accommode pas, ne se garde pas. On le fait, on s'en sert, on le jette.
La nage, elle, se consomme. Auparavant, elle se fabrique selon le principe du court-bouillon mais en la laissant réduire pour intensifier les parfums, les saveurs, les goûts.
La nage convient parfaitement aux crustacés, nous le verrons dans le chapitre qui leur est consacré, coquilles Saint-Jacques transparentes, translucides, évanouies quelques instants dans le court-bouillon avant de reprendre connaissance dans l'assiette, homards érubescents comme une jeune fille après une première caresse. La nage peut être considérée comme une sorte d'intermédiaire entre le court-bouillon et le fumet de poissons et parfumée avec des zestes de citron ou d'orange, une fleur de badiane, deux feuilles de menthe, etc.

**INGRÉDIENTS**

- 3 LITRES DE COURT-BOUILLON AU VIN BLANC (ON NE PEUT PAS FAIRE DE NAGE À PARTIR D'UN COURT-BOUILLON AU VIN ROUGE, AU LAIT OU AU VINAIGRE)
- 2 BLANCS DE POIREAUX
- 2 CAROTTES
- 1 BRANCHE DE CÉLERI
- 1 BOTTE DE PERSIL PLAT

**PRÉPARATION**

Faire un court-bouillon comme indiqué dans la recette du court-bouillon au vin blanc. Le laisser réduire de moitié. Après l'avoir filtré au travers d'un linge, laisser réduire à nouveau d'un tiers.

Éplucher et émincer très, très finement en julienne les carottes, les blancs de poireaux et la branche de céleri, effeuiller le persil simple. Ajouter les légumes à la réduction de court-bouillon.
Laisser cuire 5 minutes à petits bouillottements. Faire pocher les poissons.
Servir dans une assiette creuse, chaque filet baignant dans cette nage accompagnée des légumes.

## FILETS DE GRENADIER À LA NAGE

**INGRÉDIENTS POUR 6 PERSONNES**

- 3 LITRES DE COURT-BOUILLON AU VIN BLANC
- 6 FILETS DE GRENADIER DE 120 À 140 G
- 2 CAROTTES
- 1 BULBE DE FENOUIL
- 2 BRANCHES DE CÉLERI
- 2 POIREAUX
- 2 GOUSSES D'AIL
- 2 ÉCHALOTES
- 1 CLOU DE GIROFLE
- 1 PIMENT OISEAU
- 1/2 ORANGE
- 3 BRINS DE CORIANDRE FRAÎCHE
- 1 BRANCHE DE CITRONNELLE FRAÎCHE

**PRÉPARATION**

Faire réduire de moitié le court-bouillon. Dans une mousseline, mettre le clou de girofle, le piment oiseau, la citronnelle et la plonger dans le court-bouillon. Le laisser réduire d'un tiers et le filtrer. Ajouter les

carottes, le fenouil, les branches de céleri et les poireaux, les gousses d'ail, les échalotes, le zeste de la demi-orange, émincés finement, et la coriandre effeuillée.
Faire cuire 5 minutes. Vérifier l'assaisonnement, sel, poivre au moulin. Ajouter un peu de sucre si la nage présente un peu d'acidité.
Verser la nage dans une large sauteuse ou dans un plat à gratin. Maintenir à frémissement, ajouter les filets de grenadier. Les laisser cuire 5 à 6 minutes. Poser les filets dans des assiettes creuses chaudes. Ajouter le jus de l'orange à la nage et verser dans les assiettes.
Servir.

*La même recette peut être réalisée avec les filets d'un beau maquereau de 250 à 300 g (2 filets par personne que le poissonnier aura à cœur de vous lever) ou des filets de rouget.*

Attention : les filets de maquereau et de rouget cuisent à la seule vue de la nage. Il est donc prudent de surveiller très attentivement la cuisson.

## Recettes de fumet

Le fumet de poissons sert à la fois à pocher les filets de poisson et à confectionner les sauces.
On peut le faire très simplement en ajoutant des parures de poisson à un peu de court-bouillon au vin blanc qu'on laissera réduire avant de le passer au chinois mais il est préférable de l'élaborer

davantage pour obtenir un fond de sauce aux arômes plus corsés et concentrés.
Demandez au poissonnier de vous donner des parures de poissons (arêtes et têtes de soles, loups, turbots, colins, merlans et lottes).

**Ingrédients**

- 1/2 BOUTEILLE DE VIN BLANC SEC
- 1 LITRE D'EAU
- 3 GOUSSES D'AIL
- 2 OIGNONS
- 2 CAROTTES
- 1 POIREAU
- 1 BRANCHE DE CÉLERI
- 100 G DE CHAMPIGNONS DE PARIS
- 1 BOUQUET DE PERSIL
- 1 FEUILLE DE LAURIER
- 1 BRANCHE DE THYM
- 2 ÉCHALOTES
- SEL ET POIVRE AU MOULIN
- 1 PINCÉE DE SUCRE EN POUDRE
- 1/2 CITRON

**Préparation**

Dans une grande casserole, mettre les gousses d'ail écrasées, les échalotes et les oignons émincés, les carottes, le poireau, le céleri coupés en petits dés de 3 millimètres et les champignons émincés. Faire suer quelques minutes. Ajouter les parures de poissons, têtes et arêtes cassées en deux ou trois morceaux, préalablement passées sous l'eau froide jusqu'à ce que l'eau soit claire. Mélanger le tout et mouiller avec le vin blanc et l'eau.
Porter à bouillottement durant 30 minutes en écumant

régulièrement. Passer au chinois. Remettre sur le feu en assaisonnant de poivre au moulin, sel, sucre, jus d'un demi-citron, persil, thym, laurier. Laisser réduire de moitié et passer au travers d'un linge fin.

# FILETS DE BERYX OU D'EMPEREUR AUX FINES HERBES

### INGRÉDIENTS POUR 6 PERSONNES

- 6 FILETS DE 130 À 150 G D'EMPEREUR
- 75 CL DE FUMET RÉDUIT ET PARFUMÉ
- 1 ÉCHALOTE
- 30 G DE BEURRE
- 20 CL OU SIX CUILLÈRES À SOUPE DE CRÈME FRAÎCHE
- SEL ET POIVRE
- 1 TASSE À CAFÉ DE PERSIL, CERFEUIL, ESTRAGON ET CIBOULETTE HACHÉS

### PRÉPARATION

Dans un plat à gratin ovale, poser les filets de poisson et recouvrir de 50 cl de fumet bien chaud. Mettre à four chaud 7 à 8 minutes afin que les filets "pochent" doucement. Les égoutter et les tenir au chaud dans le four sur un plat recouvert de papier d'aluminium.
Dans une sauteuse, mettre la moitié du beurre à fondre et ajouter l'échalote émincée.
La laisser venir à transparence à couvert.
Mouiller avec un verre à moutarde de fumet, porter à ébullition et laisser réduire d'un bon tiers, ajouter la crème fraîche.
Faire réduire encore jusqu'à ce que la sauce épaississe et

devienne onctueuse. Vérifier l'assaisonnement.
Incorporer à feu très doux les 15 g de beurre restants en fouettant énergiquement. Ajouter les fines herbes, mélanger et napper les filets.

*A partir de la même recette, on peut préparer des filets de sole, de dorade, de limande, de merlan ou de turbot.*

# LA MARMITE DIEPPOISE

**INGRÉDIENTS POUR 6 PERSONNES**

- 6 FILETS DE SOLE
- 6 FILETS DE BARBUE
- 6 TRONÇONS DE LOTTE D'ENVIRON 60 G CHACUN
- 1 KG DE PARURES
- 12 LANGOUSTINES
- 1 LITRE DE MOULES
- 4 ÉCHALOTES
- 3 BLANCS DE POIREAUX
- 300 G DE CHAMPIGNONS DE PARIS
- 250 G DE BEURRE
- 1/2 LITRE DE CRÈME FRAÎCHE
- 1 BOUTEILLE DE VIN BLANC SEC
- 2 BOUQUETS GARNIS
- 1 BOTTE DE PERSIL
- 1 CITRON ✤ SEL ET POIVRE CONCASSÉ

**PRÉPARATION**

Nettoyer les parures de poissons, débarrasser les têtes des branchies qui pourraient donner de l'amertume au fumet, couper les arêtes en gros morceaux. Rincer toutes ces parures à l'eau froide jusqu'à ce que l'eau soit claire. Égoutter.

Dans une cocotte avec 30 g de beurre, mettre à étuver les 3 blancs de poireaux émincés et 2 échalotes hachées. Saler, poivrer. Laisser suer jusqu'à ce que les échalotes deviennent transparentes. Ajouter les parures de poissons.
Faire suer encore 5 minutes.
Ajouter la moitié de la bouteille de vin blanc, le bouquet garni et les queues de la botte de persil. Laisser réduire 10 minutes à feu doux. Ajouter de l'eau à hauteur des ingrédients. Porter à frémissement. Écumer. Laisser frémir 30 bonnes minutes. Filtrer le jus à travers un chinois ou une mousseline et le garder précieusement.
Nettoyer les moules en les ébarbant et en les rinçant dans plusieurs eaux. Éliminer celles qui ne sont pas hermétiquement fermées.
Dans une grande casserole, faire revenir rapidement 2 échalotes finement hachées avec 50 g de beurre, ajouter le reste du vin blanc et l'autre bouquet garni, poivrer. Porter à ébullition pendant 5 minutes. Ajouter les moules. Couvrir. Maintenir à feu vif quelques minutes et secouer énergiquement pour brasser les moules. Quand elles commencent à s'ouvrir, secouer encore.
Quand elles sont toutes ouvertes, les retirer du feu. Filtrer et conserver soigneusement le jus de cuisson. Retirer les moules de leurs coquilles et les conserver.
Nettoyer les champignons.
Les émincer. Mettre une cuillère à soupe d'eau, 30 g de beurre et le jus d'un citron dans une casserole. Porter le mélange à ébullition. Y jeter les champignons. Remuer. Une minute après, retirer les champignons, les garder dans un récipient. Conserver précieusement le jus de cuisson.
Décortiquer les langoustines à cru en leur laissant les têtes. Pincer tout le long de la carapace, vous entendrez

un léger craquement qui vous permettra de la retirer plus facilement, anneau après anneau.
Dans un récipient, mélanger les trois jus filtrés, celui des moules, des champignons et du fumet. Prélever la moitié d'une bouteille de ce mélange (40 cl) qui servira à la cuisson du poisson. Mettre le reste du mélange des jus dans une casserole sur feu vif. Laisser réduire de moitié. Ajouter le 1/2 litre de crème fraîche. Mélanger et laisser réduire doucement sur une plaque de mijotage.
Ajouter le restant du beurre, sorti du réfrigérateur au début de la recette, à la réduction crème-fumet.
Beurrer, saler, poivrer un plat à gratin. Disposer les filets de poissons dans le plat (vous aurez demandé à votre poissonnier de les calibrer en poids ainsi que de rouler les filets de sole). Couvrir à moitié les filets de poissons avec la 1/2 bouteille de fumet réservée à cet effet. Introduire le plat dans un four chaud. Au bout de 3 ou 4 minutes, vérifier la cuisson du poisson avec la pointe d'un couteau ou en le tâtant avec le doigt.
Ajouter les moules et les champignons à la sauce fumet-crème-beurre.
Ajouter les langoustines dans le plat où cuisent les poissons. Deux minutes, pas davantage ; trop cuites, les langoustines deviennent molles et cotonneuses. Disposer les poissons équitablement répartis par espèce dans les assiettes creuses, garnies de deux langoustines par convive. Verser la sauce avec les moules et les champignons sur les poissons, le reste de la sauce dans une saucière. Les assiettes peuvent être décorées de quelques pluches de cerfeuil entières.

*Ne pas oublier de prévoir une cuillère à soupe pour chaque convive afin qu'il puisse profiter de la sauce.*

# FILETS DE SAINT-PIERRE AUX OIGNONS NOUVEAUX ET ASPERGES

## Ingrédients pour 6 personnes

- 1 SAINT-PIERRE D'ENVIRON 2 KG
- 3 PETITS POIREAUX
- 1 OIGNON BLANC
- 1 BELLE BOTTE D'OIGNONS NOUVEAUX AVEC TIGE
- 1,2 KG D'ASPERGES, VERTES DE PRÉFÉRENCE, OU BLANCHES
- 1 VERRE À MOUTARDE DE VIN BLANC SEC
- 350 G DE BEURRE
- SEL ET POIVRE

## Préparation

Demander au poissonnier de lever les filets de saint-pierre et de vous donner les arêtes, la tête et quelques parures et arêtes supplémentaires pour le fumet. Laver et casser les arêtes. Émincer le vert des trois poireaux et l'oignon blanc.

Les mettre dans une casserole avec 50 g de beurre et les arêtes.

Faire suer 7 à 8 minutes. Ajouter le vin blanc et de l'eau jusqu'à hauteur des ingrédients. Porter à petite ébullition. Faire cuire à couvert 30 minutes.

Passer dans une passoire fine et garder le liquide.

Éplucher les oignons nouveaux en leur laissant deux ou trois centimètres de tige (conserver les tiges restantes). Les mettre dans une casserole avec une pincée de sel, une cuillère à café de beurre et un fond d'eau. Laisser cuire doucement jusqu'à ce que la pointe du couteau les pénètre sans difficulté. Éplucher les asperges, les cuire à l'eau bouillante salée jusqu'à ce qu'elles soient tendres sous le couteau. Les rafraîchir à l'eau froide et les égoutter. Les rajouter aux oignons nouveaux avec 50 g de beurre. Dans une autre casserole, verser trois petites louches de fumet, les blancs de poireaux et les tiges d'oignons coupés finement. Saler, poivrer et laisser cuire 10 minutes à petit feu. Ajouter le reste du beurre. Fouetter pour obtenir un mélange onctueux. Escaloper les filets de saint-pierre en morceaux d'environ 4 centimètres, les faire cuire dans un peu de fumet de poissons, pas plus de 5 minutes car le poisson doit rester ferme. Sur un plat, ou sur les assiettes chaudes, poser les morceaux de saint-pierre égouttés, ajouter la fondue de tiges d'oignons et de blancs de poireaux et entourer avec les oignons blancs et les asperges bien chaudes.

*Cette recette convient aux filets de sole, à la dorade et à tous les filets de poissons nouveaux : beryx, grenadier, etc.*

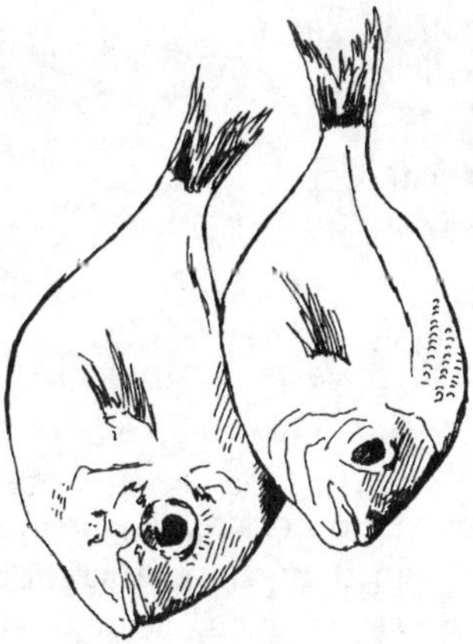

# POT-AU-FEU DE POISSONS

**Ingrédients pour 6 personnes**

- 1 FILET DE SOLE PAR PERSONNE
- 1 LOUP OU 1 BAR OU 1 MULET DE 1 KG
- 3 ROUGETS DE 250 G PIÈCE
- 6 COQUILLES SAINT-JACQUES
- 6 LANGOUSTINES MOYENNES
- 1 LITRE DE MOULES DE BOUCHOT
- 1 BOTTE DE CAROTTES NOUVELLES
- 3 JEUNES POIREAUX
- 1 BULBE DE FENOUIL
- 2 PETITES COURGETTES
- 12 PETITS OIGNONS BLANCS NOUVEAUX
- 1 PIED DE CÉLERI BRANCHE
- 6 PETITS NAVETS NOUVEAUX
- 18 HARICOTS VERTS EXTRA-FINS
- 4 GOUSSES D'AIL
- 2 PETITS OIGNONS
- 2 ÉCHALOTES
- 100 G DE CHAMPIGNONS DE PARIS
- 2 BRANCHES DE THYM
- 1 FEUILLE DE LAURIER
- 1 BEAU POIREAU
- 1 GROSSE CAROTTE
- 1 BOTTE DE PERSIL
- 1 LITRE D'EAU
- 1 BOUTEILLE DE VIN BLANC SEC
- POIVRE ET SEL ❖ 60 G DE BEURRE

**Préparation**

Préparer un fumet de poissons comme indiqué dans la recette ci-dessus en mettant dans une large casserole deux gousses d'ail écrasées, un oignon, une échalote, les

champignons brossés, la grosse carotte, le gros poireau, une branche de céleri, émincés. Faire suer le tout quelques instants. Ajouter les parures de poisson (1,5 kg) soigneusement lavées. Mouiller avec le litre d'eau et la bouteille de vin blanc. Porter à ébullition. Écumer. Passer au chinois après une demi-heure de cuisson. Remettre sur le feu et assaisonner, poivre, sel. Rectifier au sucre si le fumet est trop acide. Ajouter le bouquet garni, faire réduire d'un tiers et passer au travers d'une mousseline.
Nettoyer les légumes.
Couper les blancs des poireaux en deux. Passer les carottes nouvelles au gros sel sans les éplucher. Équeuter les haricots verts. Peler les petits navets et les oignons nouveaux. Couper en quatre tronçons les courgettes sans les peler. Émincer le fenouil en tranches grossières. Peler et couper 4 branches de céleri en tronçons de 3 à 4 centimètres. Dans 30 g de beurre, faire fondre l'oignon et l'échalote émincés et les gousses d'ail écrasées. Rajouter le fumet. Porter à ébullition et mettre d'abord le fenouil et le céleri. Trois minutes plus tard, les carottes et les haricots verts. Trois minutes plus tard, les poireaux, les navets et les courgettes. Sept minutes plus tard, ajouter les filets de soles roulés par votre poissonnier, les filets de loup coupés en deux, les filets de rougets entiers.
Laisser cuire à frémissement 3 à 4 minutes.
Ajouter les langoustines décortiquées, comme dans la recette de la marmite dieppoise, les coquilles Saint-Jacques lavées et ébarbées entières. Laisser 2 minutes et ajouter les moules décortiquées.
Donner quelques tours de moulin à poivre. Verser dans un grand plat bien chaud. Servir.

## *La vapeur*

La cuisson à la vapeur est certainement le procédé qui restitue le plus fidèlement le goût du produit dans toute son intégrité. Elle exige un appareil spécial qu'on appelle "couscoussier" et qu'on peut acheter dans tous les magasins de produits exotiques, ou un appareil à cuisson vapeur en inox ou en aluminium, en vente dans tous les grands magasins. Il existe même un appareil spécial pour poissons, de la taille d'une saumonière et comprenant les trois habituels récipients dont deux perforés et qui s'empilent les uns au-dessus des autres. Pour parfumer un poisson, il est impératif qu'il soit posé à même les aromates. Il est donc inutile de parfumer l'eau. Quel que soit l'aromate utilisé, le parfum ne sera pas transmis au produit à cuisiner. Pour la cuisson des poissons, il faut prendre la précaution de les déposer sur un lit d'algues ou d'aromates ou de huiler le panier perforé pour éviter que le poisson n'attache au métal.

## LIEU SAUCE CÂPRES ET ANCHOIS

**INGRÉDIENTS POUR 6 PERSONNES**

❖ 6 DARNES DE LIEU DE 180 À 200 G PIÈCE
❖ 2 FEUILLES DE LAURIER ❖ 2 BRANCHES DE THYM
❖ 1 BOTTE DE PERSIL ❖ 1 CITRON ❖ SEL ET POIVRE

**PRÉPARATION**

Remplir le compartiment inférieur d'un litre et demi d'eau. Poser sur le compartiment perforé les deux feuilles de laurier, les deux branches de thym recouvertes de la botte de persil dans laquelle on aura pris soin de mélanger le citron coupé en rondelles. Poser les darnes de lieu et faire cuire 7 minutes à la vapeur, couvercle fermé, et 5 minutes couvercle entrouvert. Pendant la cuisson, préparer la sauce.

## LA SAUCE CÂPRES ET ANCHOIS

### Ingrédients

- 150 G DE BEURRE
- 3 CUILLÈRES À SOUPE D'HUILE D'OLIVE
- 20 G DE CÂPRES
- 5 FILETS D'ANCHOIS À L'HUILE
- 2 CUILLÈRES À SOUPE DE CIBOULETTE
- 2 CUILLÈRES À SOUPE DE PERSIL HACHÉ
- 2 CUILLÈRES À SOUPE DE VINAIGRE DE VIN OU DE BANYULS OU DE MAURY
- SEL ET POIVRE

### Préparation

Hacher les câpres et les anchois, la ciboulette et le persil. Dans une casserole, faire fondre le beurre. Ajouter l'huile. Tourner avec un fouet pour assurer la bonne liaison beurre-huile. Ajouter le hachis câpres-anchois-ciboulette-persil. Remuer. Saler, poivrer. Ajouter le vinaigre. Maintenir au chaud sur une plaque de mijotage. Servir le cabillaud nappé de cette sauce.

*Ce mode de cuisson permet à l'imagination de se libérer en utilisant tous les poissons à filets et tous les poissons à tronçons. Il suffit de changer le lit d'aromates sur lequel on allongera les filets ou darnes et de varier les sauces.*
*Exemples : filets de dorade, lit d'estragon, coulis de tomates ; thon, lit de basilic, béarnaise ; tronçons de turbot, sauce hollandaise ou sauce mousseline ; filets de maquereau, sauce choron ; filets de barbue, sauce aux oursins, etc.*

## LE COULIS DE TOMATES

### Ingrédients

- 6 TOMATES BIEN MÛRES
- 2 GOUSSES D'AIL
- 2 CUILLÈRES À SOUPE D'HUILE D'OLIVE
- 1 BOUQUET GARNI
- BASILIC, PERSIL, ESTRAGON AU CHOIX (1 CUILLÈRE À SOUPE)
- SEL ET POIVRE

### Préparation

Plonger les tomates 30 secondes dans l'eau bouillante salée. Peler, couper en deux par le travers, épépiner, saupoudrer de quelques grains de gros sel et les retourner sur une grille pour les laisser égoutter.

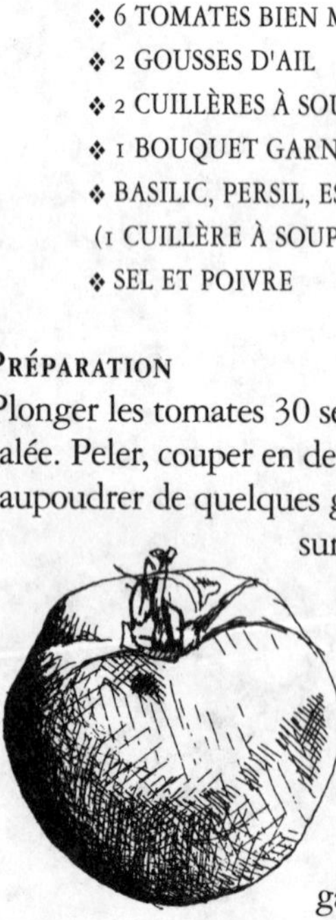

Hacher finement les tomates. Mettre dans une sauteuse deux cuillères à soupe d'huile d'olive, les deux gousses d'ail hachées grossièrement, les tomates hachées, le bouquet garni.

Faire cuire à découvert une dizaine de minutes.
Retirer le bouquet garni.
Réduire en purée.
Rectifier l'assaisonnement, sel, poivre.
Ajouter, selon son goût, basilic, persil ou estragon haché menu.

## LA SAUCE AUX OURSINS

### Ingrédients

- 1 LOUCHE ET DEMIE DE NAGE DE POISSONS
- 6 CUILLÈRES À SOUPE DE CRÈME FRAÎCHE
- 8 OURSINS
- SEL ET POIVRE

### Préparation

Ouvrir les oursins avec des ciseaux à poissons, retirer avec une petite cuillère les petites langues rouges.
Les mettre dans un mortier ou un grand bol et les écraser soigneusement avec le pilon pour obtenir une pâte lisse et onctueuse. Dans une casserole, faire réduire de moitié la nage.
Ajouter la crème fraîche. Mélanger.
Porter à ébullition et laisser cuire jusqu'à ce que le mélange soit lisse.
Dans le mortier, ajouter une petite louche du mélange nage-crème, délayé. Recommencer l'opération une deuxième fois et verser dans la casserole.
Saler, poivrer. Mélanger.
Chauffer très doucement 2 à 3 minutes.
Napper les filets de poisson à la vapeur ou servir en saucière.

## LE BEURRE BLANC

**Ingrédients pour 6 personnes**

- ❖ 2 ÉCHALOTES, GRISES DE PRÉFÉRENCE
- ❖ 1 VERRE DE VIN BLANC SEC
- ❖ 3 CUILLÈRES À SOUPE DE VINAIGRE DE VIN, DE CIDRE OU DE CHAMPAGNE
- ❖ 3 CUILLÈRES À SOUPE DE CRÈME DOUBLE
- ❖ 250 G DE BEURRE COUPÉ EN PETITS MORCEAUX

**Préparation**

Dans une casserole à fond épais, mettre le vin blanc, le vinaigre, l'échalote hachée. Saler, poivrer.
Faire cuire à feu doux jusqu'à laisser réduire en une sorte de purée.
Ajouter la crème. Mélanger, faire cuire et laisser réduire d'un tiers.
Ajouter le beurre sans cesser de fouetter énergiquement, sur feu vif, progressivement, morceau par morceau, jusqu'au premier bouillottement.
Passer au chinois.
Cette préparation peut attendre le moment du service dans un bain-marie.

## LA SAUCE HOLLANDAISE

**Ingrédients**

- ❖ 4 JAUNES D'ŒUFS ❖ 2 CUILLÈRES À SOUPE D'EAU
- ❖ 2 CUILLÈRES À SOUPE DE JUS DE CITRON
- ❖ 200 G DE BEURRE ❖ SEL ET POIVRE

**Préparation**

Dans une casserole à fond épais, mettre les jaunes d'œufs, l'eau, le citron. Saler, poivrer. Mettre la casserole au bain-

marie et fouetter énergiquement jusqu'à ce que le mélange double de volume.
Pendant cette opération, faire chauffer le beurre et le verser en filet, doucement, comme une huile dans la mayonnaise, sans cesser de tourner lentement et régulièrement.

## La papillote

Le principe de la papillote est simple, il consiste à emprisonner hermétiquement dans du papier d'aluminium, dans une feuille de laitue ou une feuille de chou, un aliment qui cuira hermétiquement et dont on découvrira les saveurs en ouvrant la papillote. Le poisson, en filets ou en darnes, convient très bien à ce type de cuisson. Les papillotes peuvent se cuire dans un très léger fond d'eau, dans la lèchefrite ou un plat à gratin. La cuisson dans un couscoussier leur convient parfaitement bien.

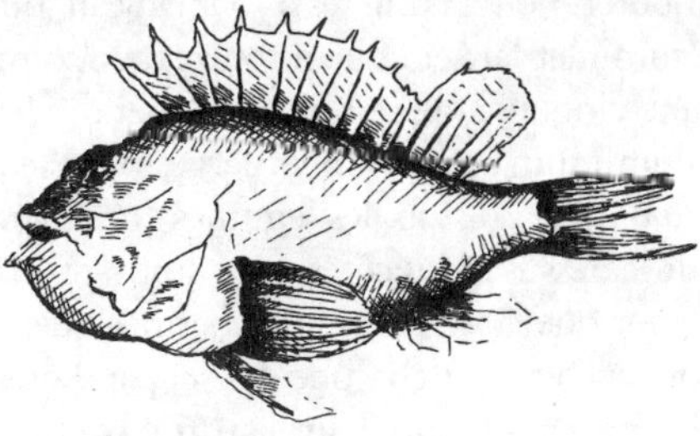

# MERLAN EN PAPILLOTE

**INGRÉDIENTS POUR 6 PERSONNES**

- 6 BEAUX FILETS DE MERLAN
- 1 BULBE DE FENOUIL
- 2 CAROTTES
- 3 POIREAUX
- 250 G DE CHAMPIGNONS DE PARIS
- 1 ÉCHALOTE
- 1 GOUSSE D'AIL
- 1 BOTTE DE PERSIL
- 120 G DE BEURRE
- CUMIN
- SEL ET POIVRE
- PAPIER D'ALUMINIUM

**PRÉPARATION**

Dans une casserole, mettre une grosse noix de beurre, environ 30 g, ajouter l'échalote, les carottes, le fenouil, les champignons et le poireau coupés en bâtonnets. Saler, poivrer. Ajouter 3 ou 4 cuillères à soupe d'eau, quelques grains de cumin et laisser cuire à couvert, doucement, pendant une vingtaine de minutes. Couper des feuilles de papier d'aluminium suffisamment larges pour recevoir, chacune, le filet de poisson, les légumes et pouvoir être repliées sur le dessus et les côtés, avec suffisamment d'aisance pour que la fermeture soit hermétique. Beurrer confortablement chacune des six papillotes. Répartir les légumes égouttés sur la partie beurrée, poser le filet de merlan sur les légumes et parsemer le beurre restant sur le poisson. Saler, poivrer. Ajouter des feuilles d'estragon et le persil (1 cuillère à café par papillote, grossièrement hachés). Fermer hermétiquement la papillote. Poser les papillotes dans la lèchefrite dans laquelle vous aurez pris soin de verser trois verres à moutarde d'eau. Mettre à four chaud (200°, thermostat 6) pendant 8 à 10 minutes selon la taille des filets de merlan. Servir sur une assiette.

*En perçant le papier d'aluminium avec son couteau ou avec sa spatule à poisson, on respire les parfums concentrés des poissons, des légumes et des aromates.*
*On peut utiliser la même recette pour des truites individuelles, des filets de truite saumonée et tous les poissons en filets, sans exception.*

## BAR EN PAPILLOTE

### Ingrédients pour 6 personnes

- 1 BAR D'1,6 À 1,8 KG
- 150 G DE CHAMPIGNONS DE PARIS
- 1 PETIT BULBE DE FENOUIL
- 1 CUILLÈRE À CAFÉ DE GRAINES DE FENOUIL OU D'ANIS VERT
- 3 VERRES À MOUTARDE DE VIN BLANC SEC
- 3 CUILLÈRES À SOUPE D'HUILE D'OLIVE
- 125 G DE CRÈME FRAÎCHE
- 150 G DE BEURRE
- 2 ÉCHALOTES
- SEL ET POIVRE

### Préparation

Faire vider et écailler le bar par le poissonnier. Conserver la tête sans les ouïes. Dans une casserole à fond épais, mettre les échalotes et le fenouil, les champignons nettoyés, le tout émincé. Laisser suer 5 à 7 minutes.

Ajouter les trois verres à moutarde de vin blanc et les deux cuillères à café de fenouil ou d'anis vert. Saler, poivrer et laisser cuire, à demi couvert,
jusqu'à réduction de la moitié du vin blanc.
Allumer le four (220°, thermostat 7). Découper la feuille de papier d'aluminium en rajoutant 20 centimètres de plus que la longueur du poisson. Doubler la feuille par mesure de sécurité.
Badigeonner abondamment la feuille d'huile d'olive. Poser le bar, lavé et essuyé. Saler et poivrer. Égoutter les légumes cuits au vin blanc.
Les répartir autour du poisson en conservant le jus de cuisson pour la sauce.
Refermer la papillote, la poser sur la lèchefrite avec un peu d'eau dans le fond. Enfourner et laisser cuire 30 minutes.
Récupérer le jus de cuisson dans une casserole. Ajouter la crème, faire cuire pendant 6 ou 7 minutes et incorporer le beurre bien froid coupé en petits morceaux. Fouetter pour obtenir une sauce onctueuse qui sera servie dans une saucière. Présenter le poisson dans sa papillote sur un plat. L'ouvrir pour faire profiter vos convives de l'arôme du fenouil. Remporter le plat en cuisine. Retirer le papier d'aluminium.
Dégager l'arête centrale afin que le service soit plus facile.
Accompagner de petites bonnettes de Noirmoutier, cuites au beurre dans leur peau.

# PAPILLOTES DE SAUMON

**INGRÉDIENTS POUR 6 PERSONNES**

- 6 PAVÉS DE SAUMON DE 150 G CHACUN, DÉPOUILLÉS ET SANS ARÊTES
- 3 CAROTTES
- 250 G DE CHAMPIGNONS DE PARIS
- 2 OIGNONS
- 1 BOTTE DE CORIANDRE FRAÎCHE
- 100 G DE BEURRE
- SEL ET POIVRE

**PRÉPARATION**

Émincer finement les oignons. Les mettre à fondre dans une casserole à fond épais avec 30 g de beurre. Éplucher les carottes et les couper en bâtonnets. Brosser les champignons, les émincer en tranches fines. Ajouter les carottes et les champignons lorsque les oignons sont fondus. Saler, poivrer. Ajouter 3 cuillères à soupe d'eau et laisser cuire doucement, à couvert, pendant 15 minutes. Les légumes doivent être fondants.

Découper largement des feuilles de papier d'aluminium. Beurrer le centre. Répartir les légumes égouttés. Saler et poivrer le saumon.

Poser les pavés sur les légumes.

Ajouter le reste du beurre réparti en 6 et deux ou trois brins de coriandre. Fermer les papillotes bien hermétiquement.

Déposer dans la lèchefrite dans le fond de laquelle vous aurez versé deux verres à moutarde d'eau. Mettre à four chaud (200°, thermostat 6) pendant 20 minutes. Servir sur assiettes.

*La coriandre peut être remplacée par de l'estragon et le saumon par tout autre poisson en filets ou en darnes.*

# La cuisson au four

La cuisson au four convient bien aux poissons entiers, à condition de les entourer d'une enveloppe de protection, sinon ils se dessécheraient. Il est donc préférable de leur conserver leur peau, de les couvrir d'un papier d'aluminium ou de les arroser de temps en temps avec du jus de cuisson.

## ROUGETS BARBETS À LA BADIANE

### INGRÉDIENTS POUR 6 PERSONNES

- 6 ROUGETS D'ENVIRON 200 G CHACUN
- 1 VERRE À MOUTARDE DE BON VIN BLANC SEC
- 300 G DE CRÈME FRAÎCHE
- 30 G DE BEURRE
- 2 CUILLÈRES À SOUPE D'HUILE D'OLIVE
- 2 ÉCHALOTES GRISES
- 1 FLEUR DE BADIANE, ANIS ÉTOILÉ
- 1 CUILLÈRE À CAFÉ DE PASTIS
- 1 CUILLÈRE À SOUPE DE BASILIC FRAIS HACHÉ

### PRÉPARATION

Demander au poissonnier d'écailler et de vider les rougets en vous conservant les foies. Insister pour qu'il enlève les ouïes. Préchauffer le four (270°, thermostat 8). Essuyer, saler et poivrer les rougets, les ranger dans un plat allant au four et les arroser de deux cuillères à soupe d'huile d'olive. Dans une casserole à fond épais, faire chauffer le beurre, ajouter les échalotes hachées finement, laisser suer

5 minutes, ajouter le vin blanc et laisser réduire de moitié. Ajouter la crème fraîche, laisser cuire à petits bouillons 7 à 8 minutes. Enfourner les rougets pour 8 à 10 minutes selon la taille des poissons. Jeter la fleur de badiane dans la crème bouillottante, couvrir et laisser infuser 5 à 6 minutes. Saler, poivrer. Ajouter la cuillère à café de pastis et les foies hachés. Servir dans le plat de cuisson après avoir parsemé les rougets du basilic haché et servir la sauce à part, en saucière.

*Ce plat peut être servi avec des tomates au thym, confites à l'huile d'olive.*

# MAQUEREAUX À LA MOUTARDE

**INGRÉDIENTS POUR 6 PERSONNES**

- 6 PETITS MAQUEREAUX DE 150 À 200 G OU 12 LISETTES
- 3 CUILLÈRES À SOUPE DE FARINE
- 4 CUILLÈRES À SOUPE D'HUILE D'OLIVE
- 2 OIGNONS BLANCS
- 6 BELLES TOMATES BIEN MÛRES
- 1 BRANCHE DE THYM
- 1/2 FEUILLE DE LAURIER
- 2 BONNES CUILLÈRES À SOUPE DE MOUTARDE DE DIJON
- SEL ET POIVRE

**PRÉPARATION**

Demander au poissonnier de vider les maquereaux par les ouïes, ils seront plus présentables qu'avec le ventre ouvert.
Peler et épépiner les tomates.
Éplucher les oignons.

Passer tomates et oignons au mixer. Verser la purée dans une casserole, ajouter deux cuillères à soupe d'huile d'olive, thym, laurier.
Saler, poivrer. Laisser cuire 20 minutes.
Essuyer les poissons soigneusement avec du papier absorbant.
Les fariner et les faire dorer sur chaque face, à la poêle, avec deux cuillères à soupe d'huile d'olive. Ils doivent colorer, sans plus.
Les ranger dans un plat à gratin.
Recouvrir de papier d'aluminium. Mettre au four (200°, thermostat 6) pendant 15 minutes.
Sortir les maquereaux du four.
Retirer à l'aide d'une cuillère le gras de cuisson.
Retirer thym et laurier de la purée d'oignons et de tomates, ajouter deux cuillères à soupe de moutarde.
Mélanger.
Verser sur les maquereaux.
Servir bien chaud dans le plat de cuisson.

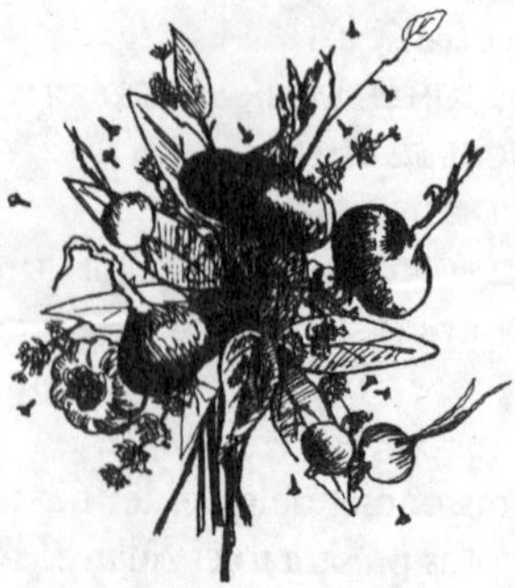

# MULET AUX TOMATES ET CHAMPIGNONS

## INGRÉDIENTS POUR 6 PERSONNES

- CHOISIR UN BEAU MULET DE 1,8 À 2 KG.
LE FAIRE VIDER ET ÉCAILLER PAR SON
POISSONNIER EN LUI DEMANDANT D'ENLEVER LES OUÏES.
- 5 TOMATES
- 250 G DE CHAMPIGNONS DE PARIS
- 2 BRANCHES DE THYM
- 2 FEUILLES DE LAURIER
- 1 OIGNON
- 2 ÉCHALOTES
- 1 GOUSSE D'AIL
- 60 G DE BEURRE
- 1/2 CITRON
- SEL ET POIVRE

## PRÉPARATION

Faire pocher les tomates 30 secondes dans de l'eau bouillante salée, les peler, épépiner et hacher grossièrement. Dans une casserole à fond épais, mettre une noix de 15 g de beurre avec les échalotes et l'ail émincés finement. Laisser suer jusqu'à transparence, ajouter les tomates. Laisser mijoter 20 à 25 minutes à découvert.
Allumer le four (270°, thermostat 8).
Nettoyer les champignons, les émincer. Dans une casserole, mettre une cuillère à soupe d'eau, 30 g de beurre et le jus du 1/2 citron. Porter à ébullition. Jeter les champignons dans la casserole une minute, pas davantage. Passer les champignons et garder le jus de cuisson. Beurrer un plat allant au four, poser le mulet sur l'oignon haché, le thym, le laurier. Ajouter le jus de cuisson des

champignons. Parsemer le dessus du poisson de petits morceaux de beurre. Saler, poivrer.
Enfourner et laisser cuire 20 minutes. Ajouter les champignons aux tomates réduites. Sortir le poisson du four, enlever la peau avec un petit couteau.
Le poser sur le plat de service entouré des tomates et des champignons.

*Le mulet est un poisson considéré comme ordinaire. En provenance de la Méditerranée, il est souvent délicat et, surtout, bon marché. Cette recette peut se faire avec du bar ou loup (plus coûteux), une dorade, une barbue ou même un carrelet. Rien n'empêche de la réaliser avec un turbot ou un saint-pierre.*

## MORUE FAÇON CASSOULET

**INGRÉDIENTS POUR 6 PERSONNES**

- 1,2 KG DE MORUE
- 2,5 LITRES D'EAU
- 1/2 LITRE DE LAIT
- 125 G DE CRÈME FRAÎCHE
- 2 KG DE HARICOTS FRAIS À ÉCOSSER OU 700 G DE HARICOTS BLANCS SECS
- 1 BOUQUET GARNI
- 1 GROS OIGNON DE 100 G
- 30 G DE BEURRE
- SEL ET POIVRE

**PRÉPARATION**

La veille, faire dessaler la morue en changeant l'eau plusieurs fois et faire tremper les haricots toute une nuit ou au moins 2 heures s'ils sont secs.
Faire cuire les haricots avec le bouquet garni, l'oignon et

suffisamment d'eau pour les recouvrir, 2 heures s'ils sont secs, 1 heure s'ils sont frais.
Saler légèrement en fin de cuisson.
Faire cuire la morue dessalée dans un mélange de lait et d'eau non salée pendant 10 minutes à petits frémissements.
Surtout ne pas faire bouillir.
Égoutter haricots et morue séparément.
Beurrer copieusement un plat à gratin, plutôt haut que large.
Disposer une couche de haricots, une couche de morue.
Plus il y aura de couches, plus le gratin sera moelleux.
Lorsque toutes les couches sont superposées, saupoudrer avec le parmesan.
Ajouter quelques noisettes de beurre sur la surface.
Mettre au four (200°, thermostat 6) pendant 25 minutes.
Servir très chaud, à la cuillère.

## LA BÉCHAMEL

**INGRÉDIENTS POUR 6 PERSONNES**

- 1 VERRE À MOUTARDE DE LAIT
- 25 G DE FARINE
- 20 G DE BEURRE
- 2 CUILLÈRES À SOUPE DE PARMESAN RÂPÉ FRAIS

**PRÉPARATION**

Dans une casserole à fond épais, verser le lait, la farine, le beurre, saler, poivrer. Porter à ébullition sur feu moyen. Remuer. Laisser bouillir 2 minutes et ajouter 2 cuillères à soupe de crème fraîche. Mélanger la morue à la béchamel après l'avoir effeuillée.

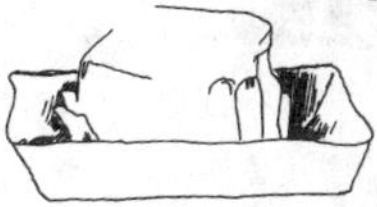

# SARDINES FARCIES

## Ingrédients

- 4 PETITES SARDINES PAR PERSONNE
OU DEUX GROSSES, VIDÉES, ÉCAILLÉES
- 1 KG D'ÉPINARDS
- 1 BOUQUET DE BASILIC OU DE MENTHE FRAÎCHE
- LE JUS DE 2 CITRONS
- SEL ET POIVRE

## Préparation

Faire cuire les épinards dans de l'eau bouillante salée, 5 à 6 minutes. Les égoutter, les rincer à l'eau froide et les presser afin d'éliminer le plus d'eau possible, les hacher et leur ajouter le jus des citrons, saler, poivrer, ajouter le basilic ou la menthe coupés grossièrement aux ciseaux.
Rincer et essuyer les sardines, les ouvrir en deux. Retirer l'arête. Saler très légèrement. Étaler un peu de la farce épinards, basilic ou menthe entre les deux parties des sardines. Les rouler sur elles-mêmes en laissant la queue à l'extérieur.
Ranger ces petits paquets côte à côte dans un plat à gratin. Mettre à four chaud (200°, thermostat 6) pendant 20 minutes, sans huile ni beurre.
On peut servir ce plat chaud ou froid.

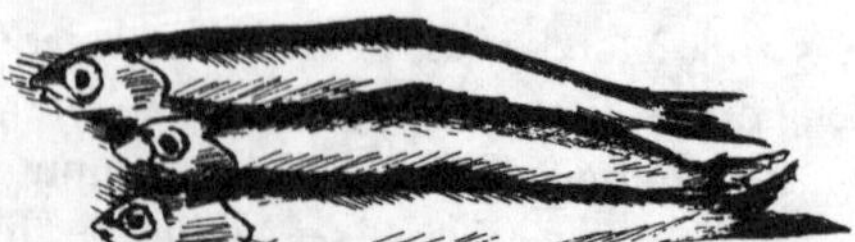

# CARRELET AU FOUR

**Ingrédients pour 6 personnes**

- 1 gros carrelet de 1,8 à 2 kg
- 1 kg de tomates bien mûres
- 3 oignons
- sel et poivre
- 2 cuillères à soupe d'huile d'olive

**Préparation**

Faire préparer (vider, ébarber, étêter et gratter) le carrelet par le poissonnier.
Peler, épépiner et concasser le kilo de tomates.
Saler, poivrer.
Ajouter une cuillère de sucre en poudre pour pallier l'acidité des tomates. Poser les tomates dans le fond d'un plat à gratin.
Peler et émincer très finement les oignons en fines rondelles.
Poser le carrelet sur ce lit de tomates et d'oignons.
Couper le citron en fines rondelles, les disposer sur le carrelet.
Arroser avec l'huile d'olive. Faire cuire à four très chaud (270°, thermostat 8) pendant 20 à 25 minutes. Vérifier la cuisson.
Arroser régulièrement avec le jus que dégageront les tomates et l'huile d'olive.
Servir bien chaud dans le plat de cuisson après avoir pris soin de retirer la peau sur la partie supérieure du poisson.

*Le carrelet ou plie est un poisson bon marché mais il va de soi que cette recette est parfaitement adaptable à un turbot, un saint-pierre ou une grosse dorade.*

# MERLAN DES PÊCHEURS

## Ingrédients pour 6 personnes

- 6 BEAUX MERLANS DORÉS DE 200 À 250 G PIÈCE
- 1 VERRE DE VIN BLANC SEC
- 100 G DE BEURRE
- 2 CUILLÈRES À SOUPE DE MOUTARDE FORTE
- 1 ÉCHALOTE GRISE
- SEL ET POIVRE

## Préparation

Faire vider les merlans par votre poissonnier. Les laver soigneusement, les essuyer et les ranger dans un plat pouvant aller au four.
Dans une casserole à fond épais, faire fondre 50 g de beurre, ajouter l'échalote hachée.
Laisser cuire très doucement pendant 5 minutes.
Répandre le beurre échaloté sur les merlans. Saler, poivrer.
Délayer le vin blanc avec la moutarde.
Verser sur les merlans et faire cuire 20 minutes au four (200°, thermostat 6).
Récupérer le jus de cuisson.
Le verser dans une petite casserole, ajouter les 50 g de beurre restants.
Fouetter. Rectifier au besoin l'assaisonnement.
Allumer le four, position gril. Arroser les merlans avec cette sauce au beurre et placer le plat sous le gril pour faire simplement glacer. La sauce doit faire un voile. L'opération ne demande que 3 ou 4 minutes.

# La cuisson à l'étuvée ou braisée

Cette technique de cuisson consiste à faire cuire le poisson dans son propre jus, avec peu de matières grasses et peu de liquide, dans une sauteuse ou une cocotte. Comme le mijotage pour les viandes, il s'agit d'une cuisson plutôt longue à feu doux ou au four.
Étuver ou braiser se pratique toujours à couvert.

## RAIE À LA COCOTTE

### INGRÉDIENTS POUR 6 PERSONNES

- 1 KG ET DEMI DE RAIE BOUCLÉE
- 3 ÉCHALOTES GRISES
- 1 VERRE À MOUTARDE DE VIN BLANC SEC
- 1 CUILLÈRE À SOUPE DE VINAIGRE DE CIDRE
- 120 G DE BEURRE DEMI-SEL
- 1 CUILLÈRE À SOUPE DE SEL DE GUÉRANDE
- 1 CUILLÈRE DE PERSIL PLAT HACHÉ
- 1 CUILLÈRE DE CORIANDRE FRAÎCHE HACHÉE
- 1 CUILLÈRE À CAFÉ DE MOUTARDE AU POIVRE VERT
- 3 CUILLÈRES À SOUPE D'HUILE D'OLIVE
- SEL ET POIVRE

### PRÉPARATION

Demander au poissonnier de préparer la raie et de la couper en six beaux gros morceaux.
Sortir le beurre du réfrigérateur deux heures avant le début des opérations pour qu'il ramollisse. Laver et essuyer les morceaux de raie. Les saler au gros sel de Guérande. Éplucher et hacher très finement les échalotes.

Les mettre dans une casserole avec le vin blanc et le vinaigre et laisser réduire à feu extrêmement doux jusqu'à ce qu'il ne reste plus qu'une cuillère à café de réduction. Retirer du feu et maintenir en attente, au bain-marie.
Faire chauffer l'huile d'olive dans une cocotte en fonte. Faire revenir les morceaux de raie, couvrir et laisser cuire 10 minutes. Retourner les morceaux et laisser cuire encore 10 minutes.
Pendant la cuisson, ajouter à la réduction le beurre, les herbes hachées finement et la moutarde. Battre énergiquement au fouet. Servir sur des assiettes très chaudes avec la sauce autour.
Ce plat peut être accompagné de brocolis, cuits à l'eau 6 à 7 minutes, ou d'une embeurrée de choux.

## L'EMBEURRÉE DE CHOUX

Cette recette peut se réaliser avec des choux nouveaux, jeunes et tendres, ou avec des choux blancs pommés d'hiver.

**INGRÉDIENTS POUR 6 PERSONNES**

- 4 OU 5 JEUNES CHOUX OU 2 CHOUX POMMÉS
- 120 G DE BEURRE
- SEL ET POIVRE
- BICARBONATE DE SOUDE
- 1 VERRE DE VINAIGRE D'ALCOOL

**PRÉPARATION**

Mettre à bouillir un grand faitout d'eau salée dans lequel on aura ajouté une cuillère à café de bicarbonate de soude.
Retirer les grosses feuilles dures de l'extérieur des choux.
Séparer les feuilles une à une.
Retirer toutes les côtes.

Laver les feuilles dans de l'eau additionnée de vinaigre d'alcool et les jeter dans l'eau bouillante.
Quand elles sont cuites (20 minutes environ), égoutter.
Rincer à l'eau froide.
Hacher grossièrement avec un couteau.
Mettre les choux, bien égouttés, dans une cocotte avec les 120 g de beurre.
Mélanger jusqu'à ce que le beurre soit fondu et incorporé au chou.
Rectifier le sel.
Surtout pas de poivre. Il développerait l'âcreté du chou.
Laisser mitonner une dizaine de minutes à couvert.

# THON AUX POIVRONS

## INGRÉDIENTS POUR 6 PERSONNES

- 1 GROSSE TRANCHE DE THON ROUGE FRAIS DE 1 KG
- 6 TOMATES
- 5 OIGNONS ROUGES D'ESPAGNE
- 3 POIVRONS VERTS
- 1 PIMENT OISEAU
- 1 BRANCHE DE THYM
- 1 FEUILLE DE LAURIER
- 4 CUILLÈRES À SOUPE D'HUILE D'OLIVE
- 1 VERRE DE VIN BLANC SEC
- SEL ET POIVRE

## PRÉPARATION

Rincer le thon. L'essuyer et le fariner très légèrement des deux côtés.
Peler et épépiner les tomates, les couper en gros quartiers grossiers.
Éplucher les oignons et les couper en fines rondelles.

Essuyer les poivrons, les couper en deux.
Retirer la queue, les pépins, les petites membranes apparentes à l'intérieur et les couper en lanières très fines.
Mettre l'huile à chauffer à feu moyen dans une cocotte.
Quand elle est chaude, faire dorer la tranche de thon bien croustillante des deux côtés, ajouter le vin blanc, les tomates, les oignons, les poivrons, le thym, le laurier, le piment oiseau, les gousses d'ail épluchées, grossièrement écrasées.
Porter à ébullition, saler, poivrer, laisser cuire à couvert pendant une heure.
Vérifier la cuisson du thon qui doit être moelleux.
Poser délicatement la tranche dans un plat chaud en évitant qu'elle ne se casse. Si la sauce est trop liquide, faire réduire à plein feu, sinon rajouter une cuillère à café ou deux de farine pour lui redonner du liant.
Retirer le thym et le laurier, vérifier l'assaisonnement de la sauce et verser sur le thon.

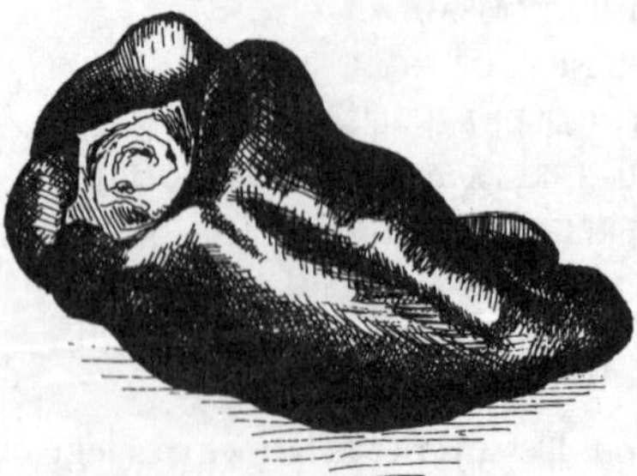

# LOTTE AUX ANCHOIS

**Ingrédients pour 6 personnes**

- 1 tronçon de lotte de 2 kg environ (demandez à votre poissonnier de le choisir plus près de la tête que de la queue)
- 1 petite boîte d'anchois à l'huile
- 2 oignons blancs
- 1 grosse tomate
- 2 carottes
- 1 branche de thym
- 1 feuille de laurier
- les queues d'une botte de persil
- 1 gousse d'ail
- 2 cuillères à soupe d'huile d'olive
- 60 g de beurre
- 30 g de farine
- 1/2 verre à moutarde de vin blanc sec
- 125 g de crème fraîche
- 1 poignée d'olives noires dénoyautées
- 2 cuillères à soupe de maïzena (facultatif)

**Préparation**

Faire enlever la peau de la lotte par le poissonnier.
Larder le morceau de lotte avec les anchois, comme on le fait pour ailler un gigot.
Beurrer une cocotte. Ajouter l'huile et tapisser le fond avec les carottes et les oignons épluchés et coupés en rondelles, l'ail épluché et écrasé, la tomate épluchée, épépinée et coupée en quartiers.
Ajouter les queues de persil, le thym et le laurier. Poser la lotte sur ce lit de légumes et d'aromates.
Ajouter quelques noix de beurre.
Mettre au four, cocotte couverte (220°, thermostat 7), en

arrosant la lotte de temps en temps avec le jus de cuisson. Après une demi-heure, ajouter le demi-verre de vin blanc sec et laisser cuire encore 15 minutes à couvert. Sortir la cocotte du four, retirer la lotte et la poser sur un plat chaud.
Passer le jus de cuisson à travers une passoire fine en remuant bien avec une cuillère en bois pour récupérer tous les sucs.
Verser le jus dans une casserole et faire réduire de moitié. Ajouter la crème fraîche. Laisser cuire 7 à 8 minutes. Si la sauce est trop liquide, délayer deux cuillères à soupe de Maïzena avec un peu d'eau froide et ajouter à la sauce.
Rectifier l'assaisonnement et verser sur la lotte.
Décorer avec les olives noires concassées.
Servir avec du fenouil étuvé au beurre.

## LE FENOUIL ÉTUVÉ

### Ingrédients

- 12 PETITS FENOUILS
- 70 G DE BEURRE
- 2 CUILLÈRES À SOUPE D'ESTRAGON HACHÉ
- 1 FEUILLE DE LAURIER
- 2 BELLES BRANCHES DE THYM
- SEL ET POIVRE

### Préparation

Choisir des bulbes de fenouil bien blancs, bien serrés et plutôt petits.
Éventuellement, retirer les feuilles extérieures dures.
Couper les tiges garnies d'herbe. Les faire cuire 15 minutes dans de l'eau bouillante salée.

Les retirer avec une écumoire et les égoutter.
Dans une cocotte, mettre les 70 g de beurre, faire fondre.
Poser les fenouils côte à côte. Ajouter thym et laurier.
Saler, poivrer et laisser cuire à couvert en arrosant de temps en temps pendant 30 minutes.
Mettre l'estragon haché au moment de servir.

# La cuisson au gril

La cuisson au gril est certainement la plus difficile à réussir. Elle demande expérience et compétence car il faut savoir maîtriser le feu et le temps de cuisson.
Ce type de cuisson convient mieux aux poissons individuels ou aux darnes. Choisissez des poissons plutôt gras, harengs, maquereaux, sardines, thon, saumon, mais si vous êtes devenu un "grilladin" expert, n'hésitez pas, attaquez-vous aux petits turbots, brochettes de lotte ou petites dorades.
On peut griller à l'extérieur, sur de la braise ou sur un gril en fonte, posé sur le gaz, ou sous la rampe du gril dans le four.
A moins d'être équipé chez soi d'un extracteur de fumée, il est inopportun d'imposer à son voisinage ces odeurs franchement incommodantes et tenaces.
Quel que soit le matériel utilisé, la température est primordiale. Si le feu est trop puissant, le poisson sera carbonisé à l'extérieur et cru à l'intérieur et si le feu n'est pas suffisamment puissant, un contact prolongé avec la source de chaleur desséchera le poisson.
En plein air, il faut préférer les sarments de vigne à tout autre combustible mais, dans certaines régions dépourvues de vignobles, il est difficile de se procurer ce

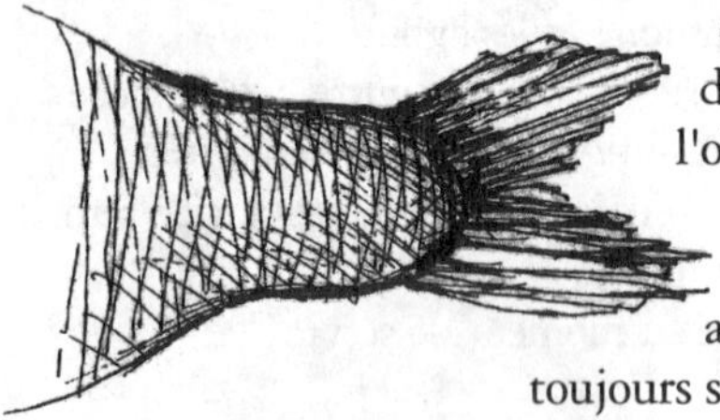

carburant. On sera donc dans l'obligation de recourir au charbon de bois. La cuisson au barbecue se fait toujours sur de la braise et jamais à la flamme. Elle peut être polluante pour nos organismes si un certain nombre de règles ne sont pas observées : les aliments ne doivent être en contact ni avec le combustible ni avec les flammes et les temps de cuisson doivent être limités. Il faut, en particulier, respecter la distance entre la source de chaleur et l'aliment à cuire.
La graisse qui s'égoutte de l'aliment s'enflamme au contact de la braise et déclenche la formation d'hydrocarbures polycycliques (HPC) particulièrement nocifs.
Il est impératif de huiler et les poissons et la grille. On ne doit pas écailler les poissons destinés à être grillés mais simplement les laver et les éponger.
Les amateurs grillent les poissons sans les vider. C'est un goût, on peut ne pas le respecter, sauf pour la sardine et le rouget. Lorsque le combustible est réduit à braises et qu'il se forme sur le dessus une sorte de cendre grise, on peut y jeter des herbes odorantes, thym, romarin, sauge et laurier pour parfumer la grillade. Si vous êtes amateur de poissons grillés, procurez-vous des paniers spéciaux en grillage. On en trouve adaptés aux différentes formes de poissons. Ils permettent de les retourner extrêmement facilement.
Pour les grils à poser sur le gaz, on respectera la règle des grils et poissons badigeonnés à l'huile et on ne posera les poissons que lorsque le gril sera chaud.

On peut utiliser la rampe du gril dans le four. Les poissons huilés seront posés sur la grille, huilée elle aussi. Le gril devra être allumé à l'avance, pour saisir les poissons, et la lèchefrite installée sous la grille pour éviter que la graisse ne tombe dans le four. La grille, bien évidemment, ne devra pas être trop rapprochée des rampes.
On la déplacera sur la crémaillère selon la taille du poisson et la température du four.
Quel que soit le procédé employé, les poissons doivent être retournés. La cuisson de la deuxième face sera moins longue que la première.

# ROUGETS GRILLÉS

### INGRÉDIENTS POUR 6 PERSONNES

- 12 PETITS ROUGETS DE ROCHE DE 80 À 100 G PIÈCE
- UN PEU D'HUILE D'OLIVE

### PRÉPARATION

Retirer les ouïes sans vider ni écailler les poissons. Les tremper une seconde des deux côtés dans l'huile d'olive. Les poser sur le gril, les faire cuire 3 minutes d'un côté, 2 minutes de l'autre. Les servir avec un beurre d'anchois (voir p. 199).

# ROUGETS GRILLÉS MARINÉS

**Ingrédients pour 6 personnes**

- 6 ROUGETS DE 150 À 200 G CHACUN
- 1/2 LITRE DE VINAIGRE DE VIN BLANC
- 1 OIGNON ❖ 1 CAROTTE ❖ 3 ÉCHALOTES GRISES
- 1 BRANCHE DE THYM ❖ 1/2 FEUILLE DE LAURIER
- 1 BRANCHE DE CÉLERI ❖ QUELQUES QUEUES DE PERSIL
- 2 CUILLÈRES À SOUPE DE SEL FIN
- 10 GRAINS DE POIVRE ❖ 1 CLOU DE GIROFLE
- 3 CUILLÈRES À SOUPE D'HUILE D'OLIVE

**Préparation**

Demander au poissonnier d'écailler et de vider les rougets par les ouïes.
Saupoudrer de sel fin les deux faces du rouget et laisser reposer 1 heure.
Éplucher et émincer très finement l'oignon, la carotte, les échalotes, le céleri en branche et les queues de persil.
Les mettre dans une casserole à fond épais.
Faire suer sans colorer. Ajouter le vinaigre, le thym, le laurier, les grains de poivre et le clou de girofle. Faire cuire une demi-heure à tout petits bouillons et aux 3/4 couvert pour éviter que le liquide ne réduise trop.
Essuyer les rougets avec un torchon, les badigeonner d'huile d'olive.
Les faire griller rapidement sur les deux faces.
Les déposer dans une terrine. Recouvrir avec la marinade cuite chaude et laisser mariner au frais, pendant au minimum 2 jours, avant de les servir avec du pain de campagne grillé et du beurre.

*On peut remplacer les rougets par de petites dorades, et le gril par une poêle antiadhésive.*

# ESCALOPINES DE SAUMON

**INGRÉDIENTS POUR 6 PERSONNES**

- 1 FILET DE 750 G DE SAUMON SANS PEAU NI ARÊTES
- 50 G DE BEURRE
- 2 CUILLÈRES À SOUPE D'HUILE D'OLIVE
- 1 GROS AVOCAT BIEN MÛR OU DEUX PETITS
- 1 BELLE GROSSE TOMATE
- 1 CITRON VERT
- 1 DIZAINE DE BRINS DE CORIANDRE
- SEL ET POIVRE

**PRÉPARATION**

Demander au poissonnier d'escaloper votre filet de saumon en tranches de un centimètre d'épaisseur.
Éplucher l'avocat, enlever le noyau, couper la chair en petits cubes.
Peler, épépiner la tomate, couper la chair en petits dés.
Mélanger avocat et tomate avec l'huile d'olive, la coriandre finement émincée, le jus de citron vert, sel et poivre.
Faire fondre le beurre. Avec un pinceau, badigeonner l'assiette de beurre fondu. Étaler les escalopes de saumon sur l'assiette beurrée.
Badigeonner à nouveau les escalopes avec le beurre.
Allumer le gril du four pendant 20 minutes.
Mettre les assiettes sous le gril 3 minutes. Sortir les assiettes et disposer une cuillère à soupe du mélange avocat-tomate-jus de citron au centre de l'assiette. Servir.
Si on ne possède qu'un seul four, faire l'opération en deux fois.
Il est nécessaire de choisir des assiettes de taille moyenne.

*Cette recette peut se réaliser avec un filet de truite de mer, de bar ou de dorade.*

# THON GRILLÉ

**Préparation**

Faire couper des tranches de thon de 2 centimètres d'épaisseur par son poissonnier.

Huiler le gril et les tranches de thon. Les poser sur le gril très chaud 4 minutes d'un côté, 2 minutes de l'autre.

Servir avec une béarnaise.

# LA BÉARNAISE

Il existe plusieurs procédés pour faire une sauce béarnaise. Nous vous donnons ci-dessous deux méthodes. A vous de choisir…

Le premier procédé part du principe de la sauce hollandaise.

**Ingrédients**

- 4 JAUNES D'ŒUFS
- 2 CUILLÈRES À SOUPE D'EAU
- 2 CUILLÈRES À SOUPE DE JUS DE CITRON
- 200 G DE BEURRE
- SEL ET POIVRE
- 1 VERRE À MOUTARDE DE VINAIGRE DE VIN
- 4 ÉCHALOTES
- 2 CUILLÈRES À SOUPE DE FEUILLES D'ESTRAGON HACHÉES
- 2 CUILLÈRES À SOUPE DE FEUILLES DE CERFEUIL HACHÉES

**Préparation**

Dans une casserole à fond épais, faire réduire les échalotes finement hachées avec le vinaigre. La réduction doit démarrer à feu vif et se poursuivre à feu moyen. A la fin de la réduction, l'échalote doit être fondue, transparente, et il ne doit rester dans le fond de la casserole qu'un voile de vinaigre. Ajouter à cette réduction les éléments de la "hollandaise", 4 jaunes d'œufs, 2 cuillères de jus de citron, sel et poivre, une cuillère à soupe d'estragon. Fouetter énergiquement le mélange maintenu au bain-marie jusqu'à ce qu'il double de volume et, dans ce mélange tiède, verser le beurre bouillant en filet, comme si vous versiez de l'huile pour monter une mayonnaise. Ne pas cesser de tourner jusqu'à épuisement du beurre. Ajouter le cerfeuil et le reste de l'estragon finement hachés.

## AUTRE MÉTHODE

### Ingrédients

- 5 ÉCHALOTES HACHÉES FIN
- 2 CUILLÈRES À SOUPE D'ESTRAGON HACHÉ
- 1 CUILLÈRE À CAFÉ DE POIVRE EN GRAINS GROSSIÈREMENT CONCASSÉ (MIGNONNETTE)
- 1 GRAND VERRE DE VINAIGRE DE VIN
- 1 CUILLÈRE À SOUPE DE CERFEUIL HACHÉ
- 1/2 VERRE D'EAU
- 4 JAUNES D'ŒUFS
- 250 G DE BEURRE
- SEL

### Préparation

Couper le beurre en petits morceaux pour qu'il ramollisse et s'assouplisse. Dans une casserole à fond épais, mettre le vinaigre, l'échalote, une cuillère à soupe d'estragon haché et le poivre. Faire bouillir jusqu'à évaporation du liquide. Laisser refroidir la casserole. Lorsqu'elle est tiède, ajouter les jaunes d'œufs un à un, en mélangeant au fouet, puis l'eau. Maintenir à feu doux ou au bain-marie pour réchauffer le mélange progressivement. Lorsque la sauce devient crémeuse et commence imperceptiblement à épaissir, retirer la casserole du feu tout en continuant à fouetter doucement le mélange, puis ajouter les morceaux de beurre les uns après les autres, en n'introduisant le suivant que lorsque le premier est fondu et complètement incorporé à la sauce. Lorsque tout le beurre a été mélangé, la sauce doit avoir la consistance d'une mayonnaise. Rajouter l'estragon et le cerfeuil hachés. Rectifier en sel.

# HARENGS GRILLÉS À LA MOUTARDE

**Ingrédients pour 6 personnes**

- 6 BEAUX HARENGS
- 50 G DE BEURRE ❖ MOUTARDE DE DIJON
- 4 CUILLÈRES À SOUPE DE VIN BLANC SEC
- SEL ET POIVRE

**Préparation**

Demander au poissonnier d'ouvrir chaque poisson en deux, de le vider et de l'étêter.
Les deux moitiés du hareng doivent évidemment rester un peu attachées comme on les prépare avant le fumage.
Laver les harengs et les sécher au papier absorbant.
Allumer le four.
Mettre le vin blanc dans un plat à gratin.
Déposer les poissons côte à côte, la peau contre le plat.
Tartiner chaque hareng avec la moutarde de Dijon.
Répartir votre beurre en petits dés sur les harengs et la moutarde.

Mettre dans le four à mi-hauteur, pendant 10 minutes, moins si les harengs sont d'un poids inférieur à 200 g. Ils doivent rester moelleux et dorés.
On sert dans le plat de cuisson avec des pommes de terre en robe des champs.

*On peut utiliser des maquereaux pour faire cette recette, bien que je préfère la recette de maquereaux à la moutarde de la p. 231.*

## La cuisson au sel

Ce type de cuisson a l'avantage de concentrer complètement les saveurs. Il s'apparente à la cuisson dite lutée (voir cuisson du gigot de sept heures, p. 335). Ce procédé consiste à enfermer un poisson, une volaille, un rôti dans une carapace de gros sel de mer qui durcira à la cuisson et emprisonnera les parfums. Ce procédé exclut darnes, filets ou tronçons. Il ne faut utiliser que des poissons entiers auxquels on aura laissé leur peau et leurs écailles après les avoir vidés.

### POISSON AU SEL

Dans un saladier, mélanger le gros sel avec un, deux ou trois blancs d'œufs fouettés quelques instants.
Le nombre d'œufs dépend de la quantité de sel utilisée qui, elle-même, dépend de la taille du poisson et du volume de la cocotte.
La couche d'accueil, dans le fond de la cocotte, ne devra pas dépasser 1 centimètre à 1,5 centimètre.

Le poisson pourra être aromatisé en introduisant dans ses entrailles du thym, du laurier, de l'estragon, de la sauge, mélangés ou séparément, selon le parfum que l'on tient à privilégier.
Le poisson sera allongé dans la cocotte, recouvert de gros sel en prenant soin de ne laisser aucun interstice. Pour un poisson de 1 kg, prévoir 25 à 30 minutes à four chaud.

*Tous les gros poissons conviennent à ce genre de cuisson : bar, saumon, dorade, cabillaud, saint-pierre, turbot. On préparera une sauce séparément : coulis de tomates, beurre d'estragon, d'échalotes, moutarde, fondue aux fines herbes, sauce mousseline, hollandaise, beurre blanc, aux oursins, au vin rouge.*

## La cuisson meunière

Le procédé est simple. Il consiste à fariner des petits poissons individuels, des filets ou des darnes avant de les poser dans une poêle contenant de la matière grasse, beurre ou huile, chaude. On sert les poissons avec leur beurre de cuisson. Les soles et les limandes, les céteaux, les merlans, les harengs, les petits bars, les rougets de roche conviennent admirablement à ce type de cuisson.
Les filets sont également très heureux de la cuisson meunière et les tranches de colin, de lieu, de lotte ne s'en sont jamais plaintes. Les poissons d'eau douce, comme l'admirable omble chevalier qui commence à réapparaître, discrètement, sur les étals des vrais poissonniers, ou la perche, sont enchantés de ce traitement "meunière". Il y a plusieurs techniques pour

cuire meunière. Elles sont adaptables à tous les poissons que nous venons d'évoquer, qu'ils soient entiers, en tranches ou en filets. Ces techniques sont proches l'une de l'autre et nous prendrons la sole à titre d'exemple.

# SOLE MEUNIÈRE, PREMIÈRE MÉTHODE

**Ingrédients pour 6 personnes**

- 1 SOLE DE 250 G ENVIRON PAR PERSONNE
- 190 G DE BEURRE
- SEL ET POIVRE
- FARINE
- CITRON

**Préparation**

A moins d'avoir deux poêles ovales recouvertes de matière antiadhésive, il faudra cuire en deux fois (chaque poêle de 28 centimètres de longueur peut recevoir 3 soles de 250 g). Cette cuisson se fait au dernier moment mais, compte tenu du temps de cuisson rapide, on peut faire attendre les poissons de la première cuisson jusqu'à ce que la seconde soit terminée.

Demander au poissonnier de dépouiller, de vider et d'étêter les soles. Les essuyer et les fariner très légèrement des deux côtés. Prendre soin d'éliminer le surplus de farine en les tapotant, le moyen le plus pratique est de les tenir par la queue et de les secouer au-dessus du plat de farine. Saler et poivrer de chaque côté. Dans une poêle, mettre environ 40 g de beurre, lorsqu'il grésille, poser les poissons, faire dorer, réduire la puissance du feu, soulever les poissons avec une spatule pour réhumecter l'ensemble de la poêle de matière grasse et éviter ainsi que le poisson n'attache. Avec une spatule, retourner délicatement le poisson. Après 3 à 4 minutes sur chaque face, poser les poissons dans un plat de service chaud. Ajouter 60 g de beurre dans la poêle. Laisser fondre et chauffer. Ajouter le jus d'un demi-citron pour faire mousser et verser sur les soles.

## SOLE MEUNIÈRE, DEUXIÈME MÉTHODE

**INGRÉDIENTS**

- 1 BELLE SOLE DE 250 G PAR PERSONNE
- 6 CUILLÈRES À SOUPE D'HUILE DE PÉPINS DE RAISIN OU, ÉVENTUELLEMENT, D'ARACHIDE
- 250 G DE BEURRE
- SEL ET POIVRE
- 2 CUILLÈRES À SOUPE DE PERSIL PLAT HACHÉ
- FARINE

**PRÉPARATION**

Demander au poissonnier de dépouiller, d'étêter, d'ébarber vos soles. Les sécher dans un torchon de cuisine, saler et poivrer et les fariner comme dans la recette ci-dessus.

Dans la première poêle, mettre trois cuillères à soupe d'huile. Faire chauffer et, lorsqu'elle commence à fumer, poser les soles. Ajouter 75 g de beurre, cuire à bon feu 3 minutes et retourner les soles avec la spatule. Laisser cuire 3 minutes en arrosant avec les matières grasses de cuisson. Ajouter 75 g de beurre. Retirer les soles, les poser sur un plat chaud à l'entrée du four en attendant la cuisson des

3 autres (sauf si vous avez deux poêles de même dimension). Servir avec le beurre de cuisson, deux rondelles de citron épluchées à vif et roulées dans le persil finement haché aux ciseaux.

*Cette méthode convient à des poissons plus gros, pour deux personnes, petits carrelets, turbots ou dorades.*

# SOLE MEUNIÈRE, TROISIÈME MÉTHODE

**Ingrédients**

- 1 SOLE DE 250 G PAR PERSONNE
- FARINE
- HUILE DE PÉPINS DE RAISIN
- SEL ET POIVRE
- 125 G DE BEURRE
- 1 CITRON

**Préparation**

Faire dépouiller, vider, étêter, ébarber les soles par le poissonnier. Les essuyer soigneusement. Les fariner en prenant soin d'éliminer l'excédent de farine.
Dans 3 cuillères à soupe d'huile de pépins de raisin bien chaude, poser les soles, les retourner après 3 minutes pour laisser l'autre face cuire 3 minutes encore (6 minutes en tout). Les essuyer dans un papier absorbant. Préparer une sauce meunière.
Mettre 125 g de beurre dans une casserole à fond épais avec le jus d'un citron et du poivre au moulin.
Faire monter au fouet afin de rendre ce mélange mousseux.
Napper les soles, sèches et salées, de cette sauce et saupoudrer de persil haché.

# FILETS DE SANDRE POÊLÉS À LA GRAISSE D'OIE

**INGRÉDIENTS POUR 6 PERSONNES**

- 1 SANDRE DE 1,5 KG
- 4 CUILLÈRES À SOUPE DE GRAISSE D'OIE
- 6 ÉCHALOTES
- 350 G DE GIROLLES
- 1/2 BOUTEILLE DE VIN ROUGE BIEN CORSÉ (MADIRAN, CAHORS, SAINT-JOSEPH, CÔTES-DU-RHÔNE)
- 1 GROSSE CAROTTE
- 130 G DE BEURRE
- 1 CUILLÈRE À SOUPE DE PERSIL HACHÉ
- SEL ET POIVRE

**PRÉPARATION**

Demander au poissonnier de lever les filets du sandre en leur laissant la peau. Demander la tête, les arêtes et un peu de parures supplémentaires.

Retirer les ouïes, laver toutes les parures et casser les arêtes, les faire suer dans une casserole à fond épais pendant 5 à 8 minutes. Ajouter un demi-litre d'eau et laisser réduire de moitié.

Filtrer et faire cuire la carotte épluchée coupée en quatre avec un peu de sel jusqu'à ce qu'elle soit tendre sous le couteau.

La carotte peut être en surcuisson ; elle servira à faire une purée pour mieux lier la sauce.

Mettre la demi-bouteille de vin rouge et faire réduire de moitié.

Éplucher et émincer les échalotes finement.

Dans une casserole à fond épais, mettre une cuillère à

soupe de graisse d'oie et 100 g de beurre. Ajouter les échalotes, saler et laisser cuire doucement jusqu'à complet compotage.
Égoutter et conserver le gras de cuisson.
Plonger les girolles nettoyées 30 secondes dans de l'eau bouillante salée. Égoutter. Couper chaque filet en trois afin d'obtenir douze morceaux équivalents, soit deux par personne.
Donner un coup de lame de rasoir ou de couteau affûté sur la peau du sandre, saler, poivrer. Mettre le restant de graisse d'oie dans une poêle antiadhésive.
Faire chauffer.
Lorsque la graisse est bien chaude, déposer les filets, côté peau d'abord, faire cuire 4 minutes, les retourner et faire cuire 2 minutes.
Dans la poêle de cuisson des poissons débarrassée de la matière grasse, faire croustiller les girolles, après les avoir salées.
Passer la carotte au mixer et mélanger la purée obtenue avec le vin rouge réduit. Porter à forte ébullition.
Ajouter les 30 g de beurre restants.
Saler, poivrer. Lier au fouet avec énergie.
Entourer les morceaux de sandre avec cette sauce.
Rouler les girolles dans le persil haché et les répartir sur les assiettes.
Servir bien chaud, le reste de sauce à part.

*Le sandre peut se remplacer par du bar, de la dorade, des filets de grenadier ou de beryx.*

# SARDINES EN ESCABÈCHE

**INGRÉDIENTS POUR 6 PERSONNES**

- 24 SARDINES DE PETITE TAILLE
- 12 CUILLÈRES À SOUPE D'HUILE D'OLIVE
- 4 GOUSSES D'AIL
- 2 OIGNONS
- 1 CAROTTE
- 4 CUILLÈRES À SOUPE DE VINAIGRE DE VIN
- 1 CUILLÈRE À CAFÉ DE GROS SEL
- 1 BRANCHE DE THYM ET DE ROMARIN
- 1/2 FEUILLE DE LAURIER
- 4 À 5 BRANCHES DE PERSIL
- SEL ET POIVRE
- 1 PIMENT OISEAU
- FARINE

**PRÉPARATION**

Vider les sardines en tirant sur la tête ; en général, l'arête centrale veut bien suivre. Les frotter avec un papier absorbant pour les écailler.
Laver, sécher.
Fariner délicatement (bien les secouer pour éviter qu'il y ait trop de farine).
Faire chauffer 6 cuillères à soupe d'huile et faire dorer les sardines, 1 minute de chaque côté. Les égoutter et les ranger dans un plat creux ou une terrine.
Verser le reste de l'huile dans la poêle avec l'huile de cuisson des sardines.
Ajouter les gousses d'ail écrasées, la carotte et les oignons épluchés et émincés très finement.
Faire dorer légèrement pendant 7 à 8 minutes.
Ajouter le vinaigre et deux cuillères à soupe d'eau, thym,

laurier, romarin, le persil haché et le piment oiseau.
Laisser bouillir doucement 15 minutes.
Verser le contenu de la poêle bouillant sur les poissons.
Laisser refroidir. Mettre la terrine fermée dans le réfrigérateur.
Servir 48 heures après, très froid, avec du pain de campagne grillé.

## La friture

Le secret de la bonne friture réside dans la qualité de la matière grasse et dans sa fraîcheur.
On ne peut pas utiliser le même bain pour des desserts, des poissons et des frites. Les bains de friture destinés au poisson devront le rester. Après chaque utilisation, il faudra filtrer l'huile et se limiter à 5 utilisations, pas davantage.
Il va de soi que la durée d'utilisation sera également limitée à deux mois, grand maximum. L'huile de pépins de raisin est la mieux adaptée à la friture, avec l'huile d'arachide. Deux huiles sont souvent recommandées pour les fritures, l'huile de palme et de coprah, alors qu'elles sont extrêmement chargées en acides saturés. Deux règles à retenir : plus les poissons sont gros, plus la température doit être basse. Une friture trop chaude cuirait le poisson à l'extérieur sans atteindre l'intérieur. Les poissons doivent se mettre par petits paquets dans la friture et non pas tous ensemble. Les poissons doivent être farinés, peu et légèrement, ou trempés dans une pâte à beignets ou un mélange d'œufs et de chapelure.

# FRITURE DE PETITS POISSONS

**Ingrédients pour 6 personnes**

- 1,2 KG DE FRITURE (MÉLANGE DE PETITS POISSONS DE RIVIÈRE, GOUJONS, CARPEAUX, TANCHES, ETC.)
- FARINE
- 1 POIGNÉE DE PERSIL DOUBLE OU FRISÉ
- 2 CITRONS
- SEL

**Préparation**

Faire chauffer l'huile dans la bassine. Laver et sécher le persil sans les tiges. Rouler les poissons dans la farine et les secouer vigoureusement pour faire tomber l'excédent. Mettre le quart des poissons dans le panier à friture, plonger le panier dans l'huile chaude mais non fumante. Laisser une minute à une minute et demie. Secouer. Étaler la friture sur du papier absorbant et saupoudrer de sel fin. Une fois sèche, maintenir la friture dans un plat au four à basse température. Faire remonter la température de l'huile et plonger le quart des poissons suivant.

Mettre le persil à frire pendant une minute. Dresser les poissons sur un plat de service. Répandre le persil frit, débarrassé des excédents de graisse, sur la friture. Servir bien chaud avec les citrons coupés en quatre.

# MERLAN EN COLÈRE

**Ingrédients pour 6 personnes**

- 6 BEAUX MERLANS DE 200 À 250 G PAR PERSONNE
- 1/2 LITRE DE LAIT
- PERSIL
- SEL ET POIVRE
- FARINE
- CITRON

**Préparation**

Faire nettoyer et vider les merlans par votre poissonnier. Les mettre à baigner dans le demi-litre de lait pendant une dizaine de minutes. Égoutter. Sécher. Assaisonner de sel et de poivre. Les rouler dans la farine. Secouer pour éliminer l'excédent de farine et placer la queue du merlan dans sa gueule. Prendre soin de bien fermer la gueule afin que les dents immobilisent la queue. Plonger dans une grande friture bien propre, chaude sans être bouillante. Faire dorer 5 minutes de chaque côté en les retournant délicatement avec une écumoire. Les égoutter sur du papier absorbant. Saler. Faire frire du persil selon la recette ci-dessus. Mettre le persil dans l'espace central du poisson roulé. Servir bien chaud avec une sauce tartare (voir p. 331).

*Les petits poissons se font facilement frire, les céteaux, les solettes (ne pas confondre les uns et les autres, comme nous l'avons vu dans le descriptif des poissons), les éperlans (il faudra préférer les éperlans d'origine européenne qui ne sont pas congelés à ceux d'Amérique qui sont vendus décongelés, malheureusement sans précision), les équilles (lançon équille, du Pacifique ou d'Amérique, les trois pouvant s'appeler simplement équille, on les trouve dans le sable à marée basse sur les côtes de la Manche et de l'Atlantique).*

# ACRAS ANTILLAIS

Les acras peuvent se servir à l'apéritif ou en entrée. Les proportions sont données pour une entrée. Il faudra les diviser par deux en cas d'apéritif.

### INGRÉDIENTS POUR 6 PERSONNES

❖ 1 KG DE MORUE
❖ 2 PIMENTS VERTS (SI L'ON N'AIME PAS MANGER TROP
❖ PIQUANT, IL FAUDRA EN PRÉVOIR SEULEMENT UN)
❖ 450 G D'ÉCHALOTES ❖ 2 OIGNONS ❖ 4 GOUSSES D'AIL
❖ 1/2 BOUQUET DE CIBOULETTE ❖ 2 BRINDILLES DE THYM
❖ 400 G DE FARINE ❖ 4 ŒUFS ❖ LAIT ❖ SEL ET POIVRE

### PRÉPARATION

Faire dessaler la morue la veille en changeant l'eau plusieurs fois. Retirer la peau s'il y a lieu et les arêtes.
Retirer les graines du piment.
Éplucher l'échalote, l'oignon et l'ail.
Effeuiller la morue. Passer le tout au mixer pour obtenir une pommade bien lisse. Incorporer le thym émietté.
Ajouter la farine, les œufs battus en omelette. Mélanger en ajoutant le lait jusqu'à obtenir une pâte lisse, souple, ni ferme ni liquide. Poivrer. Mélanger et laisser reposer 4, 5 ou 6 heures pour que tous les ingrédients "s'entre-parfument".
Faire chauffer l'huile bien propre dans la bassine.
Quand elle est chaude, mais qu'elle ne fume pas, plonger dedans, cuillère après cuillère, la préparation. Veiller à ce que les acras ne se touchent pas.
Ils doivent être bien dorés.
Les sortir avec une écumoire.
Éliminer l'excès de gras en les posant sur du papier absorbant et les servir bien chaud. Il est préférable de renouveler l'opération friture pour qu'ils soient toujours chauds.

# La matelote

La matelote est un ragoût de poissons au vin. Elle change de nom selon les régions, pochouse en Bourgogne, bouillotture en Anjou, catigau en Arles... Ce fleuron de la cuisine régionale française semble avoir été inventé pour mettre en valeur la qualité des vins des régions concernées. En Normandie, la matelote se fait au cidre. Les matelotes sont très souvent confectionnées avec des poissons d'eau douce : anguilles, carpes, perches, sandres, brochets, aloses, lamproies.

## MATELOTE D'ANGUILLES

### INGRÉDIENTS POUR 6 PERSONNES

- 1,2 KG D'ANGUILLES DE TAILLE MOYENNE (TROP GROSSES, ELLES SONT TROP GRASSES)
- 1 LITRE DE VIN ROUGE TANNIQUE ET CORSÉ
- 300 G DE CHAMPIGNONS DE PARIS
- 2 GROS OIGNONS
- 2 CAROTTES
- 3 BLANCS DE POIREAUX
- 1 BRANCHE DE CÉLERI
- 10 GOUSSES D'AIL
- 1 BRANCHE DE THYM
- 1 FEUILLE DE LAURIER
- NOIX MUSCADE RÂPÉE
- 250 G DE POITRINE FUMÉE
- 1/2 LITRE DE FUMET DE POISSON
- SEL, POIVRE AU MOULIN

### PRÉPARATION

Demander au poissonnier de tuer, vider et dépouiller les anguilles et de les couper en tronçons de 10 centimètres. Dans une cocotte, faire revenir la poitrine fumée avec les oignons, poireaux, carottes et céleri émincés finement. Ajouter les gousses d'ail non pelées et écrasées, le thym et le laurier. Laisser suer sans colorer 10 minutes. Mouiller avec le fumet de poissons et le vin rouge. Laisser bouillotter jusqu'à réduction de moitié. Filtrer au travers d'une passoire. Remettre à bouillotter en rectifiant l'assaisonnement, sel, poivre et quelques coups de râpe de noix muscade. Pocher les anguilles 1/4 d'heure environ dans la réduction. Les retirer avec une écumoire et les tenir au chaud. Laisser réduire jusqu'à obtention d'une sauce très onctueuse. Mettre les anguilles dans un plat chaud. Verser la sauce et servir avec des croûtons aillés.

## MAQUEREAUX AU VIN ROUGE

Préparer une sauce au vin rouge comme il est dit page 204.

**Ingrédients**

- 4 gros maquereaux bien gras, coupés en tronçons de 5 à 6 centimètres par le poissonnier
- 250 g de champignons de Paris
- 250 g de poitrine fumée, coupée en lardons
- 50 g de beurre

**Préparation**

Laver et couper en 4 ou 6, selon la taille, les champignons de Paris.
Les faire revenir dans 20 g de beurre.
Mettre les lardons dans une poêle antiadhésive.
Les faire revenir bien croustillants.
Les réserver sans leur matière grasse.

Faire revenir, dans les 30 g de beurre qui restent, les tronçons de maquereaux pendant 5 minutes.
Ajouter les champignons, les lardons et les tronçons de maquereaux à la sauce au vin rouge. Laisser les différents ingrédients s'imprégner du vin rouge.
Servir bien chaud avec des tranches de baguette grillées.

## Les poissons crus marinés

La mode du poisson cru mariné nous vient de Tahiti et du Japon. Les Japonais mangent souvent le poisson complètement cru, sans aucun autre ingrédient ni marinade et les Tahitiens font macérer leur poisson dans du citron. Le poisson cru est également une spécialité des pays nordiques.
Les marinades pour le hareng sont extrêmement variées et nombreuses. Dans la course aux marinades, le saumon n'est pas épargné. Ces procédés sont très pratiques car ils permettent des préparations rapides ou pouvant se faire à l'avance. Dans tous les cas, elles impliquent une exceptionnelle fraîcheur du produit. Il ne doit exister aucun doute sur la compétence du poissonnier, sinon les risques d'intoxication sont évidents !
Le saumon, le thon, la dorade, les coquilles Saint-Jacques se marient parfaitement avec le jus de citron ou des préparations plus compliquées.

# SAUMON CRU MARINÉ

**INGRÉDIENTS POUR 6 PERSONNES**

- 300 À 350 G DE SAUMON
- QUELQUES BRINS D'ANETH
- 4 CUILLÈRES D'HUILE D'OLIVE
- 1 JUS DE CITRON ❖ SEL ET POIVRE

**PRÉPARATION**

Demander à votre poissonnier d'escaloper en tranches très fines 300 à 350 g de saumon pris dans le centre du poisson. Préparer un mélange huile d'olive, jus de citron, sel, poivre et aneth. Le laisser macérer 1 heure ou 2. Étaler le saumon sur des assiettes bien froides (elles peuvent avoir été placées au congélateur). Avec un pinceau, badigeonner les tranches de saumon de marinade. Servir avec du pain de campagne grillé.

# GRAVLAX

Ce plat national suédois est relativement simple à préparer.

**INGRÉDIENTS POUR 6 PERSONNES**

- 1 KG À 1,2 KG DE SAUMON FRAIS EN FILETS ENTIERS
- 2 GROSSES CUILLÈRES À SOUPE DE GROS SEL
- 5 CUILLÈRES À SOUPE DE SUCRE SEMOULE
- 2 CUILLÈRES À CAFÉ DE POIVRE CONCASSÉ
- 1 BOUQUET D'ANETH ❖ HUILE D'OLIVE

**PRÉPARATION**

Avec une pince à épiler, retirer les arêtes qui pourraient rester dans le saumon. Sur une feuille d'aluminium suffisamment large pour faire plusieurs fois le tour des

filets de poisson, poser un des filets.
Dans un bol, mélanger le gros sel, le sucre, le poivre et l'aneth.
Répartir ce mélange sur le filet de poisson posé sur le papier d'aluminium.
Couvrir ce premier filet avec le second, comme si vous vouliez reconstituer le poisson. Rouler les deux filets dans l'aluminium en serrant énergiquement. Fermer hermétiquement les deux extrémités.
Mettre ce paquet dans le réfrigérateur en le retournant deux fois par 24 heures.
Ouvrir le paquet, séparer les filets, gratter les aromates.
Couper en tranches fines, mais pas trop.
L'épaisseur de la tranche a son importance.
En ce qui me concerne, je préfère des tranches de 1/2 centimètre d'épaisseur pour avoir un peu de "mâche".
Chaque convive ajoutera l'huile d'olive selon son goût.

# Le service des poissons

En règle générale, les repas comportant un poisson en plat principal sont placés sous le signe de la légèreté. Il faut donc que les entrées procèdent du même esprit.
On peut alors autoriser un dessert plus généreux. Il est souvent difficile de "passer" les poissons deux fois parce qu'ils sont portionnés et assez souvent servis à l'assiette.
Il arrive pourtant que certaines préparations, type aïoli, pot-au-feu, marmite dieppoise, bourride, puissent être considérées comme des plats uniques ne méritant ni hors-d'œuvre ni entrées. Les autres préparations de poisson peuvent se classer en deux sous-familles : les

poissons sans crème ni beurre, traités en croûte de sel, à la vapeur, grillés ou au court-bouillon et les autres, cuits dans un fumet, en sauce comme des matelotes, avec de la matière grasse, braisés, rôtis, frits ou meunières. Les entrées ou hors-d'œuvre devront être "pensés" en fonction de leur mode de cuisson et de leur sauce d'accompagnement.
Selon l'un et l'autre, on choisira un dessert plus ou moins léger. Il serait en effet inadapté de faire précéder un filet de poisson accompagné d'une sauce crémée, d'un soufflé et de le faire suivre d'œufs au lait. Tout est affaire de jugement, de bon sens, de "jugeote", comme dirait ma grand-mère.
Quel que soit le type de cuisson et de sauce choisis, il faut éviter les charcuteries ou les préparations par trop roboratives.
N'oublions jamais que poisson est synonyme de légèreté. L'idéal à servir avant du poisson reste les produits de la mer : coquillages et même poisson préparé autrement. Les salades conviennent très bien, tout comme les œufs, sous réserve que ces deux préparations soient simples.
Les poissons meunières sont traditionnellement servis avec des pommes vapeur.
On peut bousculer les habitudes en les accompagnant de légumes verts à l'anglaise avec un simple morceau de beurre bien frais. Les épinards en branches, brocolis, courgettes, fenouils font bon ménage avec le poisson sans oublier les blancs de poireaux étuvés ou les concombres. Dès que les poissons sont préparés avec ou dans une sauce au beurre ou crémée, le riz créole pointe son nez. Voilà du classique le plus pur. On peut en rester là mais on peut aussi faire l'impasse sur les légumes et privilégier une jolie salade servie auparavant ou avec le fromage.

On peut aussi, à condition de les servir sur une petite assiette, imaginer un ragoût de légumes nouveaux au printemps ou une poêlée de champignons de couche ou sauvages, à la saison.
Les pâtes fraîches, très simplement servies, sont un substitut des plus acceptables. Doit-on servir du fromage après le poisson ? Vous connaissez mon sentiment, je l'ai déjà exprimé à propos de la famille des bouillis (voir p. 383), il ne variera pas quelles que soient les familles. Les vastes plateaux de fromages sont à proscrire, trop coûteux et souvent générateurs de restes déprimants.
Un ou deux beaux fromages, parfaitement choisis et affinés, restent la solution la plus élégante. Les desserts seront toujours simples, familiaux, avec la possibilité de quelques excès en direction des mokas, babas, saint-honoré, etc.
Les poissons froids font partie d'une famille à part.
Ils se mangent en été, succédant à une jolie tablée de hors-d'œuvre frais, croquants et apéritifs, et sont suivis de fruits rouges qui supportent une légère crème fouettée.

# Les équivalences

## Bouillabaisse - Pot-au-feu
## Marmite dieppoise -Aïoli - Bourride
## Morue façon cassoulet

### ENTRÉES

*6 ou 9 huîtres - 6 ou 9 praires - 6 ou 9 palourdes - 6 oursins*
*Saumon mariné - Légumes à la grecque - Terrine de légumes*

### FROMAGES ET DESSERTS

*3 variétés de chèvres différents - Beaufort et camembert*
*Mimolette française et maroilles - Plateau de picodons*
*Tarte aux fruits rouges - Fruits rouges nature - Glace aux fruits de saison*
*Compote de fraises ou cerises ou abricots ou pêches avec une glace à la vanille*

## Poissons cuits au court-bouillon
## Poissons cuits à la nage
## Poissons cuits au sel - Poissons cuits à la vapeur - Poissons grillés

### Entrées

*6 ou 9 huîtres - 6 ou 9 praires - 6 ou 9 palourdes - Coques à la crème - Crevettes grises chaudes - Soufflé au fromage - Soufflé au crabe - Soufflé à la tomate - Œufs cocotte - Tartare de saumon ou de thon - Coquilles Saint-Jacques poêlées*
*Asperges mousseline*

### Légumes

*Oseille à la crème - Poireaux étuvés - Épinards en branches*
*Asperges rôties - Fenouil confit - Tomates confites - Gratin de blettes - Fricassée de champignons - Tomates provençales*
*Aubergines ou céleris frits - Purée de champignons - Fricassée de légumes nouveaux*

### Fromages et desserts

*Plateau de chèvres - Saint-nectaire - Tomme de Savoie ou des Pyrénées - Saint-marcellin affiné - Fraisier - Tarte aux fruits de saison - Fruits rouges crème fouettée - Paris-Brest - Tarte à la rhubarbe - Pommes au four - Mousse de fruits rouges*
*Figues rôties*

## *Poissons cuits dans un fumet*
## *Poissons meunière*
## *Poissons frits - Matelote*
## *Poissons braisés ou rôtis*

### ENTRÉES

*Salade de moules - Œufs brouillés - Terrine de légumes*
*Taboulé de choux-fleurs - Tarte à la tomate*
*Salade de choux aux lardons*
*Salade de culs d'artichauts et pointes d'asperges*
*Mousse de merlans - Palourdes à la cive - Consommé de poissons - Bisque d'étrilles - Salade de langoustines ou d'écrevisses - Cocktail de crabes - Huîtres pochées chaudes*
*Bouquets frais*

### LÉGUMES

*Pâtes au beurre - Compote d'endives - Tomates confites*
*Ratatouille - Fonds d'artichauts en ragoût*
*Ragoût de morilles - Échalotes confites - Ragoût de fenouil*
*Brocolis à l'anglaise - Gâteau de verdure - Salsifis au beurre*
*Purée de haricots blancs - Pois gourmands au beurre*
*Purée de cresson - Fèves au beurre - Laitue braisée - Purée d'artichauts - Petits pois aux carottes - Fenouil étuvé*

### DESSERTS

*Biscuit glacé - Cheesecake - Charlotte aux poires*
*Salade de pêches - Ananas frais - Tarte aux mirabelles ou aux quetsches - Baba au rhum - Œufs à la neige - Flan d'abricots*
*Compote de fruits - Tarte au chocolat - Salade d'oranges*
*Clafoutis - Gâteau de semoule - Viennoiserie perdue*

## Poissons froids

### ENTRÉES

*Hors-d'œuvre variés - Caviar d'aubergines - Gaspacho*
*Piperade froide - Soupe de concombres - Terrine de poisson*
*Asperges vinaigrette - Tartare de poisson*
*Maquereaux au vin blanc - Artichauts à la barigoule*
*Bulots mayonnaise*

### LÉGUMES

*Salade de haricots verts - Ratatouille froide*
*Salade de haricots blancs frais*
*Choux-fleurs froids - Poivrons farcis*

### DESSERTS

*Salade de fruits - Fruits rouges - Glace - Moka des familles*
*Bavaroise aux fraises - Tarte aux fruits*
*Crème brûlée - Mousse de fruits*

# Les vins

Les usages, les habitudes, la tradition veulent que poisson rime avec vin blanc. C'est classique, convenu, entendu, sans surprise et pourtant il peut y avoir progression et choix spécifique car n'importe quel vin blanc, de n'importe quelle région, ne convient pas à toutes les préparations. Faut-il pour autant éliminer les vins rouges ? Il va de soi qu'avec une préparation au vin rouge, sauce, beurre monté ou court-bouillon, il faudra prévoir un vin rouge.
Pensons au vin rouge du bord de mer, les collioure, les fiefs vendéens, les bellet de Nice. Certains vins rouges de Champagne, comme le bouzy redevenu de prix abordable, vertus ou cumières peuvent accompagner un repas de poissons.

*Quel que soit le choix, on respectera toujours la règle absolue : commencer le repas avec un vin modeste pour aller vers un vin prestigieux. Jamais l'inverse.*

Certains bordeaux jeunes, coteaux-du-languedoc, pinots d'Alsace sont quelquefois les bienvenus, sachant que, sans exception, tous les vins rouges devront se servir légèrement frais. L'avantage du vin blanc est qu'il peut assurer sa prestation sur l'ensemble du repas, de l'apéritif au fromage si l'on choisit des chèvres. Selon le dessert, on fera intervenir un verre de banyuls rouge ou blanc, de maury, de rivesaltes ou de beaume-de-venise. Mieux, on fera apparaître une bouteille de vin moelleux de Loire, quart-de-chaumes, bonnezeau ; d'Alsace vendanges tardives ; monbazillac, rosette, bergerac et jurançon moelleux avec les sucreries.
Nous aurions tort d'oublier les vins de paille, d'hermitage

ou du Jura qui ont toutes les chances d'étonner et de bouleverser vos convives. Les préparations à la crème ou au beurre ou les grands plats, marmite dieppoise, pot-au-feu de poissons, seront mis en valeur par des grands bourgognes, chablis, puligny, meursault ou avec les seigneurs de la vallée du Rhône, condrieu, châteauneuf-du-pape blanc, hermitage. Ayons garde de ne pas oublier les beaux rieslings que nous donne l'Alsace et certains graves blancs. Les uns et les autres pourraient bien surprendre vos invités si votre choix est judicieux.
Avec les mets crémés, on peut régaler ses amis en choisissant les bons propriétaires dans les bonnes appellations. En Bourgogne, mercurey, ladoix, savigny-les-beaunes et rully valent souvent des vins de notoriété plus prestigieuse.
La vallée du Rhône peut faire très bien dans des appellations modestes comme le saint-peray et surtout le saint-joseph. Si l'on est entre intimes, restons modestes, mais sans médiocrité.
Aligoté, mâcon, saint-véran peuvent forcer l'admiration si vous savez choisir le vigneron sérieux et, surtout, courageux, celui qui aura limité le rendement à l'hectare. Bien sûr, des pouillys fumés ou des sancerres feraient l'affaire mais les bons sont si rares ou alors si coûteux qu'à moins d'être certain de l'homme qui vinifie, je me garderai de vous les recommander. N'est pas Paul Cotat ou Didier Dagueneau qui veut…
Avec les poissons rôtis ou

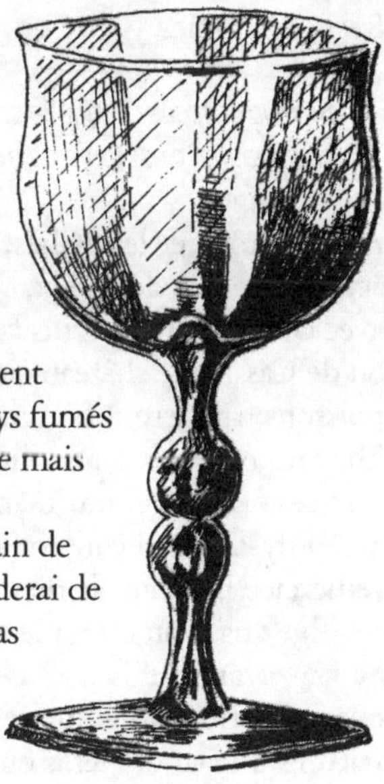

grillés, j'ai envie de vous conseiller, si la qualité des produits le mérite, un champagne brut, non dosé, qui pourrait se promener pour votre grand plaisir de l'apéritif au dessert inclus. L'idée peut vous paraître saugrenue ou insolite, voire coûteuse. Pourtant, expérience faite à plusieurs reprises, les accords sont satisfaisants. Le prix du champagne a baissé, les petits propriétaires sont devenus raisonnables, certains font même sortir des millésimes de leur cave. En général, on boit moins de champagne tout au long d'un repas que de vin blanc "tranquille". Je n'emploie pas ce dernier argument pour vous faire croire que c'est économique mais parce que l'expérience s'est révélée statistiquement exacte. Il me paraît superflu de vous préciser que, même par snobisme ou pour épater, il serait mal venu d'en servir avec un maquereau à la moutarde ou des sardines grillées. Restons simples.

*Si vous possédez une jolie carafe, n'hésitez pas : versez-y le champagne, c'est toujours très élégant.*

Avec les rôtis et les grillés, on peut faire des accouplements délicieux, des accords presque parfaits avec certains grands vins blancs de Provence, de Bandol ou de Cassis. Le château-simone est admirable. Les poissons frits feront bon ménage avec les vins de Loire. Tous les muscadets ne sont pas mauvais, certains se poussent du col et ont même des prétentions justifiées. Si Couly-Dutheil consent à vous céder son chinon blanc, remerciez Bacchus, le dieu du vin est avec vous. Ne négligez pas l'anjou ou le saumur blanc. Les vins de Savoie, avant qu'ils n'abusent outrageusement de la chaptalisation, vous auraient comblé avec des petites fritures du lac, des feras ou ombles chevaliers meunière.

Malheureusement, à l'exception de quelques-uns, bien rares, ils sont devenus imbuvables.
Les poissons froids sont souvent servis avec des crudités, en hors-d'œuvre et en accompagnement.
Est-ce une raison pour s'imposer le supplice d'un repas à l'eau puisque la règle impose de ne jamais boire de vin sur les vinaigrettes ?
Soyez iconoclaste et insolent, osez les rosés, mais des bons. Ils existent. Dans le Bordelais, château canet, en Provence, l'exceptionnel domaine-des-bastides et le charmant château-de-pont-royal, sans oublier le rosé d'une nuit du Domaine de Deffens. Il y a quelquefois du mérite à braver les conventions.

## Utilisation des restes

Les préparations à base de poisson n'engendrent pas spécialement de grands restes.
Les poissons cuits au court-bouillon ou à la nage, ou même certains gros poissons grillés, peuvent participer à une coquille froide agrémentée d'une demi-tomate pelée, épépinée, un œuf dur et une mayonnaise. Quand, par chance, il reste du fumet, on peut le crémer et le mélanger avec des pâtes, notamment des tagliatelles, et y ajouter les restes de poissons ou de crustacés.

# LA FAMILLE POT-AU-FEU

Le pot-au-feu existait avant même que l'ustensile "pot" fût inventé. Que faisaient donc nos ancêtres dès l'âge de pierre, lorsque, après avoir creusé un trou à même la terre, ils le garnissaient de racines, de baies, de plantes et d'eau ? Ils plongeaient une pierre brûlante pour cuire ces ingrédients. Un pot-au-feu sans pot ! Appelaient-ils cette préparation culinaire un "trou au feu" ? Nous ne le saurons jamais. On peut penser qu'après avoir mangé crue la viande des premiers animaux chassés, ils eurent d'abord l'idée de la faire griller puis bouillir, en mettant un morceau de viande dans le "trou au feu", dans le but d'améliorer la rusticité de leur potage. Dès que les premiers hommes surent modeler la terre et le fer, apparut le pot. Jusqu'à l'invention de la casserole, liée à la trouvaille du potager (ancêtre du fourneau), c'était l'ustensile de base du cuisinier.

Ainsi, pendant des siècles, des millénaires, faire la cuisine, se nourrir consistait à mettre le pot sur le feu avec l'eau et divers ingrédients. On disait "mettre le pot au feu".

La taille du récipient et la quantité d'ingrédients engendraient naturellement la convivialité. On imagine mal l'homme de Cro-Magnon préparant pour lui seul un pot-au-feu à base de mammouth. La solitude, l'égoïsme n'étaient pas de mise. Pot-au-feu rime avec généreux. Il en est de même pour tous les membres de la famille pot-au-feu. Qu'il s'agisse de poule au pot, de gigot de sept heures,

de potée, d'irish stew, de tête de veau ou de tous leurs collatéraux, les plats bouillis évoquent la grande tablée joyeuse, la réunion fraternelle et amicale, l'amitié, l'abondance, la générosité, la gaieté.
Même à un repas d'enterrement, le pot-au-feu ou la potée incitent à l'évocation des moments drôles de la vie du défunt. La qualité essentielle de ces plats est la simplicité. Produits simples, préparation simple, service simple. Quelle autre famille peut prétendre procurer autant de plaisir à un prix si modeste ?
Les bas morceaux du bœuf, les pièces de porc, la poule ne figurent pas au hit-parade des prix. L'éclatement des familles, la déferlante du célibat font monter le prix du bifteck et baisser encore celui du pot-au-feu. Seuls le pot-au-feu et la poule au pot font partie intégrante de l'histoire de France. Henri IV ne souhaitait-il pas la poule au pot pour tous ? Mirabeau lui faisant écho, mais plus tard, proclamait le pot-au-feu "base des empires".

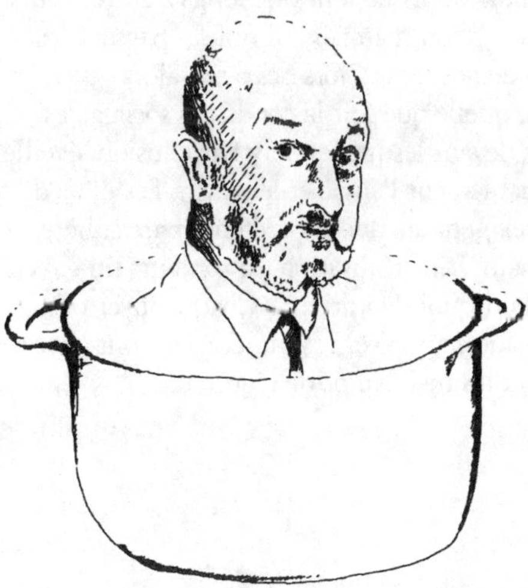

Il est vrai que, le ventre plein, le peuple oublie plus facilement ses griefs et ses revendications. Si on n'attrape pas les mouches avec du vinaigre, on influe sur le comportement des hommes en leur remplissant le ventre. Les Romains n'en ignoraient rien puisque au moment des révoltes, ils endormaient le peuple avec du pain et… des jeux.
Les plats roboratifs sont passés de mode, victimes de notre façon de vivre. Le pot-au-feu, plat national, a été détrôné par le steak frites. Si l'on manque de vigilance, les plats traditionnels risquent de l'être encore plus par le hamburger. Sinistre perspective… Il est temps, grand temps, de retrouver l'inégalable plaisir des grandes tablées joyeuses et fraternelles.
On les imagine lourds et gras alors que ni l'un ni l'autre de ces adjectifs ne leur convient. Le gras de la viande se dissout dans le bouillon qu'il suffit de dégraisser pour le rendre limpide, clair et digeste. On croit ces plats longs à préparer alors qu'ils ne sont que longs à cuire. Leurs connotations "bon marché", "simple", "paysan" les éloignent de nos tables, lors des fêtes, alors que leur évocation, quelle que soit la condition sociale des personnes devant lesquelles on y fait allusion, éveille immanquablement l'envie et le plaisir. Les plats de cette famille n'exigent aucune compétence particulière, aucun tour de main. Leur réalisation est toujours un gage de réussite. Pourquoi s'en priver ? Chaque foyer possède un faitout et une écumoire. Les ingrédients sont chez tous les bouchers et les marchands de légumes.

# Chef de famille : pot-au-feu

Le pot-au-feu se compose d'un consommé, de viande de bœuf, de légumes et d'os à moelle.
Le consommé est de l'eau parfumée par la viande et les légumes ; les viandes sont de bœuf, que de bœuf et rien que de bœuf ; les légumes sont des carottes, navets, poireaux, éventuellement des pommes de terre qui ne devront jamais cuire dans le consommé sous peine de le troubler. Il arrive que des hérétiques rajoutent, qui une poularde, qui un saucisson de Lyon ou un jésus de Morteau.
Non. Rien de méprisant ou de condescendant à l'égard de la poularde ou des saucissons à cuire, simplement leur place n'est pas dans le pot-au-feu.
Quelques iconoclastes s'autorisent un chou ou une tête de céleri. Abomination ! Les parfums entêtants de ces deux légumes domineront la subtilité des saveurs de la viande et des légumes classiques.
Seule une branche de céleri est tolérée, accompagnant la feuille de laurier, la branche de thym et le persil (c'est le bouquet garni), un ou deux oignons cloutés de girofle, du sel, du poivre. Point.
La fantaisie pourra s'exprimer dans le choix varié des morceaux de bœuf et éventuellement dans l'accompagnement des condiments : cornichons, oignons, cerises au vinaigre, pickles, achards, piccalillis, chutney.

*Ce pot-au-feu, bien mené, fera l'essentiel d'un repas, entrée et plat de résistance. Consommé, viande et légumes. Mieux, le lendemain avec les restes, il vous régalera encore de souvenirs et de hachis parmentier.*

Le pot-au-feu est un plat de ménage pauvre ou bourgeois, il doit le rester. Du mammouth agrémenté de racines jusqu'à sa recette traditionnelle, ce plat a évolué au cours des siècles grâce à l'amour des ménagères accomplissant des miracles pour amener de la viande bouillie au sommet de la tradition gastronomique française.

## Le consommé

On l'appelle aussi bouillon. La différence entre l'un et l'autre est minime. On pourrait même dire, sans vouloir jouer à l'exégète, qu'ils sont synonymes.
Le bouillon est brut de dégraissage, on le boit agrémenté parfois de vermicelle, de cheveux d'ange, de tapioca et même de barbe de poireaux.
Clarifié, il se pousse du col, se sophistique, s'anoblit et devient consommé.

*L'eau, chaude ou froide, est portée à ébullition. Elle ne doit jamais bouillir mais frémir, bouillotter. On dit que le pot-au-feu doit "sourire".*

Le consommé peut être lié au jaune d'œuf et à la crème fraîche, servi froid, en gelée légère et tremblotante après un séjour d'une heure ou deux au réfrigérateur.
Quel que soit son statut, bouillon ou consommé, il ne faut jamais le jeter. Il est l'âme du pot-au-feu. Réservoir de saveurs, concentré d'arômes, il ouvre l'appétit.
Conservé au frais, il jouera souvent les dépanneurs pour réaliser de nombreuses sauces. Recuit avec un pied de veau ou une feuille de gélatine, il deviendra gelée parfumée. Bonheur… On peut même le conserver au

congélateur dans un bocal, une boîte ou un sac.
Tous les bouillons de la famille ne jouissent pas des mêmes vertus. Il est hors de question de boire ceux du hochepot, des têtes et pieds de veau.
On ne peut d'ailleurs pas les appeler bouillons ou consommés, ce sont plutôt des cuissons comme celles qui permettent de cuire les abats ou la potée.
Seuls les bouillons de pot-au-feu et de poule au pot se boivent. Ils servent aussi à la cuisson du bœuf à la ficelle, autre membre de la famille des bouillis.
Chacun sait qu'en France toutes les raisons sont bonnes pour se diviser. L'huile d'olive et le beurre ont leurs défenseurs, leurs partisans. La truffe n'est que de Périgord, toute autre origine est suspecte. La truffe blanche est même méprisable pour les tenants de la noire. La mirabelle est de Nancy, jamais de Metz ou inversement selon la région où l'on habite. Le pot-au-feu aussi divise l'opinion : faut-il démarrer sa cuisson à l'eau chaude ou à l'eau froide ? Les clans se forment et chacun croit détenir la vérité.
Les arguments pour convaincre sont souvent spécieux, passionnels et empiriques.
La réalité chimique permet de départager les irréductibles de l'une ou l'autre des formules.
Pour privilégier la qualité de la viande, il faut la plonger dans l'eau bouillante ; "saisis", les sucs et les arômes restent à l'intérieur de la viande, protégés par la coagulation des matières albuminoïdes à la surface de la viande.
*C'est la cuisson par concentration des saveurs.*
On peut préférer, légitimement, boire un bouillon plus aromatisé, la viande se met alors à l'eau froide. Les sucs et les arômes s'échappent et parfument le bouillon.
*C'est la cuisson par extraction des saveurs.*

Quelle que soit la technique utilisée, la viande et le bouillon sont excellents. On peut toutefois opter pour la solution qui réconcilie les deux tendances : démarrer un premier bouillon à l'eau froide avec une viande modeste mais goûteuse et, deux heures plus tard, plonger dans ce bouillon accueillant et parfumé les autres viandes destinées à être mangées.
Dans *La Physiologie du goût*, Brillat-Savarin évoque cette théorie appelée l'"osmazôme".
L'osmazôme est cette partie éminemment sapide des viandes, soluble à l'eau froide, qui se distingue de la partie extractive, soluble seulement dans l'eau bouillante.

# Les ingrédients

## LA VIANDE

Du bœuf, rien que du bœuf. Le choix des morceaux et la qualité de la viande déterminent la réussite du pot-au-feu. Si vous adoptez la méthode dite de conciliation, il faudra acheter d'une part la viande pour le consommé d'accueil, d'autre part la viande du pot-au-feu proprement dit. Un kilogramme de jarret de bœuf sera suffisant pour 3 litres d'eau. Surtout si, usant de charme auprès de votre boucher, vous obtenez une nourrice (rotule qui articule le fémur) et une crosse de bœuf.

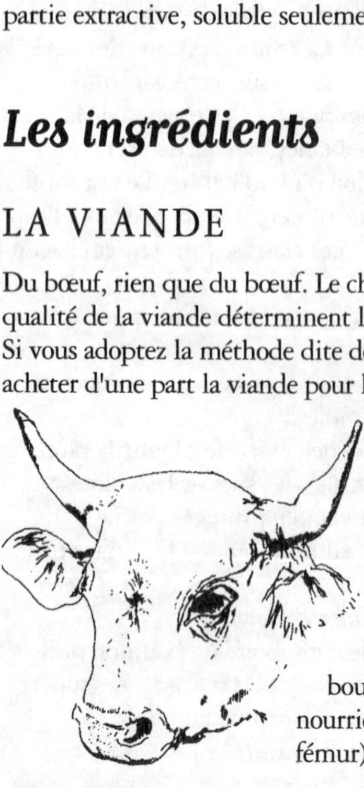

En ce qui concerne la viande du pot-au-feu lui-même, il faut idéalement passer commande à votre boucher 48 heures avant le repas, en prenant soin de lui préciser le nombre des convives.
Pas de pingrerie dans les quantités, les restes de viande sont indispensables pour réaliser l'inévitable complément du pot-au-feu, le hachis parmentier.
Le boucher choisira un assortiment de morceaux demi-gras et gélatineux, il y en aura ainsi pour tous les goûts. Le mot gras vous fait bondir, vous pensez à votre régime, votre tour de hanches. Je vous l'ai déjà dit, une partie du gras se répandra dans le bouillon. Vous l'éliminerez au cours du dégraissage. Le gras est inévitable. La saveur de la viande provient du gras, essentiellement du gras. Une entrecôte maigre sera sèche et sans saveur. Les viandes persillées, celles qui laissent la graisse s'infiltrer subrepticement entre leurs muscles, sont les meilleures.

## *Morceaux demi-gras*

Ne serait-il pas criminel de se priver d'un morceau de plat de côtes bien entrelardé, à la graisse jaune d'or pâle, transparente, fine et dense ? Commandez à l'avance, vous serez assuré d'avoir le morceau du roi, le plat de côtes découvert, plus maigre que le plat de côtes couvert. Ce morceau est généralement pris d'assaut, il est rare. Une demi-carcasse de 200 kg n'en porte que 5 kg.

## *Morceaux gélatineux*

Pas de pot-au-feu digne de ce nom sans morceaux gélatineux.
Ces pièces ne sont jamais grasses et pourtant certains calomniateurs s'obstinent à l'affirmer, alors que les spécialistes les qualifient de "maigres". Leur onctuosité

qui fait rêver lorsqu'elles fondent dans la bouche, elles ne la doivent qu'à la seule gélatine, tissu conjonctif qui enrobe les muscles et s'amollit au contact de l'eau chaude.

Les trois morceaux maîtres en gélatine sont le gîte-gîte, la macreuse et le jumeau. Le gîte-gîte s'appelle aussi jarret. Il est situé sur les pattes avant et arrière de l'animal. Il ne faut pas le confondre avec le gîte à la noix installé dans la cuisse, avec lequel on prépare des steaks hachés et le bœuf mode. La macreuse est située au cœur de l'épaule, on l'appelle, souvent par ignorance, paleron alors que le paleron est une grosse pièce comprenant l'épaule et le collier attenant. La macreuse est aussi le nom d'un canard sauvage si maigre que jadis l'Église permettait à ses ouailles d'en manger pendant le carême. La confusion sur les noms des morceaux de viande provient des types de découpes différentes selon les régions. Je me suis tenu aux termes de découpes dites parisiennes.

Le jumeau à pot-au-feu ne se confond pas avec le jumeau à bifteck. Il se trouve dans le paleron, à côté de la macreuse. Pour les amateurs de morceaux gélatineux, la veine grasse onctueuse et persillée placée dans le collier fera merveille.

Un pot-au-feu ne serait pas complet sans une joue de bœuf, morceau succulent, légèrement gélatineux, d'une finesse rare, trop souvent ignoré. Il sera bon de prévoir une queue de bœuf tronçonnée en parts d'environ 6 centimètres. La viande est longue, goûteuse. Sans queue, un pot-au-feu manquera toujours de sensualité ! La queue se met à dégorger la veille à l'eau froide pour éliminer le sang qui s'y réfugie. Il faut prévoir aussi une rate de veau ou de bœuf. Votre bouillon prendra, grâce à elle, une belle couleur ambrée. Vous vous assurerez ensuite la

reconnaissance de votre chat ou de celui du voisin. Ces deux morceaux se commandent chez le tripier, espèce hélas en voie de disparition ! C'est plutôt sur les marchés que vous les trouverez. Il ne faut pas oublier les os à moelle. En général, les bouchers en sont avares mais si vous entretenez de bonnes relations avec le vôtre, il saura vous donner satisfaction. N'oubliez pas de lui demander de les tronçonner en morceaux de 3 à 4 centimètres d'épaisseur, pas plus. Sinon, vos invités risquent de jongler ou d'abîmer vos couteaux pour aller chercher la moelle dans le fond de l'os.
Le métier de boucher n'est plus ce qu'il était. Il y a encore peu de temps, quand il n'élevait pas ses bêtes, le boucher les achetait sur pied, connaissait l'éleveur, la vie de la bête et son alimentation.
Aujourd'hui, pour des raisons d'hygiène, à cause des circuits de distribution et de la rentabilité, le boucher achète des carcasses, des demi-carcasses ou seulement des quartiers. Il lui arrive même d'acheter des morceaux déjà piécés. On peut l'excuser quand on sait que, pour vingt pièces de faux filet ou autres morceaux à griller, il ne vend que trois pièces de jarret.
Aussi, lorsqu'on a rencontré un bon boucher, il faut, comme l'homme de sa vie, le conserver. Il n'est pas facile à reconnaître. Un pâtissier se trahit souvent à l'allure de ses gâteaux alors qu'une bonne viande... Les professionnels eux-mêmes avouent se tromper. Tout est affaire de recherche et de confiance. Certains hommes sont indispensables dans la vie d'une femme, un boucher, un garagiste, un médecin... Lorsqu'une femme a trouvé l'un ou l'autre, ou les trois de ces perles rares, il n'est qu'à voir les regards envieux de ceux auxquels elle en parle pour comprendre la qualité de l'exploit.
Précieux, un vrai boucher connaît sa viande sur le bout de

son couteau. Il saura vous indiquer précisément les temps de cuisson qui varient selon l'âge et la qualité de la bête. Lui seul saura vous dire que les morceaux à bouillir et à braiser se préparent avec de la viande fraîche et brillante. Lui seul saura la durée de maturation des pièces à griller et à rôtir. Plus la viande est rassise, plus les saveurs seront concentrées. Rassise, la viande est d'apparence sèche, le gras est devenu ferme, tout en gardant de la souplesse. Le boucher devra alors l'éplucher. Le bon boucher navigue en expert sur la carte du tendre bœuf. La viande de bœuf que nous consommons vient soit du cheptel laitier, soit du cheptel allaitant. Ce dernier, comme son nom ne l'indique pas, n'allaite pas.

C'est le cheptel de viande de boucherie, bœuf castré, génisse, jeune vache ayant vêlé une fois et taurillon. Le cheptel laitier produit du lait et des veaux. Les bêtes issues de ce cheptel sont appelées bêtes de réforme et leurs viandes sont exquises, lorsque leurs activités laitières ou de reproduction sont terminées. Le taureau ne se mange généralement pas, sauf dans les régions tauromachiques. Depuis que les Égyptiens l'ont investi de pouvoirs surnaturels et sacré dieu vivant, depuis que Zeus s'est changé en taureau pour conquérir la nymphe, on ne les accueille plus dans les boucheries. Les bœufs de boucherie ressemblent à des créatures du peintre Boucher, charnues, alanguies et sensuelles, déambulant d'un rythme lent dans l'herbe grasse des prairies. Ces images sont idylliques, la réalité l'est moins. Nos bêtes de boucherie sont élevées en Italie, en Espagne ou en Allemagne, souvent enfermées dans des étables-hangars et ne reviennent au pays que pour découvrir l'abattoir.

# LES LÉGUMES

## *La carotte*

Cocorico ! La carotte est gauloise. On ne peut évoquer l'histoire des légumes sans généralement tomber sur les Croisés, ramenant dans leurs bagages quelques graines découvertes au Moyen-Orient. Pour une fois que nous pouvons affirmer notre identité au travers d'un légume, réjouissons-nous et faisons confiance à Pline qui appelait la carotte Pasticana gallica. Notre carotte nationale était blanche avant de devenir rouge. Cette transformation s'appuie sur deux anecdotes. La première nous précise qu'au temps des persécutions, une brave femme, évidemment prénommée Marie, épluchait des carottes blanches lorsqu'elle se fit poignarder par des ennemis du Christ. Son sang jaillit sur le légume qui, depuis lors, prit la teinte que l'Église préconise pour honorer ses martyrs. La deuxième anecdote n'est pas plus crédible que celle-ci. Dans un potager se trouvait un rang de choux vulgaires et grossiers. Ils pétaient à tour de rôle de façon bruyante et malodorante. Éloignées des choux, de frileuses petites carottes blanches apeurées, serrées les unes contre les autres, n'entendaient rien. Un jour, par l'effet conjugué d'un vent qui soufflait dans leur direction et de l'activité venteuse des choux, les carottes furent effarées par le bruit et l'odeur. Elles eurent honte et en rougirent ! Nous sommes les recordmen du monde de sa

consommation : 12 kg par an et par personne de carottes tendres et sucrées. Ce légume-racine se présente sous diverses formes : rond comme un radis, ou légèrement plus allongé, ses fanes ne sont pas comestibles. Il apparaît dès avril. Les carottes printanières se dispensent volontiers de l'épluche-légumes. De l'eau bien fraîche, une brosse ou du gros sel pour les frotter suffisent à leur bonheur et au nôtre mais les carottes nouvelles n'ont rien à faire dans le pot-au-feu, plat d'hiver. La carotte est frileuse, elle supporte le frais, pas le froid. Quelles que soient sa taille, sa forme et la saison, la fermeté doit être sa qualité primordiale. Elle doit être bien colorée, sa peau brillante et dépourvue de rides comme celle d'une jeune fille. Elle a de multiples vertus. On a dit qu'elle était "excitative à la luxure parce que caléfactive, ventosive et humectative".
On se contente maintenant d'affirmer qu'elle favorise le transit intestinal, tout comme l'épinard. Grâce à sa teneur en carotène (provitamine A) – 100 g de carottes couvrent la moitié de nos besoins quotidiens –, elle dispense généralement bonne mine, humeur de rêve, fesses roses ! Pour notre pot-au-feu, on les choisira longues, calibrées et bien en forme.

### *Le navet*

Le navet est le compagnon idéal de la carotte et du poireau, triumvirat indispensable. Il est devenu synonyme de médiocrité, alors que sa réputation fut pourtant grande. Le navet rendait le souffle aux

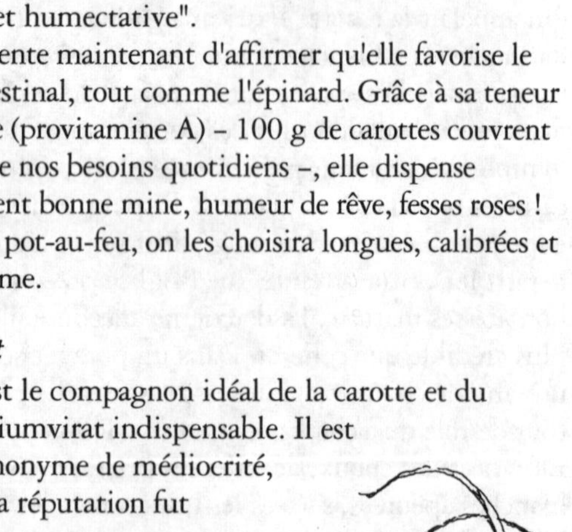

asthmatiques, chassait les odeurs fétides des aisselles, favorisait le sommeil, calmait les maux de dents. Ce légume-racine originaire d'Europe du Nord étendait son hégémonie à tout le continent. Au Moyen Age, on le considérait comme le légume de base. On est moins friand du navet qu'on ne l'a été. La consommation mondiale baisse inexorablement. Seuls les Anglais lui manifestent encore un indéfectible attachement : 170 000 tonnes produites par an, alors qu'en France nous nous contentons de 6 500 tonnes. Petit ou gros, rond, allongé ou aplati, blanc, violet, mauve, jaune ou même noir, on le trouve en toute saison. Au printemps, il est garni de feuilles bien vertes, en hiver, il se présente sans son feuillage. Dans les deux cas, il doit être ferme, sa peau lisse et brillante. Le navet a besoin de respirer ; il est donc allergique aux emballages plastiques, dans lesquels on le vend le plus souvent en hiver. Pour le pot-au-feu, il est préférable, comme pour la carotte, de choisir des navets de taille identique. Ils subiront ainsi le même temps de cuisson. Peu calorique, le navet dispense généreusement du calcium, de l'iode et du sodium.

*On raconte que certaines artistes lyriques usent volontiers de sirop de navet pour s'éclaircir la voix.*

## *Le poireau*

Le poireau est à l'asperge ce que l'accordéon est au piano, un produit de remplacement destiné au pauvre. On l'a en effet surnommé l'"asperge du pauvre" ou l'"asperge du savetier". Pourtant elle est délicieuse, cette asperge du pauvre ! Hormis le pot-au-feu, le poireau trouve de multiples utilisations. Avec une vinaigrette tiède, en flamiche, chevalier servant des pommes de terre dans une soupe, en gratin…

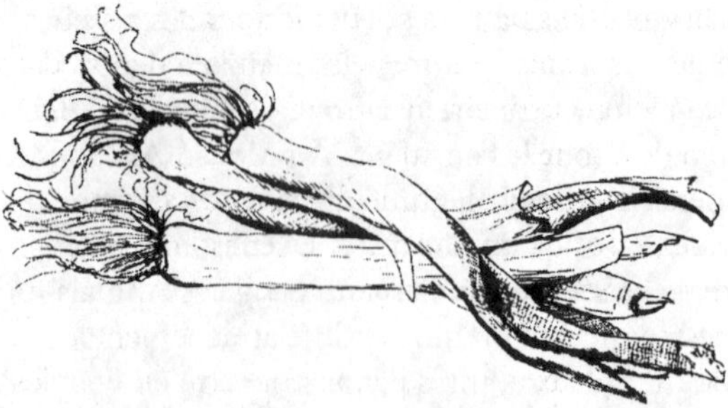

Son origine est mal connue ; il pourrait descendre de l'ail d'Orient ou du poireau des vignes, qu'on trouve encore fréquemment dans le midi de la France. On sait qu'il occupait une place de choix dans les jardins potagers des pharaons. On le trouve même en botte aux côtés de l'oignon dans nombre de stèles funéraires égyptiennes.
Les Grecs et les Romains en appréciaient deux variétés, celle dont l'élite ne mangeait que le bulbe et celle dont les prolétaires se régalaient du vert.
Au Moyen Age, notre soupe nationale était la potée avec les feuilles vertes comme principal ingrédient.
Le poireau s'est considérablement anobli. Il est l'emblème héraldique du pays de Galles et illustre chez nous une de nos plus sympathiques décorations, le mérite agricole.
Été comme hiver, le poireau doit être ferme et rigide, blanc et vert, ses couleurs doivent reluire et briller.
Généralement, il est bon de négliger ceux dont on a fait disparaître la chevelure qui, bien lavée, peut faire la "nouille" dans le consommé.
Avant de le mettre à cuire, il est nécessaire de lui faire subir une toilette très intime, car il est cachottier

et garde volontiers un peu de terre entre ses feuilles.
La meilleure technique consiste à le fendre en deux dans le sens de la longueur avant de le laver ; si sa taille l'exige, on le fendra en quatre.
Sa richesse en calcium, fer, magnésium et autres vitamines justifie amplement sa faveur auprès des diététiciens. Son point commun avec le navet est d'éclaircir la voix.
On distingue deux variétés de poireaux, les longs et les courts. Les premiers semblent avoir la préférence du consommateur, qui y trouve plus de blanc. Les courts revendiquent leur grosseur et l'affichent sur leur feuille d'état civil, le "très gros de Rouen", le "géant amélioré de Saulz" et le "pantagruélique", le "monstrueux de Carentan". Pour la facilité de la récupération dans le bouillon, les poireaux se ficellent en bottillons. La partie verte ne doit pas être éliminée mais ficelée et mise à cuire à part pour parfumer le bouillon.

### *L'oignon*

L'oignon est un des "grands" du monde potager. Membre de la noble famille des liliacées, cousin du lis, il "assure" avec allure son air canaille et son odeur spéciale.
Les anciens le vénéraient et le peuple n'avait pas le droit de croquer cette divinité végétale, symbole de la déesse Isis.
On le retrouve dans certains sarcophages, suprême viatique dans les mains d'une momie.
Il donne force et énergie. Les ouvriers égyptiens, constructeurs des pyramides, trouvaient l'énergie pour manipuler les gigantesques blocs de pierre en mangeant des oignons. C'est tout dire ! Ses mérites sont nombreux : il combat la surdité, stoppe la chute des cheveux, aseptise les plaies, chasse les moustiques…
Sans être français, il est tricolore. Il s'habille en

superposant de nombreuses couches de pelures, blanches, jaunes et rouges. Ses variétés sont nombreuses.
Au printemps, il est souvent blanc et s'appelle "extra-hâtif de Barletta" ou "très hâtif de la Reine". Quand on avance dans la saison, il devient jaune paille. On l'appelle "jaune de Mulhouse", "jaune paille des vertus" ou "Géant d'Espagne".
Quand son vêtement est rouge, il s'aplatit. On dit qu'il est d'Espagne ou d'Italie. L'usage, dans ces pays, veut qu'on le mange cru. Il peut atteindre des tailles particulièrement volumineuses. L'oignon de Madère rond atteint quelquefois 18 centimètres de diamètre.
Celui-là a une saveur sucrée. Frileux, il se garde mal. En hiver, il est gros et jaune.
Dans le pot-au-feu, il n'a pas besoin d'être en nombre ; un par litre d'eau suffit, clouté de girofle.
La cuisine étant avant tout affaire de liberté, on peut en rajouter pour le service, en prenant soin de ne pas le piquer de clous de girofle.

### *La pomme de terre*

Tout comme la trilogie carotte, poireau, navet que nous venons d'évoquer, les pommes de terre sont indispensables au pot-au-feu. Il est impératif de les choisir à chair ferme. Belles de Fontenay, Roseval conviennent parfaitement.
Le pot-au-feu étant un plat d'hiver, on utilisera des pommes de terre de conservation, les pommes de terre nouvelles ou hâtives ne présentant pas d'intérêt.
Les pommes de terre ne doivent jamais cuire dans le bouillon avec les autres ingrédients, au risque de le troubler.
On peut les cuire directement dans l'eau salée mais je préfère de beaucoup la cuisson à la vapeur. Dans les deux cas, on prendra soin de calibrer leur taille.

## *Le céleri*

Des irréductibles s'obstinent à ajouter un morceau ou une tête entière de céleri-rave. Je maintiens que son goût puissant risque de gâter le bouillon. Je n'éprouve pourtant pas de haine viscérale à l'égard de ce légume délicieux, doté d'un passé prestigieux. Je préfère l'utiliser en purée ou en rémoulade.

Cet édit ne m'est pas personnel et pour appuyer mes affirmations, je citerai un traité de cuisine de 1775 : *La Cuisinière bourgeoise.*

"Quand le céleri est blanc et tendre, il se mange en salade avec une rémoulade… L'on s'en sert aussi pour mettre dans le pot ; il en faut très peu parce que le goût en est fort et domine tous les autres légumes."

Il combat, dit-on, l'impuissance…

Ce n'est pas une raison pour gâter un bouillon.

On peut prélever une branche minuscule ou trois petites feuilles de céleri en branches et les rajouter au bouquet garni.

## *Le chou*

D'aucuns ne conçoivent pas le pot-au-feu sans chou. Partisan de la liberté en toutes choses, y compris en cuisine, je me garderai bien de les en dissuader. Je n'en ai jamais mis.

Dans le cas d'une envie irrépressible de votre part, il faudrait respecter la règle du "cuit à part", à la vapeur ou dans l'eau salée, après avoir pris soin d'y ajouter une pincée de bicarbonate

de soude pour réduire ses inconvénients venteux. Son parfum est entêtant et, tout comme celui du céleri-rave, il dominerait les autres parfums du bouillon.
Pour le pot-au-feu, on ignorera le chou de Bruxelles, de Chine, le chou-fleur et le chou rouge pour ne s'intéresser qu'au chou vert. Il sera présenté coupé en tranches.

### *Bouquet garni*

Le bouquet garni est un choix de plantes aromatiques qui relève merveilleusement les saveurs.
Traditionnellement, ses protagonistes sont le thym, le laurier et les queues de persil mais rien n'interdit d'y rajouter sarriette, sauge ou romarin, suivant la saison et la région.
Autrefois, on y joignait le clou de girofle et une fine tranche de lard servait d'enveloppe à l'ensemble.
Le thym et le laurier sont souvent vendus en sachets plastique. Cette présentation apporte peu de satisfaction.

Les plantes sont si sèches que tout parfum s'est envolé.
Elles sont alors juste bonnes pour allumer un feu de cheminée.
Les plantes aromatiques s'achètent chez un marchand de légumes ou au marché.
On compose soi-même son bouquet qu'idéalement on enveloppera dans une mousseline de cuisine.

## *Thym, laurier*

Ils interviennent dans l'univers gastronomique depuis les temps les plus lointains, principalement dans la région méditerranéenne.
Les Grecs se délectaient du miel de thym du mont Hymette. Les Romains l'utilisaient en infusion contre la mélancolie et les morsures de serpent. Aujourd'hui, le thym a autant de succès en thérapeutique qu'en cuisine. En infusion, il assure une bonne digestion et un excellent sommeil. Il combat la grippe et le rhume, apaise les piqûres d'insecte, cicatrise les plaies. Les Égyptiens l'employaient au cours des rituels d'embaumement. On l'affirme aphrodisiaque. Depuis le Moyen Age, n'appelle-t-on pas la décoction de thym du nom prometteur de "liqueur du parfait amour" ?
Séché, réduit en poudre, il devient dentifrice, fortifie et purifie les gencives.
Est-ce ce "laurier d'Apollon", qui couronnait jadis les poètes et les soldats vainqueurs, qui porte aujourd'hui en cuisine le nom peu glorieux de laurier-sauce ?
Fraîche, la feuille dégage un parfum subtil de citron et de muscade.
Sèche, ses arômes sont plus prononcés, trop sèche, elle perd ses vertus. Son usage exige modération car les parfums qu'il dégage sont violents.
Deux feuilles suffisent, une dans un plat en sauce.

Une fois cuit, il est indispensable de le retirer immédiatement des bouillons et des sauces, l'amertume qu'il dégage nuirait à la qualité de la préparation.

> *Ces deux compères sont inséparables. Ils occupent une place capitale dans l'univers des bouillons et des sauces.*

### *Le persil*

Le persil mène une double vie. De nos jours, il est commun, modeste, débonnaire, alors qu'il fut longtemps considéré comme maléfique.
Les Romains pensaient qu'il rendait les femmes stériles et déclenchait des crises d'épilepsie.
Au Moyen Age, les sorcières arrachaient, la nuit, un plant de persil, en hurlant le nom de la personne à faire disparaître. Pour pousser, disait-on, le persil devait aller sept fois à la rencontre du diable.
Aujourd'hui encore, on raconte qu'en Sicile, lorsqu'un bébé s'étouffe en buvant son lait, sa mère doit lui planter quelques brins de persil entre les fesses et cracher trois fois pour conjurer le sort.
Depuis la découverte de ses richesses en manganèse, fer, vitamine C, calcium, magnésium, phosphore et potassium, les turpitudes sataniques du persil semblent être révolues et sa réhabilitation engagée.
Les guérisseurs l'ont paré de toutes les vertus.
En décoction ou en cataplasme, il combat héroïquement l'anémie, l'anorexie, la cellulite, les rhumatismes, les parasites intestinaux. Il est dépuratif et diététique…
En botanique aussi, il se montre double puisqu'il peut être frisé et plat. Plat, il est commun mais plus parfumé que son collègue frisé.
Ses tiges, qu'on appelle queues, se gardent quelques jours au réfrigérateur emballées dans du papier d'aluminium.

Elles contribuent à la saveur du bouillon. Les commerçants qui offrent encore le persil se font rares. Dommage que cette tradition généreuse et courtoise se soit perdue. Les plantes aromatiques se vendent maintenant à prix d'or. Ainsi évoluent les usages !

## *Le clou de girofle*

Le clou de girofle est le bouton floral du giroflier. Depuis des millénaires, cet arbre s'épanouit aux Moluques. Ne prenez pas la peine de consulter un dictionnaire, c'est un archipel d'Indonésie.

Cet arbre prospère également dans tous les pays de l'océan Indien. Son parfum est entêtant et son usage exige maîtrise et modération.

Les Chinois n'ignoraient rien de ses propriétés médicinales et culinaires.

Au Moyen Age, on en faisait un usage immodéré.

Piquées de clous de girofle, les oranges étaient censées protéger de la peste.

Cet usage se perpétue mais son efficacité se limite à éloigner les mites, les insectes et à parfumer délicieusement les armoires.

On a longtemps fabriqué à Naples des pastilles à la girofle, réputées aphrodisiaques. Au Moyen Age, toutes les plantes aromatiques l'étaient. Pourquoi pas le clou de girofle !

La peste étant conjurée et ses effets sur la libido peu probants, le clou de girofle trouve un emploi plus réaliste dans la cuisine.

Deux, trois clous sur un oignon, quelques-uns dans une marinade au vinaigre ou au vin, tel est maintenant son destin.

Il se conserve dans un récipient hermétique à l'abri de la lumière.

# Les ustensiles

Nos ancêtres n'avaient pas le choix. Pour le contenu et le contenant, ils cuisinaient "à la fortune du pot", alors qu'aujourd'hui nous ne pouvons qu'hésiter entre les formes, les couleurs, les matériaux, les fluides : cuivre, aluminium, inox, émail, fer, terre, gaz, électricité, mazout... Il n'est pas question de vous inciter à renouveler votre batterie de cuisine ni de vous imposer un matériel spécifique aux bouillis. Le pot-au-feu a su rester simple et se contentera du bon vieux faitout, indispensable fond de placard. Tenons-nous-en au dicton: "C'est dans les vieux pots qu'on fait les meilleures soupes."

Quelle que soit sa taille ou sa forme, l'essentiel pour le récipient utilisé réside dans le matériau employé. Il doit assurer la plus grande conductibilité et la meilleure répartition possible de la chaleur. A cet égard, le cuivre est parfait ; conducteur idéal, excellent répartiteur, il assure un rendement remarquable. Malheureusement, son entretien et son prix d'achat l'ont fait disparaître de nos batteries.

Sur le marché de la casserole, le matériau leader est l'aluminium - l'"alu" - comme on dit. Excellent conducteur de chaleur, le meilleur avec le cuivre, il s'échauffe très rapidement mais si l'épaisseur est insuffisante, il se déforme sous l'action des chocs thermiques. Pour éviter que la casserole ne perde une bonne part de son rendement sur une plaque électrique et de sa stabilité sur les grilles d'une table à gaz, mieux vaut choisir un fond "dressé" qui permet en outre une bonne transmission de la chaleur. On dresse le cul (que les pudibonds appellent le fond ou la semelle) d'une casserole en emboutissant deux plaques de métal qui se marient sous l'effet de la pression. L'inox a le vent en poupe. Pourtant, de par sa nature même, il n'assure pas une bonne répartition de la chaleur. L'importance du cul pour un récipient en inox est primordiale. L'idéal est la triple épaisseur : une tranche de cuivre ou d'alu entre deux tranches d'inox. Dans ces deux cas, aucune déformation n'est à craindre et la conductibilité sera parfaite. L'inox est un alliage de nickel, de chrome et de fer ; on parle d'ailleurs d'inox 10/18, ce qui correspond à 10 % de chrome et 18 % de nickel. Les fabricants allemands ont remis au mauvais goût du jour un matériau très épais, très lourd et très solide, que l'on décore abondamment et généralement sans aucun esprit : l'émail.

Quels que soient les talents du cuisinier, il ne faut pas en attendre des performances exceptionnelles, sauf à se moquer des problèmes de rendement. N'oublions pas que l'émail est apparenté au verre et que, comme lui, c'est un isolant.

Le rapport énergie fournie/énergie restituée est donc très peu satisfaisant.

Si l'on veut bien admettre la règle simple selon laquelle un isolant n'est pas un bon matériau culinaire, on comprendra sans peine que le verre, qu'il soit vitrocéramique ou verre à feu, ne constitue pas vraiment

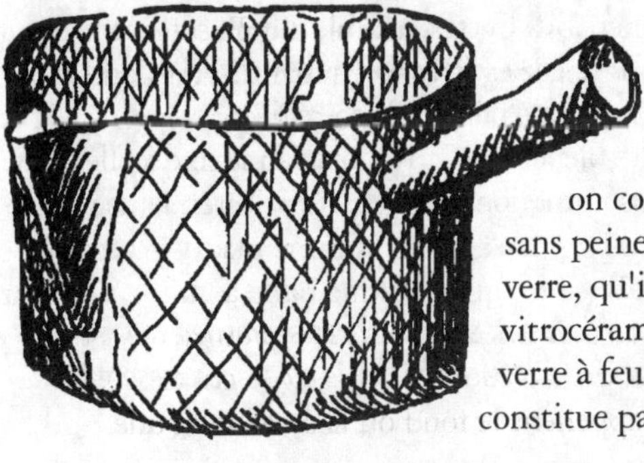

la voie royale pour atteindre les sommets de la gastronomie et de l'économie.
Une casserole ne s'achète pas à la va-vite. Son acquisition exige de la réflexion. Il est indispensable de savoir sur quel type de feu on exercera ses talents. Le rapport du cul, de la jupe et de la surface de chauffe est essentiel. S'il est bon d'attacher une grande importance à l'épaisseur du cul, il ne faut pas négliger celle de la jupe.
La jupe d'une casserole digne de ce nom doit offrir au moins deux millimètres et demi d'épaisseur. Celle-ci varie selon la taille du récipient. À diamètre plus large, matériau plus épais. L'époque où le pot trônait dans la cheminée est révolue.
Après la Première Guerre mondiale, chaque foyer, même modeste, avait l'espoir d'accéder au confort élémentaire de la cuisinière. Son principe a peu varié depuis de nombreuses années. Elle se compose de plusieurs foyers, alimentés par le gaz ou l'électricité, posés sur un four ou encastrés séparément.
Le gaz est commode et souple d'utilisation, plus économique que l'électricité. Mais honnêtement, ni l'un ni l'autre ne sont très coûteux.
Les grands atouts du gaz sont l'absence d'inertie et la facilité de réglage. Sa flamme est visible, il est aisé de contrôler son débit. Certes, à faible allure, son maniement est délicat car le gaz est très réchauffant. Il est donc essentiel d'avoir une flamme bien réglée.
Elle doit être bleue, sans enveloppe jaune ni décollement, sinon la consommation augmentera et le rendement sera moindre.

*Le diamètre de la casserole n'est pas approprié à la taille du brûleur lorsque des traces de fumée noire apparaissent sur la jupe.*

Quand on cuisine au gaz, on a toujours intérêt à utiliser des récipients d'un diamètre largement supérieur à celui des brûleurs, car, en dépit de sa montée rapide en température, le rendement du gaz (c'est-à-dire le rapport entre l'énergie fournie et l'énergie restituée) est de l'ordre de 50 % seulement à cause des pertes.
Ce type de combustible donne d'excellents résultats avec l'aluminium, le cuivre, l'inox et la fonte, surtout si les fonds sont dressés.
Si, à la rigueur, l'émail peut convenir, la vitrocéramique doit être proscrite.
Si la rapidité est l'affaire du gaz, le long terme est celui de l'électricité. Pour ce qui est du rendement, les performances de l'électricité sur une plaque de fonte, lorsqu'il s'agit d'une cuisson lente, sont de l'ordre de 80 %. La plaque accumule la chaleur et la restitue.
La conduction prend le relais du rayonnement direct et permet une économie d'énergie non négligeable. Il est impératif d'utiliser un récipient très conducteur, comme l'aluminium.
Il doit avoir un fond très plan pour assurer la plus grande surface de contact possible.
L'électricité s'adapte toujours mieux aux cuissons lentes et longues. Les fonds dressés, impératifs pour la conduction et la planéité, impliquent qu'on utilise de l'alu ou de l'inox. Avec l'émail et la vitrocéramique, les résultats sont moins compétitifs.
Il y a une vingtaine d'années, sont apparues les premières tables vitrocéramiques, esthétiques et faciles à entretenir, équipées de nouveaux foyers, infrarouge, halogène ou induction.
Il faut savoir, lorsqu'on décide de renouveler son matériel de cuisson, qu'il faudra souvent changer de batterie.

Les récipients récupèrent une partie de l'énergie par conduction.
Les fonds très plans sont impératifs. Le cuivre, trop brillant et trop réfléchissant, est inutilisable sur les nouveaux foyers et l'inox doit avoir un fond très sombre.
L'aluminium convient, ainsi que l'émail et la vitrocéramique : ils sont transparents aux infrarouges.
On fait actuellement grand cas d'une troisième génération de systèmes de cuisson : l'induction. Le procédé est spectaculaire et le principe simplissime. Un sélénoïde à courant variable, comme celui qu'inventa Ampère, produit de l'énergie magnétique, laquelle est transformée en chaleur par le récipient lui-même.
Le récipient chauffe, et lui seul, alors que la plaque reste froide.
On peut ainsi, sans se brûler, poser sa main sur la plaque juste à côté d'une casserole pleine d'eau en ébullition. Pour se servir d'une table à induction, il faut des casseroles particulières, en inox ferritique, sans quoi la transformation en chaleur ne s'opère pas. Même le verre et la vitrocéramique sont décevants.
La montée en température n'est pas frappante, ni l'économie d'énergie probante. A vous de choisir le récipient et le combustible.
Aux fourneaux, au plaisir.

# RECETTE DE MON POT-AU-FEU

**INGRÉDIENTS DU BOUILLON D'ACCUEIL POUR 8 PERSONNES**

- 5 LITRES D'EAU
- 4 KG D'OS, CROSSE, NOURRICE
- 1 KG DE VIANDE DE BŒUF DANS LE JARRET
- 1 RATE DE BŒUF OU DE VEAU
- 1 BOUQUET GARNI : QUEUES ET BOUQUET DE PERSIL, 3 FEUILLES DE LAURIER, 2 BRINDILLES DE THYM
- 300 G DE VERT DE POIREAUX, UNE PETITE BRANCHE DE CÉLERI
- 2 OIGNONS PIQUÉS CHACUN DE 3 CLOUS DE GIROFLE
- 3 PINCÉES DE "QUATRE ÉPICES" (EN FLACON DANS LE COMMERCE)
- SEL ET POIVRE AU MOULIN

**PRÉPARATION**

Déposer les os, la viande du bouillon d'accueil et la rate dans la marmite. Ajouter l'eau froide, porter à ébullition à feu moyen. Pendant ce temps, éplucher les oignons, les piquer avec les clous de girofle. Laver la branche de céleri, le bouquet et les queues de persil. Quand l'eau bout, écumer soigneusement la surface. Après 45 minutes d'ébullition, ajouter un demi-litre d'eau froide pour faire remonter les graisses à la surface. A la reprise de l'ébullition, écumer. Lorsque plus aucune écume ne remonte, ajouter le céleri, le persil, le thym, les oignons et le laurier, les 3 pincées de "quatre épices", une poignée de gros sel de Guérande et du poivre au moulin. Laisser bouillotter 2 heures.

**Ingrédients du pot-au-feu**

- 1 JOUE DE BŒUF PARÉE
- 1 QUEUE DE BŒUF COUPÉE EN TRONÇONS ET DÉGORGÉE À L'EAU FRAÎCHE
- 1 KG DE GÎTE-GÎTE, MACREUSE OU JUMEAU
- 1 KG DE PLAT DE CÔTES COUVERTES OU DÉCOUVERTES
- 800 G DE VEINE GRASSE
- 2 CAROTTES MOYENNES ET CALIBRÉES PAR PERSONNE
- 1 NAVET MOYEN PAR PERSONNE
- 10 POIREAUX DONT ON UTILISERA SEULEMENT LA PARTIE BLANC ET VERT PÂLE
- 16 PETITES POMMES DE TERRE, BELLE DE FONTENAY OU ROSEVAL

**Préparation**

Sortir les viandes du réfrigérateur 1 heure avant de les plonger dans le bouillon d'accueil. Porter à ébullition à feu moyen. Après 45 minutes de bouillottement, écumer. Ajouter un demi-litre d'eau froide, écumer encore. Lorsque aucune écume ne remonte plus à la surface, régler le feu pour maintenir un petit bouillottement continu. Laisser la marmite à découvert.

Après 2 heures de cuisson, sortir la viande à l'aide d'une écumoire. Séparer la viande du bouillon d'accueil des viandes du pot-au-feu. Laisser refroidir et envelopper dans du papier d'aluminium, mettre au réfrigérateur. Passer le bouillon, le mettre au frais. Donner la rate au chat. Après quelques heures de froid, il se formera à la surface du bouillon une galette de graisse bien compacte qu'on

enlèvera facilement avec l'écumoire. Le bouillon ainsi obtenu est totalement maigre. Une heure avant le service, mettre dans le bouillon la viande destinée au pot-au-feu, porter à ébullition à feu moyen et ajouter les carottes et les navets. La viande du bouillon d'accueil est destinée au hachis parmentier.
Trente minutes après les navets et les carottes, mettre les pommes de terre à cuire à la vapeur et ajouter les poireaux ficelés en deux bottillons, au bouillon.

### *Cuisson des os à moelle*

Après les avoir fait dégorger dans l'eau froide 1 heure, les ranger dans un plat creux, les recouvrir de bouillon dégraissé et laisser cuire 20 minutes sans ébullition.

### *Service*

Sortir les viandes à l'aide de l'écumoire. Les couper en tranches épaisses, les disposer sur un plat de service préalablement chauffé. Dans un autre plat, également chauffé, présenter les légumes. Servir avec les condiments (voir p. 377).

### *Trucs à moi*

Cette recette est sûrement une des plus simples à réaliser et ne demande aucune compétence ni connaissances particulières. Elle implique simplement le professionnalisme de votre boucher. Il doit vous donner les meilleurs morceaux aussi variés que possible. Vous, vous devez avoir, chevillée au corps, l'envie de recevoir, de procurer du plaisir et de réjouir vos invités. C'est essentiel. Tout repas corvée est raté. Bonheur, joie, générosité sont les mots clés de toute maîtresse de maison digne de ce nom. Ne jetez jamais le bouillon, il vous permettra de faire " chabrot " le jour suivant puisque vous n'oserez pas, devant vos invités, verser dans votre tasse ou votre bol, un petit fond de vin rouge qui colore le bouillon et lui donne un goût incomparable. Mon grand-père adorait faire chabrot le matin pour son premier casse-croûte qu'il prenait vers 7 heures, succédant au café au lait de 5 heures et précédant le vrai casse-croûte avec lard fumé froid et œuf dur vers 10 heures. Lui, faisait tremper le pain rassis dans le vin rouge et versait le bouillon brûlant dessus. Sa belle moustache blanche frémissait de plaisir. S'il avait connu le caviar, il aurait donné tous les bélugas du monde pour son bol de soupe matinal. Entre la corvée d'écumage et la fin de la cuisson, vous disposez d'une heure et quart de quartier libre. Il ne rentre pas dans mes attributions de vous conseiller l'usage que vous pouvez faire de ce temps de liberté mais rien ne vous oblige à rester dans la cuisine. La puissance de chauffe est réduite, le bouillon frissonne, donc aucun risque de débordement intempestif n'est à craindre. Il n'existe aucun autre moyen efficace pour dégraisser le consommé que de mettre le faitout dans un endroit frais pour que les graisses en suspension dans le bouillon se coagulent et se déposent sur la surface. Ajouter 1/2 verre d'eau fraîche pour faciliter le dégraissage. Lorsque, pressé, on utilise certains subterfuges, filtrage au travers d'un linge glacé, mie de pain, le résultat est toujours médiocre. Rien ne vaut le froid.

Si vous n'avez ni cour, ni balcon, ni garde-manger extérieur, votre réfrigérateur conviendra mais il est préférable de n'y introduire le faitout que tiède, sinon le bouillon risquerait de tourner.

## CLARIFICATION DU BOUILLON

**MÉTHODE SIMPLE :**
Retirer les viandes et les légumes. Battre sommairement 1 blanc d'œuf en neige pour 2 litres d'eau. Jetez dans le bouillon bouillottant pendant 1 minute. Passer à travers un tamis ou un linge fin.

**MÉTHODE PROFESSIONNELLE :**
Pour 2 litres de bouillon, hacher très finement 500 g de viande crue de bœuf maigre et juteuse et le vert de deux poireaux avec un bouquet de persil, cerfeuil et une belle branche d'estragon. Mélanger tous ces ingrédients avec deux blancs d'œufs dans un faitout. Tout en continuant à mélanger, incorporer le bouillon tiède à la préparation. Amener doucement à ébullition. Laisser frémir 15 minutes tout en mélangeant. Après 1 heure de bouillottement à couvert et feu très doux, verser sur un torchon propre, posé sur une passoire ou un chinois.

# *Les autres membres de la famille : la poule au pot*

Nous avons sûrement tous, ou presque, oublié sa date de naissance (1553) et celle de sa mort (1610). Nous ne pouvons pas affirmer avec certitude que son surnom était bien "Vert Galant", ni que ses maîtresses les plus célèbres étaient Gabrielle d'Estrées ou Charlotte des Essarts. Nous avons des doutes sur le nom de son ministre le plus célèbre (Sully), l'identité de sa seconde femme (Marie de Médicis) ou le nom de son assassin (Ravaillac). Nous avons, par contre, une certitude quant à l'association de la poule au pot avec Henri IV.

Enfants, nous avons appris que le bon roi Henri IV souhaitait à tous les habitants de son pays une poule au pot chaque dimanche.

Voilà un des rares faits de l'histoire que les gamins n'oublient pas bien qu'il soit historiquement impossible de lier cette histoire à une date précise.

Quelle aubaine ! Il s'agit sans doute d'une légende mais peu importe, elle est jolie. Il faut donc s'y tenir. Nous n'avons qu'une phrase pour la confirmer, celle que prononça Henri IV lors de la visite à Paris du duc de Savoie, émerveillé par la beauté du royaume de France et l'opulence de la capitale : "Mon royaume me vaut ce que je veux, car ayant le cœur de mon peuple, j'en aurais ce que je voudrais, et, si Dieu me donne encore la vie, je ferais qu'il n'y aura point de laboureur en mon royaume, qui n'ait moyen d'avoir une poule dans son pot."

La poule au pot est probablement la parente la plus proche du pot-au-feu. Rien n'empêche de procéder comme pour le pot-au-feu et de la mettre à cuire dans un consommé plutôt que dans de l'eau.

La réalisation de la recette est simple : un consommé, une poule, des légumes, du gros sel et des cornichons.

Quelques "hétérodoxes" tentent d'y ajouter un jambonneau ou un saucisson à cuire. Non ! On peut la servir avec une sauce veloutée, la farcir de farce fine de jambon, foie gras et truffe ou de petits légumes. Elle peut être Nantua avec écrevisses et quenelles de volaille, mais dans sa simplicité, elle est poule au pot. Quelle que soit la solution choisie, il faudra toujours en passer par l'écumage et le dégraissage.

# Les ingrédients

## LA POULE

Il y a poule et poule. Et il y a également poule et poularde. La belle poule de ferme, ronde, dodue, pulpeuse comme un Rubens, a quasiment disparu des étalages. Sa vocation était de pondre, de satisfaire aux exigences sexuelles du coq et de couver pour assurer la descendance de la race. Les malheureuses poules de batterie, tassées les unes contre les autres, empêchées de dormir par la lumière électrique qui ne s'éteint jamais et condamnées à pondre deux œufs et demi par jour pendant les deux ans de leur existence, doivent en rêver !
La poule digne de ce nom se doit de peser entre 2,2 kg et 3 kg et demi. La graisse doit être aimablement répartie sur l'ensemble de la bête ; sa couleur, jaune pâle, transparente, doit être visible sous la peau diaphane et aux alentours du croupion. Contrairement au poulet, le bréchet et le bec doivent être fermes, les ongles usés et les pattes calleuses, preuve d'une existence agraire. On essaie trop souvent de faire passer un gros poulet, grassouillet, pour une poule. Il ne faut

pas se laisser prendre à ce tour de passe-passe malhonnête.
Les gallinacés et les humains ont certains points communs. L'adolescent est à l'homme ce que le poulet est au coq. La poulette est à la poule ce que la pucelle est à la belle Otéro.
La poularde n'a pas la chance de la poule, elle reste vierge toute sa vie. Elle ne profite pas du plaisir que procure la ponte (les poules interrogées à ce sujet ont toutes confirmé, à l'exception de quelques bégueules, qu'elles éprouvaient un réel plaisir dans cet exercice).
Généralement, son destin de poularde la condamne à être engraissée en épinette (cage en bois) dans la pénombre. La nourriture est très souvent excellente, surtout si elles ont eu la chance de naître en Bresse. Lait, maïs et autres céréales concassées sont leur quotidien. Elles vivent, comme leur frère le chapon, sans subir le petit inconvénient de la castration. Pendant sept à huit mois, les poulardes n'ont qu'un objectif, assurer la qualité de leur chair, tendre et goûteuse. Malheureusement, la "vraie" poularde se fait rare et il est fréquent de voir certains volaillers ou bouchers indélicats baptiser "dans la plus parfaite légalité" poularde, une poule ou un poulet de plus d'1,8 kg.
Les vers de terre et autres mollusques qu'elles picorent en Bresse ne donneront pas à leur chair le même goût que celles de la Mayenne ou du Gers.

*Comme le vin, le fromage et les bovins, les poules ont leur terroir.*

Seules les volailles de Bresse bénéficient d'une A.O.C. (Appellation d'origine contrôlée) impliquant une zone d'élevage délimitée, une race précise, la Bresse blanche,

un élevage en liberté avec une nourriture naturelle.
D'autres races sont prestigieuses mais ne bénéficient pas d'une A.O.C. : la poule noire de Crèvecœur, la Hautes jambes de La Flèche, la Petite Tête de Campine, la Darking et la Huppée de Houdan. Certaines volailles bénéficient d'un label rouge, malheureusement distribué avec générosité. Il y en a cent soixante-cinq pour le seul secteur avicole ! Les labels rouges sont accordés à titre temporaire par les ministères de l'Agriculture, de la Forêt et de la Consommation après avis de la Commission nationale des labels (instance composée de représentants de professionnels, de consommateurs et de membres de l'administration). Les plus célèbres de ces volailles fermières labélisées sont les "Janzé", "Loué", "Poulet noir de Challans", "Jaune des Landes", "Blanc d'Auvergne". La poule s'achète, de préférence, chez un volailler. Bien que cette profession soit en voie de disparition, on en trouve encore de compétents, capables de plumer, flamber, brider.
Les bouchers ont, pour la plupart, ouvert des départements "volaille". Certains sont devenus de vrais professionnels. Avant l'achat d'une poule, il faudra vérifier l'étiquette obligatoire portant la date limite de consommation. La petite fermière du marché ne pourra pas vous donner cette garantie mais la qualité de sa volaille la compensera largement.
Il est évidemment préférable, pour la recette qui nous occupe, d'acheter une poule entière. Le boucher, ou le volailler, vous donnera les pattes, le cou, les abats pour préparer le bouillon. Les poules "effilées" (débarrassées des intestins mais ayant conservé foie, cœur et poumons) ou "éviscérées" (P.A.C., prêtes à cuire, totalement vidées, cous tranchés, pattes coupées à l'articulation) ne m'ont jamais inspiré confiance même si elles sont proposées par

des commerçants sérieux. La poule, vendue en morceaux, se travaille comme un coq au vin. Il faut la mettre à mariner. Sa couverture graisseuse apporte à la chair une onctuosité que l'on ne retrouve pas toujours dans celle du coq.

## LES LÉGUMES

### *Carottes, navets, poireaux, oignons, voir p. 291.*

### *L'ail*

Alors que l'ail ne rentre pas dans la préparation du consommé du pot-au-feu, il est le bienvenu dans celui de la poule au pot. Il appartient à la même famille que l'oignon. Il est même un des membres les plus influents des liliacées : l'odeur ne trompe pas. L'ail est d'ailleurs complexé à cet égard.
Convenez que se faire traiter de "rose puante", même par des Grecs, n'a rien de valorisant en société. Bizarrement, depuis l'Antiquité, les gastronomes ne peuvent pas s'en passer bien qu'ils cherchent tous les moyens de neutraliser son parfum. On a tout essayé pour faire disparaître l'épouvantable "retour d'ail", mâcher du persil, croquer des grains de café, sucer de la betterave cuite sous la cendre, chiquer de la cardamome… Toutes les plantes y sont passées. En vain. Sa force, sa puissance, son goût de fruit défendu attirent. Irrésistiblement.
Après s'être encanaillé avec quelques gousses, on se brosse les dents, on se baigne la bouche, on se gargarise. Rien n'y fait. On recommence. Pour se donner bonne conscience, se dédouaner, on se souvient que l'ail a été élevé au rang de divinité par les Égyptiens, qu'Ulysse en croquait pour ne pas succomber aux charmes de Circé.

Toutes les excuses sont bonnes, on le pare de toutes les vertus. Il est anti-infectieux, dépuratif, bon pour les os, les articulations, les rhumatismes, souverain contre les affections respiratoires dont l'asthme, impérial comme vermifuge (il a été porté tel un scapulaire). Même à la fin du XXe siècle, les ténias et ascaris sonnent la retraite devant ses parfums entêtants. Quand j'étais enfant, mes "quatre heures" n'étaient souvent composés que d'un croûton de pain abondamment frotté d'ail. Je me suis souvent demandé si je ne le préférais pas à la tartine recouverte de chocolat à cuire râpé.

> *L'ail est indispensable dans la vraie cuisine prolétarienne, celle qui ose affirmer le goût, le parfum et les odeurs. L'ail est insolent, méridional, cocardier. Il aime la couleur, l'exubérance, le soleil.*

## *Bouquet garni, voir p. 298.*

## *Le riz*

Le riz est la nourriture de base de la plus grande partie de la population du globe. C'est une plante herbacée de la famille des graminées, son épi porte en moyenne 144 grains, complètement enveloppés dans les glumelles qui contiennent une dose appréciable de vitamine B. Malheureusement, dans les riz traités, blanchis, polis, il n'en reste plus guère. Lorsque le riz vient d'être moissonné, il prend le nom de riz-paille ou paddy. On lui fait subir une opération appelée le "criblage" qui consiste à éliminer la paille, la poussière et les grains trop petits. Il subit ensuite un simple défroissage qui ne retire pas encore la totalité de ses glumelles.

A ce moment, il change d'identité pour devenir riz-cargo (riz brun ou complet). Lorsqu'il était exclusivement originaire d'Extrême-Orient, il arrivait en Europe par bateaux, sous cette forme, d'où son nom. Nous prenions bien soin, alors, par un système de brosse et de polissage, de détruire le reste des glumelles, donc la vitamine essentielle.
Nous sommes d'ailleurs toujours friands de ces riz polis, glacés, qui n'ont aucun intérêt vitaminique.
Nous avons le choix entre plusieurs riz. Les deux plus consommés sont le riz blanc et le riz étuvé. Le riz blanc est celui que nous venons d'évoquer, totalement dépourvu de vitamine B, riche en glucides et protides, mais trois fois plus calorique que la pomme de terre. Alors que le riz étuvé ou prétraité (rien à voir avec le précuit, décortiqué, bouilli) est un paddy, soumis à un intense bain de vapeur, pendant une heure, qui lui permet d'absorber les vitamines et les sels minéraux contenus dans les glumelles avant d'être séché et décortiqué. Il est un peu jaune, bien ferme et incollable par excellence.
Il existe des dizaines de milliers de variétés de riz : les ronds ou mi-longs d'Italie, de Camargue ou d'Espagne qui sont parfaits pour les entremets, les longs et durs des États-Unis, de Thaïlande ou du Surinam.
Le roi du riz est le basmati qui provient des cultures traditionnelles du nord de l'Inde et du Pakistan.
Le riz sauvage, devenu très à la mode, n'a rien à voir avec le riz. Il s'agit, en fait, d'une variété d'avoine. Les Indiens d'Amérique du Nord l'ont toujours cultivée au bord des rivières où ne poussait pas le maïs et dans les marécages. Cette avoine, ou *zizania aquatica*, est une plante herbacée de 3 mètres de haut qui se termine par plusieurs épis alors que le riz n'en a qu'un. Ce "riz sauvage" est

horriblement cher mais bien meilleur que tous les riz décortiqués, traités et blanchis.
Il existe plusieurs méthodes pour le faire cuire.
On prétend que les riz prétraités n'ont pas à être lavés mais un petit passage, très court, sous l'eau courante ne leur fera pas de mal. On peut le cuire à la créole ou pilaf.
La cuisson à la créole consiste à faire bouillir une grande quantité d'eau salée pour y jeter le riz qu'il faudra prendre soin de remuer à la cuillère en bois jusqu'à ébullition.
On le laisse ensuite bouillir une vingtaine de minutes en surveillant soigneusement les dernières minutes car, selon la qualité d'origine, la cuisson peut varier sensiblement.
Cuit, il est souple mais non écrasé.
Pour la poule au pot, on choisira une cuisson "pilaf". Le principe est simple. Laver le riz à grande eau courante, froide, l'égoutter et le sécher dans un torchon.
Dans une cocotte, faire revenir le riz dans 15 g de beurre, lentement, jusqu'à ce qu'il se colore. Le mouiller alors de trois fois son volume du bouillon de cuisson de la poule et laisser mijoter vingt minutes, à couvert et à petit feu.
Le liquide doit être complètement absorbé par le riz. On y ajoute alors une vingtaine de grammes de beurre qu'on incorpore délicatement à l'aide d'une fourchette. Il est prêt à servir.

## Les ustensiles

Voir p. 302.
Le pot-au-feu exige un récipient de bonne taille pour laisser les morceaux à l'aise dans le consommé. La poule au pot, elle, demande un récipient à sa juste mesure.
La viande de poule étant moins parfumée que la viande

de bœuf, moins il y aura d'eau, plus la saveur sera marquée.
Pour cuire ma poule, j'utilise volontiers la bonne vieille cocotte en fonte. Elle me donne satisfaction et je lui suis indéfectiblement fidèle.

# RECETTE DE LA POULE AU POT

**Ingrédients pour 6 personnes**

- 3 LITRES D'EAU FROIDE
- 1 POULE DE 2,5 KG
- COUS, PATTES, GÉSIERS ET ABATTIS DE VOLAILLE
- 1 PIED DE VEAU, 1 OS DE BŒUF
- 5 CAROTTES MOYENNES
- 6 NAVETS MOYENS
- 1 DIZAINE DE POIREAUX
- 2 OIGNONS PIQUÉS CHACUN DE 2 CLOUS DE GIROFLE
- 1 TÊTE D'AIL
- 1 BOUQUET GARNI : QUEUES ET BOUQUET DE PERSIL,
1 FEUILLE DE LAURIER, 1 BRINDILLE DE THYM,
LE VERT DE 3 POIREAUX,
1 PETITE BRANCHE DE CÉLERI
- SEL ET POIVRE AU MOULIN

**Préparation**

Déposer la poule, les cous, les pattes, les gésiers, les abattis, l'os de bœuf et le pied de veau dans une grande marmite. Ajouter l'eau froide. Porter à ébullition.
Écumer. Saler, poivrer. Ajouter 1 navet, 1 carotte, le vert d'un poireau et les aromates, les oignons piqués de clous de

girofle et la tête d'ail, non épluchée, écrasée d'un coup de pilon. Porter à nouveau à ébullition. Ajouter un petit verre d'eau froide pour faire remonter les impuretés. Lorsque l'ébullition reprend, écumer. La cuisson doit s'effectuer lentement et à couvert. Laisser cuire pendant 2 heures à petits bouillottements en écumant à plusieurs reprises. Retirer la poule. Après refroidissement, la mettre dans un papier d'aluminium au réfrigérateur. Filtrer le bouillon. Le mettre au frais pour le dégraisser selon la méthode du pot-au-feu.
**Le lendemain**. Remettre la poule dans le bouillon dégraissé. Goûter pour vérifier l'assaisonnement et rectifier en gros sel et poivre au moulin. Ajouter les carottes et les navets et, 15 minutes plus tard, les poireaux. Laisser cuire environ 45 minutes. Servir sur un plat bien chaud la poule découpée, avec les légumes et arrosée d'un peu de bouillon gras.
Gros sel et cornichons. On peut servir une garniture supplémentaire : du riz, cuit dans le bouillon de la poule.

## VARIANTES DE LA RECETTE

On peut réaliser ces recettes avec une poularde.

### ◆Poule ou poularde à la crème

Poule ou poularde, plumée, vidée, flambée, bridée.
Mettre l'une ou l'autre dans une cocotte.
Couvrir avec le consommé de volaille.
Porter à ébullition.
Écumer. Vérifier la cuisson.
Dresser la poularde, la garder au chaud.

### Préparation de la sauce à la crème

Dans une casserole, verser 1/2 litre de bouillon de cuisson de la volaille.
Laisser réduire de moitié. Dans un bol, mélanger 4 jaunes d'œufs et 100 g de crème. Prélever une cuillère de bouillon, mélanger avec la liaison crème-œufs. Verser doucement cette préparation dans le bouillon de cuisson de la volaille réduit. Baisser le feu, laisser chauffer jusqu'à épaississement.
La sauce doit couvrir la cuillère. Ajouter quelques gouttes de jus de citron.
Vérifier l'assaisonnement. Poivrer au moulin. Servir dans une saucière à part.
Ce plat se sert avec du riz. Comme on peut le constater, il ne demande ni carotte, ni navet, ni poireau.

### ◆Poule ou poularde au curry

Procéder très exactement comme pour la poularde à la crème. Rajouter simplement, au moment de la liaison jaunes d'œufs et crème, 4 cuillères à soupe de curry en poudre en prenant soin de mélanger soigneusement. Servir avec du riz.

### ◆Poule ou poularde à l'estragon

Procéder comme pour les recettes précédentes.
Garnir simplement l'intérieur de la volaille d'un bouquet d'estragon. La servir avec une sauce suprême dans laquelle on aura incorporé des feuilles d'estragon frais hachées.

# RECETTE DE LA POULE FARCIE À L'AVEYRONNAISE

## INGRÉDIENTS POUR 6 PERSONNES

- 1 BELLE POULE DE 2 KG À 2,5 KG
- 3 LITRES DE BOUILLON
- 200 G DE LARD GRAS FRAIS SANS COUENNE
- 1 BOTTE DE PERSIL SANS QUEUE
- 2 GOUSSES D'AIL ÉPLUCHÉES
- 2 GROS OIGNONS BLANCS ÉPLUCHÉS
- 1 ŒUF ❖ 700 G DE CRÈME FRAÎCHE DOUBLE
- 50 G DE SAINDOUX
- 50 G DE BEURRE
- 60 G DE FARINE BLANCHE TAMISÉE
- LE VERT D'UNE BELLE BLETTE
- 300 G DE PETITS OIGNONS BLANCS
- 800 G DE CAROTTES
- 1 PINCÉE DE QUATRE ÉPICES
- 1/4 LITRE DE VIN BLANC SEC
- SEL ET POIVRE

## PRÉPARATION DE LA FARCE

A faire la veille.

Faire blanchir, 3 à 4 minutes, le vert de blette. Le passer sous l'eau froide. Presser pour enlever l'eau et réserver.

Hacher avec une grille assez fine le lard, le persil, l'ail, les oignons, le vert de blette, ajouter l'œuf, la farine, la crème, les épices.

Farcir la volaille de ce mélange. L'opération doit s'effectuer par le croupion.

Envelopper la volaille dans un torchon de cuisine bien ficelé et la laisser attendre une douzaine d'heures.

Chauffer la graisse d'oie dans un faitout assez haut pour y faire revenir les petits oignons blancs et les carottes coupées en tronçons de 3 centimètres environ. Laisser cuire une dizaine de minutes et déglacer avec le vin blanc.
Laisser étuver encore 10 minutes à couvert.
Déposer alors la poule en la laissant dans son torchon, recouvrir avec du bouillon et laisser cuire doucement, à couvert, 2 heures 30 à 3 heures.
Déballer la poule de son torchon, la découper, disposer les légumes autour, servir la farce à la cuillère, arroser d'un peu de bouillon.
On peut accompagner la poule de pommes de terre à la vapeur.

### *Conservation du bouillon*

Quand la volaille et les légumes sont retirés de la marmite, que le bouillon est filtré et dégraissé après un séjour au réfrigérateur il peut se conserver 4 ou 5 jours au réfrigérateur et davantage au congélateur.
Le consommé ainsi obtenu peut être servi chaud, en entrée, seul ou avec une garniture de vermicelle, de tapioca ou perles du Japon. Il peut également servir pour mouiller les plats mijotés. On peut aussi le faire réduire, il sera alors corsé et servira comme base de sauce.

## Le bœuf à la ficelle

Dans l'imagerie populaire, un plat convivial doit mijoter comme un bourguignon, une blanquette ou bouillir longtemps comme le pot-au-feu, la poule ou la potée. Nous sommes prisonniers de nos souvenirs,

réminiscences du temps où le pot occupait l'âtre de la cheminée une journée entière.
Le bœuf à la ficelle a deux avantages : il est convivial et se fait vite. Il peut se réaliser à la cuisine ou directement sur la table de la salle à manger si l'on dispose d'un réchaud suffisamment puissant pour maintenir le consommé en ébullition.

Sur la table, chaque convive cuit sa viande comme il l'entend.
Le principe de ce plat est simple, de la viande plongée dans un bouillon. La différence fondamentale tient dans la qualité de la viande et dans le choix des morceaux.
Trois ou quatre jours après avoir réalisé un pot-au-feu ou une poule au pot, on utilisera le reste du consommé. Si on ne dispose pas de ce bouillon ou de ce consommé, ne vous croyez en aucun cas dans l'obligation de vous attaquer à la confection d'un pot-au-feu uniquement pour récupérer le bouillon, d'autant que son utilité est limitée à quelques minutes, le temps de saisir la viande.
Les bouillons cubes ou concentrés instantanés, que l'on trouve dans le commerce, pourront, accessoirement, faire l'affaire.

*En principe, la viande se servira saignante. On choisira donc les morceaux les plus tendres du bœuf : filet, faux-filet, rumsteak ou tranche.*

Ce plat s'accompagne de l'inévitable trio de légumes de la famille des bouillis : poireaux, carottes, navets. Du gros sel de Guérande, des cornichons croquants et parfumés ou des sauces légères comme la tartare ou la gribiche accompagneront la pièce de bœuf saignante, croquante, goûteuse.

## Les ingrédients

### LA VIANDE

Ne confondons pas les morceaux à bouillir ou à braiser avec les morceaux à rôtir ou à griller. Les premiers exigent une viande fraîche, les seconds n'offriront goût, saveur, sapidité et tendreté qu'après deux ou trois semaines de rassissement. Inutile de tenter un bœuf à la ficelle avec un morceau de jumeau ou de macreuse, vous iriez inévitablement à l'échec. Les viandes nécessaires à notre

bœuf à la ficelle doivent être considérées comme des viandes à rôtir ou à griller et donc se situer dans la partie haute du bœuf ou dans les quartiers arrière, l'aloyau inclus, filet, faux-filet et rumsteak.
Quand la bête dont il est issu a été bien élevée, abattue dans le calme et mise à maturation le temps qu'il convient, on obtient des morceaux magnifiques.

## *Le filet*

Le filet a bonne réputation, surfaite pour ma part. Il est trop tendre et trop fade. On peut le rôtir entier. Là est sa vocation. Dans sa partie la plus large, on taillera des chateaubriands, des tournedos dans la plus étroite. Le filet mignon est un petit muscle situé sous encolure du bœuf. Il est recherché pour son extrême finesse.

## *Le faux-filet*

Le faux-filet, appelé aussi contre-filet pour affirmer sa promiscuité avec le filet, est plus gras mais moins tendre que son voisin immédiat. Il a aussi davantage de goût. On le mange, en tranches, poêlé ou, en morceaux, rôti.

## *Le rumsteak*

Le rumsteak se trouve à la pointe de la fesse charnue. Les Anglais l'ont bien défini en assemblant les mots croupe et tranche, rump et steak. Chez le bœuf, les muscles fessiers travaillent davantage que chez l'être humain.
La chair de ce morceau, compte tenu de sa situation anatomique, est serrée et maigre, on peut y couper de belles tranches à griller ou à poêler, de beaux rôtis dans la partie appelée aiguillette de rumsteak et de petits morceaux pour les brochettes.

### *La tranche grasse*

La tranche grasse, ensemble de trois muscles situé dans la partie avant de la cuisse, donne de bons rôtis, des biftecks tendres, des morceaux à brochettes ou à fondue bourguignonne (voir p. 436).
Pour notre bœuf à la ficelle, on évitera soigneusement les viandes longues du type onglet, araignée, merlan.
Pour ce plat, il faudra faire confiance à son boucher et prendre soin de lui indiquer la destination finale des morceaux. Il existe deux solutions. L'une consiste à faire cuire la pièce de bœuf en son entier ; la forme devra être équilibrée afin que la cuisson soit bien répartie.
L'autre à faire tailler des pièces individuelles que le boucher prendra soin de ficeler de telle sorte qu'une des extrémités de la ficelle soit suffisamment longue pour pouvoir plonger le morceau facilement dans le bouillon et le retirer tout aussi aisément.

Sachant que la viande est destinée à une cuisson dans un bouillon, le boucher évitera la barde.

## LES LÉGUMES

### *Carottes, navets, poireaux, voir p. 291.*

# RECETTE
# DU BŒUF À LA FICELLE

**INGRÉDIENTS POUR 6 PERSONNES**

- 1 RÔTI DE 1 KG OU 6 PIÈCES DE 150 G CHACUNE
- 8 BLANCS DE BEAUX POIREAUX COUPÉS EN TRONÇONS
- 8 NAVETS RONDS OU LONGS, ENTIERS OU COUPÉS EN 2 SELON LEUR TAILLE
- 12 PETITES CAROTTES
- 2 LITRES DE BOUILLON DE POT-AU-FEU OU DE CONSOMMÉ DE VOLAILLE
- SEL DE GUÉRANDE ET POIVRE AU MOULIN
- MOUTARDE, CONDIMENTS
- 1 OU 2 TRANCHES DE MOELLE (FACULTATIF)

**PRÉPARATION**

Penser à sortir la viande quelques heures avant la cuisson. La saler très légèrement si le bouillon manque de sel.
Éplucher et laver les légumes. Tronçonner chaque variété en morceaux d'égale importance.
Faire réchauffer le bouillon. On peut rajouter 1 cuillère de moutarde forte au bouillon pour le corser.
A ébullition, mettre les carottes et les navets, les poireaux dix minutes plus tard. Ils sont cuits lorsque la lame du couteau les pénètre facilement.
Égoutter les légumes et les tenir au chaud. Plonger la viande dans le consommé bouillonnant très fort. Si le boucher a oublié de laisser la bonne longueur de ficelle, on peut utiliser un panier à salade métallique.
Compter 15 à 20 minutes de cuisson pour une pièce de 1 kg, 7 à 8 minutes pour les pièces individuelles, afin d'obtenir une viande très saignante.
Poser la viande immédiatement (contrairement à la viande rôtie, la viande bouillie n'a pas besoin de reposer

avant le service) dans des assiettes creuses bien chaudes entourée des légumes, un bon tour de moulin à poivre sur la viande, et du persil simple, coupé grossièrement sur les légumes.
Une petite louche de bouillon dans le fond de l'assiette ou, en tasse, à côté de l'assiette de viande et de légumes.
Si on a obtenu de son boucher quelques morceaux de moelle, les pocher selon la recette de la p. 309. Ajouter une pincée de gros sel de Guérande.

## SAUCE GRIBICHE

**INGRÉDIENTS POUR 6 PERSONNES**

- 5 ŒUFS DURS
- 2 CUILLÈRES À CAFÉ DE MOUTARDE
- 1/2 LITRE D'HUILE D'ARACHIDE
- 2 CUILLÈRES À SOUPE DE VINAIGRE DE VIN
- 100 G DE CORNICHONS ET DE CÂPRES HACHÉS
- 4 CUILLÈRES À SOUPE DE FINES HERBES HACHÉES
- SEL ET POIVRE

**PRÉPARATION**

Faire cuire les œufs durs en prenant la précaution de les sortir du réfrigérateur à l'avance afin d'éviter que, plongée dans l'eau bouillante, la coquille des œufs ne se fêle. Si le temps manque et qu'il faille utiliser les œufs à la sortie du réfrigérateur, il est impératif de démarrer la cuisson à l'eau froide. Selon l'emploi, un œuf est cuit dur au bout de 10 minutes ; à 7 minutes, le jaune est encore moelleux.
Éplucher les œufs.
Séparer les blancs des jaunes.
Dans un saladier, piler les jaunes et mélanger la moutarde,

le sel et le poivre jusqu'à obtenir une pâte lisse.
Incorporer doucement l'huile en mélangeant au fouet comme s'il s'agissait d'une mayonnaise, ajouter le vinaigre, les fines herbes, les cornichons et les câpres.
Hacher en julienne la moitié des blancs des œufs durs et les incorporer au dernier moment à la sauce.

## SAUCE TARTARE

### INGRÉDIENTS POUR 6 PERSONNES

- 3 ŒUFS DURS
- 2 CUILLÈRES À SOUPE DE VINAIGRE DE VIN
- 4 CUILLÈRES À SOUPE DE CIBOULETTE HACHÉE
- 4 CUILLÈRES À SOUPE DE MAYONNAISE
- 1/3 DE LITRE D'HUILE D'OLIVE
- SEL ET POIVRE

### PRÉPARATION

Faire cuire les œufs durs. Dans un saladier, piler les jaunes pour obtenir une pâte lisse et onctueuse.
Saler, poivrer, ajouter le vinaigre.
Mélanger la ciboulette hachée et écrasée à la mayonnaise.
Incorporer la première préparation à la mayonnaise et monter cette sauce avec de l'huile d'olive.

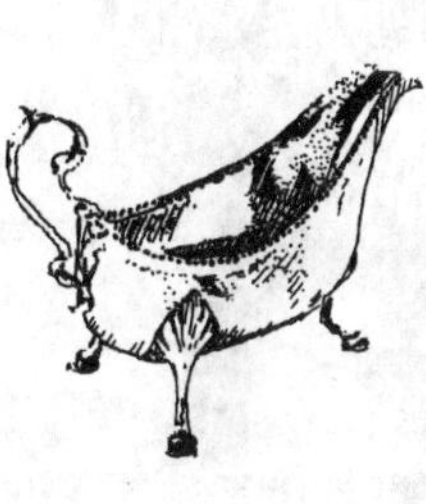

# Le gigot de sept heures

Voilà une recette tout à fait surprenante, d'origine brayaude. Elle se réalise aussi bien avec un gigot d'agneau ou de brebis qu'avec un cuissot de marcassin ou de sanglier ou encore une gigue de chevreuil.
Le principe en est simple : la viande cuit dans un récipient luté, c'est-à-dire hermétiquement clos. Le lut est une détrempe, un mélange de farine et d'eau utilisé comme joint d'étanchéité entre un récipient et son couvercle. Ce mélange durcit en séchant à la chaleur du four, permettant aux produits de cuire sans aucune évaporation et de garder ainsi toutes leurs saveurs. En général, on lute les terrines. On appelle la recette "gigot de sept heures" parce qu'il cuit très, très longtemps, au four, en terrine. Il se sert d'ailleurs à la cuillère, accompagné de son jus réduit et d'un gratin dauphinois, d'épinards ou encore de blettes. La particularité de cette recette réside dans le fait que, généralement, aucun convive ne peut reconnaître avec précision la nature de la viande. Je me suis amusé à en faire l'expérience avec une tablée de

bouchers. Aucun n'a reconnu le mouton qui avait permis la réalisation de la recette. On peut aussi la réaliser avec un cuissot de marcassin. La chair de ce jeune sanglier de 20 à 25 kg, âgé de moins de 6 mois, est tendre et savoureuse. Son goût est délicat et n'a aucun point de comparaison avec celui, prononcé, de fauve que présente souvent le vieux sanglier. Il existe encore quelques marcassins sauvages, mais ils sont rares. On trouve plus souvent des bêtes élevées à l'état sauvage mais surveillées dans de grands parcs où elles peuvent éventuellement se nourrir de glands ou de racines si la ration de nourriture industrielle qui leur est apportée chaque jour ne leur suffit pas. On trouve le marcassin pratiquement toute l'année. Les chasseurs "en manque" peuvent le tirer en dehors de la période de la chasse. La recette du gigot de sept heures peut également se réaliser avec une gigue de chevreuil. Malgré la bonne volonté des éleveurs, le chevreuil refuse l'élevage en captivité mais, comme il est prolifique, sa chair se démocratise. Pour vendre du gibier, les bouchers et charcutiers doivent être agréés et posséder un livre de gibier délivré par la mairie. Le consommateur peut le consulter ainsi que les certificats établis par le vétérinaire.

## Les ustensiles

### USTENSILES EN TERRE

On trouve des poteries mates et perméables et d'autres, vernissées imperméables. Mate, la terre argileuse n'est recouverte d'aucun enduit, elle est simplement cuite, elle reste poreuse et retient l'eau. Vernissée, la pièce fabriquée d'un mélange terre-sable subit une première cuisson qui donne le "biscuit" ; on l'enduit ensuite d'une pâte de minium, d'argile et de sable qui fond pendant la deuxième cuisson en donnant un silicate de plomb brillant et imperméable.

Mates ou vernissées, les poteries sont réfractaires et résistent à de hautes températures. Il ne faut jamais les poser directement sur une flamme vive mais intercaler une plaque isolante et faire attention aux brusques changements de température qui provoquent des craquelures. Les récipients non vernissés nécessitent une préparation préalable à la première utilisation. Pour boucher les pores, il faut remplir le récipient d'eau et la laisser frémir à feu doux pendant une heure. Pourquoi nous servons-nous encore de ces instruments lourds, encombrants et cassants ? Nostalgie ? Esthétique ? Pas du tout, ou pas seulement. L'ustensile en terre permet une cuisson à feu très doux, dite à l'étouffée ou à l'étuvée. Au cours de cette cuisson en vase clos, lente et régulière, les produits cuisent dans leur propre jus, avec un minimum d'ajout de corps gras et de liquide. Cette cuisson sans fard fait rendre aux aliments le meilleur d'eux-mêmes, préserve au maximum arômes, vitamines et sels minéraux et donne un moelleux incomparable. Une bonne cocotte en fonte peut remplacer le récipient en terre.

*Les viandes en sauce se font exclusivement dans les terres vernissées. Les poteries mates sont réservées aux légumes cuits dans leur peau, exquise façon de les préparer.*

# RECETTE DU GIGOT DE SEPT HEURES
## (QUI NE CUIT QUE CINQ HEURES)

**INGRÉDIENTS POUR 8 PERSONNES**

- 1 GIGOT DE 3 KG PARÉ
- 1 GROSSE POIGNÉE D'OS ET DE DÉCHETS DE MOUTON
- 3 OIGNONS
- 3 CAROTTES
- 1 BRANCHE DE THYM
- 2 FEUILLES DE LAURIER
- 1 BRANCHE DE CÉLERI
- 4 TOMATES
- 1 BOUQUET DE PERSIL
- 2 TÊTES D'AIL
- 3 VERRES DE VIN BLANC SEC
- 2 LITRES DE CONSOMMÉ DE BŒUF OU DE VOLAILLE
- 1 CUILLÈRE À SOUPE DE BEURRE
- 3 CUILLÈRES À SOUPE D'HUILE D'ARACHIDE

**PRÉPARATION**

Éplucher les oignons et les carottes, les couper en rondelles épaisses de 1 centimètre environ. Dans une large poêle, mettre l'huile. Ajouter le beurre. Lorsqu'ils grésillent, faire revenir sur toutes ses faces le gigot. Il doit être doré et croustillant. L'emballer et le ficeler dans un

torchon et le mettre en attente. Simultanément, mettre les os et les parures dans une cocotte et les faire suer à feu moyen.
Ajouter les oignons et les carottes avec la matière grasse de cuisson du gigot.
Faire prendre de la couleur.
Ajouter le vin blanc. Remuer et gratter le fond de la cocotte pour récupérer tous les sucs. Ajouter le bouillon, le thym, le laurier, la branche de céleri, le bouquet de persil, les 4 tomates coupées en 4 et les 2 têtes d'ail écrasées au pilon.
Porter à ébullition.
Dans une terrine, poser le gigot et verser le contenu de la cocotte.
Poser le couvercle et luter avec une pâte constituée de farine et d'eau.
Les interstices entre le couvercle et le récipient doivent être intégralement bouchés. Mettre à four doux pendant cinq heures.
Retirer du four.
Casser le lut.
Retirer délicatement le gigot de la terrine et le maintenir à température à l'entrée du four couvert d'un papier d'aluminium.
Passer la sauce au chinois en pressant bien tous les ingrédients de cuisson.
Verser le jus ainsi obtenu dans une casserole et faire réduire.
Sur un plat de service bien chaud, faire glisser le gigot hors du torchon.
Servir avec une cuillère, accompagné de la sauce et d'un gratin dauphinois, d'épinards, de macaronis ou de blettes, si l'on a deux fours, ou de purée de haricots blancs, de céleris, de pommes de terre, d'épinards ou de choux-fleurs.

# RECETTE DU GIGOT À L'ANGLAISE

Comme son nom l'indique précisément, le gigot à l'anglaise est une recette "anglaise". On procède pratiquement de la même façon que pour le bœuf à la ficelle mais avec un gigot de mouton. L'agneau manque de maturité pour cette recette.

## INGRÉDIENTS POUR 8 PERSONNES

- 1 GIGOT DE 2 KG
- 3 LITRES DE CONSOMMÉ DE VOLAILLE OU DE BŒUF
- 1 CUILLÈRE À SOUPE DE GINGEMBRE EN POUDRE
- 1 CUILLÈRE À SOUPE DE LAURIER ÉCRASÉ
- 2 CUILLÈRES À SOUPE DE THYM ÉMIETTÉ
- 1 BOUQUET DE MENTHE FRAÎCHE
- SEL ET POIVRE

## PRÉPARATION

Mélanger le gingembre, le laurier, le thym, le sel, le poivre.
Frotter énergiquement le gigot sur toutes ses faces avec cette préparation.
Répartir les branches du bouquet de menthe.
Emballer le gigot dans 1 ou 2 torchons ficelés pour que le paquet soit bien hermétique. Laisser reposer, à la température ambiante, pendant 2 ou 3 heures de sorte que la viande s'imprègne des parfums des épices.
Mettre le gigot dans une cocotte ou un faitout en le maintenant emballé dans son torchon. Le couvrir de consommé bouillonnant. Maintenir à ébullition pendant 1 heure. Compter une 1/2 heure de cuisson par kilogramme de viande.
Sortir le paquet.

Démailloter la viande.
Couper en tranches le gigot qui doit être saignant.
Le servir sur un plat bien chaud avec des légumes simplement bouillis.
Sur la table, sauce anglaise (comme il se doit), pickles, chutney, piccalillis et, bien évidemment, une sauce à la menthe.

## SAUCE À LA MENTHE

**Ingrédients pour 8 personnes**

- 100 G DE MENTHE FRAÎCHE
- 50 G DE SUCRE EN POUDRE
- 8 CUILLÈRES À SOUPE D'EAU
- 2 DL DE VINAIGRE DE VIN
- SEL ET POIVRE

Cette sauce se prépare 3 heures avant le service. Dans un bol, mélanger le sucre et les feuilles de menthe hachées menu. Ajouter l'eau, le vinaigre, le sel et le poivre. Mélanger soigneusement et laisser reposer en prenant soin de la tourner à plusieurs reprises avant de la servir.

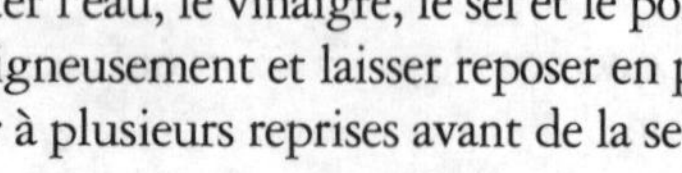

# L'irish stew

L'irish stew est à l'Irlande ce que le pot-au feu est à la France, un plat national modeste, fabriqué avec les ingrédients du pays, le mouton et la pomme de terre. Quand il s'agit de se nourrir, l'imagination fait souvent des miracles, surtout chez les gens modestes.

C'est un des plats "démonstration" pour confirmer que la simplicité peut procurer des plaisirs intenses.

## LES INGRÉDIENTS

Ce plat est d'une telle simplicité que les enfants irlandais savent le réaliser. Dans une cocotte en fonte ou une terrine en terre, mettre une couche de pommes de terre, une couche de mouton, une couche de pommes de terre, une couche de mouton, ail et échalotes, oignons, bouquet garni, un peu de bouillon. Le tour est joué. Les morceaux de mouton se choisiront, de préférence, dans les bas morceaux, haut de côtes, poitrine, basses côtes.
On peut l'améliorer en mélangeant des bas morceaux avec de l'épaule. C'est faire fi de la tradition. On peut, également, à défaut de consommé ou de bouillon, utiliser des "cubes" industriels et, pourquoi pas, de l'eau ! Dans ce cas, il faudra demander au boucher quelques os de mouton pour corser le goût.

### *La pomme de terre*

Entre 1524, année où les Espagnols débarquent au Pérou et découvrent la pomme de terre, gâterie des Incas, et 1584, personne en Angleterre ne connaît ce féculent. Les

Espagnols, les Italiens, les Autrichiens, les Suisses et les Prussiens, eux, la pratiquent déjà. Les voies de la découverte sont, elles aussi, impénétrables. Imaginez qu'en 1584, Élisabeth, la reine sans homme, envoie ses sujets lui tailler un empire dans le Nouveau Monde, décidément très à la mode au XVIe siècle. L'amiral Walter Raleigh accoste en Virginie avec ses marins et s'en trouve bien mal, il n'y a rien à manger.
Par miracle, un bateau, de retour des Indes-Occidentales, donne charitablement à ces Anglais affamés quelques sacs de pommes de terre. Ils en mangent. Quand on a faim, tout est bon. Ils la cultivent, avec succès.
En 1585, les conquérants rentrent au bercail, les soutes pleines de pommes de terre. On les appelle patates de Virginie ou openawk. Raleigh en plante sur sa terre de Younghal. L'introduction en Irlande de la pomme de terre a d'abord semblé un bienfait pour devenir un fléau. Depuis la fin du XVIIe siècle, ce tubercule devint, avec le laitage, la nourriture unique de l'Irlandais.
En 1846, la maladie s'abattit sur la pomme de terre, coupant les vivres et faisant périr 500 000 personnes. On l'appela d'ailleurs la famine potatoes. Elle eut pour effet de vider l'Irlande et de peupler le jeune État de New York. Pour l'irish stew, on choisira des pommes de terre qui ne se délitent pas à la cuisson. La Rosa, que l'on appelle quelquefois cornichon rose ou rognon rose, a la peau rouge, lisse et la chair bien jaune, son grain est fin. La Viola est allemande, sa peau est ocrée, malgré son nom, et sa chair est jaune, sa forme oblongue et régulière.

## *Les bouillons cubes*

Les petits bouillons cubes Maggi dans leur papier doré ne datent pas d'hier. Ils apparaissent en 1907. Julius Maggi

est un inventeur brillant. A partir de bouillon concentré de viandes de bœuf parées ou de poules entières désossées, après déshydratation et ajout d'extraits végétaux, il obtenait ces cubes bien utiles quand le temps manque pour faire soi-même un consommé.
Compter 2 tablettes par litre d'eau. La marque Knorr est également très convenable.

## RECETTE DE L'IRISH STEW

**INGRÉDIENTS POUR 8 PERSONNES**

- 1 KG DE COLLIER ET 1 KG DE POITRINE DE MOUTON
- 1,6 KG DE POMMES DE TERRE (ROSA OU VIOLA)
- 4 GOUSSES D'AIL
- 4 ÉCHALOTES
- 500 G D'OIGNONS
- 6 VERRES DE CONSOMMÉ
- PERSIL
- BOUQUET GARNI
- WORCESTERSHIRE SAUCE
- SEL ET POIVRE

**PRÉPARATION**

Faire couper par le boucher le collier et la poitrine en morceaux de 50 g environ.
Éplucher les pommes de terre et les oignons.
Les émincer au robot.
Saler et poivrer sur chaque face les morceaux de viande.
Mélanger pommes de terre, oignons et viande ainsi que les

gousses d'ail et les échalotes épluchées et entières.
Mettre dans une cocotte en fonte ou dans une terrine en terre.
Ajouter le bouquet garni et le persil.
Mouiller avec le consommé.
Mettre au four préchauffé.
Laisser cuire 2 heures, thermostat 6.
Quinze minutes avant la fin de la cuisson, retirer le bouquet garni et ajouter une rasade de Worcestershire Sauce.
Servir brûlant dans le plat de cuisson.
Traditionnellement, nos amis irlandais servent ce plat avec du chou rouge mariné aux épices.

## RECETTE DU CHOU ROUGE MARINÉ

Choisir un beau chou rouge bien ferme.
Enlever les feuilles extérieures, le couper en 4.
Retirer le trognon.
L'émincer finement.
Le laver, le sécher et le saupoudrer de sel fin.
Mettre dans un saladier et laisser reposer 24 heures au frais en prenant soin de le remuer de temps à autre.
Le sortir et l'égoutter.
Faire bouillir un demi-litre de vinaigre d'alcool et le verser sur le chou lorsqu'il est refroidi.
Mélanger avec 1 ou 2 gousses d'ail selon le goût, une feuille de laurier écrasée et du poivre en grains.
Laisser mariner 4 à 5 jours.
Servir tel quel, égoutté.

# *Le navarin ou ragoût de mouton*

Le navarin est, en quelque sorte, notre irish stew français, en un peu plus compliqué, puisque, apparemment et contrairement aux Irlandais, nous ne savons pas faire simple…

Beaucoup d'historiens se sont penchés sur l'origine du mot navarin qui, reconnaissons-le, sonne bien glorieusement. On a imaginé une version belliqueuse, souvenir d'une victoire franco-anglo-russe sur la flotte turco-égyptienne, en 1827, en Grèce, à Navarin précisément. Il a bien fallu déchanter car on se régalait de navarin bien avant cette date. Il semble que, plus prosaïquement, navarin pourrait être la déformation de navet, légume de base de ce plat.

# RECETTE DU NAVARIN

**INGRÉDIENTS POUR 8 PERSONNES**

- 2 KG DE VIANDE DE MOUTON RÉPARTIS
DANS LA POITRINE, LE COLLET ET LES BASSES CÔTES.
DEMANDER À SON BOUCHER DE DÉCOUPER
DES MORCEAUX D'ENVIRON 70 G CHACUN.
- 80 G DE BEURRE ET 4 CUILLÈRES À SOUPE
D'HUILE D'ARACHIDE OU 120 G
DE SAINDOUX OU DE GRAISSE D'OIE
- 1 KG DE POMMES DE TERRE
- 3 TOMATES FRAÎCHES
- 2 CUILLÈRES À SOUPE DE CONCENTRÉ DE TOMATES
- 1 BOUQUET GARNI
- 50 G DE FARINE
- SEL ET POIVRE
- 1 CUILLÈRE À SOUPE DE SUCRE EN POUDRE
- 3 GOUSSES D'AIL
- 2 OIGNONS
- 1 LITRE DE CONSOMMÉ

**PRÉPARATION**

Saler, poivrer, sucrer chaque morceau de viande.
Mettre la graisse choisie à chauffer dans une cocotte en fonte.
Quand elle grésille, ajouter les morceaux de viande.
Les faire rissoler sur tous les côtés.
Jeter la graisse de cuisson.
Ajouter la farine sur les morceaux de viande.
Laisser roussir pour cuire la farine.
Ajouter le consommé, les tomates, le bouquet garni, les gousses d'ail légèrement écrasées, le concentré de tomates et les oignons.
Rectifier l'assaisonnement, sel, poivre.

Faire partir à ébullition et laisser bouillotter doucement, à feu doux, pendant 1 heure dans le four.
Au bout de 1 heure, ajouter les pommes de terre épluchées et calibrées.
Laisser cuire 45 minutes.
Les pommes de terre doivent rester intactes.
Avant de servir, dégraisser le maximum à la louche.
Faire un peu réduire.
Selon le degré d'intimité des invités, on peut servir dans le plat de cuisson.

◆**Navarin printanier**
Procéder exactement comme pour le ragoût de mouton.
Simplement, après 1 heure de cuisson, rajouter 500 g de navets épluchés, 500 g de petits pois frais, une botte d'oignons nouveaux épluchés, 500 g de carottes et 500 g de pommes de terre nouvelles (si possible de l'île de Ré ou de Noirmoutier, la petite Bonette est incomparable) frottées dans un torchon garni de gros sel (cette technique évite l'épluchage mais implique un abondant rinçage).
Dégraissage et service comme pour la recette précédente.

# La potée

Comme le pot-au-feu, la potée nous vient du fond des âges. Soupe-repas, elle se plaisait dans les pots de terre ou les chaudrons, au coin de la cheminée de la ferme.
Campagnarde, rustique, elle est généreuse, conviviale, roborative.
Toutes les régions de France ont leur potée. Les formules

peuvent varier mais toutes ont en commun le porc du saloir et le chou. A partir de ces deux classiques, elle peut changer de nom, faire la coquette avec d'autres légumes, carottes, navets ou raves, faire une place à une volaille, une pièce de bœuf, un morceau de mouton, mais le porc, sous toutes ses formes, reste son indéfectible compagnon.
Comme le pot-au-feu (de bœuf), la potée n'est pas un plat de tête-à-tête. Il lui faut du monde pour assurer la parade. Elle donne sa pleine mesure quand huit ou dix personnes sont réunies autour de la table. La viande peut être abondante, qu'importe. Un morceau de lard de poitrine maigre ou de palette froid, le matin, assure un casse-croûte des plus festifs.
Selon la plus ancienne des traditions, la potée se fait avec des viandes demi-sel : palette ou pointe, travers et lard maigre, du chou vert, des carottes et des pommes de terre. Il est toléré un ou deux saucissons frais, à cuire. Les viandes fumées n'ont pas accès à la potée si on tient aux usages paysans.
La potée des vendangeurs, ou potée champenoise, est composée de cinq viandes et de cinq légumes ; dans la creusoise, on met du jarret ; la franc-comtoise ne saurait se passer de jésus de Morteau ; la bretonne s'inspire de la corrida et veut la queue et les oreilles ; l'auvergnate, peut-être la plus connue, est la plus riche puisqu'on y adjoint une tête de porc, des saucisses sèches et des saucissons ; en Lorraine, pour les potées de printemps, ma grand-mère rajoutait quelques petits pois du jardin.

# Les ingrédients

## LE PORC

Tout est bon dans le cochon, vieux dicton populaire contrôlé et vérifié. Seule perte, le cri.
Vénéré, encensé ou rejeté, on lui attribue tous les défauts et toutes les qualités.
Il fut considéré comme le meilleur ami de l'homme, les Chinois en ont fait un des douze animaux du cycle occulte de la Lune.
Né sous ce signe, on est sensuel, galant, doux et volontaire, épicurien et assoiffé de connaissance.
Pour les musulmans et les juifs, il symbolise l'impureté.
L'Égypte ancienne lui attribuait la décroissance de la Lune qu'il était accusé de dévorer un peu chaque nuit. On le disait même porteur de la lèpre. Les Romains se délectaient de vulves de truie farcies et pourtant il a succédé au chien dans les injures zoologiques.

On raconte qu'il est sale, c'est tristement vrai quand on le laisse sans paille et sans eau fraîche.
Pourtant, il respire la sympathie, la gaieté et son petit œil en bouton de bottine semble dire : "Cause toujours..."

*Quel autre animal peut prétendre que sa mort annoncée est synonyme de réjouissances et de fêtes ?*

La viande de porc peut s'apprêter poêlée, grillée, rôtie, salée, mijotée ou fumée.
Les morceaux qui nous intéressent pour la potée sont essentiellement :

### *La palette*
C'est précisément l'omoplate. Elle est vendue fraîche, demi-sel ou fumée. On la choisira demi-sel.

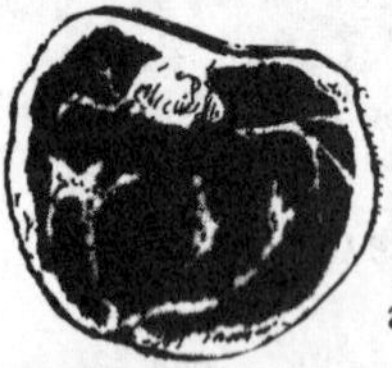

### *Les jambonneaux*
Ils sont avant et arrière. On les appelle aussi " jarrets ". Ceux situés dans la patte arrière sont les plus avantageux.

### *Le lard*
Nous choisirons le lard maigre, salé ou fumé. Le lard gras n'a rien à faire dans nos potées, on s'en sert pour fabriquer des bardes. Le lard maigre est situé dans la poitrine du porc, parties thorax et ventrale. On se sert du lard maigre pour faire des lardons, de la ventrèche ou de la pancette.

### *La queue*
Quelquefois cuite avec le petit salé, elle est exquise, demi-sel avec la potée qui nous occupe.

### *Le plat de côtes et le travers*
Respectivement côtes du sternum découvert et extrémité des côtelettes du carré, on les appelle communément petit salé.

Dans une potée, il est indispensable d'utiliser du porc demi-sel. Le porc frais, sans salage préalable, prendra une vilaine couleur grise alors que demi-sel il apparaîtra rose comme certaines enseignes de charcuterie. Il est impératif de le mettre à dessaler ou à blanchir.
Il dessalera dans un récipient, sous un filet d'eau fraîche, pendant une nuit. Pour le blanchir, il faudra le mettre

dans une casserole, le couvrir d'eau froide et le faire démarrer à feu très doux pour que le sel ait le temps de se dissoudre.
Blanchir ne veut pas dire cuire, il faut seulement maintenir un léger frémissement de 3 à 10 minutes selon la taille des morceaux.

*En général, toutes les parties du porc qui se plaisent au saloir s'accommodent fort bien du fumoir.*

## Les saucisses ou saucissons

Le cervelas de Lyon ou cervelas lyonnais est pur porc, quelquefois nature, souvent pistaché ou truffé et comme la truffe s'entend bien avec la pistache, rien n'empêche d'y mettre les deux.
La saucisse de Morteau, lorsqu'elle est véritable, bénéficie d'un label Franche-Comté et l'extrémité de son boyau est pincée, retournée et maintenue par une cheville en bois. On la fume mais ce n'est pas indispensable.
La saucisse de Montbéliard est la cousine germaine de la morteau, son diamètre est plus petit, elle est dispensée de cheville en bois.
La saucisse ou saucisson de Lorraine est pur porc ou porc et bœuf.
Le murson, saucisson typique de la région de Grenoble, est composé de viande et de couenne hachées (80/20 %) ; il est fortement aillé.
La longeole et le sabodet comportent dans des proportions variables de la couenne, voire même de la tête ; ils sont de fort calibre et le sabodet est ficelé.
Il existe toute une variété de saucisses ou de saucissons aux herbes et aux légumes.
Dans une proportion de 20 à 50 % de légumes, on ajoute à la viande de porc des poireaux, des épinards,

des choux ou des blettes, de l'oignon et même des orties dans le pormonier, spécialité savoyarde.
Les saucisses aux herbes ne sont pas indispensables, loin de là, dans la potée qui nous occupe.

### *Le chou*

Quelle grande famille que celle des choux ! Bien que de variétés différentes, ils portent le même patronyme, qu'ils soient cabus, de printemps, d'été ou d'hiver, de Milan à grosses côtes ou verts.
Ils peuvent également être de Bruxelles, de Chine, rouges ou quintal (pour la choucroute), fleurs, raves, navets ou brocolis. Ils ont des surnoms charmants : pain-de-sucre, cœur-de-bœuf, petit et gros. Le chou, chouchou des anciens thérapeutes, guérissait toutes les maladies, même les plus contradictoires. On le disait constipant et relâchant ; peu importe, il "faisait un bon ventre". L'urine de ceux qui avaient mangé du chou servait à baigner les enfants débiles. On pouvait aussi la chauffer et se l'appliquer sur la tête pour calmer les migraines. Même aujourd'hui, on continue à vanter ses mérites. Sa réputation de docteur miracle n'est plus à faire contre la goutte, les rhumatismes, l'eczéma, la constipation, la surdité et les angines. Le sage Caton y croyait. Moi, beaucoup moins, par expérience !

*On dit ainsi que l'ivresse n'a pas de prise sur le mangeur de chou bouilli, quelle que soit la quantité d'alcool qu'il absorbe.*

On raconte également que certains bébés l'ont choisi pour venir au monde. Quand on est pépère, rondouillard, sympathique, rassurant et généreux, on peut faire croire n'importe quoi !

# RECETTE DE LA POTÉE

**INGRÉDIENTS POUR 8 À 10 PERSONNES**

- 1 PALETTE DE PORC DEMI-SEL OU UNE POINTE DE PORC
- 800 G DE TRAVERS
- 1 JAMBONNEAU ARRIÈRE
- 500 G DE LARD DE POITRINE MAIGRE
- 1 SAUCISSON DE MORTEAU OU 2 MONTBÉLIARDS (FACULTATIF)
- 1 BEAU CHOU VERT POMMÉ D'ENVIRON 1,5 KG
- 500 G DE CAROTTES
- 800 G À 1 KG DE POMMES DE TERRE
- 2 LITRES DE BOUILLON DE VOLAILLE
- 1/2 LITRE DE VIN BLANC SEC
- 50 G DE GRAISSE D'OIE
- 1 QUINZAINE DE GRAINS DE POIVRE
- 1 GROS OIGNON OU 2 MOYENS, PIQUÉS CHACUN DE 2 OU 3 CLOUS DE GIROFLE
- 1 BRANCHE DE CÉLERI
- 2 BRANCHES DE THYM
- 2 FEUILLES DE LAURIER

**PRÉPARATION**

Mettre les viandes à dessaler dans un récipient sous un filet d'eau 3 ou 4 heures, ou mieux, 1 nuit, avant leur utilisation. Éplucher et laver le chou en éliminant les feuilles extérieures les plus vertes, le blanchir à l'eau bouillante en ayant pris soin d'ajouter

1 cuillère à café de bicarbonate de soude pour éviter les inconvénients flatulents du chou. Le rincer à l'eau froide et l'égoutter.
Dans une cocotte en fonte, placer les viandes à l'exception de la morteau.
Recouvrir avec le bouillon et le vin blanc. Ajouter le bouquet garni, l'oignon piqué, le poivre. Couvrir au premier frémissement et mettre au four pendant 1 heure à thermostat 5, 180°. Au bout d'1 heure, ajouter les carottes, une demi-heure plus tard, la morteau et laisser cuire l'ensemble une demi-heure encore, à même température. Pendant la cuisson des viandes, faire fondre la graisse d'oie dans une casserole, ajouter le chou coupé en grosses lanières et une bonne louche du bouillon de cuisson des viandes. Laisser cuire une demi-heure à couvert.
Sur un plat bien chaud, poser le chou égoutté, les viandes coupées en tranches minces, les carottes et un peu de bouillon de cuisson brûlant. Les pommes de terre doivent être cuites séparément, à la vapeur, pour éviter de troubler le bouillon.

# RECETTE DE MA POTÉE

**INGRÉDIENTS POUR 8 À 10 PERSONNES**

- 1 PALETTE DE PORC FUMÉE
- 500 G DE LARD DE POITRINE DEMI-SEL
- 500 G DE LARD DE POITRINE FUMÉE
- 1 SAUCISSON DE MORTEAU
- 1 CERVELAS DE LYON
- 1 BEAU CHOU VERT BIEN POMMÉ DE 1,5 KG
- 800 G DE CAROTTES
- 500 G DE NAVETS
- 1/2 LITRE DE BOUILLON DE VOLAILLE
- 80 G DE SAINDOUX OU DE GRAISSE D'OIE
- 15 GRAINS DE POIVRE
- 2 OIGNONS MOYENS PIQUÉS CHACUN DE 2 OU 3 CLOUS DE GIROFLE
- 2 BRANCHES DE THYM ET 2 FEUILLES DE LAURIER

**PRÉPARATION**

Éplucher le chou en éliminant les feuilles extérieures les plus vertes, laver les feuilles à plusieurs eaux, blanchir à l'eau bouillante en ayant pris soin d'ajouter 1 cuillère à café de bicarbonate de soude pour éviter les effets flatulents du chou.

Rincer à l'eau froide et égoutter. Dans une terrine en terre, mettre à fondre le saindoux ou la graisse d'oie. Poser une couche de chou sur la matière grasse, répartir la palette et les 2 morceaux de poitrine, les carottes et les navets, le poivre, le thym et le laurier et les oignons. Recouvrir du reste de chou. Mouiller avec la moitié du bouillon de volaille. Fermer la terrine avec son couvercle et mettre au four pendant 1 heure à 180°, thermostat 5. Au bout d'1 heure de cuisson ajouter les saucisses sous la première couche de chou, vérifier que le fond de la terrine

n'attache pas sinon arroser avec le reste du bouillon.
Laisser cuire au four à même température pendant une bonne heure encore. Davantage si nécessaire.
Servir dans la terrine après avoir coupé les viandes et les saucisses.

## RECETTE DU JAMBON AU FOIN

**Ingrédients pour 10 personnes**

- 1 PETIT JAMBON FRAIS DE 3 KG À COMMANDER CHEZ LE CHARCUTIER
- 1 BOUQUET GARNI, THYM, LAURIER, QUEUES DE PERSIL
- 1 DIZAINE DE GRAINS DE POIVRE
- 1 GOUSSE D'AIL
- 1 GROSSE POIGNÉE DE FEUILLES DE SAUGE
- 2 GROSSES POIGNÉES DE FOIN
- SI ON NE TROUVE PAS DE FOIN, N'UTILISER QUE LA SAUGE

**Préparation**

Faire dessaler le jambon la veille dans un récipient sous un filet d'eau froide, le déposer sur un torchon mouillé, le recouvrir de foin et de sauge.
Refermer le torchon et ficeler aux deux extrémités.
Mettre le jambon dans un faitout. Couvrir d'eau froide.
Ajouter le bouquet garni et le poivre. Porter lentement à ébullition et maintenir un léger frémissement. L'eau ne doit jamais bouillir.
Compter 20 minutes de cuisson par livre.
Débarrasser le jambon, une fois cuit, du torchon et des

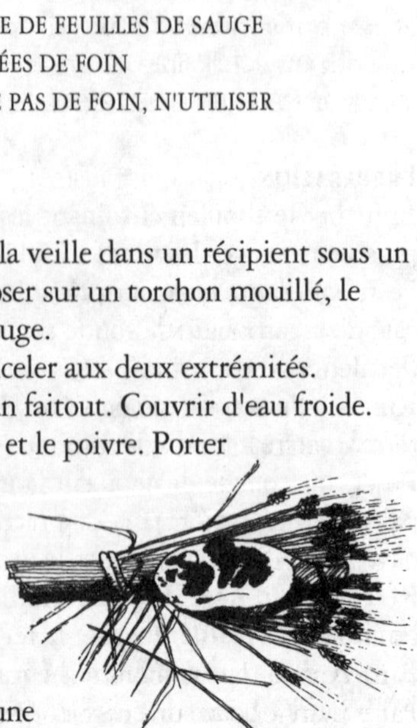

aromates, le frotter sur toutes ses faces avec une gousse d'ail piquée au bout d'une fourchette.
Servir chaud nature, coupé en tranches fines sur une tombée d'épinards au beurre. Si on désire le servir froid, il faudra le laisser refroidir dans son bouillon de cuisson.

## Le jambonneau aux lentilles

Le jambonneau aux lentilles peut parfaitement faire partie de la famille des bouillis. On choisira des jambonneaux arrière "plus viandeux" que ceux du devant bien que, quelquefois, de bonnes surprises de prix et de qualité soient à attendre de ceux du devant.

**INGRÉDIENTS POUR 6 À 8 PERSONNES**

- 2 JAMBONNEAUX DEMI-SEL D'ENVIRON 1 KG CHACUN
- 2 BELLES CAROTTES
- 1 QUINZAINE DE PETITS OIGNONS GRELOTS
- 50 G DE SAINDOUX
- 100 G DE BEURRE FRAIS DEMI-SEL OU DOUX
- 1 BOUQUET GARNI : THYM, LAURIER, QUEUES DE PERSIL
- 2 GOUSSES D'AIL
- 500 G DE LENTILLES VERTES DU PUY
- 2 LITRES DE BOUILLON, POULE OU BŒUF
- SEL ET POIVRE
- PERSIL SIMPLE

**PRÉPARATION**

Faire dessaler les jambons 4 à 5 heures dans l'eau claire.
Faire chauffer dans une cocotte le saindoux et la moitié du beurre.

Mettre les oignons grelots épluchés et les carottes coupées en rondelles épaisses, laisser mijoter une dizaine de minutes à feu doux.
Ajouter les lentilles, l'ail épluché et grossièrement écrasé. Bien remuer pour les laisser s'imprégner des arômes.
Ajouter les jambonneaux et le bouillon.
Porter à ébullition doucement. Écumer si besoin.
Ajouter le bouquet garni, le sel et le poivre. Cuire à feu doux deux petites heures, cocotte couverte aux trois quarts. Enlever le bouquet garni, ajouter le reste du beurre aux lentilles.
Déposer les jambonneaux coupés en 3 ou 4 morceaux sur un plat de service bien chaud et parsemer les lentilles de persil simple grossièrement coupé aux ciseaux.

## Les abats

Si nous n'y prenons pas garde, la triperie française sera dans quelques années la "martyre" sacrifiée sur l'autel diététique et nutritionniste. Le spectre du cholestérol et de l'urée, brandi comme un épouvantail maléfique, aura mené à la ruine les quelque six cents tripiers qui exercent encore honorablement leur métier et transformé la filière bouchère. La triperie représente ce qu'il est convenu d'appeler le "cinquième quartier", autrement dit tout ce qui n'est pas compris dans les deux quartiers avant et les deux quartiers arrière et qui constitue pour les éleveurs un revenu non négligeable. Si la triperie disparaissait, ce cinquième quartier serait vendu aux industriels du pet-food (aliments pour animaux domestiques) qui pourraient ainsi en fixer le prix à leur guise. La conséquence serait, vraisemblablement, l'augmentation du prix de la viande, les éleveurs étant obligés de vendre leurs carcasses plus cher pour récupérer le manque à gagner. Le cholestérol et l'urée sont les boucs émissaires faciles de tous nos maux. Il n'est pas question de prétendre que les abats n'en contiennent pas mais il est, en ce qui concerne le cholestérol, honnête d'affirmer que nous en avons tous dans le sang et que notre organisme lui-même en produit les deux tiers, l'alimentation fournissant le tiers restant. Le cholestérol est une substance indispensable à la vie ; il est présent dans le poisson, la viande et les œufs. La mise en garde est nécessaire, certes, afin d'éviter les abus. Mais qui mange des abats tous les jours ?

*En manger une ou deux fois par semaine ne présente aucun danger, sauf pour les obèses et les hypertendus qui doivent manifester une certaine tempérance quant à leur consommation.*

Les abats comestibles du bœuf, du veau, de l'agneau et du porc se divisent en rouges et blancs. Les rouges comprennent le foie, le cœur, les rognons, la hampe, l'onglet (admirables biftecks vendus traditionnellement en triperie jusqu'à ces dernières années) et la joue dont on a pu voir précédemment qu'elle faisait merveille dans le pot-au-feu et qui permet, également, des bourguignons et autres bœufs aux carottes moelleux et fondants. La cervelle, les ris et les testicules, bien que de couleur blanche, rentrent dans la catégorie des abats rouges. Les abats blancs se composent de la tête, de la langue, du gras-double et du pied. Ils font partie intégrante de notre famille des bouillis. Les tripiers conservent les abats blancs dans de l'eau fraîche, après les avoir échaudés, alors que les abats rouges sont gardés dans des chambres à froid humide et généralement vendus frais.

## LA TÊTE

La tête de veau est vendue entière ou roulée, blanche ou marbrée de noir. Les noires ont peu de succès, le consommateur ignorant généralement que la couleur est celle de la bête qui peut être blanche, noire ou pie. Gustativement, elles sont aussi bonnes l'une que l'autre mais comme l'esthétique prime sur la connaissance et le goût, les noires ont l'avantage d'être nettement moins chères. On peut faire cuire la tête de veau entière. Cela me paraît bien inutile car sa taille exige un faitout adéquat et le travail de désossage devient une corvée, même après la cuisson. Il est donc préférable de demander au tripier de la désosser, de la rouler et de la ficeler avec les oreilles et la langue.
Si les convives sont peu nombreux et qu'on décide de la servir en entrée, une demi-tête fera l'affaire. Dans ce cas, si on tient à la langue, il faudra le préciser au tripier et la faire rajouter. Quoi qu'il arrive, dans ce cas précis, vous avez droit à une oreille. Ces deux éléments sont indispensables à la tête. Une tête sans langue est une coquille de noix sans cerneau. Autre élément indispensable, la cervelle. Sa cuisson interviendra à part, mais elle fait partie intégrante du service. Il faut prendre soin de demander au tripier si la tête du veau a été dégorgée à l'eau fraîche mais, quelle que soit la réponse, il faudra la blanchir rapidement. Pour conserver à la partie gélatineuse de la tête sa blancheur d'albâtre, on la cuit "au blanc". La cuisson "au blanc" nécessite un mélange de farine et d'eau. Mais pour éviter les grumeaux, on installe la farine dans une passoire sur laquelle on fait couler l'eau. Certains préfèrent cuire la tête en morceaux plutôt qu'entière. Tout est possible. La recette restera la même mais ma préférence va à la tête roulée entière.

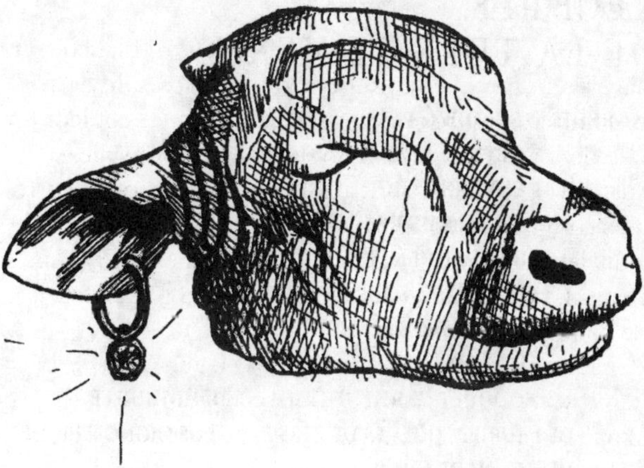

La tête de bœuf fournit la joue, comme nous l'avons vu, et préparée en terrine, elle devient une spécialité charcutière appelée le "museau de bœuf" qui réveille les casse-croûte du petit matin. La tête de porc fait un triomphe en charcuterie : museau, pâté, appelé plus fréquemment "fromage de tête", sans oublier la joue, délicate en daube.

*Les têtes d'agneau ou de mouton entrent dans la préparation de certains plats régionaux ou comme appâts lors de la pêche aux écrevisses.*

# RECETTE
# DE LA TÊTE DE VEAU

**INGRÉDIENTS POUR 6 PERSONNES**

- 1/2 TÊTE DE VEAU AVEC OREILLE ET LANGUE, SOIT ENVIRON 2 KG
- 1 CERVELLE DE VEAU
- 50 G DE SEL ET 12 GRAINS DE POIVRE
- 3 CUILLÈRES À SOUPE DE VINAIGRE
- 40 G DE FARINE BLANCHE
- 3 LITRES D'EAU
- 1 BOUQUET GARNI : THYM, UNE DEMI-FEUILLE DE LAURIER, QUEUES DE PERSIL, 1 GROS OIGNON PIQUÉ DE 1 CLOU DE GIROFLE.

**PRÉPARATION**

Mettre la tête à l'eau froide, porter à ébullition, laisser frémir pendant 15 minutes, passer sous l'eau froide pour rafraîchir.
Emballer la tête dans un torchon, la ficeler et la déposer dans un faitout. Recouvrir d'eau en prenant soin de la verser au travers d'une fine passoire contenant les 40 g de farine.
Ajouter le bouquet garni, l'oignon piqué, le sel, le poivre et le vinaigre.
Porter doucement à ébullition et laisser bouillotter deux bonnes heures.
Ajouter la cervelle 25 minutes avant la fin de la cuisson.
Attention : la tête de veau trop cuite devient généralement gélatineuse.
Égoutter et couper la tête en belles tranches.

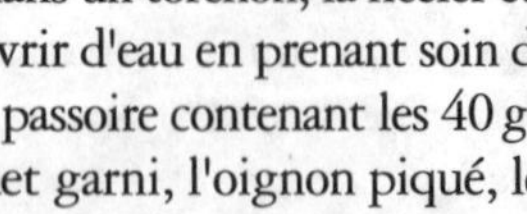

Les disposer sur un plat chaud avec quelques branches de persil frais.
Servir avec une sauce ravigote ou une simple vinaigrette et des pommes vapeur.
Selon le même principe et avec les mêmes ingrédients, la tête de veau peut se cuire dans un consommé de pot-au-feu. Il faut savoir que la couleur sera moins blanche que dans une cuisson au blanc mais que son goût en sera sensiblement amélioré.

## LES PIEDS

### *Le pied de veau*

Il est surtout utilisé comme source de gélatine. Grâce à lui, le consommé deviendra gelée. Dans le bœuf aux carottes, il est indispensable pour donner du "sirupeux" au jus, mais, dégorgé et blanchi, cuit au blanc comme la tête, nappé de ravigote ou de rémoulade, il devient une entrée des plus acceptables.

### *Le pied de porc*

Il aime être pané puis doré au four plutôt qu'au gril. Il ne dédaigne pas se vautrer dans la vinaigrette. Être gratiné ou farci ne lui déplaît pas. Il honore également quelques spécialités régionales dont la plus connue est le pied de porc à la Sainte-Menehould. Il est alors emmailloté, serré dans des bandes de toile comme une momie "toutankhamonesque", cuit dans un court-bouillon très aromatisé. Quand il est alsacien, le pied de porc est truffé et prend la forme d'un fuseau parce qu'il est embossé dans un boyau à rosettes. Italien, il s'appelle Zampone, on le désosse et le farcit de chair à saucisse bien épicée. Cette spécialité est originaire de Modène.

### *Les pieds d'agneau ou de mouton*

Ils se prélassent dans toutes les formes d'accommodement : braisés, grillés, frits, en salade, en fricassée, à la poulette et sont indispensables aux pieds et paquets marseillais.

*Le pied de bœuf joue les acteurs de complément dans les tripes.*

## RECETTE DU PIED DE MOUTON À LA POULETTE

### INGRÉDIENTS POUR LA CUISSON DES PIEDS POUR 6 PERSONNES

- 2 PIEDS BIEN GRATTÉS PAR PERSONNE
- 40 G DE FARINE ❖ 3 CUILLÈRES À SOUPE DE SEL
- 10 GRAINS DE POIVRE ❖ 3 LITRES D'EAU
- 1 BOUQUET GARNI : THYM, LAURIER, QUEUES DE PERSIL
- 1 GROS OIGNON PIQUÉ DE 2 CLOUS DE GIROFLE
- 3 CUILLÈRES À SOUPE DE VINAIGRE

### INGRÉDIENTS POUR LA SAUCE

- 1 LITRE DE BOUILLON, BŒUF OU VOLAILLE
- 2 CUILLÈRES À SOUPE DE FARINE ❖ 50 G DE BEURRE
- 200 G DE CHAMPIGNONS DE PARIS
- 1 BOTTE DE PETITS OIGNONS BLANCS (UNE QUINZAINE)
- 2 JAUNES D'ŒUFS
- 3 CUILLÈRES À SOUPE DE CRÈME FRAÎCHE
- 1 JUS DE CITRON BIEN MÛR

### PRÉPARATION

Le principe de la cuisson est le même que pour la tête de veau.

Mettre les pieds dans l'eau froide, porter à ébullition et laisser frémir 15 minutes.
Rafraîchir à l'eau froide.
Déposer les pieds dans une cocotte et les recouvrir d'eau froide passée à travers la passoire contenant la farine.
Ajouter le vinaigre, le bouquet garni, l'oignon piqué de clous de girofle, le sel et le poivre. Laisser cuire à découvert pendant 3 heures à feu doux.
Vérifier la tendreté des chairs en piquant un des pieds avec un couteau ou une aiguille.
N'interrompre la cuisson que lorsqu'elle est complètement aboutie.
Faire un roux avec le beurre, la farine et le bouillon.
Ajouter les champignons brossés et coupés en 4 et les petits oignons épluchés.
Laisser réduire 3/4 d'heure la casserole posée sur une plaque isolante.
Délayer les jaunes d'œufs dans la crème fraîche, ajouter le jus du citron bien mûr.
Prélever une louche de la sauce et l'ajouter à la préparation crème et œufs, puis faire le mélange dans la casserole.
Poser les pieds de mouton sur un plat chaud et verser la sauce chaude.

## LES LANGUES

Chaque animal a la sienne. Le tripier se limite à celles du porc, du veau, du bœuf et de l'agneau.

### *La langue de bœuf*

Elle est évidemment la plus grosse et lorsque l'animal est âgé, elle risque d'être plus résistante. Elle se prépare en pot-au-feu mais rien n'empêche de la faire braiser.

La langue de bœuf est quelquefois "écarlate". Cette préparation qui, malheureusement, tend à disparaître après avoir connu des périodes glorieuses, sous-entend qu'après avoir été cuite dans un bouillon la langue soit parée, bardée, mise sous baudruche, ficelée et colorée au carmin de cochenille, d'où l'explication de son nom.

### *La langue de veau*

Si elle est nettement plus petite que celle de son aîné le bœuf, elle se prépare à l'identique, bouillie ou braisée. Quand elles sont troyennes ou dijonnaises, cela signifie qu'elles ont subi le même traitement que les langues de porc de même origine.

### *La langue de porc*

Elle est souvent traitée en salaison, cuite et présentée en gelée.
On la vend également confite dans du saindoux.
La langue de Troyes et la langue de Dijon sont de porc ou de veau, enrobées, après cuisson, d'une farce fine, truffées ou pistachées si l'on veut leur donner un air festif. Cette préparation pourrait être assimilée aux galantines.

### *Les langues d'agneau*

Elles sont délicieuses en ragoût, moelleuses et fondantes.

# RECETTE DE LA LANGUE DE VEAU OU DE BŒUF

Il est nécessaire de demander à son tripier de parer la langue, c'est-à-dire d'enlever le cornet.

**INGRÉDIENTS POUR 6 PERSONNES**

- 1 LANGUE DE BŒUF DE 2 KG NET OU 2 LANGUES DE VEAU
- 1 OIGNON PIQUÉ DE 2 CLOUS DE GIROFLE
- 1 BRANCHE DE CÉLERI
- 1 BOUQUET DE PERSIL
- 1 BRINDILLE DE THYM ET 1 FEUILLE DE LAURIER
- SEL ET POIVRE
- 6 CAROTTES
- 3 NAVETS
- 6 POIREAUX

**PRÉPARATION**

Faire dégorger la langue sous un filet d'eau froide pendant 12 heures environ.

La poser dans un faitout et la recouvrir largement d'eau froide.

Porter à ébullition.

Écumer jusqu'à ce que les impuretés qui remontent à la surface aient disparu.

Ajouter l'oignon piqué, la branche de céleri, le persil, le thym, le laurier et la partie verte des poireaux ficelée.

Saler, poivrer.

Maintenir le bouillottement à découvert, pendant 3 heures pour la langue de bœuf et 2 heures pour les langues de veau.

Quarante-cinq minutes avant la fin de la cuisson des langues, ajouter les carottes et les navets.

Vingt minutes avant la fin de la cuisson, ajouter les poireaux dont il ne reste que le blanc et le vert tendre, ficelés en bottillons.
Lorsque la cuisson est terminée, retirer la langue avec une écumoire et la poser sur une planche. Retirer également les légumes et les disposer dans un plat creux et chaud. A l'aide d'un petit couteau, enlever la grosse peau qui entoure la langue. Si la langue est cuite à point, l'opération devrait se faire facilement.
Les langues peuvent se cuire la veille pour le lendemain. Il faudra seulement prendre soin de les peler à chaud et de les emballer dans un papier d'aluminium.
La texture de la viande est telle qu'il y a peu de risques qu'elle sèche. Il suffit de la réchauffer au four le lendemain, nappée de la sauce qu'on aura choisie.

## LES SAUCES D'ACCOMPAGNEMENT

Les abats bouillis sont généralement fades, aussi exigent-ils des sauces adaptées. On choisira, selon le goût ou les circonstances, des sauces froides ou chaudes.

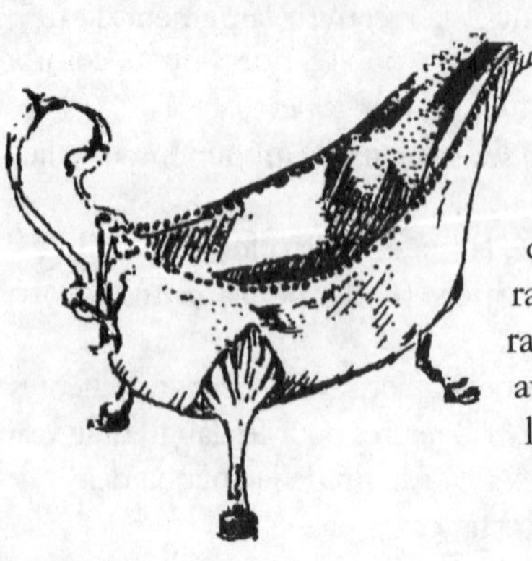

La sauce piquante est chaude et convient parfaitement aux langues de bœuf et de veau ; les sauces ravigote, rémoulade et raifort font merveille avec la tête de veau, les pieds de veau, de mouton et avec la langue.

# SAUCE RAVIGOTE

## INGRÉDIENTS

POUR UN GRAND BOL :

- 50 G D'OIGNON BLANC
- 15/20 G DE CÂPRES AU VINAIGRE
- 1 CUILLÈRE À SOUPE DE PERSIL FRAIS HACHÉ
- 1 CUILLÈRE À SOUPE D'ESTRAGON FRAIS HACHÉ
- 2 CUILLÈRES À SOUPE DE CIBOULETTE
- 2 CUILLÈRES À SOUPE DE CERFEUIL
- 1/2 VERRE À MOUTARDE ORDINAIRE DE VINAIGRE DE VIN
- 1 VERRE ET DEMI À MOUTARDE ORDINAIRE D'HUILE D'ARACHIDE OU D'OLIVE, SELON SES GOÛTS
- 2 CUILLÈRES À CAFÉ DE MOUTARDE FORTE DE DIJON
- À LA SAISON, UN SOUPÇON DE PIMPRENELLE
- SEL ET POIVRE
- 1 ŒUF DUR

## PRÉPARATION

Hacher les oignons et les câpres au mixeur et les verser dans un saladier.

Ajouter le vinaigre, le sel et le poivre, puis l'huile, comme pour préparer une vinaigrette classique.

Ajouter les herbes coupées grossièrement aux ciseaux, la moutarde.

Mélanger.

Passer l'œuf dur à la moulinette sur la sauce ainsi préparée.

Mélanger avec tendresse.

## SAUCE RÉMOULADE

### Ingrédients

- 2 JAUNES D'ŒUFS
- 1 CUILLÈRE À SOUPE DE MOUTARDE
- 1 TASSE À THÉ D'HUILE D'OLIVE
- 5 OU 6 PETITS CORNICHONS
- 1 CUILLÈRE À SOUPE DE CÂPRES AU VINAIGRE
- 2 CUILLÈRES À SOUPE DE CERFEUIL
- 2 CUILLÈRES À SOUPE D'ESTRAGON
- SEL ET POIVRE

### Préparation

Monter une mayonnaise, ajouter les cornichons et les câpres hachés, les fines herbes, le sel et le poivre.

## SAUCE AU RAIFORT

### Ingrédients pour 6 personnes

- 1 POT DE 20 CL DE CRÈME DOUBLE SORTANT JUSTE DU RÉFRIGÉRATEUR
- 2 CUILLÈRES À SOUPE D'EAU GLACÉE
- 2 CUILLÈRES À SOUPE DE RAIFORT RÂPÉ
- 2 CUILLÈRES À SOUPE DE JUS DE CITRON
- SEL ET POIVRE

### Préparation

Dans un bol, battre énergiquement au fouet la crème et l'eau pour la faire monter.
Elle doit prendre la consistance d'une mayonnaise légère.
Ajouter le raifort, le jus de citron, sel et poivre.
Bien mélanger.
Cette sauce convient aux langues, pot-au-feu et poules au pot.

# SAUCE PIQUANTE

**Ingrédients**

- 100 G DE BEURRE
- 40 G DE FARINE
- 3 CUILLÈRES À SOUPE DE VINAIGRE BLANC
- 1 BELLE ÉCHALOTE, GRISE SI POSSIBLE
- 1 BOUQUET DE PERSIL
- 1 LITRE DE BOUILLON, VOLAILLE OU BŒUF
- 18 À 20 PETITS CORNICHONS
- 1 CUILLÈRE À CAFÉ DE POIVRE MOULU

**Préparation**

Hacher finement l'échalote ou la presser avec un appareil spécial.
La mettre dans une casserole avec 50 g de beurre.
Laisser fondre très doucement sans prendre de couleur.
Ajouter le vinaigre et le poivre et laisser réduire complètement.
Dans une autre casserole, préparer un roux en faisant d'abord fondre les 50 g de beurre restants avec la farine.
Ajouter doucement le bouillon et verser cette préparation sur la réduction d'échalotes au vinaigre.
Laisser frémir pendant une demi-heure.
Ajouter les cornichons et le persil finement hachés.

# LE FROMAGE DE TÊTE DE MA GRAND-MÈRE

*Le fromage de tête est une spécialité charcutière qui s'étale encore, avec outrecuidance, chez certains charcutiers. Cet admirable pâté est devenu, depuis quelques années, le déshonneur d'une profession et la négation d'une tradition.*

*On le voit parader dans les vitrines réfrigérées, rougissant de honte et de E 120 (carmin de cochenille). On le dénature avec des ajouts de langue écarlate, de jarrets et autres morceaux qui n'ont rien à voir avec ses origines naturelles. Louis XV en était friand. Sous son règne, le fromage de tête s'appelait "terrine de groins". Ma grand-mère, lorraine et cuisinière dans une maison bourgeoise, le préparait avec amour pour ses patrons et quand, par chance, leur tablée n'était pas trop nombreuse, j'étais autorisé à y goûter. Quel régal !*

*Son fromage de tête, dont elle m'a laissé la recette, était composé d'une tête de porc entière sans la cervelle et de deux pieds du même animal. Rien d'autre. Le résultat était fondant et moelleux pour la viande, croquant et souple pour les cartilages, tremblotant et parfumé pour la gelée.*

*Elle procédait bien simplement. Elle achetait une tête de porc qu'elle faisait couper en deux par son charcutier et deux pieds qu'elle installait simplement dans une vaste marmite et recouvrait d'eau froide, en prenant soin de réserver la langue. Dans un nouet de mousseline, elle plaçait quatre ou cinq oignons grossièrement émincés, trois échalotes, cinq à six gousses d'ail écrasées, une petite poignée de poivre en grains, quelques clous de girofle, une belle brindille de thym et une botte de persil fraîchement cueilli. Elle attachait le nouet au bout d'une ficelle et le laissait pendre dans l'eau, fixé à l'anse de la marmite.*

*Sa petite main fragile s'emparait d'une poignée de gros sel gris, puis d'une autre, qu'elle jetait d'un geste circulaire dans l'eau. Petit à petit, l'eau frissonnait jusqu'à ébullition. Je la revois encore caressant la surface de l'eau avec une écumoire pour prélever les impuretés qui s'y déposaient. Lorsque l'eau avait retrouvé sa pureté, elle se penchait pour réduire la puissance du gaz, vérifier que son geste entraînait la réduction du bouillottement vers un léger, léger frémissement. En général, elle préparait son fromage de tête vers 23 heures, après son service. Et vers minuit, elle montait dormir ses sept heures bien gagnées. Le lendemain matin, elle introduisait la langue dans le bouillon une vingtaine de minutes, le temps de son petit déjeuner, puis elle retirait la tête, la langue et les pieds, conservait précieusement son nouet d'aromates et filtrait méticuleusement le bouillon de cuisson au travers d'une fine passoire qu'elle doublait d'un linge mouillé d'eau glacée.*

*Elle ajoutait alors dans ce bouillon transparent une bouteille de bon vin blanc sec parfumé, y replongeait son nouet précieux et remettait sur le feu la marmite, à découvert, pour laisser réduire à feu vif. Avec soin, elle retirait la peau blanche et le cornet de la langue qu'elle plongeait entière dans la marmite avec les chairs et les pieds soigneusement désossés et coupés en gros morceaux.*

*Elle vérifiait l'assaisonnement en portant à ses lèvres une grosse cuillère de bouillon brûlant sur lequel elle soufflait. Elle rectifiait souvent de quelques tours de moulin à poivre et de quelques pincées de sel fin et, pendant une demi-heure, elle vaquait à ses occupations matinales tout en jetant un coup d'œil tendre et affectueux en direction de sa marmite. Dans un saladier, elle versait alors deux louches de bouillon qu'elle agitait dans tous les sens pour en napper les parois et laissait prendre en gelée. Elle retirait les viandes avec une écumoire, désossait*

*la tête et les pieds, tranchait la langue en larges rondelles. Elle répartissait harmonieusement les morceaux de langue et les morceaux de maigre et de gras de la tête et des pieds.*
*Elle couvrait l'ensemble du bouillon bouillant en prenant soin d'écarter doucement les morceaux pour que tous les interstices se garnissent. Après avoir laissé tiédir, elle recouvrait le saladier d'une assiette sur laquelle elle posait un gros poids en fonte octogonale. Lorsque l'ensemble était bien refroidi, elle le cachait dans un réfrigérateur pendant 24 heures. Je n'oublierai jamais sa façon de découper le premier quartier de ce fromage de tête.*
*Elle prenait amoureusement le saladier sous son bras gauche et l'appuyait contre son sein, elle plantait avec énergie un couteau à large lame au milieu de sa préparation et le ramenait avec force vers le bord du saladier.*
*Elle recommençait la même opération, puis, posant le récipient sur la table, elle en retirait une large tranche triangulaire qu'elle posait avec un regard satisfait sur le dessus de "SON" fromage de tête.*
*Je vous en supplie, ne colportez pas cette recette, elle est à nous !*

# Le hochepot

Voilà un nom qui fait irrémédiablement penser au Moyen Age, aux Flandres, aux truculentes scènes de mœurs paysannes de Bruegel l'Ancien. Ce plat est déjà décrit dans *Le Viandier* de Taillevent (1392) puis tout au long de la littérature gastronomique. Il évoque des nourritures solides, roboratives, servies généreusement. L'origine de son nom est controversée. Sa signification viendrait de "hocher", secouer le pot que l'on installait dans les cheminées et dans lequel cuisait l'essentiel de la nourriture. Les Flamands, lorsqu'ils mettent les viandes à revenir, utilisent encore aujourd'hui le mot "hocher" quand ils agitent le récipient. Bien qu'originaire du Nord, le hochepot est un peu l'auberge espagnole de la cuisine. On y met ce dont on dispose "à la fortune du pot". Sa définition est difficile à établir. C'est indiscutablement un membre de la famille des bouillis, que l'on considère à tort comme un ragoût, mais sans être une potée. Avant tout, c'est un plat de viande, on peut tout y mettre, de la queue de bœuf tronçonnée, de la saucisse, une tête de porc, une poule, un jambonneau, du plat de côtes de bœuf et de l'épaule de mouton. Un lapin, des cuisses de canard ou une langue de bœuf ne sont jamais ridicules dans un hochepot.

*Il va de soi que le hochepot n'est pas un plat de solitaire. Il exige un certain faste dans la mise en scène du service. C'est un plat de grande tablée, pour la fête.*

Le vin servi en accompagnement coule de grandes carafes de couvent. Le genièvre est son digestif.
Notre hochepot est une base à partir de laquelle on pourra rajouter toutes les variétés de viande que nous avons évoquées. Il est important de se souvenir qu'en fin de cuisson la viande doit être confite.

# RECETTE DU HOCHEPOT

## Ingrédients pour 12 personnes

- 12 MORCEAUX DE QUEUE DE BŒUF, TRONÇONNÉS PAR LE BOUCHER ET D'ENVIRON 100 G CHACUN DÉGORGÉS À L'EAU FRAÎCHE LA VEILLE
- 300 G DE POITRINE FUMÉE
- 1 BEAU SAUCISSON À CUIRE
- 1 ÉPAULE DE MOUTON MÉTICULEUSEMENT PARÉE
- 3 OREILLES DE PORC FRAÎCHES OU DESSALÉES
- 5 GOUSSES D'AIL
- 100 G DE FARINE
- 6 GROS OIGNONS CLOUTÉS DE 3 CLOUS DE GIROFLE
- 1 BEAU BOUQUET GARNI
- 1 VERRE À MOUTARDE ORDINAIRE DE MADÈRE OU DE XÉRÈS
- 3 LITRES D'EAU OU DE BOUILLON, DE BŒUF OU DE VOLAILLE
- 1 LARGE COUENNE POUR TAPISSER LE FOND DE LA MARMITE
- SEL, 18 À 20 GRAINS DE POIVRE
- 6 BAIES DE GENIÈVRE
- 6 POIREAUX BIEN BLANCS
- 6 CAROTTES
- 12 PETITS NAVETS OU 6 GROS
- 1 PETIT CÉLERI RAVE
- 1 KG DE GROS HARICOTS VERTS
- 1 PETIT CHOU VERT
- 1 DOUZAINE DE POMMES DE TERRE

## Préparation

Couper le lard en gros dés, le faire revenir dans une cocotte. Ajouter la queue de bœuf coupée en tronçons, faire revenir bien dorée.

Retirer le lard et les tronçons de queue.
Faire revenir l'épaule bien croustillante. Retirer.
Ajouter les oignons émincés cloutés, l'ail écrasé.
Saupoudrer de farine.
Laisser dorer légèrement en remuant régulièrement.
Ajouter le bouillon et porter à ébullition. Dans un vaste récipient, si possible en terre, poser la couenne au fond, gras contre le récipient, répartir les viandes et les oreilles de porc, le bouquet garni, le genièvre, le poivre en grains. Couvrir avec le bouillon bouillant et laisser cuire 3 à 4 heures à petit feu et à couvert.
Ajouter le madère et mettre au four à couvert, thermostat 4 pour 3 heures 30.
Ajouter la saucisse pour une demi-heure de cuisson. Faire cuire les légumes séparément, à la vapeur ou à l'anglaise. Le chou sera blanchi et braisé dans du saindoux avec un peu du bouillon de cuisson des viandes, les pommes de terre seront cuites à la vapeur. Servir sur un grand plat toutes les viandes tranchées et les oreilles coupées en lanières. Les légumes, sur un autre grand plat, seront disposés par tas. Dans le Nord, on accompagne la présentation d'un grand bol de sauce blanche préparée à partir du jus de cuisson des viandes. Cette sauce est réellement facultative.

# Le service des pot-au-feu, poule au pot, potée et hochepot

En règle générale, les plats de la famille des bouillis sont plutôt généreux, conviviaux, roboratifs. Ils ne nécessitent pas tous une entrée ou un hors-d'œuvre.
Le pot-au-feu, la poule au pot, la potée et le hochepot font partie de ce qu'on appelle les "plats uniques".
On peut donc les servir dès qu'on est passé à table et s'ils sont copieux, ils ne nécessiteront pas de fromage mais simplement un dessert de famille traditionnel. Si on tient absolument à donner un caractère festif au dîner "plat unique", on servira le consommé, en tasse, nature ou avec une tombée de vermicelle ou de tapioca.
Ces préparations sont considérées comme des plats d'hiver. On peut donc les faire précéder d'un plat d'huîtres, six ou neuf, pas davantage, et de taille moyenne, plates ou creuses. L'inconvénient des huîtres est de les ouvrir.
A moins d'être expert, il est préférable de faire assumer cette corvée par l'écailler ou le poissonnier qui vous les vendra. Faites-les livrer avant l'arrivée de vos invités.
Pensez à donner à votre fournisseur un de vos plats ; ceux qu'ils fournissent généralement ne font pas partie des standards des arts de la table. Si vous n'avez pas de plats suffisamment grands, posez-les sur un lit d'algues dans vos propres assiettes et mettez-les sur la table avant l'arrivée de vos invités.
Entre intimes, le couteau à fromage est toléré mais vous, maîtresse de maison, devrez donner l'exemple et le mode d'emploi la première. Une salade composée peut

parfaitement convenir. Elle s'imposera par sa simplicité (voir p. 82).
On peut servir un fromage mais sans obligation. Compte tenu de la saison, je préconise volontiers fromage et fruits ensemble, c'est-à-dire un beau morceau de Cantal, amer de préférence, avec quelques grappes de raisin noir et blanc, quelques pommes de variétés différentes, des noix et du chocolat. Dans ce cas précis, je change de vin et privilégie un banyuls, blanc ou rouge, un maury ou un rivesaltes.
Les desserts après les plats de ménage doivent être d'une totale simplicité et d'une parfaite légèreté. La crème au beurre n'est pas de mise, surtout entre deux tranches de génoise. Dans ce domaine, tout est possible : tarte aux fruits, de préférence maison (voir p. 526), œufs à la neige, salade de fruits (voir p. 112), œufs au lait, crêpes très fines, simplement au sucre, une belle glace à la vanille maison si on possède une turbine, poires ou pruneaux au vin, ou assortiment de compotes.

## LES CONDIMENTS

Les plats de la famille des bouillis sont exigeants en sauces d'accompagnement et en condiments. Ces derniers sont même indispensables au pot-au-feu. Ils seront posés dans leurs bocaux (d'autant plus qu'ils auront été faits maison) à même la table avec, selon le nombre de convives, un ou deux raviers de gros sel, de préférence de Guérande, des moutardes et du beurre pour les pommes de terre. Les condiments sont des cornichons ou des cerises au vinaigre, des chutneys, des achards, ou des pickles.

## RECETTE DE CORNICHONS AU VINAIGRE

Cette recette est d'une telle simplicité que sa lecture peut déconcerter. Choisir des cornichons petits, verts et bien fermes. Les mettre dans un récipient et saupoudrer de gros sel (une louche pour 5 kg). Laisser dégorger au frais 1 nuit entière. Il est préférable de les mélanger 1 ou 2 fois pour que le sel se répartisse bien sur l'ensemble des cornichons. Les rincer par petites quantités sous l'eau courante bien fraîche et, sans les essuyer, les mettre dans les bocaux. Ajouter, au gré de votre fantaisie, des gousses d'ail, des échalotes et de petits oignons grelots,
1 brindille d'estragon ou 1 feuille de laurier, 1 clou de girofle, une dizaine de grains de poivre. Faire en sorte que les cornichons ne soient pas trop, trop serrés dans le bocal afin qu'ils puissent se gorger de vinaigre sans peine. Recouvrir les cornichons de vinaigre d'alcool. Fermer hermétiquement et ranger à l'abri de la lumière et de l'humidité. Au bout d'un mois, vérifier le niveau du vinaigre.
En rajouter au besoin. Les cornichons sont consommables, croquants, parfumés, 3 mois après la mise en bocaux. Simple, non ?

## RECETTE DES CERISES AU VINAIGRE

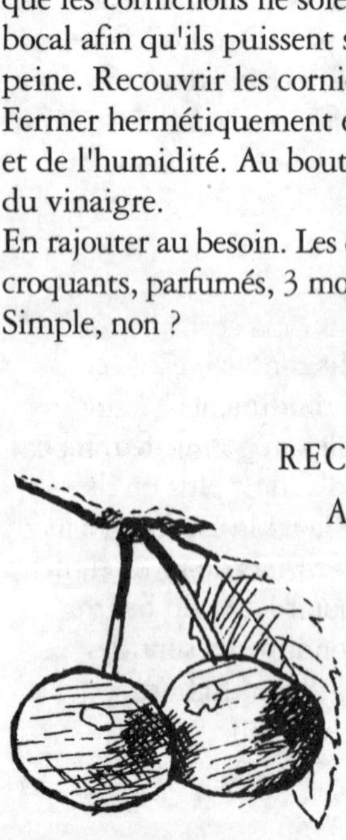

Acheter des cerises bien fermes, saines. Le choix dépend de la saison et du goût. On peut choisir la cerise anglaise mais ma préférence va à la cœur-de-pigeon, la variété noire, un

peu allongée, ferme, croquante et juteuse ou à la marmotte dans sa robe rouge très foncé, à la fois sucrée et acidulée.
Il m'est arrivé d'utiliser, en début de saison, des burlats qui m'ont donné toute satisfaction.

**INGRÉDIENTS**

POUR LE SIROP :

- 1 KG DE SUCRE CASSONADE (À DÉFAUT DU SUCRE BLANC CRISTALLISÉ)
- 1 LITRE DE VINAIGRE DE VIN BLANC (ATTENTION, DE VIN BLANC, PAS D'ALCOOL)
- 1 BÂTON DE 5 CENTIMÈTRES DE CANNELLE OU 2 CUILLÈRES À CAFÉ DE CANNELLE EN POUDRE
- 4 OU 5 CLOUS DE GIROFLE
- 1 PINCÉE DE MUSCADE
- 1 BONNE PINCÉE DE FLEURS DE CITRONNIER (CHEZ TOUS LES HERBORISTES)
- LE ZESTE D'1 CITRON

**PRÉPARATION**

Mettre tous les ingrédients dans une casserole avec le vinaigre de vin blanc, porter à ébullition et maintenir 5 à 7 minutes. Laisser refroidir à couvert.
Ranger les cerises après les avoir soigneusement essuyées une à une et avoir coupé les queues à 1 centimètre (on peut aussi enlever les queues).
Il est préférable de choisir des bocaux de faible contenance car la consommation n'est pas considérable. Sur les cerises rangées, verser le liquide froid et filtré.
Fermer hermétiquement.
Ranger à l'abri de la lumière et de l'humidité.
Consommer 45 jours après la mise en bocaux.

## LES CHUTNEYS

Les chutneys sont des confitures aigres-douces à base de fruits ou de légumes, ou des deux mélangés, et dans lesquelles dominent les parfums, les arômes, les épices. Tous les mélanges sont possibles, c'est le triomphe de l'imagination.

## CHUTNEYS AUX TOMATES VERTES

**INGRÉDIENTS POUR DEUX BOCAUX DE 450 G**

❖ 1,5 KG DE TOMATES VERTES
❖ 2 CUILLÈRES À SOUPE DE SEL ❖ 500 G DE POMMES FRUITS
❖ 250 G D'OIGNONS, ROUGES DE PRÉFÉRENCE
❖ 2 ÉCHALOTES ❖ 2 GOUSSES D'AIL
❖ 1 CUILLÈRE À CAFÉ DE GINGEMBRE FRAIS RÂPÉ
❖ 30 CL DE VINAIGRE DE VIN ROUGE
❖ 1 PIMENT ROUGE SÉCHÉ ❖ 1 CLOU DE GIROFLE
❖ 2 CUILLÈRES À SOUPE DE MOUTARDE FORTE
❖ 150 G DE SUCRE CASSONADE ❖ 125 G DE RAISINS SECS

**PRÉPARATION**

Peler, épépiner les tomates (plongées 1 minute dans de l'eau bouillante salée). Les couper en petits morceaux, les mélanger avec le sel et les laisser égoutter pendant 1 heure dans une passoire. Dans une large casserole à fond épais, mettre les tomates, les pommes pelées, épépinées et coupées en gros quartiers, les oignons finement émincés, les échalotes et les gousses d'ail hachées fin ou pressées, le gingembre et la moitié du vinaigre. Porter doucement à ébullition et laisser mijoter pendant 20 minutes en remuant fréquemment. Réduire en poudre fine le piment et le clou de girofle. Ajouter cette poudre à la moutarde et au sucre dans un bol. Mélanger et ajouter ce mélange et le reste du vinaigre aux tomates. Maintenir la cuisson à feu doux pendant 40 minutes en remuant. L'ensemble du mélange doit réduire d'un quart. Verser chaud dans les pots à confiture. Fermer chaud. Conserver pendant trois mois dans un endroit frais, sombre et sec avant consommation.

## LES ACHARDS

M. Achard, à la fin du XIXe siècle, rapporta en Europe cette recette de La Réunion. On en trouve tout préparés dans certains magasins de produits exotiques. Il ne faut pas les confondre avec les pickles.

### INGRÉDIENTS

❖ 300 G DE CHOU VERT ❖ 200 G DE CAROTTES NOUVELLES
❖ 200 G DE HARICOTS VERTS TRÈS FINS
❖ LE 1/4 D'UN CHOU-FLEUR
❖ 1 CŒUR DE PALMIER, CRU SI POSSIBLE (ON EN TROUVE DANS LES MAGASINS SPÉCIALISÉS DANS LES PRODUITS EXOTIQUES)
❖ 10 CUILLÈRES À SOUPE D'HUILE D'ARACHIDE
❖ 1 CUILLÈRE À SOUPE DE VINAIGRE
❖ 1 CUILLÈRE À CAFÉ DE CURCUMA (ON L'APPELLE AUSSI SAFRAN DES INDES EN RAISON DE LA MATIÈRE COLORANTE JAUNE, LA CURCUMINE, QU'IL CONTIENT. LE CURCUMA PARTICIPE À LA COMPOSITION DU CURRY. ON LE TROUVE SOUS FORME DE RACINE OU DE POUDRE).
❖ 50 G DE GINGEMBRE FRAIS RÂPÉ
❖ 50 G DE SEL FIN ET 4 GOUSSES D'AIL, 250 G D'OIGNONS, ROUGES DE PRÉFÉRENCE ❖ 2 PIMENTS

### PRÉPARATION

Éplucher et couper grossièrement le chou, le cœur de palmier en tranches fines, les carottes et les haricots verts

en petits morceaux et le chou-fleur en très petits bouquets. Plonger prestement, quelques secondes, les légumes dans l'eau salée et frémissante. Égoutter les légumes jusqu'à ce qu'ils soient totalement secs.
Mélanger le gingembre en poudre, le sel, les gousses d'ail pressées, les oignons coupés en tranches. Porter à ébullition l'huile, le vinaigre et le curcuma. Verser sur la préparation gingembre, sel, gousses d'ail et oignons. Mélanger. Ajouter à cette préparation les légumes bien secs, les piments coupés en 2 et épépinés. Remplir les bocaux de cette préparation et fermer. Les achards peuvent être consommés 2 jours plus tard. Ils se conservent au réfrigérateur.

## LES PICKLES

Les pickles sont d'origine anglaise et très simples à fabriquer. Il faut choisir des légumes parfaitement frais et fermes. Tout est possible, carottes, choux-fleurs, haricots verts, petites tomates cerises, vertes ou rouges. On les dispose dans un pot de verre que l'on remplit de vinaigre d'alcool bouillant aromatisé d'estragon, d'un clou de girofle, de quelques grains de poivre concassé et, éventuellement, d'un piment. Après avoir bouché à chaud, on laisse macérer 2 mois dans un endroit frais, sec et sombre.

# Le service des autres plats de la famille des bouillis

Le bœuf à la ficelle, l'irish stew, la tête et la langue, le gigot de sept heures sont des plats moins roboratifs et peuvent donc supporter une entrée et un légume d'accompagnement. On pourra se dispenser de fromage. Si l'on tient absolument à en faire le service, on choisira un assortiment de chèvres ou un seul fromage, saint-nectaire, un membre de la famille des persillés : roquefort, gorgonzola ou fourme d'Ambert, ou brie, camembert ou pont-l'évêque, parfaitement affinés, prêts à servir. Les plateaux de fromages complets sont superflus, compte tenu du volume des plats qui précèdent.

Il est impératif de choisir des fromages de saison car n'oublions pas que, comme pour les fruits, il existe une saison pour les fromages. Un mont-d'or du Jura, crémeux, onctueux en hiver, pourrait s'approcher de la perfection.

Les desserts seront les mêmes que ceux des bouillis précédents.

Les entrées demandent à rester dans la simplicité. On oublie souvent les soufflés qui sont faciles à réaliser, peu coûteux et toujours spectaculaires lorsqu'ils sont réussis. Le matin du dîner, un petit tour chez le poissonnier offre quelquefois la trouvaille, abordable de prix et facile à réaliser, de jolies petites lisettes (variété de maquereau à préparer au vin blanc), des sardines ou anchois crus, juste marinés. Les œufs, peu coûteux, permettent de réaliser des entrées simples et, généralement, impossibles à rater lorsqu'ils sont préparés à la crème ou en meurette.

Faute d'imagination, on peut se rabattre sur une terrine de poissons ou une tarte salée. L'une et l'autre devront, évidemment, être faites à la maison.

*Si la saison est propice, une fricassée ou un feuilleté de champignons sauvages feront merveille, bien que les champignons ne soient jamais bon marché.*

La salade, quelle que soit la préparation, n'est pas de mise car les légumes d'accompagnement sont, généralement, des légumes verts. Il me paraît indispensable d'éviter de servir deux fois des abats au cours d'un même repas et même préférable de n'en prévoir d'aucune sorte. Les légumes devront être simples. Avec la tête de veau, seule la pomme de terre cuite à la vapeur trouve grâce. La langue sera accompagnée de ses légumes de cuisson et, éventuellement, de pommes de terre. L'irish stew, cuit avec des pommes de terre, exigera un légume vert, de simples épinards au beurre ou en gratin, une salade braisée, une purée de carottes ou de céleris, ou encore un gâteau d'herbes. Le bœuf à la ficelle et le gigot de sept heures permettront de laisser votre imagination vagabonder au gré du marché.

Tout est possible : des gratins, des purées, des ragoûts. A vous de jouer. Les tableaux qui suivent ne sont que de simples suggestions.

# Les équivalences

## Pot-au-feu - Poule au pot

### Entrées

*Rien - Consommé nature - Consommé avec vermicelle*
*Consommé avec tapioca - 6 ou 9 huîtres - Salade composée*

### Fromages et desserts

*Cantal et fruits - Tarte - Œufs à la neige - Salade de fruits*
*Œufs au lait - Crêpes au sucre - Glace - Poires au vin*
*Poires au sirop - Pruneaux au vin - Compotes*

## Potée - Hochepot

### Entrées

*Rien - 6 ou 9 huîtres*

### Fromages et desserts

*Cantal et fruits - Tarte - Œufs à la neige - Salade de fruits*
*Œufs au lait - Crêpes au sucre - Glace*
*Poires au vin - Poires au sirop - Pruneaux au vin - Compotes*

## Gigot de sept heures

### Entrées

*Soufflé au fromage - Soufflé à la tomate - Soufflé de crustacés*
*Maquereaux au vin blanc - Sardines marinées crues*
*Anchois marinés crus - Nage de Saint-Jacques*
*Crevettes grises chaudes*
*Œufs à la crème - Œufs en meurette - Soupe de moules*
*Fricassée de champignons - Tarte salée*

### Légumes

*Gratin dauphinois - Gratin de blettes - Gratin de cardons*
*Gratin d'épinards - Gratin d'artichauts/poires*
*Gratin de macaronis - Gratin de poireaux - Purée de lentilles*
*Purée de navets - Purée de haricots blancs - Purée de potiron*
*Purée ou gratin de choux-fleurs*
*Embeurrée de choux*

### Desserts

*Tarte - Œufs à la neige - Salade de fruits - Œufs au lait*
*Glaces - Poires au vin - Compotes*
*Pruneaux au vin - Ananas frais*
*Crêpes - Pommes au four - Clafoutis - Salade d'oranges à cru*
*Soufflé au chocolat - Mousse au chocolat - Soufflé aux fruits*

## *Irish stew*

**ENTRÉES**
*voir ci-dessus*

**LÉGUMES**
*Purée de carottes*
*Laitue braisée*
*Gratin de verdures*

**DESSERTS**
*voir ci-dessus*

## *Tête de veau*

**ENTRÉES**
*voir* gigot
de sept heures

**LÉGUMES**
*Pommes vapeur*

**DESSERTS**
*voir* gigot
de sept heures

## Bœuf à la ficelle

**ENTRÉES**
*voir* gigot
de sept heures

**LÉGUMES**
*Légumes de cuisson*

**DESSERTS**
*voir* gigot
de sept heures

## Langue de bœuf ou de veau

**ENTRÉES**
*Consommé fait maison - Terrine de poissons*
*Croûte au fromage - Ratatouille niçoise froide*
*Œufs brouillés*

**LÉGUMES**
*Petits pois à la française - Ragoût de légumes*
*Aubergines frites - Navets sautés*
*Gratin de courgettes - Haricots verts - Purée Soubise*

**DESSERTS**
*voir ci-dessus*

# A plats simples, vins simples

Il y a quelques années, les usages voulaient que l'on serve un blanc, deux rouges et, éventuellement, un vin de dessert. Heureusement, ces fatales habitudes pour le foie tendent à disparaître. Tant mieux.
Il est préférable de servir un vin simple, mais dans un grand contenant, magnum, double magnum ou impérial, selon le nombre de convives, bien choisi, dans une année récente, prêt à boire, servi avec générosité, plutôt qu'une grande bouteille poussiéreuse, inadaptée aux mets et versée avec parcimonie.

*Quelles que soient la qualité des convives et la nature du repas, social ou amical, on ne juge plus le vin sur le prix mais sur sa qualité.*

Les vins jeunes peuvent se servir en carafe, le changement de contenant les aérera et favorisera ainsi l'explosion des arômes. On doit alors laisser la bouteille sur une desserte proche de la table afin que les convives puissent prendre connaissance de ce qui leur est servi. Doit-on rappeler que le verre de vin ne se porte pas aux lèvres avant les premières bouchées ?
La solution idéale est de prévoir un vin qui accompagnera l'entrée, le plat de résistance et le fromage. Les desserts peuvent se jouer sur un vin

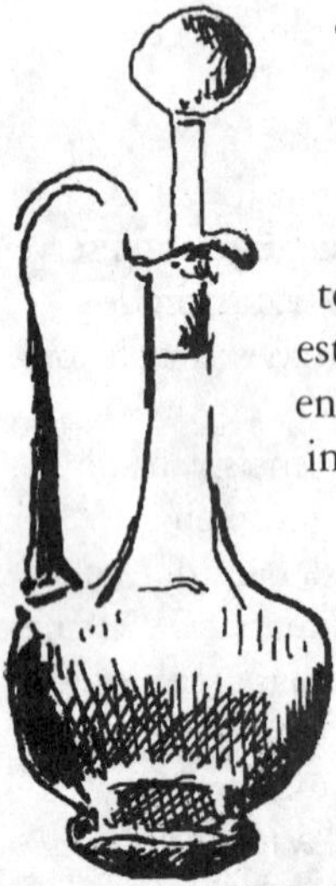

différent mais adapté. Les vins doux naturels, d'un prix très abordable, sont les partenaires idéaux pour les desserts aux fruits, tartes ou compotes. Ils font merveille avec toutes les préparations chocolatées. Il est déconseillé de jouer aux œnologues en cherchant à faire deviner à ses invités le terroir et le millésime du vin servi. Dans chaque région de France, vous devez pouvoir trouver un vin charpenté, avec du caractère et du bouquet, qui s'harmonisera à la perfection avec les membres de la famille des bouillis. La région de Loire est une mine. Chinon, saumur, bourgueil, champigny, anjou devraient, servis à température (14°), mettre en valeur vos bouillis. Si le beaujolais nouveau a malheureusement fait oublier les grands crus, il est temps de s'en souvenir, il y a des stocks, à prix plus que raisonnables, dans les chenas, morgons, chiroubles et même les moulin-à-vent s'ils ne tirent pas trop vers les bourgognes.

En descendant la vallée du Rhône, on cherchera dans les côtes-du-rhône, gigondas, saint-joseph ; des merveilles sont là.

Certains coteaux-d'aix sont très au-delà de l'image médiocre de l'ensemble de la production de cette région. Plus bas, les bandols pourraient convaincre vos invités, tant leur générosité est surprenante.

Tout proches, les coteaux-varois, modestes V.D.Q.S., devraient créer l'étonnement. Dans le Bordelais, château-

troplong-mondot, saint-émilion donneront un vernis aristocratique à vos plats canailles.
A l'apéritif, privilégiez le champagne, brut. Choisissez un propriétaire, suivez sa production. Aucune déception n'est à craindre.
Ne vous amusez pas au kir, même avec du champagne, surtout s'il est bon. Ce serait du gâchis. Avec le champagne, prévoyez une carafe de jus de fruits, pressés de préférence. Vous pouvez, bien évidemment, vous orienter vers un cocktail de jus de fruits.

Pas de table dressée, quelle que soit la nature du dîner, sans un verre d'eau fraîche servie avant de passer à table. Ne vous croyez pas obligé de proposer un assortiment d'eaux minérales comme si vous aviez trois étoiles au Michelin, une eau minérale plate conviendra parfaitement.

*Messieurs, n'oubliez jamais, la règle est d'or, une femme ne se sert ni en eau ni en vin. Il faut y veiller, c'est un de nos devoirs de table.*

## Cafés, infusions, alcools

Pendant le dîner, le plateau de l'apéritif a été discrètement remplacé par celui du café et des infusions. Même si la moindre goutte de café vous empêche de fermer l'œil, il n'est pas convenable de ne pas en proposer. Il doit passer doucement, dès le dessert, pour être prêt au moment de gagner le salon.
Après le dîner, il faudra privilégier un arabica léger, parfumé, long en bouche et peu chargé en caféine,

comme un colombie, alors qu'après le déjeuner on s'orientera vers un costa rica, un guatemala ou un brésil, mais du Sud. Ces cafés sont forts, corsés, puissants et s'installent en bouche pour longtemps. S'il faut penser à mettre du sucre sur le plateau, bien qu'un bon café n'en demande pas, vous n'êtes nullement tenu de fournir à vos invités les édulcorants de synthèse tellement à la mode actuellement. Prévoyez également du décaféiné au cas où certains de vos invités s'imagineraient que le café les rend insomniaques. Il est bon aussi de proposer une tisane. Prévoyez une infusion de thym ou de romarin, mais frais. Évitez la menthe pourtant si parfumée mais qui trouble, quelquefois, le sommeil. Les sachets d'infusion, même en mousseline, sont à proscrire définitivement. Ne transformez pas pour autant vos fins de dîners en conférences médico-herboristiques…

*Après le café, il est d'usage de proposer des alcools. Les eaux-de-vie blanches se servent glacées et, si vous avez omis de les mettre au réfrigérateur, oubliez-les plutôt que de jouer les barmans en faisant tourner les glaçons dans un verre à dégustation.*

Deux alcools et une liqueur sont largement suffisants, choisis parmi armagnac ou cognac, mirabelle ou framboise, Grand Marnier ou Bénédictine, ou, mieux, crème de cassis.
Il n'est pas d'usage de repasser les alcools.
Ils procèdent de la même règle que le fromage, une fois et une seule fois. Dois-je préciser qu'il est préférable d'éviter le service des alcools plutôt que d'en offrir de médiocres ? Cela va de soi…
Après les alcools, on peut proposer, ultime raffinement, un verre d'eau minérale pétillante ou un jus de fruits.

# Les usages

Avant de dresser la table, n'oublions pas qu'un repas, quel qu'il soit, simple, amical, social, d'obligation ou protocolaire, dans la cuisine ou dans la salle à manger, doit être synonyme de fête.
La table doit correspondre bien sûr au nombre de convives. Pour être à l'aise autour d'une table, il faut accorder 60 centimètres minimum d'espace vital à vos invités. La table idéale est ronde, la conversation y est générale, surtout si on s'y limite à huit. Au-delà, il est souhaitable de dresser deux tables.
Sous la nappe, il faut nécessairement un molleton pour assurer un confort idéal. Une table à la surface cirée ou vernie, une nappe posée dessus, sans molleton, un geste maladroit et c'est la catastrophe. A défaut de molleton, une vieille couverture fera l'affaire.
Lors d'un repas simple, une jolie nappe de couleur ou à motifs gais sera suffisante et de bon ton, à condition de choisir de la vaisselle unie. On ne dira jamais assez aux jeunes mariés qu'un premier service se doit d'être sobre. Il est plus facile d'assortir une vaisselle simple et blanche, en porcelaine ou en faïence, avec une nappe bariolée. La vaisselle à motifs est à proscrire avec une nappe à ramages.
Pour des repas plus sophistiqués, il n'est jamais ridicule d'emprunter à ses parents ou à ses grands-parents l'inévitable nappe damassée ou brodée qui soupire d'ennui dans leurs armoires. Qu'elle soit colorée, unie, fantaisie ou blanche, la nappe est repassée. Le molleton vous permettra le dernier coup de fer qui effacera les plis.

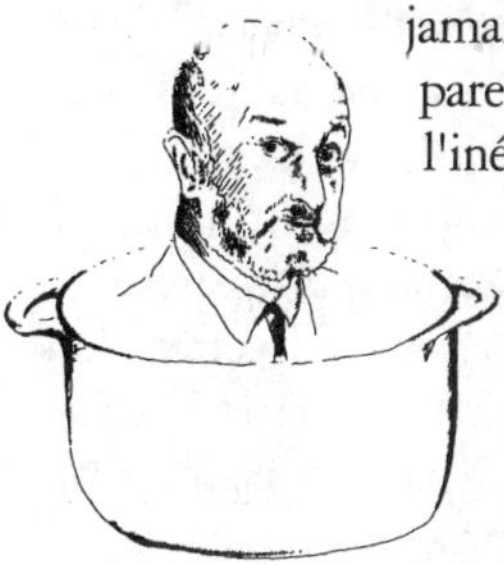

*Ni la porcelaine, les cristaux, l'argenterie, ni même les fleurs, ni encore la cuisine ne feront un repas réussi. Ils participeront à la réussite du dîner. Le succès d'un repas, c'est VOUS, VOUS, VOUS.*

Si vous n'avez pas prévu une entrée servie sur assiette et en place au moment du dîner, vous ne devez poser sur la table qu'une assiette, jamais deux. Au moment de s'asseoir, elle se retire et se remplace par une chaude si l'entrée l'impose. Seule l'assiette creuse se trouve sur une assiette plate dans le cas d'un service de potage. La fourchette se pose évidemment à gauche, une seule dans le cas de plat unique, deux s'il y a une entrée. La pointe de la fourchette est sur la table en France. C'est en Angleterre, en Italie et en Amérique que la fourchette pointe en l'air.
Le couteau, ou les couteaux, sont à droite, le côté tranchant vers l'assiette (cet usage est répandu dans le monde entier). A droite, également, à côté des couteaux, la cuillère si elle est nécessaire, côté bombé dessus. Entre l'assiette et le verre, on installe le couteau, la fourchette et la cuillère à dessert. Le tranchant du couteau sera vers l'assiette, manche à droite, la fourchette pointe vers la nappe, manche à gauche et la cuillère, face bombée vers le haut, manche à droite. Même si vous savez que les desserts ou entremets se mangent à la fourchette, il est nécessaire d'installer la panoplie des couverts, tous vos invités ne connaissant pas forcément les usages…
Les verres sont, évidemment, devant l'assiette, alignés par ordre de grandeur décroissant de gauche vers la droite. Si vous ne servez qu'un vin, il n'y aura que deux verres, l'un pour l'eau et l'autre pour le vin. Évitez des verres à vin de la taille d'un dé à coudre. S'ils sont à pied, tenez-les par la partie évasée et non par le pied comme un œnologue

prétentieux. Dans le cas d'un service de vin blanc, on rajoute un verre. Les verres de même taille ne sont pas ridicules, bien au contraire.
La serviette est un sujet de discorde, chaque livre de savoir-vivre présente sa version. Si la vaisselle est jolie, étincelante, mettez l'assiette en valeur et posez votre serviette en triangle ou en portefeuille à gauche de la fourchette.

> *Si vous avez des assiettes à pain, elles se placent à gauche de l'assiette mais, surtout, ne vous privez pas de recevoir des amis si vous n'en possédez pas.*

Évitez les fourchettes sur la serviette car on se sert de la serviette en premier. Pour un repas protocolaire, les échafaudages sophistiqués de serviettes ne sont pas davantage conseillés que pour un repas amical. C'est bien de montrer son argenterie mais c'est mieux de voir ses invités. On peut remplacer la composition florale par une nature morte. De petites bougies éclaireront délicieusement votre table et rendront toutes vos invitées jolies.
Une petite composition florale, modeste, égaiera gentiment votre table. Les six glaïeuls, au milieu de la table, sont à éviter. Personne ne se verrait, pas plus qu'au travers du beau chandelier Louis XV à 5 branches.
Même si l'assaisonnement est parfaitement réalisé, il faudra prévoir sel et poivre sur la table, le poivre dans un moulin de préférence. Ils se retireront, avec le pain, après le fromage.
Mettre du vinaigre et de l'huile sur la table serait faire aveu d'incompétence. Par contre, des dessous de bouteilles éviteront les taches. Il me semble inutile de préciser que les cure-dents sont absolument à prohiber

sur les tables. La réussite d'un dîner ou d'un déjeuner dépend de vous, c'est une évidence, mais aussi de la qualité de vos invités et de la place que vous leur aurez assignée. On évitera ainsi d'inviter deux couples diamétralement opposés sur le plan politique. Avant le dîner, il faut songer à la place des convives. Le plan de table est indispensable. Il est préférable d'avoir un petit carton à la main pour indiquer la place de chacun plutôt que de faire valser ses invités parce que l'on aura commis un impair. La place d'honneur se situe, pour un homme, à la droite de la maîtresse de maison et, pour une femme, à la droite du maître de maison. Si vous recevez un couple pour la première fois et tenez à l'honorer, la place d'honneur doit échoir à l'un des deux. Il faut donc choisir l'un ou l'autre. Si tous vos invités sont sur le même plan, les places d'honneur reviennent toujours à ceux que vous invitez pour la première fois, ensuite aux personnes âgées et, enfin, aux personnes dont la fonction est la plus importante. C'est VOUS, puissance invitante, qui déterminez celui ou celle qu'il y a lieu d'honorer. La décision prise, vous répartissez un homme, une femme, autour de la table en tenant compte des affinités et des couples mariés qu'il faut toujours séparer, sauf si le mariage a eu lieu depuis moins d'un an.
Un prêtre, même jeune et play-boy, reste le représentant de Dieu et prend donc la place du maître de maison. Si vous recevez votre mère, belle-mère ou grand-mère, ne la placez pas en bout de table mais à la droite du maître de maison et si, par extraordinaire, vous vous êtes cru obligé d'inviter les trois ensemble, c'est la grand-mère, en raison de son âge, qui gagne la place. Il va de soi que si c'est votre père, beau-père ou grand-père qui est invité, la maîtresse de maison le prend à sa droite.
Lorsqu'un célibataire reçoit, la place d'honneur est en

face de lui et c'est à la femme d'un de vos amis, évidemment présent, que vous demanderez de présider en face de vous. Sinon, la coprésidence revient à une femme ou à un homme de votre choix mais plus âgé que vous. Quand la célibataire est une femme, le coprésident n'est jamais ni un célibataire ni un homme marié. Vous choisirez, de préférence, un parent ou une amie.

*Toutes ces règles se transgressent mais les respecter met à l'abri de déconvenues.*

## Utilisation des restes

De par la nature des plats de la famille des bouillis, on se retrouve avec des restes.
Pour réaliser hachis parmentier, boulettes ou fricadelles, salades de bœuf, tomates farcies ou bœuf miroton, on peut prévoir les restes lors de ses achats. Ces restes ont donné, depuis des siècles, des recettes populaires, inventives, qui constituent à elles seules un plat principal que l'on mange en famille mais qui justifie quelquefois des invitations spécifiques.

# RECETTE DU HACHIS PARMENTIER

## INGRÉDIENTS

**POUR 500 G DE RESTES DE VIANDE**

- 1 TRANCHE DE FOIE DE VEAU DE 150 G
- 1/2 KG DE POMMES DE TERRE, DES BINTJES
- 2 BEAUX OIGNONS
- 1/2 BOTTE DE PERSIL
- 200 G DE BEURRE
- 1 VERRE DE LAIT

## PRÉPARATION

Débarrasser la viande de la peau, du gras et des parties nerveuses, la passer au hachoir avec le foie de veau. Garder dans un saladier. Éplucher les pommes de terre et les faire cuire à l'eau bouillante salée. Dans une casserole, faire fondre 50 g de beurre, ajouter les oignons pelés et hachés en les faisant fondre très doucement. Quand les oignons sont colorés, ajouter le hachis de bœuf et de foie de veau et le persil haché. Vérifier l'assaisonnement, sel, poivre.

Étaler le hachis dans le fond d'un plat à gratin et allumer le four à température moyenne (200°, position 5).

Préparer la purée avec le restant du beurre et le lait.

Étaler la purée sur le hachis.

Mettre au four pendant 25 ou 30 minutes.

Servir accompagné d'une salade verte, croquante, endives ou scarole.

# RECETTE DE LA SALADE DE BŒUF

## INGRÉDIENTS

**POUR 400 À 500 G DE RESTES DE POT-AU-FEU**

- 5 POMMES DE TERRE NOUVELLES
- 2 BELLES CAROTTES
- 1 OIGNON
- 6 CORNICHONS

## PRÉPARATION

Faire cuire les pommes de terre en robe des champs.
Faire cuire les carottes dans un restant de bouillon.
Détailler la viande en petits cubes en ayant pris soin, au préalable, de retirer la peau, le gras et les parties nerveuses.
Hacher finement un oignon.
Couper les cornichons en fines rondelles.
Éplucher les pommes de terre tièdes et les couper en lamelles de 1/2 centimètre d'épaisseur ainsi que les carottes en rondelles épaisses.
Mélanger le tout dans un grand saladier assaisonné d'une vinaigrette bien relevée à la moutarde.

# BOULETTES OU FRICADELLES

**Ingrédients**

**pour 500 g de restes de pot-au-feu**

- 250 G DE PURÉE DE POMMES DE TERRE
- 1 GROS ŒUF
- 2 CUILLÈRES À SOUPE DE PERSIL HACHÉ AUX CISEAUX
- SEL ET POIVRE AU MOULIN
- UN PEU DE FARINE
- 1 DEMI-CUILLÈRE À CAFÉ DE PAPRIKA
- 2 CUILLÈRES À SOUPE D'HUILE D'OLIVE
- 1 GROSSE NOIX DE BEURRE

**Préparation**

Hacher la viande au robot.

Mélanger le hachis à la purée avec l'œuf, le sel, le poivre, le paprika et le persil.

A l'aide d'une cuillère à soupe, former des boulettes, les poser et les retourner sur une planche farinée. Il faut leur donner une forme ronde, légèrement aplatie.

Dans une poêle, faire fondre 2 cuillères à soupe d'huile d'olive et la noix de beurre. Faire rissoler les boulettes 3 minutes de chaque côté.

Servir avec une sauce tomate et une salade verte.

# RECETTE DU BŒUF MIROTON

Sans connaître l'origine du mot "miroton", on en trouve trace dès 1690. Balzac en donne la recette précise dans *Le Cousin Pons*. Nous l'avons améliorée.

**INGRÉDIENTS POUR 500 G DE RESTES DE VIANDE**

- 200 G DE GROS OIGNONS BLANCS
- 40 G DE FARINE
- 1 CUILLÈRE À SOUPE DE VINAIGRE DE VIN
- 1/4 DE LITRE DE BOUILLON
- 1/3 D'UNE BOUTEILLE DE VIN BLANC SEC
- 2 CUILLÈRES À SOUPE D'HUILE
- 1 NOIX DE BEURRE
- 5 OU 6 CORNICHONS OU 50 G DE CÂPRES
- 50 G DE CHAPELURE FINE
- SEL ET POIVRE
- 1 BOUQUET GARNI

**PRÉPARATION**

Faire fondre l'huile et le beurre dans une cocotte.
Ajouter les oignons finement hachés au robot.
Les faire revenir très doucement et lentement jusqu'à ce qu'ils soient dorés.
Saupoudrer de farine en tournant dans tous les sens pour la faire cuire et colorer. Ajouter le vinaigre, le vin blanc, le bouillon et un bouquet garni.
Cuire à petit feu, à découvert, une bonne 1/2 heure.
Couper le reste de bouilli en tranches minces, les ranger dans un plat à gratin parsemé de cornichons hachés ou de câpres.
Goûter et rectifier, éventuellement, la réduction.
Enlever le bouquet garni. Napper le plat à gratin avec cette sauce réduite.
Saupoudrer avec la chapelure. Mettre à four moyen (200°, position 5) et terminer par un passage au gril pour gratiner.

# LA FAMILLE DES GRILLADES ET RÔTIS

La famille des grillades et rôtis s'exprime au travers du bœuf, du veau, du porc et de l'agneau mais aussi du poulet, du canard, du pigeon, de la saucisse, de l'andouillette, du boudin et, bien sûr, du poisson comme nous l'avons vu dans le chapitre qui lui est consacré ainsi que de certains légumes. Nous avons introduit différents types de cuisson et donc d'ustensiles pour permettre aux membres de cette famille de s'accomplir au mieux : le gril, la poêle, la broche, la braise, le four et la cocotte, sous réserve que cette dernière reste découverte.

## *Historique*

Si on admet que nos ancêtres, après avoir domestiqué le feu, ont découvert, sans le savoir, les différents modes de cuisson, en particulier celui qui consistait à faire bouillir en se passant d'ustensile (voir le "pot-au-feu" sans pot), on peut parfaitement imaginer qu'ils aient aussi inventé la grillade sans gril. D'ailleurs, on peut tout imaginer puisqu'on ne sait rien... La pierre brûlante, jetée dans le trou creusé à même la terre et rempli d'eau, pour faire cuire les ingrédients, pouvait sans peine faire office de plaque de cuisson. Ayant découvert le feu, appris à l'entretenir, les hommes du paléolithique ont bien dû faire preuve d'une imagination fertile pour utiliser toutes ses possibilités. Des éléments de broche découverts en Ukraine et datant du dixième millénaire avant notre ère nous laissent supposer que le rôtissage était une technique de cuisson déjà en vigueur.

Pendant des centaines de millénaires, nos ancêtres ne purent griller ou rôtir que du gibier. La domestication n'existait pas. Quelle sorte de gibier ? Tous. Ils ont dû goûter, sans exception, tous les animaux que la nature avait mis sur terre et qu'ils tentèrent inévitablement de capturer, du plus petit au plus grand, du plus simple au plus extravagant. La domestication apparut au trentième millénaire. Des archéologues ont mis au jour des enclos destinés au pacage de gazelles. Ancêtres collatéraux du mouton, les mouflons furent apprivoisés par les troglodytes d'Afrique du Nord, entre le vingtième et le dixième millénaire. La domestication du bœuf est apparue seulement au septième millénaire, en Crète et en Macédoine. Son ancêtre est l'aurochs dont l'existence était déjà connue, en Inde, trois millions d'années avant notre ère.

Des ossements fossiles témoignent que nos aïeux, les hommes de Cro-Magnon, mangeaient du cheval. Sa domestication vers le vingt-deuxième millénaire lui épargnera souvent une fin sous forme de bifteck. Plus l'intérêt domestique du cheval se précise, plus la consommation de sa viande devient sacrilège ; elle reste l'ultime recours en période de famine. L'Église aussi, par l'intermédiaire des papes Grégoire VII et Zacharie Ier, au temps des Mérovingiens, jeta l'anathème sur la viande de cheval. Rien au cours de l'histoire ne réussit à dynamiser sa consommation. Même les considérations médicales et diététiques du début de ce siècle ne purent éviter la lente dégradation de son utilisation. De nos jours, l'équitation

étant devenue un sport populaire, il est impossible de faire manger le moindre morceau de cheval aux enfants.
Le mouton était plutôt considéré comme "producteur" de laine que de viande, bien que sa consommation puisse être admise comme universelle. Dans l'Antiquité, il semble que la préférence des nantis aille au chameau, ou plutôt au chamelon. Personne ne dédaigne la chèvre, facile à nourrir, et dont le chevreau est particulièrement apprécié. Les ovins servaient, pour l'essentiel, aux sacrifices destinés à rendre hommage aux dieux. Les moutons participaient aux banquets organisés à Babylone. La stèle commémorative de celui célébré à Kalhu, en 870 avant notre ère, sur laquelle il est précisé que le roi Assurnazirpal II avait offert un banquet durant dix jours à environ soixante-dix mille personnes, nous assure que le mouton était au rendez-vous de ces agapes, sans malheureusement en préciser le nombre. En Égypte, le mouton paraît sur les tombeaux et sur les documents hiéroglyphiques, ce qui permet d'affirmer qu'on en mangeait bien sous le règne de Ramsès. Il était plutôt réservé aux classes supérieures de la société. Le repas des pauvres, des esclaves ou des paysans restait frugal. Des textes précis nous apprennent que les cuisiniers de l'époque avaient une grande connaissance de l'art de la découpe puisque les termes de filet, faux-filet et bas morceaux ont leurs équivalents sur les tablettes. La Loi de Moïse ayant déclaré le mouton animal pur, il est donc devenu, lui et sa race, élément capital de l'économie du pays tout en restant un aliment de luxe. A l'époque de la guerre de

Troie (1250 avant Jésus-Christ), l'essentiel de l'alimentation des Grecs était fourni par la race ovine. Le palais de Knossos possédait entre 70 000 et 100 000 moutons. A Athènes, pas de mouton sur les marchés, il faut aller l'acheter dans les boucheries et son prix est exorbitant. Dans la Rome antique, Pline l'Ancien nous informe que si les moutons sont précieux, ils le sont surtout pour leur toison et leur participation aux sacrifices destinés à apaiser les dieux. Les palais des riches Romains semblent délicats ; au goût fort en suint du mouton, ils préfèrent celui, plus délicat, de l'agneau. Tout comme à Athènes, pas de mouton dans les halles centrales de Rome. Des légumes, du poisson, des bœufs, mais pas de mouton. Son commerce est réservé à des échoppes spécialisées et son prix élevé. L'édit de Dioclétien en fixe le tarif à 8 deniers la livre et à 12 deniers pour l'agneau. Lorsque César conquit la Gaule, il put constater que les Gaulois se rassasiaient du produit de leur chasse ou de leur pêche mais que le mouton, s'ils savaient en prélever la laine et la carder, ne faisait pas partie de leur quotidien gastronomique. Tout au long de l'histoire de France, il faut bien constater que si le mouton est un des éléments du banquet, il n'en est pas l'essentiel, tant s'en faut. Clovis mangeait du mouton avec une sauce au miel, à l'ail et à l'oignon, mais ses préférences allaient au porc et au gibier. Le goût des Français aurait pu se transformer si Charles Martel n'avait pas stoppé les Arabes à Poitiers. Les lois de la guerre en décidèrent autrement ; toutefois, leur influence gastronomique est restée longtemps sensible en Aquitaine et en Provence. Charlemagne, qui fit tant pour développer l'agriculture dans ce pays, ignora le mouton, à l'exception du fromage de Roquefort, fabriqué au lait de brebis, dont il se fit le chantre. On nous dit que les Capétiens et les Valois n'appréciaient ni le mouton, ni le bœuf, ni le veau. Au vu des chiffres, cent moutons par semaine en 1393 à la maison du roi Charles V, cent vingt moutons et cinquante chevreaux par jour dans celle de Charles VI, on peut se demander quelles quantités auraient été consommées si les gens de la Cour les avaient trouvés à leur goût ! Le XVIe siècle est voluptueux et gourmand. La cuisine s'internationalise avec l'arrivée de Catherine de Médicis et la découverte de recettes espagnoles et anglaises. On sert du mouton à la Cour mais le chevreau paraît le plus recherché ; le plat à la mode est une tarte de chevreau, sorte de tourte farcie de fromage et d'épices. Le cuisinier de François Ier les faisait rôtir entiers en les arrosant régulièrement de graisse, de vin, de miel ainsi que d'"onguents d'outre-mer". Le mouton entrait dans la composition du hoschepotz, plat bouilli composé de bœuf, mouton, veau, lard et herbes cuites. Louis XIV raffolait de légumes, nous le savons. Ce que nous ignorons généralement, c'est qu'il était littéralement "fou" de mouton, sous toutes ses formes. Son plat favori était le "gigot de mouton à la royale", cuit dans un bouillon de champignons, truffes et ris de veau et lorsqu'il obtenait de son confesseur l'autorisation d'un menu "spécial jeûne", celui-ci ne comportait pas moins de quatre livres de son animal favori. Louis XV fut plus sobre mais, tout aussi amateur de mouton, ne faisait-il pas préparer pour la Pompadour des "animelles" de bélier aspergées de citron et de sauce épicée pour stimuler ses ardeurs amoureuses ? Pas un cuisinier, entre le XVIIe et le XVIIIe siècle, qui ne prétende renouveler des recettes à base de mouton : La Varenne, Massialot, Marin, La Chapelle. Toutes ces agapes sont réservées à la Cour, aux aristocrates, aux seigneurs. Les pauvres mangent de la viande à l'occasion d'un mariage ou d'un baptême. Dès la Révolution, les choses se gâtent, les années passent et le ravitaillement devient de plus en plus difficile à tel point

que le 29 septembre 1793 on décrète l'institution d'un système de cartes pour la viande, le Maximum. L'agneau est vendu jusqu'à 15 francs la livre. Seuls des gens comme Barras, entre autres, ne se privent de rien. Lorsqu'il était malade, il se faisait servir une assiette de pain émietté sur lequel on découpait un gigot saignant. Seule la mie juteuse trouvait grâce à ses yeux... Après l'épisode révolutionnaire, triste pour la gastronomie, Napoléon sut faire une large part à l'agneau et au mouton. Lors de son second mariage avec Marie-Louise de Habsbourg-Lorraine, on dénombra sur les douze buffets installés Cours-de-la-Reine 1 200 langues de mouton, 1 040 gigots et 1 000 épaules d'agneau. Même à Sainte-Hélène, il aimait à se régaler de poitrines panées ou de côtelettes issues de médiocres bêtes venues du Cap. Tout au long du Second Empire, les menus des restaurants apparus avec la Révolution et ceux des tables des gens de cour présentaient de nombreuses recettes dans lesquelles le mouton et l'agneau étaient à l'honneur. L'agneau a résisté à Louis XVIII, Charles X, Louis Napoléon. Le gigot règne en maître dans les repas officiels. Les grands cuisiniers innovent. A l'exception des trois guerres qui obligèrent les Parisiens à de sévères restrictions, l'agneau reste le bien-aimé de nos tables.
Le bœuf fut d'abord domestiqué pour fournir viande, lait et cuir. Plus tard, dans l'Antiquité, la tendance s'inverse ; le bœuf castré devient "bête de somme", de trait, de bât et de labour. Il le restera jusqu'à il y a encore peu de temps. Dans la Grèce et la Rome antiques, il avait l'honneur d'être sacrifié sur les autels en hommage aux dieux avant que les prêtres et officiants ne s'en régalent. La profession de boucher n'existait pas, l'abattage et la découpe pouvaient être apparentés à une certaine forme de liturgie. C'est seulement sous l'Empire romain que les bouchers traditionnels font leur apparition et même s'ils bénéficient

de privilèges exorbitants, ils sont soumis au respect de réglementations strictes et à une surveillance quasi policière. Ils n'ont pas le droit de "travailler" ni de commercialiser d'autres viandes que le bœuf. Peu de recettes, deux seulement dans Apicius. Horace n'évoque jamais le bœuf dans son *Éloge de la frugalité*, Juvénal non plus et lorsque César, pour son triomphe, offre un festin à 260 000 personnes, le menu est somptueux, parfaitement arrosé, mais ne comprend que fruits de mer, gibier, volailles. Aucune présence de pièces de boucherie. Ce luxe extraordinaire était réservé aux "grands" du moment. Si Périclès, 500 ans avant Jésus-Christ, signale que le Perse Darius se faisait servir des bœufs entiers, il précise que c'était à titre personnel et qu'il les dégustait derrière des paravents. Jusqu'au Moyen Age, la viande de bœuf était essentiellement bouillie ou salée, quelquefois grillée mais toujours après avoir cuit, tout ou partie, dans de l'eau agrémentée d'aromates.
Sous Philippe Auguste, une ordonnance du roi spécifiant que les bouchers resteraient propriétaires à vie de leur étal, la corporation joua un rôle politique grandissant. Charles VI en limita le pouvoir avant qu'elle ne soit dissoute en 1416 mais, grâce à leur puissance occulte, reconstituée quelques années plus tard, Philippe le Hardi accorda même aux bouchers l'autorisation de vendre du poisson !

*Le mot français "boucher" ou "bouchier" apparaît au XIIIe siècle mais c'est en 1496 que fut créé le premier commerce de boucherie, à Paris, sur l'actuelle place du Châtelet.*

Il fallut attendre 1589 pour réglementer leurs droits et jusqu'à la Révolution, une vingtaine de familles seulement contrôlait et régulait le marché. Napoléon tenta de réformer la profession mais les mesures prises furent à

nouveau abolies en 1863. Dans *Le Ménagier de Paris*, édité en 1393, on signale qu'il se vendait par semaine, à Paris, 512 bœufs et 300 veaux, nombre considérable si l'on sait que la ville ne comptait alors qu'environ 100 000 habitants. Ces chiffres sont des moyennes pour lesquelles il faut tenir compte des temps de carême respectés à l'époque. Le bœuf fut l'emblème choisi par les bouchers dès le XII^e^ siècle et jusqu'aux années trente. Pendant la même période, on célébra le bœuf gras à l'occasion des fêtes de carnaval. On promenait l'animal dans la ville, orné de rubans, de fleurs, de cocardes. Le record du plus beau et du plus gras animal fut battu en 1846 par un monstre de deux tonnes, surnommé Dagobert. La notion de "saignant bleu" n'existe que depuis peu de temps. L'usage voulait que l'on mange le bœuf bien cuit. Dans *Le Bon et Parfait Cuisinier universel* de Beauvilliers, paru en 1837, aucun plat, que ce soient des côtes de bœuf, de l'entrecôte, du filet, ne prévoit une cuisson courte. Un filet entier, à la broche, cuit cinq quarts d'heure, une côte de bœuf "trois heures au moins" ; quant au bifteck, il doit cuire, nous dit le célèbre officier de bouche, jusqu'à ce qu'il soit ferme des deux côtés. Ce sont les Anglais qui nous ont fait découvrir la cuisson dite saignante. Les rosbifs pris dans le filet doivent être *underdone*, c'est-à-dire peu cuits, 15 minutes par kilogramme au four et 18 minutes à la broche. Ce procédé affolait encore Jules Breteuil, à la fin du siècle dernier, qui prétendait que l'aloyau devrait être mariné 12 heures avant d'être mis à la broche durant 3 heures : "Le centre seul de la pièce doit être un peu rouge, mais non pas saignant." Les temps ont bien changé. Dans les restaurants ou dans

les clubs, les Anglais, qui maîtrisent la découpe avec un art consommé, ont l'habitude d'apporter le rosbif sur un trolley en argent massif.
Il y a environ dix millénaires, on élevait déjà des porcs, probablement des sangliers domestiqués. On sait que le cochon est très rapidement devenu familier de l'homme. Tout le destinait à ce compagnonnage : il est prolifique, engraisse rapidement et sa viande est de conservation facile avec des procédés rudimentaires. En Grèce, dès le VIe siècle avant notre ère, on trouve trace de recettes à base de porc. Homère, dans *L'Iliade*, fait le récit de festins dans lesquels le porc figure en bonne place. Aristophane n'est pas en reste. Les Romains connaissent plusieurs manières d'engraisser les porcs ; Pline l'Ancien, dans son *Histoire naturelle*, ne se prive pas de nous en faire le récit. On les gave, comme les Égyptiens gavaient les oies, avec des figues sèches, du vin miellé ou du moût de raisin et de l'orge. De nombreuses recettes figurent dans le *De Re Culinaria* attribué à Apicius. Tous les auteurs de l'époque s'étendent longuement sur les mérites comparés des vulves de truie, les uns préférant celles prélevées sur des truies primipares, avant la naissance des porcelets, d'autres privilégiant des vulves de vieilles truies ayant eu beaucoup de portées. Certains Romains ont marqué un goût très net pour des vulves de truies vierges. Élagabal s'en fit servir une trentaine, pendant dix jours de suite, avant d'être assassiné. Plutarque raconte que Cléopâtre et Antoine en offraient lors de leurs festins.
A Rome, quand on avait les moyens, on choisissait les jambons selon leur origine. Les soldats n'avaient pas cet avantage, ils devaient se contenter de lard accompagné de choux. Lors de l'invasion de la Gaule, les Romains découvrent nos jambons. A l'époque, notre réputation était grande. Il n'est pas sûr que nous puissions, de nos jours,

leur enseigner quoi que ce soit dans ce domaine mais nous pouvons toujours nous consoler de nos piètres performances en imaginant que c'est à partir de nos lointaines recettes que les Italiens ont mis au point leur admirable jambon de Parme ou de San Daniele...
Charlemagne, dont on ne louera jamais assez l'influence quant au développement de la culture et de l'élevage, a donné de nombreuses instructions à ses intendants pour intensifier la reproduction des porcs. Au Moyen Age, tout le monde l'élève. A la campagne, bien sûr, mais aussi dans les bourgs et même à Paris. Il circule librement, faisant souvent office d'éboueur. 1513 est une date importante dans l'évolution du commerce de la viande de porc. Jusque-là, seuls les bouchers pouvaient abattre et vendre leur chair et les préparations s'y référant. Auparavant, le "chair-cuitier" pouvait le transformer mais devait s'approvisionner auprès du boucher. La profession était très contrôlée, aussi bien à l'abattoir que dans les boutiques. Durant les siècles qui suivirent, les charcutiers ont toujours subi le harcèlement des bouchers tentant de récupérer leurs vieux privilèges. Il n'y a qu'une centaine d'années que les grands principes régissant ces deux professions ont été arrêtés.
On constate, actuellement, de nombreuses entorses aux règles, les bouchers vendant régulièrement du porc frais et de la charcuterie industrielle. En parcourant les livres de recettes, on remarque que le porc servait surtout à des préparations charcutières, andouille, hure, jambon, mais qu'il était rarement servi en rôt, sauf sous forme de porcelet farci, le plus souvent rôti à la broche.
Les viandes de boucherie, bœuf, veau, mouton et porc sont soumises à deux types de classement, l'un concerne les différentes qualités de viande et l'autre les catégories de viande.

# Ce qu'il faut savoir

## LES CATÉGORIES

Il en existe deux :

- la première concerne les morceaux à rôtir et à griller ;
- la seconde concerne les viandes à bouillir et à braiser.

Elles peuvent, ou non, avoir un rapport avec la qualité : une côte de bœuf est un morceau de première catégorie, le paleron de deuxième catégorie. L'un et l'autre peuvent être prélevés sur un animal de qualité "extra", "inférieure", voire même "médiocre".

# Les différentes qualités

Depuis le 5 juillet 1977, il existe un classement officiel européen pour codifier la qualité des viandes de boucherie appelé E.U.R.O.P.A. Chacune de ces lettres correspond à une qualification de l'ensemble de la carcasse de l'animal.
E : Extra, supérieure.
U : Très bonne.
R : Bonne.
O : Assez bonne.
P : Passable.
A : Viande destinée à la fabrication industrielle.
Dans chacune de ces qualités, on juge l'aspect de la viande, des muscles et de la carcasse ; la coloration des muscles ; les caractéristiques de la graisse, apparence,

toucher et couleur ; le grain de la viande et la saveur des sucs musculaires. Cette codification est établie par un personnel formé aux techniques du classement selon le catalogue E.U.R.O.P.A., et apposée, après l'estampille des services vétérinaires et avant la pesée, sur la partie externe de la cuisse ou au niveau de l'épaule afin que chaque demi-carcasse et quartier puisse être contrôlé et vérifié. On serait donc en droit de demander à son boucher d'indiquer, sur les morceaux de viande qu'il propose, la lettre correspondant à la conformation générale de l'animal, éventuellement le chiffre correspondant à l'état de l'engraissement. Les bouchers, bien évidemment, n'y tiennent pas. Pourquoi ? Personne ne peut croire que le consommateur pourrait négliger de telles informations…

Le porc échappe à la codification E.U.R.O.P.A. Sa production industrielle permet de garantir des bêtes standardisées, en format et en qualité. La standardisation en qualité ne veut pas dire que le niveau supérieur a été choisi…

On pourrait considérer que les carcasses classées "E" vont toutes fournir des viandes "Extra" alors que la réalité est différente car ce classement ne tient pas compte du sexe, de l'âge, de la race, de l'alimentation et de la méthode d'élevage. Ainsi on peut obtenir, chez un boucher qui connaît son métier, un bifteck taillé dans une carcasse classée "O" mais provenant d'une vache de réforme parfaitement réengraissée avant l'abattage et supérieur à celui provenant d'une bête classée "E".

Le consommateur dispose de quelques éléments pour se faire une idée objective de ce qui l'attend dans son assiette.

Avant d'effectuer son achat, ces éléments se déterminent à l'œil, au toucher, à l'odeur ; après la cuisson, au goût et à la tendreté. La couleur idéale de la viande de bœuf est rouge rubis clair et transparente. Sur un étal de boucher, on peut vérifier également la jutosité qui se manifeste par l'épanchement de sucs musculaires sur la tranche de la viande. Les mêmes caractéristiques doivent apparaître sur la viande de veau dont la couleur sera blanc rosé avec une nette tendance vers des reflets nacrés lorsque les bêtes sont nourries sous la mère. La chair du porc sera rose plus ou moins foncé, selon la nourriture qu'il aura "subie" ; celle des moutons ira de rose à rouge foncé selon qu'il s'agira d'un agneau ou d'un mouton. La couleur des graisses participera au jugement ; celle des bovins pourra aller jusqu'au jaune beurre alors que celle du veau devra rester blanche, celle du mouton de blanc clair à blanc ivoire et celle du porc d'un blanc net, profond et dense.

*La viande doit avoir une odeur appétissante, agréable et lorsqu'elle est cuite, un goût salivant.*

Le boucher peut savoir, au toucher de la fibre musculaire, si la viande sera tendre ou non. En caressant la surface de la coupe, on découvre la finesse du grain qui indique la qualité de la nourriture.
Quand on mange la viande d'un animal, on mange le tissu musculaire proprement dit. Les muscles sont formés de fibres, réunies en faisceaux enveloppés de tissus conjonctifs appelés aponévroses. Les tendons, prolongement des aponévroses, assurent la fixation des muscles sur le squelette. Ces différents muscles sont classés par les bouchers en deux catégories, les muscles à cuisson rapide (première catégorie, à rôtir ou à griller), les muscles à cuisson lente (deuxième catégorie, à braiser ou à bouillir, voir chapitre des bouillis).

# Les graisses

Il existe chez chaque animal trois catégories de graisse :
- La graisse de couverture. Elle enveloppe plus ou moins le corps de la bête sur la face externe, sous la peau.
- La graisse intermusculaire, située entre les muscles. Ce sont ces graisses qui donneront le "marbré de l'entrecôte".
- La graisse intramusculaire est infiltrée dans le muscle, elle lui donne à la coupe une apparence "persillée".

La classification de l'état d'engraissement tient en cinq formules : maigre, peu couvert, couvert, gras et très gras. La teneur en lipides varie selon l'âge, le sexe, la race et le mode d'élevage de l'animal ainsi que selon la situation anatomique des morceaux sur la carcasse et aussi la manière dont le boucher découpe ou pare les différents muscles. Parer, en langage "boucher ", signifie dégraisser et débarrasser la viande des aponévroses.
Dans les viandes, comme dans les huiles (voir p. 34), on trouve des acides gras saturés, mono-insaturés et polyinsaturés ; les premiers, néfastes, les seconds, bons ou neutres et les troisièmes, indispensables. Les graisses animales saturées sont détestables, même si elles apportent des protéines, des vitamines, des sels minéraux et quelques acides polyinsaturés. Ces acides gras saturés ont une fâcheuse tendance à s'accumuler sous forme de bourrelets dans des endroits stratégiques et indésirables. Ils peuvent aussi se transformer en cholestérol alors que nos artères en ont suffisamment et n'en désirent pas davantage.
Malheureusement, ils se logent dans les graisses intramusculaires, les meilleures, celles qui donnent le persillé et qu'il est impossible de faire disparaître.
Les acides gras polyinsaturés se trouvent en plus grande quantité dans le gras intermusculaire et, de ce fait, sont

souvent éliminés par le boucher et les exigences d'une clientèle mal informée. Les cuissons longues altèrent ou détruisent les acides gras polyinsaturés alors que la cuisson courte les préserve davantage.

## Les anabolisants

Si le boucher devrait connaître le *curriculum vitae* précis de l'animal qu'il a acheté, il est bien incapable de savoir s'il a subi un traitement d'hormones ou d'anabolisants. Le lecteur peut se demander pourquoi aborder le problème des anabolisants alors qu'ils sont totalement prohibés depuis le 1er janvier 1988, date à laquelle la directive du Conseil des ministres de la Communauté européenne entrait en application, prenant le contre-pied de la loi "dite" Rocard autorisant, en juillet 1984, l'usage d'un certain nombre d'anabolisants parfaitement définis (3 hormones naturelles et 2 composés de synthèse) et ne présentant aucun danger si leur utilisation est appliquée dans des conditions correctes. Cette loi européenne interdit l'usage des hormones naturelles ou artificielles, des œstrogènes, des bêta agonistes, des hormones somatotropes ainsi que toutes les substances diverses favorisant les dépôts musculaires. Pourtant, des enquêtes récentes, des contrôles, des propos tenus par le président du Syndicat des éleveurs français tendent à démontrer que plus de 70% du cheptel européen est traité avec des substances incontrôlables. Les contrôles sont pratiquement impossibles sur l'ensemble des carcasses. Bien que coûteux, ils permettent rarement d'apporter la preuve pénale de la faute. Les trafiquants et leurs chimistes innovent en permanence et contournent les règlements en inventant de nouvelles molécules, gardant ainsi une distance d'avance sur les services vétérinaires.

*Si certaines de ces substances ne sont pas dangereuses, d'autres présentent, à terme, des risques cancérigènes démontrés.*

Jusqu'à présent, l'usage des œstrogènes dits naturels ne semble pas source de dangers identifiables mais la prolifération de substances inconnues, indécelables, provoque à l'évidence des effets dont aucune étude n'a pu, à ce jour, affirmer qu'ils ne présentaient pas de risques sérieux. L'usage de ces substances n'a d'intérêt que pour l'éleveur qui augmentera ainsi le poids de sa bête, dans un délai plus court, sans améliorer la qualité de la viande.
En effet, les fibres musculaires ainsi renforcées perdent en tendreté et en goût.

# Le conditionnement

Le boucher doit vendre de la viande fraîche. Il faut entendre par "fraîche" qu'elle n'a subi aucun passage par la surgélation ou la congélation avant la vente. Une viande fraîche peut être rassise (voir p. 289). A priori, les viandes surgelées ou congelées ne présentent aucun danger ni inconvénient si la chaîne du froid a été bien respectée. Sur le plan organoleptique (aspect, consistance et goût) comme sur le plan nutritif, la surgélation est le procédé qui conserve le mieux un aliment dans son état de fraîcheur originelle. Les industriels respectent une hygiène rigoureuse et procèdent avec la plus grande célérité. N'oublions jamais que les micro-organismes ne sont jamais détruits par la surgélation, ils sont seulement neutralisés et redeviennent actifs dès que la décongélation s'opère.

*Le froid ne transforme rien, il ne fait que restituer ce qu'on lui a confié.*

Pour ce qui concerne les grillades et les rôtis, il est préférable d'acheter des viandes fraîches au fur et à mesure de ses besoins car ces morceaux perdent beaucoup de leurs sucs musculaires pendant la décongélation ; or, nous avons vu que ces sucs apportent à la viande sa jutosité, sa tendreté. Les morceaux à braiser ou à bouillir ne présentent pas cet inconvénient car ils sont moins irrigués et risquent, par conséquent, d'en perdre moins. On peut toujours prétendre que le bifteck congelé "dépanne". Il n'est acceptable que dans ces conditions. Les grosses pièces, type gigot et côte de bœuf, ne peuvent prétendre à la qualité d'agents dépanneurs dans la mesure où une belle pièce demande 24 ou 36 heures de présence dans un réfrigérateur avant d'être décongelée à cœur.
On trouve dans les grandes surfaces et même chez certains revendeurs de viande qui osent s'intituler "bouchers" de la viande fraîche en pièces pesées, étiquetées et enveloppées sous vide.
Si le consommateur se prétend amateur de viande, il ne peut ignorer que la qualité de son achat sera soumise aux mêmes règles que celles de la loterie. Les ateliers de découpe qui préparent ce type de viande ne se soucient ni d'origine, ni de race, ni d'âge de la bête. Ils débitent. A chacun son métier.
Dans la même catégorie de points de vente, on trouve des

morceaux piécés à l'avance. Cette présentation exige un débit de vente rapide et des règles d'hygiène appropriées. Ces conditions ne sont malheureusement pas souvent respectées. L'achat de la viande exige, surtout pour les pièces à griller ou à rôtir, un contact avec son boucher et la vue de la pièce entière dans laquelle le bifteck sera tranché. Pour les viandes hachées, il faut impérativement demander à son boucher de procéder à l'opération devant vous. Dès qu'elle a été transformée par le hachage, la viande devient fragile et exige une consommation rapide. Croyant bien faire, les ménagères préfèrent hacher chez elles avec un robot ménager. C'est une grave erreur. Généralement, le robot ne hache pas, il désagrège, "atomise" la viande et le résultat est décevant.

## Les A.O.C., les labels, la certification

Le secteur "viande" n'est pas épargné par la multiplication, la prolifération des labels, marques, certifications et slogans publicitaires. Il serait injuste de ne pas reconnaître que cet étalage de bonnes volontés va dans le bon sens mais dans un tel désordre et avec un tel manque de coordination qu'il risque de rater son but : améliorer la qualité et informer le consommateur.
Il existe un organisme sérieux, l'INAO, Institut national des appellations contrôlées. Il accorde, après un examen des candidatures long et minutieux, une appellation d'origine contrôlée. Elles sont reconnues dans le monde entier pour leur valeur, même si les contrôles sur le respect des règles de l'appellation pourraient être plus nombreux

et sévères. Pour le moment, seuls les vins, les fromages, les volailles de Bresse, l'huile d'olive de Nyons et quelques légumes bénéficient de cette appellation. Depuis la loi Nallet, la porte s'ouvre, de nouvelles candidatures sont examinées. Il est grand temps que des éleveurs se regroupent par région afin de solliciter une A.O.C. pour leur viande. Le respect et la considération dont jouissent les A.O.C. permettraient d'éclairer le consommateur à partir de données objectives et auraient le mérite d'assainir le marché de la viande.
Le nombre des labels rouges s'accroît régulièrement. Ils ont pour objectif supposé de garantir au consommateur des produits de qualité supérieure, contrôlés régulièrement. Ces contrôles sont assurés par un organisme certificateur et portent sur l'identification et la garantie d'origine de la race, les conditions d'élevage et d'alimentation, la castration avant 12 mois, l'âge minimum d'abattage (28 mois pour les génisses, 30 mois pour les bœufs), et, cela va de soi puisqu'il y a une loi, l'interdiction d'utiliser tout activateur de croissance. Le veau, l'agneau et le porc ont, chacun, des règles et des contrôles appropriés à la race. Les viandes commercialisées sous label rouge ne représentent, malheureusement, que 1% de la consommation totale de la viande en France.
Le consommateur peut-il comprendre pourquoi la race charolaise bénéficie de 6 appellations différentes ? Certes, cette race dispose du plus grand nombre de têtes de bétail, environ 1,2 million, soit le double de la limousine qui se situe en deuxième position. Qui peut expliquer à un consommateur la différence entre les labels : "Charolais du Bourdonnais", "Charolais du Centre", "Charolais Morvan-Bourgogne", "Tendre Charolais", "Evron" (ce label est accordé aussi aux races Maine-Anjou, Normand, Limousin et aux bêtes issues du croisement de ces races), "Charolais

Terroir" ? Personne. Pour qu'un label ait une certaine crédibilité auprès du public, il doit être reconnu par l'ensemble de la filière. Or, il arrive fréquemment que des bouchers ne jugent pas utile de faire la promotion d'un label, alors qu'ils achètent des viandes labélisées. Si le boucher n'y croit pas, pourquoi le consommateur y attacherait-il de l'importance ?
Les labels pour le veau sont incompréhensibles à moins de faire ses achats avec un ouvrage explicatif ou de faire confiance à nos bouchers car ils sont obligés à une exclusivité commerciale qui leur interdit de vendre une autre qualité que le veau sous label pour éviter tous les risques de confusion. Là encore, rien n'est clair entre "Veau sous la mère", "Veau de lait fermier", "Veau fermier", "Veau bretanin" et "Normandie", d'autant que 300 000 veaux sont réellement élevés sous la mère mais que 70 000 seulement peuvent être labélisés puisque la limite des débouchés, due aux exigences imposées aux bouchers, ne permet pas d'accorder le label à toutes les bêtes qui remplissent les conditions pour l'obtenir. Les viandes d'agneau sont soumises aux mêmes dérèglements et les viandes de porc n'y échappent pas non plus.
Hors ces labels, il existe des appellations traditionnelles comme le "bœuf de Chalosse", les "agneaux de Pauillac" ou de " pré-salé".
Le bœuf de Chalosse jouit d'une grande notoriété car les éleveurs surveillent jalousement leurs bêtes jusqu'à l'abattoir, et même au-delà puisqu'ils garantissent à leurs clients une maturation (voir p. 435) de 3 semaines. L'agneau de Pauillac devrait être un agneau de lait qui tète encore sa mère tout en dégustant des pousses de vigne ; autant dire que ce n'est pas faire preuve de mauvais esprit que d'affirmer que tous les agneaux, commercialisés sous le nom de Pauillac, ne remplissent pas l'ensemble des conditions.

Quant à l'agneau de pré-salé, tout le monde sait qu'il doit séjourner dans les prés entourant la baie du mont Saint-Michel et que la mer recouvre lors des grandes marées.
Là encore, il est certain qu'il y a plus d'agneaux dits "pré-salés" qui se contentent de humer l'air de la mer plutôt que de brouter l'herbe parfumée d'embruns...
Entre les labels et les produits d'appellation sans contrôle se glissent les viandes certifiées. Les premiers exemples de certification confirment le peu de crédibilité à accorder aux entreprises qui en ont bénéficié. Ils déshonorent la filière et favorisent les marchands d'aliments et les abatteurs pour lesquels le seul credo est le rendement et réduisent le noble métier d'éleveur à celui de tâcheron.
L'ensemble de la filière bovine vient de lancer le "Bœuf de Tradition bouchère" ou "B.T.B.". L'intention est bonne mais ne fait que rajouter à la confusion.
Il existe également des marques, dont l'invention est récente. Charal, Val-tendre, Force S et Bon gril sont parmi les plus connues. Leur production est essentiellement disponible dans les grandes surfaces, en frais et en surgelé. Vous dire qu'au travers de leurs produits le consommateur a une chance de connaître l'âge, la race, les conditions d'élevage ou la durée de maturation de la viande serait mensonge de ma part...
Au travers de "marques", on a vu apparaître une viande destructurée-restructurée. Cette opération consiste à transformer une viande à braiser ou à bouillir en viande à rôtir ou à griller. La technique, mise au point par Maurice Fradin, implique qu'un morceau de muscle inutilisable en bifteck soit tranché très, très finement (moins d'un millimètre) et ensuite reconstitué sous forme de bifteck. Elle risque de révolutionner le marché de la viande puisqu'elle permettra au détenteur du brevet d'acheter des morceaux à braiser, traditionnellement meilleur marché

que les morceaux à rôtir et, après transformation, de les revendre au prix du bifteck.
On peut encore trouver de la bonne viande, même si celle de qualité ne représente que 20 %, 30 % tout au plus, de la production nationale. La mauvaise viande ne vient pas que de l'étranger ; elle est aussi, malheureusement, française.
L'ouverture des frontières et la libre circulation des marchandises nous permettront de découvrir des viandes admirables. Il faut goûter, au moins une fois, la viande écossaise Angus-aberdeen.
Éleveurs et abatteurs se sont regroupés au sein d'une association qui commercialise exclusivement des morceaux découpés, issus de bêtes sélectionnées, de race Angus croisée avec Charolais ou Limousin, élevées selon les traditions écossaises et mises à maturation 21 jours minimum.

*On entend trop souvent dire : "Il n'y a plus de bons bouchers." Cette réflexion est en partie justifiée. Si les bons existent, il faut les trouver.*

Un bon boucher se mérite. Un de mes critères de sélection est souvent de savoir si le boucher choisit ses bêtes sur pied lui-même, surveille l'abattage et assure la maturation dans "ses" chambres froides.

## Les ingrédients

Les ingrédients de base seront définis dans chaque partie du présent chapitre consacrée à l'animal concerné. Il est important de se rappeler que seuls les morceaux destinés à être rôtis ou grillés peuvent l'être.
Les pièces à braiser ou à bouillir risquent d'être

particulièrement décevantes si elles sont utilisées pour un autre usage que le leur.
Pour griller ou rôtir, on peut utiliser de la matière grasse ou s'en passer. Les spécialistes sont partagés. En général, le sectarisme est de mise, le tenant du beurre s'y tient sans déroger, les partisans de l'huile le sont jusqu'au fanatisme. Avant même d'en arriver au chapitre de "dame" matière grasse, le choix du support pour la grillade provoque des éclats souvent incantatoires. La sémantique s'en mêle et n'arrange rien.
Pour certains, la grillade ne peut se faire que sur de la braise obtenue à partir d'un bois précis, toute dérogation sur l'essence du bois sera considérée comme blasphématoire.
Pour d'autres, la grillade exige une poêle dont le matériau provoquera la même intransigeance que celle manifestée sur le choix du bois. On pourrait épiloguer longuement mais nous avons préféré donner, dans la mesure de nos moyens, des explications sur chacune des méthodes choisies et sur chacun des ingrédients préconisés. Elles nous engagent ainsi que les éminents spécialistes auxquels nous avons quelquefois fait appel pour nous départager.
Il nous paraît impossible de définir une matière grasse unique pour chacun des modes de cuisson. Chaque type de viande, d'ingrédient, demande, exige son propre gras.

### *Les huiles. Voir p. 34.*

Nous déconseillons l'huile, même celles qui supportent le mieux les fortes températures, pour la cuisson à la poêle. Par contre, nous sommes partisans de quelques caresses au pinceau sur la pièce à griller ou à rôtir au four avec une huile de pépins de raisin, d'olive ou d'arachide, parfumée avec du thym ou du romarin emprisonné dans la bouteille (voir p. 38).

### *Le beurre*

Seuls les ersatz de beurre sont apparus depuis peu : le beurre allégé ou les S.L.T. (Spécialités laitières tartinables). Le beurre, le vrai, existe depuis trois mille ans. Son ancêtre officiel, le "ghee", a été imaginé par les Indiens pour transformer le lait des troupeaux amenés par les envahisseurs aryens.

On peut faire du beurre à partir de tous les laits dès l'instant où ils sont crémés : vache, chèvre, brebis, chamelle, bufflesse et yack. Dans la Grèce antique et à Rome, on préférait l'huile d'olive au beurre. Pline, toujours lui, le qualifiait de denrée barbare.

La dénomination beurre est réservée aux produits obtenus à partir de la crème, du lait ou de ses sous-produits. Après malaxage et lavage, il doit être suffisamment débarrassé de son lait et de son eau pour renfermer 82 % de matière grasse, 16 % d'eau et 2 % de matière sèche non grasse.

L'élaboration du beurre se fait en six étapes : écrémage du lait, pasteurisation éventuelle de la crème obtenue, maturation, barattage, lavage et malaxage.

La pasteurisation a pour but de détruire les germes pathogènes, la flore originelle et les lipases (à l'origine des rancissures).

Depuis le décret du 31 décembre 1988, le beurre est soumis à trois dénominations fondées sur les traitements de la crème :

- le beurre cru, obtenu à partir de crème n'ayant subi aucun traitement thermique ;
- le beurre extra-fin, qui remplace l'appellation "beurre pasteurisé", obtenu à partir de crème fraîche ni congelée ni surgelée mais seulement pasteurisée ;
- le beurre fin, dans lequel il est admis d'utiliser, dans la limite de 30 %, des crèmes congelées ou surgelées.

Deux beurres ont droit à l'appellation d'origine contrôlée :

le beurre Poitou-Charente et celui d'Isigny.
Généralement, le beurre n'est pas salé mais on en trouve sous l'appellation "salé" ou "demi-sel".
Les spécialités laitières tartinables ne doivent pas servir à la cuisson des aliments.

Pour les cuissons à la poêle, on peut utiliser du beurre, qui a l'inconvénient de brûler à 180°. On peut également, pour les poêles à revêtement antiadhésif, caresser le morceau à cuire avec un pinceau trempé dans l'huile et rajouter un morceau de beurre dans le récipient pour récupérer les sucs de cuisson. La meilleure matière grasse pour les cuissons à la poêle est le beurre clarifié. Pour l'obtenir, il faut séparer les composants et ne conserver que la fleur du beurre. La perte est peu importante et le résultat incomparable.

## *La margarine, le saindoux, la graisse de canard ou d'oie*

Tout comme les huiles, nous déconseillons ces matières grasses pour les ingrédients à poêler ou à rôtir. Elles peuvent convenir pour saisir, éventuellement.

### PRÉPARATION DU BEURRE CLARIFIÉ

Mettre 250 g de beurre coupé en morceaux dans une casserole. Faire fondre doucement. Avant que le beurre ne colore, c'est-à-dire lorsqu'il "chante", retirer la casserole du feu et verser le beurre fondu dans un bol. Laisser tiédir. Mettre le bol au réfrigérateur pendant 1 nuit. Le petit-lait

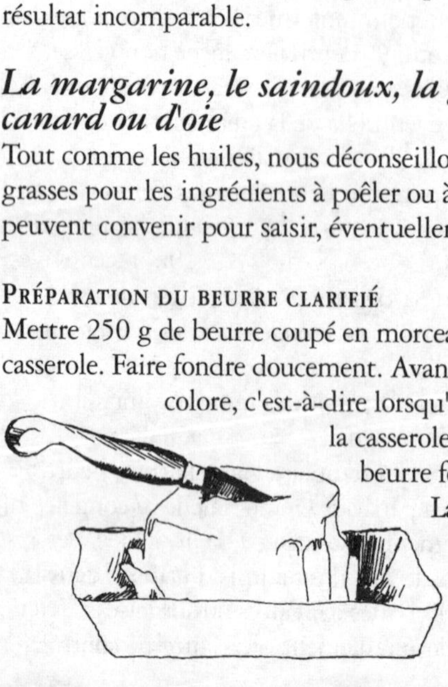

tombera au fond du bol et la fleur du beurre se figera à la surface. Le lendemain matin, opérer la séparation, garder le petit-lait pour assaisonner des légumes frais (exquis), passer la fleur à l'eau froide, essuyer avec un torchon. A utiliser pour toutes les cuissons et à conserver au réfrigérateur.
Le beurre clarifié peut se faire avec des beurres au lait cru ou des beurres pasteurisés. Il se conserve 2 semaines sans rancir et supporte des températures équivalentes à celle de l'huile de pépins de raisin (environ 200°).

# Les ustensiles

## *Le gril*

Les versions sont nombreuses, adaptées au gaz ou à l'électricité. Les grils se posent généralement à même le diffuseur de chaleur. Les plus classiques, en fonte émaillée noire, de forme ronde, carrée ou rectangulaire, sont maintenant revêtus d'émail dans leur partie inférieure, afin de pouvoir être posés sur les surfaces vitrocéramiques. Le "gril de table" (2 000 watts) permet à chacun des convives d'exercer son talent de grilladin. Un grand gril extérieur, garni de pierres de lave pour éviter la nocivité des graisses qui coulent sur le charbon de bois, remplacera le funeste barbecue, à l'origine de nombreux accidents dus à la méconnaissance des utilisateurs. Certains modèles de cuisinières très sophistiquées proposent un équipement intégré de gril.
Tous ces modèles présentent l'inconvénient de dégager fumées et odeurs souvent indésirables, surtout si la cuisine n'est pas équipée d'un extracteur puissant. Il faut préférer le gril du four, incontestablement plus fonctionnel et

pratique. Les viandes se posent sur la grille et les jus et les graisses de cuisson sont recueillis dans la lèchefrite. Ce système présente un autre avantage appréciable : la propreté. Les projections de graisse sont aisément anéanties grâce aux fours équipés pour la plupart aujourd'hui de systèmes autonettoyants.
Le gril du four ne convient pas aux biftecks piécés mais parfaitement aux rôtis, aux côtes de bœuf et même aux morceaux pour 2 ou 3 personnes. Il est imbattable pour les magrets de canard. Les graisses entre la peau et la viande fondront doucement en se répandant dans le maigre.

### *Les cocottes*

Traditionnellement, la cocotte est en fonte. Pour mitonner un ragoût, braiser ou mijoter, la fonte est irremplaçable. Son épaisseur permet un parfait réchauffement par conduction. Si elle est longue à s'échauffer, elle se contente par la suite d'un faible apport d'énergie puisqu'elle restitue lentement aux aliments celle qu'elle a emmagasinée. La cocotte en fonte n'est pas bon marché mais fait partie des investissements de base indispensables.
Elle existe maintenant de forme ovale ou rectangulaire, ce qui ne facilite pas la répartition harmonieuse de la chaleur mais la rend plus pratique pour les rosbifs. Elle est souvent maquillée d'émail (un isolant), ce qui la rend moins performante.
Il existe aussi des cocottes en fonte d'aluminium, plus légère que la fonte classique, et revêtues d'antiadhésif favorisant les cuissons sans gras. Ce modèle s'adapte à tous les types de fluide sauf l'induction, tout comme la cocotte en aluminium anodisé dur, revêtue à l'intérieur de circulon, nouvel antiadhésif, résistant à l'abrasion grâce aux sillons concentriques dont il tire son nom.

## *Les poêles*

La poêle est un ustensile typiquement national et l'invention de Marc Grégoire a complètement transformé son usage. La bonne vieille poêle en fer, dont je reste personnellement partisan, est devenue obsolète. Les usagers la trouvent trop lourde alors qu'elle est stable, difficile à nettoyer alors qu'une poignée de gros sel et un chiffon de papier lui rendent son lustre. Elle a été remplacée par la poêle revêtue d'antiadhésif.
La marque Tefal symbolise la poêle comme le Frigidaire le réfrigérateur. Tefal n'a pas le monopole des revêtements ; Du Pont de Nemours, le producteur, a considérablement amélioré son produit, devenu beaucoup plus résistant à l'abrasion. Les cuisiniers professionnels, souvent réticents aux nouveautés, en usent pour satisfaire leurs clients soucieux de leur ligne.
La poêle antiadhésive est indispensable pour faire cuire les biftecks car elle évite, ou réduit, l'utilisation de matière grasse.
Les poêles en fonte, très lourdes, sont peu maniables, même si la stabilité liée à leur poids ne nous les fait pas rejeter systématiquement.
La poêle en fonte d'aluminium est à la mode. Indéformable, bonne conductrice de chaleur, solide, elle est revêtue d'émail à l'extérieur et d'antiadhésif à l'intérieur. Tous les systèmes de cuisson lui conviennent à l'exception de l'induction.
La poêle en inox a l'avantage de la légèreté mais l'inconvénient de ne pas assurer une bonne répartition de la chaleur. Il faut donc choisir un cul de poêle triple épaisseur inox-cuivre-inox ou inox-alu-inox. Dans ces deux cas, aucune déformation n'est à craindre et la conductibilité sera parfaite.
Il existe aussi une poêle fabriquée selon les mêmes

principes que la cocotte en aluminium anodisé dur mais garnie d'un revêtement intérieur en pierre de lave, antiadhésif mais solide.

## *Les broches*

Les fours des cuisinières modernes sont souvent équipés de tournebroches. Cet ustensile avait disparu de nos cuisines avec la suppression des cheminées à bois. On redécouvre ses inestimables avantages. Dès la découverte du feu, nos ancêtres ont utilisé le tournebroche pour faire cuire le produit de leur chasse. Au Moyen Age, ce sont les apprentis rôtisseurs, les "galopins", qui tournaient les manivelles des lourdes broches devant les brasiers des cheminées. Plus tard, on utilisa les chiens que l'on faisait courir enfermés dans une roue. Dès le XVIe siècle, on appareilla les broches de systèmes à ressorts et à poids/contrepoids qui évitaient la présence humaine ou animale devant les foyers des cheminées. En développant l'horlogerie, on a inévitablement automatisé les broches. Les volailles, poulet, canard, pintade, pigeon, sont inégalables, cuites selon ce procédé.

## *Les barbecues*

Les règles fixées dans le chapitre poissons (voir p. 245) sont valables pour les viandes. On préférera le sarment de vigne à tout autre combustible. A défaut, il faudra se résoudre à employer d'autres essences de bois, sans ignorer que le châtaignier dégage d'exquises senteurs, le chêne aussi mais plus amères, le hêtre et le charme plus douceâtres.
Les Américains apprécient les barbecues au noyer. Il faudra éliminer les bois blancs qui ne procurent aucune braise, l'acacia qui explose en brûlant et les résineux qui dégagent un goût de térébenthine qui pourrait se communiquer à la viande.

Bois et charbon de bois s'allument avec du papier et du petit-bois comme pour un feu dans une cheminée. On peut avec précaution utiliser de l'alcool à brûler mais en aucun cas de l'essence qui risquerait de transformer votre partie de campagne en un événement dramatique…

Il est important de savoir que la masse incandescente doit être proportionnelle au volume de la pièce à cuire. Un énorme brasier carbonisera rapidement une petite côtelette alors qu'un petit feu n'amènera jamais une côte de bœuf à la cuisson souhaitée. Notons également qu'un feu ne se réalimente pas en cours de cuisson, le bois ou les charbons froids bloqueraient la combustion et donc la cuisson. Un feu se tisonne fréquemment pour remplacer les morceaux calcinés par des braises ardentes. On peut souffler sur le feu pour le réactiver, au risque de coller inévitablement des cendres sur la viande.

# Les règles

Savoir rôtir est un don. Si la nature ne vous l'a pas donné, il est inutile de s'entêter. Organiser une barbecue-partie sans expérience risque de gâcher la journée de vos invités et, surtout, la viande que vous aurez achetée. Si votre envie d'organiser des barbecues est à ce point irrépressible, il est impératif de penser à éteindre le foyer incandescent dès la fin de son utilisation.

Les grillades ou rôtis au four ou à la broche doivent s'effectuer la porte du four fermée.

Les casseroles ou cocottes revêtues de matière antiadhésive ne doivent jamais être surchauffées.

Elles se nettoient impérativement avec délicatesse, à l'aide d'une éponge douce et d'un produit lessiviel, à l'exclusion de grattoir, éponge métallique et poudre à récurer.

# Le bœuf

Le bœuf est en fait le mâle châtré de la race bovine mais la viande de bœuf peut provenir aussi bien des mâles, entiers ou châtrés, que des femelles, vaches ou génisses, que de jeunes bovins ou taurillons ou baby-beef, mâles ou femelles.

Les bovins changent d'appellation selon l'âge et le sexe. Jusqu'à l'âge d'un an, mâles et femelles s'appellent veaux de Lyon, jeunes bovins ou baby-beef. A dix-huit mois, le mâle devient taurillon et la femelle reste un jeune bovin. A l'âge de deux ans, le mâle reste un taurillon ; s'il est castré, son identité change et il devient un bouvillon ou un châtron et la femelle, une génisse ou une taure. A l'âge de trois ans, changement à nouveau, le mâle est devenu un taureau, et si sa virilité lui a été retirée, il est bœuf pour l'état civil et la génisse, après avoir vêlé, devient une vache. La qualité des viandes, nous l'avons vu, dépend de la race, de l'alimentation, de la qualité de l'abattage et de la maturation mais son âge est un facteur essentiel. Logiquement, le bœuf est engraissé jusqu'à l'âge de trois ans au minimum, idéalement trois ans et demi. Si toutes les données ont été respectées, la viande sera magnifique, couverture idéale, jutosité parfaite. La génisse devrait rester demoiselle jusqu'à l'abattage mais sa vertu risque de lui procurer un excédent de graisse nuisible pour en obtenir le meilleur prix. Aussi, on lui permet une saillie, une seule. Le veau procurera un revenu supplémentaire à l'éleveur et la gestation une diminution des réserves lipidiques.

Un taureau, lorsque ses hormones sexuelles se développent, produit une viande dure qu'il est difficile d'utiliser en grillades ou rôtis. Depuis quelques années a été développée la production, en France, en Allemagne et en Italie, de taurillons, appelés également jeunes bovins ou baby-beef. L'animal est abattu jeune (avant deux ans) et avant castration. Sa viande n'est pas tendre, les graisses intramusculaires n'ont pas eu le temps de se déposer et le goût manque de caractéristique. Malgré ces inconvénients, on a distribué des subventions pour encourager ce type de production. Le consommateur français renâcle mais nos voisins en redemandent. Nous sommes actuellement au stade de la surproduction et les surplus attendent dans des chambres froides, avec la bénédiction de la C.E. Il faut bien constater que même la qualité de notre bifteck est gérée par la politique politicienne...

Nous ne pouvons pas ignorer, dans la production des viandes de boucherie, l'importance des vaches de réforme.

Il s'agit d'une bête faisant partie du troupeau laitier, élevée pour la production de lait ou la reproduction. Elle est généralement réformée à l'âge de sept ans, certaines d'entre elles l'ont été à dix. Avant l'abattage, elle est remise à l'engraissement et même si la bête est âgée, la viande peut être excellente. Lorsque les résultats de cette reconversion ne sont pas satisfaisants, logiquement, on utilise cette viande en steaks hachés destinés aux collectivités ou aux grandes surfaces. Malheureusement, dans cette affaire, la logique n'est pas toujours respectée…
Les races dites à viande sont la Charolaise, la Limousine, la Blonde d'Aquitaine, la Maine-Anjou, la Bleue du Nord, la Gasconne, la Parthenaise, l'Aubrac et la Salers. Il existe des races mixtes, la Normande, la Pie rouge et la Montbéliarde.

*Le pré, l'herbe tendre, les graminées, le trèfle odorant, la pause pour ruminer au grand air sous l'ombrage du pommier, c'est le rêve de tous les bovins.*

Les bonnes races devraient produire de bonnes viandes si elles étaient élevées et nourries correctement.
Quelle triste vie pour ces grands baladeurs que de rester à l'étable, en stabulation comme on dit, à manger à heures fixes et par obligation de l'ensilage, des tourteaux acides et malodorants qui noirciront et acidifieront la viande ! En effet, l'ensilage de maïs a une fâcheuse tendance à faire monter le pH de la viande et à la noircir au bout de quelques jours, l'empêchant de rassir pour améliorer ses vertus.
La maturation est une nécessité pour la viande de bœuf alors qu'elle est inutile pour le veau, l'agneau et le porc. Lorsque le bœuf s'achemine vers l'âge adulte, il produit des collagènes qui se collent sur les muscles et durcissent les viandes. La maturation consiste à laisser se développer dans

le muscle une réaction enzymatique naturelle qui disloquera ce collagène. La maturation s'effectue en chambre froide et lentement. On peut en activer le déroulement en la pratiquant à température élevée mais avec des risques de contamination bactérienne. Actuellement, les carcasses passent 5 ou 6 jours en chambre froide, ce qui est très insuffisant. Une bonne maturation, longue, de 15 à 20 jours, ne donne satisfaction qu'au consommateur car la viande perd entre 3 et 5 % de son poids et le capital immobilisé (8 000 à 13 000 F la carcasse) constitue souvent une charge financière coûteuse pour le boucher.
Malheureusement, le consommateur ne peut se substituer au professionnel pour effectuer lui-même le rassissement de sa viande. Les réfrigérateurs de ménage, même s'ils sont équipés de parties de froid négatif, ne sauraient assurer ce travail sans risques.
Il est extravagant que l'ensemble de la filière bovine ne s'impose pas le respect des règles élémentaires pour obtenir une qualité maximale sachant que, toutes les études faites à ce sujet le démontrent, le consommateur serait prêt à payer sa viande à un prix supérieur si la qualité était respectée.

## LES DIFFÉRENTS MORCEAUX DE BŒUF À GRILLER, À POÊLER OU À RÔTIR

Nous avons vu (p. 327-329 du chapitre des bouillis) les morceaux à griller ou à rôtir qui convenaient au bœuf à la ficelle. Outre les morceaux définis dans ce chapitre, il nous faut parler des autres.

### *L'entrecôte*

L'entrecôte est sans doute la meilleure pièce à griller. On tire l'entrecôte d'un ensemble appelé " train de côtes ". Elle est persillée, entrelardée, on peut la faire poêler ou griller. Il est souhaitable de la faire trancher épaisse pour lui conserver goûteux, juteux et mâche. Elle convient parfaitement pour une ou deux personnes.

### *La côte de bœuf*

Partie de côte attachée à une demi-vertèbre dorsale, elle peut être désossée ou cuite avec l'os, ce qui lui donnera un goût supplémentaire. Le poids moyen d'une côte est d'un kilogramme (os et viande). Après cuisson, elle se découpe en tranches transversales au sens de la viande.

### *Les basses côtes*

Ce sont les cinq premières vertèbres dorsales du bœuf. L'aspect esthétique des muscles qui s'y rattachent fait souvent disparaître ce morceau dans les bourguignons ou le pot-au-feu. Quel dommage ! Quand la bête est de qualité, ce morceau procure de grandes satisfactions. Entrelardé, persillé, fondant, juteux, belle mâche.
La perfection.

### *Le train de côtes*

Il s'agit de plusieurs côtes restées attachées les unes aux autres. Il se cuit généralement au four.

### *La tranche grasse*

Ce morceau est formé de trois muscles situés dans la partie avant de la cuisse, le plat, le mouvant et le rond.
Le plat de tranche, viande courte et maigre, donne de bons rôtis qui exigent une barde pour compenser le manque de gras. Le mouvant est une viande à rôti ou à bifteck.
Le rond de tranche grasse est un morceau tendre, à fibres courtes et maigres, dans lequel on peut tailler des pavés, façon tournedos, et des rôtis à barder.

## *La bavette*

On en connaît trois variétés :

- D'aloyau, un des muscles plats de l'abdomen à fibres longues, peu serrées et d'inégale tendreté. Elle exige un minutieux travail du boucher pour éliminer toutes les aponévroses et se coupe tranchée en son travers. Meilleure poêlée que grillée, elle doit se manger saignante. Ce morceau apprécie l'échalote.
- De flanchet, muscle de l'abdomen situé au niveau de l'aine. Par sa texture et son goût, elle ressemble à la bavette d'aloyau et se prépare à l'identique.
- A pot-au-feu, composée des muscles abdominaux internes et externes qui enferment la bavette d'aloyau. La viande, naturellement grasse, demande à être parée. Il est navrant de se la faire attribuer comme une bavette d'aloyau ou de flanchet car elle n'est bonne qu'à braiser ou, comme son nom l'indique, dans le pot-au-feu.

## *La hampe*

Les muscles vont toujours par paire chez l'homme et l'animal, à l'exception de la hampe et de l'onglet. Viande longue qui fournit d'excellents biftecks, très recherchés mais rares, c'est le muscle qui soude le diaphragme aux côtes.

Elle préfère la poêle au gril et, tout comme la bavette, aime l'échalote.

## *L'onglet*

L'onglet est le pilier du diaphragme. Ce morceau est formé de deux petits muscles unis par une membrane très solide que le boucher doit enlever. Longtemps méconnu parce que les transporteurs de viande pouvaient l'arracher sans couteau, il est maintenant vendu en caisses, ce qui justifie que les bouchers puissent en présenter sans avoir à acheter

la carcasse correspondante. Jusqu'à récemment, ce morceau faisait partie des pièces de viande vendues par le tripier, il était donc assimilé au 5e quartier. Les spécialistes prétendent qu'il est au mieux dans les vingt-quatre heures qui suivent la mort de l'animal ou après huit jours lorsque la maturation est entamée. Il arrive qu'on le serve grillé alors qu'il est meilleur poêlé.
S'il manifeste un goût immodéré pour l'échalote, l'ail ne lui déplaît pas non plus.

### *La tranche*

A ne pas confondre avec la tranche grasse bien qu'elle soit sa voisine. Elle aussi est composée de différents muscles, le couturier, le pectiné qu'on appelle aussi :

### *Le merlan*

Avec de l'imagination, il peut ressembler à un poisson et aurait donc pu s'appeler maquereau, hareng ou colinot.
C'est une viande tendre mais rare car chaque merlan pèse 400 à 500 g maximum, soit un kilogramme de viande par animal.

### *La poire*

Le pectiné est un petit muscle situé lui aussi dans la cuisse du bœuf (la tranche).
Il fallait beaucoup d'imagination au garçon boucher qui a cru reconnaître une conférence ou une doyenné du comice dans ce morceau très tendre mais guère plus abondant que le merlan. On peut en faire un petit rosbif ou des petits biftecks à poêler.

### *L'araignée*

L'araignée est un muscle qui tapisse de part et d'autre le trou coxal des bovins. Ce morceau exige de la patience de

la part du boucher car il est recouvert d'aponévroses et de graisses intercalaires.
Chaque araignée pèse, dans une bête normale, entre 300 et 380 g, c'est dire si elles sont difficiles à obtenir. Certains bouchers malveillants fabriquent de fausses araignées. Le résultat est, évidemment, décevant. Comme tous les morceaux à fibres longues, bavette, onglet, hampe, l'araignée ne boude pas l'échalote.

### *L'aiguillette baronne*

Sa forme longue et conique lui donne son nom. Fibres longues, d'un intérêt limité en bifteck mais délicieux traité en bœuf mode ou avec des carottes. La désaffection du consommateur pour les morceaux à braiser l'a fait passer, à tort, dans la catégorie des morceaux à griller. Bien que sœur jumelle de la baronne, l'aiguillette de rumsteak donne d'excellents biftecks.

## LA CUISSON

Nous l'avons déjà dit et ne le répéterons jamais assez, on peut apprendre à cuisiner, jamais à griller ou à rôtir, c'est un art et un don.

> *Le rôtisseur est un alchimiste, il doit avoir le sens et la maîtrise du feu. Ce don n'est d'ailleurs mis en valeur que pour les viandes dites rouges. Les viandes blanches n'ont pas les mêmes exigences.*

### *Préparation des viandes*

Il y a longtemps, l'usage voulait que les rôtis soient mis à mariner avant de passer au four. Cette hérésie a été abandonnée. Tant mieux.
Qu'elles soient à rôtir, à griller ou à poêler, les viandes

doivent être salées et, éventuellement, poivrées. Ces deux opérations se font, sans discussion, après la cuisson. Saler avant serait une aberration car le sel ferait dégorger la viande et sortir le suc musculaire qui la priverait de sa saveur et de sa jutosité. Rosbif ou côte de bœuf se servent avec un bol de fleur de sel de Guérande. Chaque convive répand sur les tranches de viande la quantité de sel à sa convenance. Le poivre intervient en fin de cuisson. Impérativement. Il ne cuit pas et ses parfums s'évaporent au contact de la chaleur. Il est préférable de laisser chaque convive user du moulin comme il l'entend.
Une cuisson au gril, pour un bifteck, impose un ustensile très chaud, une viande à peine caressée d'huile au pinceau, un ravier de beurre frais sur la table afin que chacun en use selon son goût. Pour une cuisson à la poêle, selon son matériau, pas ou peu de matière grasse et du beurre clarifié. Pour la cuisson d'un rôti, si la viande est de belle qualité, elle n'exige rien. Même pas une barde. Le rôti sera posé sur la grille du four, caressé d'huile ou de beurre clarifié. L'usage veut que l'on mette les rôtis dans un plat avec de l'eau, du beurre, un oignon et du gras de parure. Avec cette méthode, on est assuré d'une viande dure car, au moment de retourner le rôti, la partie saisie se trouve plongée dans l'élément liquide qui imposera aux fibres musculaires de se rétracter et de durcir.
Si la maîtresse de maison a décidé de servir des grillades, elle doit demander le mode de cuisson souhaité par chacun des convives. Dans le cas d'un rosbif, elle le servira saignant.

*Que les viandes soient destinées au gril, à la poêle, à la cocotte ou au four, elles doivent être sorties suffisamment longtemps à l'avance du réfrigérateur pour être à la température de la cuisine.*

***Il existe quatre modes de cuisson à proposer :***

- **Bleu,** la viande doit être saisie par une forte chaleur et la rapidité de la cuisson ne laisse pas aux sucs le temps de se coaguler pour former une croûte. La viande restera donc molle.
- **Saignant,** la cuisson doit être rapide et à forte chaleur, juste le temps de laisser une légère croûte se former à la surface. La viande doit légèrement résister au toucher.
- **A point,** la chaleur est moins violente, la cuisson plus lente. La croûte pourra s'épaissir et rissoler, laissant au sang le temps de perler franchement à la surface. Le toucher est plus résistant sous la pression. A la coupe, la chair est rosée, sans que le sang s'écoule.
- **Bien cuit,** cuisson lente à chaleur modérée, la croûte sera dure, le toucher très ferme, le sang retiré.

Plus la viande cuit, moins elle est tendre. Il est techniquement impossible de contrevenir à cette loi.

## PROPORTIONS

La tendance actuelle veut que l'on mange trop. Les rôtis, les mijotés ou les bouillis supportent parfaitement d'être achetés en plus grande quantité que nécessaire car il y a toujours un usage des restes. Le bifteck exige une certaine précision.
Le poids par personne d'un bifteck sans déchet est de 150 g maximum. Dans le cas d'entrecôte, de contrefilet ou de rumsteak qui présentent, selon les cas, plus ou moins de déchets, on doit compter entre 150 et 200 g par personne. Si l'on choisit une côte de bœuf, le poids moyen à envisager est de 1,5 kg pour 4 personnes.

Les quantités de viande par personne sont généralement maîtrisées par la maîtresse de maison qui connaît l'appétit de chacun des membres de la famille. Pour un déjeuner de femmes, par exemple, les portions à l'unité peuvent être réduites jusqu'à 120 g par bifteck.

## Les sauces d'accompagnement

Les rôtis, biftecks, poêlés ou grillés, se cuisent selon les principes établis ci-dessus. Ils peuvent se servir très simplement, à sec avec gros sel sur table, poivre au moulin et beurre frais. On peut aussi les accompagner de beurres "préparés".

### BEURRE "MAÎTRE D'HÔTEL"

**INGRÉDIENTS POUR 6 PERSONNES**

- 150 G DE BEURRE
- 2 CUILLÈRES À SOUPE DE PERSIL PLAT
- 2 CUILLÈRES À SOUPE DE CIBOULETTE
- LE JUS D'UN CITRON JAUNE
- 1/2 CUILLÈRE À CAFÉ DE SEL
- 4 TOURS DE MOULIN DE POIVRE BLANC

**PRÉPARATION**

Couper le beurre en petits morceaux et le laisser prendre la température de la pièce. Couper finement le persil et la ciboulette aux ciseaux. Mélanger dans un bol avec une fourchette le beurre, les fines herbes, le sel, le poivre et le jus de citron.

Déposer le mélange ainsi obtenu dans un papier

d'aluminium. Former un cylindre d'un diamètre d'environ 5 centimètres. Mettre le rouleau emballé dans le papier d'aluminum au réfrigérateur. Couper des tranches au fur et à mesure des besoins et les poser sur la viande après cuisson.

◆ **Version moutardée**
On peut ajouter une cuillère à café de moutarde forte à cette même préparation.

◆ **Version chaude**
Procéder comme pour la version froide mais réchauffer le beurre dans une casserole à feu doux, sans qu'il prenne de couleur, et verser sur la viande cuite.

## ÉCHALOTES AU BEURRE

Convient pour la côte de bœuf, l'entrecôte, l'onglet, la bavette et la hampe…

**Ingrédients**

- 6 BELLES ÉCHALOTES HACHÉES FINEMENT
- 150 G DE BEURRE
- SEL ET POIVRE
- 2 CUILLÈRES À SOUPE DE PERSIL SIMPLE HACHÉ

**Préparation**
Faire bouillir une casserole d'eau. Hacher finement les échalotes, les plonger 2 minutes dans l'eau bouillante. Égoutter. Faire fondre le beurre dans une poêle antiadhésive. Dès qu'il mousse, ajouter les échalotes. Laisser

cuire quelques minutes sans laisser prendre de couleur. Ajouter une bonne pincée de sel fin et 2 à 3 tours de moulin à poivre, puis le persil haché et verser sur la viande.

## SAUCE BORDELAISE

### INGRÉDIENTS

- 1 GRAND VERRE DE BORDEAUX CORSÉ ET TANNIQUE
- 2 ÉCHALOTES GRISES FINEMENT HACHÉES
- 1 PETIT BOUQUET GARNI
- 1/2 CUILLÈRE À CAFÉ DE POIVRE GROSSIÈREMENT CONCASSÉ
- 1/2 CUILLÈRE À CAFÉ DE SEL
- 1 GRAND VERRE DE BOUILLON (UTILISER LA TABLETTE ENTIÈRE POUR OBTENIR LE CONTENU DU VERRE)
- LE JUS D'UN PETIT CITRON JAUNE
- 40 G DE BEURRE MANIÉ AVEC 1 CUILLÈRE À SOUPE DE PERSIL HACHÉ
- 6 BELLES RONDELLES DE MOELLE, CHACUNE COUPÉE EN 4
- 1 CUILLÈRE À SOUPE DE MAÏZENA, OU AUTRE FÉCULE, DÉLAYÉE AVEC 2 CUILLÈRES À SOUPE DE BOUILLON FROID

### PRÉPARATION

Mettre dans une sauteuse les échalotes épluchées et hachées finement, le poivre, le bouquet garni et le vin. Laisser cuire à feu vif jusqu'à réduction de moitié du vin rouge. Ajouter le bouillon et faire cuire 7 à 8 minutes. Lier la sauce avec la fécule délayée et passer au travers d'une passoire fine. Remettre le liquide ainsi obtenu dans la sauteuse. Porter à frémissement. Ajouter la moelle et le beurre persillé. Mélanger sans bouillir. Ajouter le sel et le jus du citron. Servir sur la viande ou en saucière.

◆ **VERSION SANS MOELLE**

En l'absence de moelle, il suffit de doubler la quantité de beurre et de persil. Mais si votre boucher est généreux, il serait dommage de vous en priver…

# BEURRE ÉCHALOTE/PERSIL

**INGRÉDIENTS**

- 150 G DE BEURRE
- 3 ÉCHALOTES
- 2 CUILLÈRES À SOUPE DE PERSIL PLAT HACHÉ
- SEL ET POIVRE

**PRÉPARATION**

Plonger les échalotes hachées finement dans une casserole d'eau bouillante. Laisser blanchir 1 minute. Passer et rafraîchir l'échalote à l'eau froide. Dans un mixeur, ou à la fourchette, mélanger l'échalote, le beurre maintenu à la température de la pièce, sel, poivre et persil haché. Mouler sous forme de cylindre dans un papier d'aluminium le beurre ainsi obtenu et laisser durcir au réfrigérateur pour mieux le couper en rondelles au fur et à mesure de vos besoins.

◆ **AUTRE VERSION**

- Le persil peut se remplacer par de l'estragon ou du cerfeuil.
- On peut utiliser du beurre demi-sel mais il est impératif, dans ce cas, de supprimer le sel.

# BEURRE "MARCHAND DE VIN"

**INGRÉDIENTS**

- 1 GRAND VERRE DE VIN ROUGE CORSÉ ET TANNIQUE
- 1/2 CUILLÈRE À CAFÉ DE VINAIGRE BLANC
- 1 PINCÉE DE POIVRE CONCASSÉ
- 1 ÉCHALOTE
- 150 G DE BEURRE À TEMPÉRATURE DE LA PIÈCE
- 2 CUILLÈRES À SOUPE DE PERSIL HACHÉ FINEMENT
- SEL ET POIVRE

**PRÉPARATION**

Verser le vin rouge, le vinaigre, l'échalote hachée et le poivre concassé dans une sauteuse. Laisser réduire le liquide des deux tiers. Laisser tiédir. Mélanger avec le beurre ramolli, le persil et un peu de sel fin.
Servir dans une saucière ou en quenelles (à former à l'aide d'une cuillère à soupe) sur chaque pièce de viande.

◆**AUTRE VERSION**

Le vin rouge peut être remplacé par du vin blanc.
On peut rajouter une petite giclée de sauce Worcester (extrait de jus de viande vendu en bouteille dans le commerce).

# BEURRE MONTPELLIER

## INGRÉDIENTS

- 200 G DE BEURRE
- 1 POIGNÉE D'ÉPINARDS FRAIS ÉQUEUTÉS
- 1 CUILLÈRE À SOUPE DE PERSIL PLAT
- 1 CUILLÈRE À SOUPE DE CIBOULETTE
- 1 CUILLÈRE À SOUPE DE CERFEUIL EN PLUCHES
- 1 CUILLÈRE À SOUPE D'ESTRAGON
- 1 BELLE ÉCHALOTE GRISE OU 2 PETITES
- 1 ŒUF CUIT DUR, 2 BEAUX CORNICHONS
- 5 FILETS D'ANCHOIS À L'HUILE
- SEL ET POIVRE

## PRÉPARATION

Faire bouillir une casserole d'eau salée. Éplucher les herbes et les épinards. Les laver. Placer herbes et épinards dans une passoire et la plonger dans l'eau bouillante durant 30 secondes. Rafraîchir immédiatement sous un filet d'eau froide. Égoutter sur un torchon. Procéder avec l'échalote comme pour les fines herbes. Passer échalote, fines herbes et épinards au mixeur, puis les cornichons et les anchois et, enfin, le beurre ramolli. Goûter, les anchois peuvent avoir suffisamment salé la préparation. Mélanger l'ensemble avec l'œuf dur haché grossièrement au couteau. Mettre dans un papier d'aluminium et former un rouleau de 5 à 6 centimètres de diamètre. Mettre au réfrigérateur pour le durcir et couper en rondelles au fur et à mesure des besoins.
On peut ajouter quelques branches de cresson équeutées, s'il est beau.

# BEURRE MOUTARDE

**Ingrédients**

- 150 G DE BEURRE À LA TEMPÉRATURE DE LA PIÈCE
- 2 CUILLÈRES À SOUPE DE MOUTARDE BLANCHE
- 1 PINCÉE DE SEL ET POIVRE

**Préparation**

Mélanger le beurre avec la moutarde. Saler, poivrer.

**◆ Autre version**

Ajouter au mélange beurre/moutarde 50 g de roquefort bien gras, pris dans la partie bleue. Cette dernière préparation convient parfaitement aux viandes grillées.

# BEURRE AU RAIFORT

**Ingrédients**

- 150 G DE BEURRE À LA TEMPÉRATURE DE LA PIÈCE
- 2 CUILLÈRES À CAFÉ DE RAIFORT FRAIS RÂPÉ
- 1 CUILLÈRE À SOUPE DE CERFEUIL HACHÉ GROSSIÈREMENT

**Préparation**

Mélanger le beurre, le raifort et le cerfeuil. Le raifort étant piquant, il n'est pas nécessaire d'ajouter du sel ou du poivre. Mouler en cylindre dans un papier d'aluminium. Laisser durcir au réfrigérateur et couper en tranches au fur et à mesure des besoins. Le raifort est une racine qui se présente comme un salsifis ou un radis noir. Il s'épluche à l'économe et se râpe très fin après lavage. On le trouve également frais en petits bocaux.

## LES FRITES

Comment ne pas évoquer les pommes de terre frites avec les biftecks ? Quelle que soit leur taille, elles doivent être fondantes à l'intérieur, croustillantes à l'extérieur et pour être réussies, il faut respecter un certain nombre de règles : idéalement, employer des pommes de terre bintjes. Ne jamais faire de frites avec des pommes de terre nouvelles. Après épluchage et découpe, les laver à grande eau pour les débarrasser de la fécule et les essuyer méticuleusement. Utiliser une grande bassine avec un panier, de l'huile fraîche, du saindoux ou des graisses végétales. La cuisson s'opère en deux temps. Premièrement : immerger les pommes de terre dans la friture, chaude mais sans plus. Lorsque les pommes de terre sont cuites, elles remontent à la surface. Deuxième temps : plonger les pommes de terre, refroidies, dans la friture très chaude jusqu'à ce qu'elles dorent et croustillent. Déposer sur du papier absorbant, laisser s'égoutter et saupoudrer de sel fin. Les pommes de terre frites portent des noms différents selon leur taille. En bâtonnets de 7 à 8 centimètres de longueur sur 1 centimètre de large, on les appelle "pommes pont-neuf". Elles deviennent "pommes allumettes" quand elles sont coupées moitié moins grosses que les "pont-neuf" et "pommes paille " lorsqu'elles passent au travers du moule à légumes, grosse grille

# *Le veau*

Le veau est l'enfant issu des amours du taureau et de la vache. Il a depuis quelques années bien mauvaise réputation, en partie due aux hormones ou autres anabolisants que les éleveurs utilisent sans discernement. Pour remplir les conditions indispensables de qualité, et par conséquent de plaisir, il doit être élevé sous la mère ou avec le lait de la mère et abattu à l'âge de 2 ou 3 mois. Lorsque ces conditions sont réunies, la viande est blanche, rosée, transparente et pourtant ferme au toucher. La graisse intermusculaire est blanche, très blanche. Si le veau ne remplit pas ces conditions, il est inutile de songer à le préparer. Ce serait courir à la déception. Sa cuisson serait ingouvernable, l'eau qu'il rendrait conduirait à l'échec. Le " veau de lait, élevé sous la mère " ne doit pas être confondu avec le "veau de lait ", appellation inventée pour induire le consommateur en erreur et écouler les surplus laitiers. Ils sont effectivement nourris au lait naturel, entier, mais complété, à partir de la cinquième semaine, par des protéines et autres éléments minéraux. Ces veaux-là sont disponibles toute l'année alors que la saison du veau élevé sous la mère se situe de mai à septembre. Le veau élevé sous la mère est coûteux mais c'est qu'il demande beaucoup de soins de la part des petits éleveurs du Limousin (élevage traditionnel dans la région). Il faut surveiller chaque veau pour vérifier s'il a assez tété, substituer au besoin une autre vache à la mère ("la tante") qui procurera le complément de lait nécessaire. Le vrai veau sous la mère doit peu se déplacer, rester dans une étable sombre, muselé pour éviter qu'il ne lèche ou ne consomme de la paille. Cette immobilité permettra de provoquer une anémie due à un manque de fer qui épuisera les stocks de cet élément contenus dans le foie à sa naissance. Grâce à ce stratagème, la viande restera blanche.

# LES DIFFÉRENTS MORCEAUX DE VEAU À POÊLER OU À RÔTIR

La viande de veau ne se fait pas griller car ce procédé dessèche la viande qui doit rester fondante et moelleuse. Les meilleurs morceaux à poêler ou à rôtir se situent, comme pour le bœuf, sur la partie haute de l'animal, le dos et les quartiers arrière.

## *Le filet*

Le filet peut se rôtir entier ou se découper en médaillons, tournedos de veau ou grenadins ou encore en piccatas. Ces appellations, à l'exception de la piccata, se présentent sous la forme de pavés de 2 à 3 centimètres d'épaisseur. Les bouchers ont tendance à les barder, ce qui a pour seul effet d'augmenter leur marge bénéficiaire. Les piccatas sont de petites escalopes, base de certaines spécialités italiennes ; on les appelle aussi des escalopines.

## *Les côtes*

Elles sont découvertes, attachées aux premières vertèbres, proches de l'épaule ; on les appelle d'ailleurs, dans certaines régions, côtes sous l'épaule. Ensuite, elles sont premières et secondes. Elles se cuisent lentement, à feu moyen. Si vous êtes plusieurs, faites-vous donner par le boucher un rôti composé de plusieurs côtes coupées dans les secondes. A la cocotte, réussies, vous risquez le bonheur…

## *Noix, sous-noix et noix pâtissière*

Ce sont trois muscles situés dans le haut du cuisseau. Dans ces morceaux, on taille généralement des escalopes ou des rôtis qui n'ont d'intérêt que si la viande est de bonne qualité. S'il vous faut choisir des rôtis dans ces muscles, demandez à votre boucher de vous donner un peu de graisse de veau et quelques os pour améliorer la préparation.

### *Le quasi*

Le quasi est la croupe du veau qu'on appelait "culotte ". Les cuisiniers parlent avec émotion du "cul de veau ". En fait, c'est le morceau qui correspond au rumsteak chez le bœuf, il est situé entre la cuisse et la région lombaire. Lorsque les cuisiniers préparaient des viandes pour le trolley, ils présentaient un cul de veau, non désossé et sans que la carcasse soit fendue en deux. Maintenant, le quasi est désossé. Les rôtis tranchés dans cette pièce rare sont magnifiques de moelleux.

## LA CUISSON

Le veau doit être bien cuit mais rester rose pâle à la tranche. Plus il est cuit, plus la viande s'assèche. Il faut impérativement commencer la cuisson à feu moyen, lentement et augmenter la chaleur en fin de cuisson pour obtenir une croûte dorée.
Il est préférable d'utiliser du beurre clarifié pour les cuissons des rôtis ou pièces à poêler. Sinon, un peu de beurre, jamais d'huile, quelle qu'elle soit. Pour les rôtis en particulier, il est bon de rajouter dans le plat du gras naturel de l'animal et quelques os. Comme pour le bœuf, l'eau sera proscrite.

## PROPORTIONS

Le veau demande des portions moins importantes que le bœuf. Une escalope "normale" ne doit pas dépasser 130 g,

140 g au maximum. Les côtelettes avec os devraient peser, idéalement, 150 à 160 g pièce et un rôti, quel que soit le morceau dans lequel il est prélevé, 150 g par personne si l'on veut éviter les restes, ou 180 à 200 g pour le manger froid.

## *Mon rôti de veau à moi*

*Je ne résiste d'ailleurs pas à vous raconter le rôti de veau cocotte que j'aime, que je confectionne au milieu du printemps et qui donne lieu à promenades et régalades. Mon boucher me prépare un beau carré entier de côtes secondes composé de 3 ou 4 côtes. La bête doit être de belle qualité et la blancheur de son gras éveiller des cris d'admiration. Sur le marché, je ramasse tous les légumes nouveaux, carottes, navets, oignons blancs, petits pois, asperges. Après les avoir épluchés ou frottés dans du gros sel et rincés à l'eau froide, je prends alors mon panier et je pars dans mon jardin cueillir, en petite quantité, toutes les herbes qui s'y trouvent, persil plat, cerfeuil, estragon, grosse cive, petite ciboulette, thym, sauge verte, blanche et violette, citronnelle, menthe fraîche.*
*Dans une cocotte, sans matière grasse, je pose mon rôti de veau, les légumes entiers et les herbes mélangées et je rajoute une tête d'ail nouveau si le marché m'a été favorable ou quelques gousses d'ail.*
*Je sale et je laisse cuire, couvert, à feu moyen, 45 minutes.*
*Pendant que je découpe la viande, je rajoute le petit-lait abandonné par mon beurre clarifié à tous ces légumes. Rares sont les plats plus simples à préparer qui procurent autant de plaisir.*

# ESCALOPES MEUNIÈRES

**INGRÉDIENTS POUR 6 PERSONNES**

❖ 6 ESCALOPES DE 130 G CHACUNE
❖ 140 G DE BEURRE CLARIFIÉ ❖ LE JUS D'UN CITRON
❖ 2 CUILLÈRES À SOUPE DE PERSIL HACHÉ
❖ SEL ET POIVRE

**PRÉPARATION**

Faire fondre 50 g de beurre à feu moyen dans une grande poêle. Saler les escalopes. Lorsque le beurre est chaud et que sa couleur est devenue noisette, poser les escalopes. Faire cuire 3 minutes de chaque côté. Après cuisson, les tenir au four, préalablement chauffé, dans un plat chaud. Verser le jus du citron et les 90 g de beurre restants dans la poêle.
Porter à feu vif.
Gratter les sucs de la viande accrochés dans le fond de la poêle. Verser le beurre bien chaud sur les escalopes. Saupoudrer de persil.

# ESCALOPES VIENNOISES

**INGRÉDIENTS POUR 6 PERSONNES**

❖ 6 ESCALOPES PEU ÉPAISSES ET BIEN LARGES DE 120 G PAR PERSONNE
❖ 60 G DE BEURRE CLARIFIÉ ❖ 3 ŒUFS
❖ 5 CUILLÈRES À SOUPE DE FARINE
❖ 1 PAQUET DE CHAPELURE ❖ 3 CITRONS

**PRÉPARATION**

Dans un premier plat, mettre la farine. Dans le deuxième, les deux œufs battus comme pour une omelette et dans le

troisième, la chapelure. Passer chaque escalope sur les deux faces dans la farine, les secouer pour éliminer le trop-plein comme pour les poissons meunières. Les passer dans les œufs battus des deux côtés puis ensuite dans la chapelure. Saler chaque face. Cette opération s'appelle "paner".
Dans une grande poêle, mettre le beurre clarifié à fondre à feu moyen.
Quand il grésille, mettre les escalopes.
Faire cuire 3 minutes de chaque côté.
Poser ensuite les escalopes sur du papier absorbant.
On les sert nature avec un demi-citron.

# ESCALOPINES À LA SAUGE

**INGRÉDIENTS POUR 6 PERSONNES**

- FAIRE TAILLER PAR LE BOUCHER 18 PETITES PICCATAS DE 40 G ENVIRON CHACUNE, BIEN LARGES ET MINCES.
- 18 TRANCHES TRÈS FINES DE BACON
- 6 FEUILLES DE SAUGE
- 1 BON 1/2 VERRE DE BANYULS OU DE RIVESALTES
- LE JUS D'UN 1/2 CITRON
- 120 G DE BEURRE CLARIFIÉ
- SEL ET POIVRE

**PRÉPARATION**

Étaler les piccatas sur une planche. Saler très légèrement chacune d'entre elles. Retirer la couenne et le gras du bacon. Poser chaque tranche sur une escalope et poser au centre une feuille de sauge. Rouler chaque escalope, le bacon à l'intérieur, et les piquer d'une tige de bois ou d'une allumette taillée.
Mettre 60 g de beurre dans la poêle. Faire chauffer à feu moyen. Quand il commence à grésiller, disposer les piccatas roulées.

Les faire revenir 2 minutes de chaque côté. Les tenir au four, préalablement chauffé, dans un plat chaud.
Verser le banyuls dans la poêle. Faire réduire de moitié.
Ajouter le restant du beurre.
Faire mousser.
Ajouter le citron. Napper les escalopines.

## CÔTES DE VEAU À LA CRÈME

### INGRÉDIENTS POUR 6 PERSONNES

- 6 CÔTES DE VEAU SECONDES DE 150 G CHACUNE
- 500 G DE CHAMPIGNONS DE PARIS OU DE GIROLLES
- 60 G DE BEURRE CLARIFIÉ
- 1/2 VERRE DE VIN BLANC SEC
- 150 G DE CRÈME FRAÎCHE
- SEL ET POIVRE

### PRÉPARATION

Nettoyer les champignons, les essuyer et les faire revenir jusqu'à ce que l'eau de végétation soit évaporée. Saler, poivrer et maintenir au chaud.
Dans une poêle, mettre le beurre clarifié. Lorsqu'il grésille, poser les côtes de veau et laisser cuire, à feu moyen, 4 minutes de chaque côté.
Réserver au chaud. Verser le vin blanc dans la poêle de cuisson et gratter pour récupérer les sucs accrochés au fond de la poêle.
Laisser réduire quelques instants.
Ajouter les champignons et la crème fraîche.
Laisser bouillotter pour que la crème épaississe.
Verser sur les côtes de veau.

# RÔTI DE VEAU AU FOUR

**INGRÉDIENTS POUR 6 PERSONNES**

- 1,3 KG DANS LE QUASI, BARDÉ ET FICELÉ PAR LE BOUCHER
- 2 CUILLÈRES À SOUPE DE VIN BLANC
- 1 VERRE D'EAU
- SEL ET POIVRE

**PRÉPARATION**

Allumer le four à 180° (thermostat 5).
Mettre le rôti dans une cocotte en fonte. Saler et poivrer.
Enfourner pour 1 heure 30, en le retournant toutes les 30 minutes. La barde doit fondre et protéger la viande. En fin de cuisson, débarrasser la viande de la barde et la laisser reposer 10 minutes dans le four éteint, emballée dans du papier d'aluminium. Dans le plat de cuisson, laisser les bardes coupées en morceaux, ajouter le vin blanc et le verre d'eau.
Décoller les sucs de cuisson. Porter à ébullition.
Rectifier l'assaisonnement.
Passer au travers d'une passoire fine.
Servir bien chaud dans une saucière, le rôti tranché.

# *L'agneau*

L'agneau, mâle ou femelle, est le petit issu des amours de la brebis et du bélier. Son poids, à la naissance, varie de 1,5 à 5 kilogrammes selon la race, le nombre de petits par portée et l'alimentation des mères en fin de gestation. En boucherie, on distingue, selon le type de production et l'âge, trois catégories d'agneau : l'agnelet, l'agneau blanc et l'agneau gris.

L'agnelet, ou agneau de lait, n'est pas sevré. Il pèse au maximum 15 kilogrammes et est abattu entre 30 et 45 jours. C'est un sous-produit de l'exploitation des brebis laitières. Sa production est localisée à la région de Roquefort et a tendance à diminuer, les éleveurs de brebis laitières préférant engraisser ou vendre pour l'engraissement leurs agneaux de lait.
L'agneau blanc, appelé aussi laiton ou agneau de cent jours, est un animal sevré ou non. Son poids varie de 10 à 40 kilogrammes (vif) selon la région de production, la race et l'âge de l'abattage. Ces agneaux sont généralement élevés en bergerie et impliquent une alimentation intensive des mères et des agneaux. En effet, pour réaliser un gain de poids vif optimal, l'agneau doit ingérer de grandes quantités d'aliments.
L'agneau gris, ou broutard, est un animal engraissé après sevrage, âgé de 6 à 9 mois et pesant de 30 à 45 kilogrammes de poids vif. L'agneau gris présente une graisse moins blanche (d'où son nom de "gris") que l'agneau blanc. Sa viande est déjà faite, plus ferme et d'un goût plus marqué. Il apparaît en boucherie de septembre à décembre et remplace, de plus en plus, le mouton dont la viande un peu forte éloigne les consommateurs.

*La tendance des éleveurs est actuellement à la production de carcasses d'agneau de plus en plus lourdes. Plus la carcasse est lourde, plus elle est grasse.*

Le mouton est un animal castré, adulte, dont la croissance est terminée et qu'on élève pour la laine. L'ennemi du mouton est le suint, pellicule grasse et malodorante qui imprègne la toison des bêtes à laine. Bien dégraissée, la viande de mouton est solidement parfumée, ce qui, dans certaines de nos préparations, n'est pas un handicap.

Le bélier est au mouton ce que le taureau est au bœuf, un animal à la virilité intacte. L'odeur du suint est tellement insupportable que personne ne s'avise de le commercialiser en viande de boucherie. La viande de brebis se trouve de plus en plus difficilement chez les bouchers. Dommage ! Lorsque la bête est élevée dans de bonnes conditions, elle fournit une viande violet foncé, très tendre, goûteuse, soyeuse. Je garde des souvenirs émus de côtes de brebis poêlées, servies avec une purée d'ail.

*La consommation du mouton est cyclique. Les Anciens l'appréciaient beaucoup, les Gaulois lui préfèrent le porc. Au Moyen Age, c'est la volaille qui vit son âge d'or. Il lui faudra attendre Louis XIV pour parader à nouveau sur les tables.*

Aujourd'hui, l'agneau est considéré comme un plat festif réservé aux dimanches et aux fêtes, Noël et Pâques principalement. Les traditions ont la vie dure et peut-être subissons-nous encore l'influence des Hébreux qui sacrifiaient, chaque année, un agneau en souvenir de la traversée de la mer Rouge. L'usage de l'agneau pascal était concevable lorsque le cycle des saisons était respecté et que la viande était meilleure au printemps qu'en hiver. Maintenant que règne l'élevage intensif en bergerie, la viande est bonne ou mauvaise d'un bout de l'année à l'autre selon les soins que les éleveurs apportent à la nourriture de ces bêtes.
Les labels régionaux fleurissent comme les colchiques dans les prés à l'automne.
Chaque région veut le sien, espérant faire la différence et convaincre le consommateur. Le terroir a évidemment son importance si la bête est au pré. Mais si elle est nourrie de tourteaux et de granulés, qu'elle soit de Sisteron ou du Limousin, des Alpes du Sud ou de la presqu'île du Cotentin…

Le mouton s'achète, exclusivement, chez le boucher en ce qui concerne la viande. La triperie de mouton est, généralement, en vente chez le tripier, pour le peu qu'il en reste.

## LES DIFFÉRENTS MORCEAUX D'AGNEAU À GRILLER, À POÊLER OU À RÔTIR

### *Les morceaux à griller et à poêler sont les côtelettes.*

Elles sont de trois sortes, découvertes, secondes ou premières. Au nombre de 13 : 5 découvertes, 5 secondes, 3 premières. Ces considérations numériques sont valables pour un 1/2 agneau.
Les côtelettes découvertes, qu'on appelle aussi côtelettes bouchères, sont généralement maigres mais entrelardées. On peut les faire griller, poêler et quelquefois braiser dans un plat de pommes de terre.
Les côtelettes secondes ont un goût plus fin que les côtes découvertes mais elles sont plus grasses puisqu'elles conservent leur couverture de graisse. On les mange grillées ou poêlées.
Les côtelettes premières sont le nec plus ultra de la côtelette. Peu nombreuses, elles concentrent l'attention et l'art du boucher qui les pare, gratte les os et les embellit comme de jeunes mariées.

### *Mutton chops*

Terme anglais qui veut dire côtelette de mouton. Le mutton chop se présente comme deux côtes non séparées. Elles sont souvent coupées épaisses et une seule suffit.

### *Tranche de gigot*

Certains bouchers vendent le gigot en tranches. Coupées perpendiculairement à l'os, elles forment un morceau assez élégant qui permet de manger du gigot sans avoir à inviter 8 personnes.
Les morceaux à rôtir sont, sans exception, délicieux dans l'agneau ou le mouton à condition, c'est un lieu commun de l'écrire, que la bête ait été bien élevée et abattue dans des conditions normales.

### *Le baron*

Le baron servi entier est un plat spectaculaire. Il représente l'aristocratie de la gastronomie. Il est composé des deux gigots et de la selle (les reins). Nos fours familiaux ne permettent pas d'accueillir cette pièce magnifique.
On peut la porter chez le boulanger, sous réserve qu'il ait un four digne de ce nom et qu'il consente à vous la surveiller.
On peut aussi choisir le baron d'un agneau de lait, jolie pièce pour 8 à 10 personnes.

### *Le gigot*

Le gigot désigne la patte arrière des ovins. Il est considéré comme un morceau festif qui marque, généralement, les fêtes de Pâques.
C'est une pièce sur laquelle le boucher peut exercer son art en élaguant la graisse superflue, en décorant de coups de couteau celle qui reste.
Certaines personnes demandent qu'il soit raccourci. C'est une erreur, la suppression de l'os du quasi ne permettant pas une bonne conduite de la chaleur.

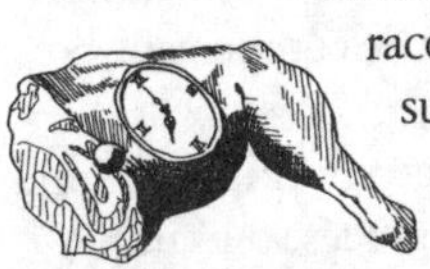

### *La selle*
C'est la partie comprenant les reins de l'animal, morceau fin, délicat.

### *Le carré*
Il est composé des côtes premières et secondes.
Si on est nombreux, on peut présenter deux carrés ou un carré et demi, mais en aucun cas il ne faudra se laisser suggérer quelques côtes découvertes. La différence de texture et d'aspect est trop flagrante.

### *L'épaule*
On l'a beaucoup appelée la jambe de devant.
On a coutume de la faire désosser et ficeler en long ou en melon ; elle est pourtant exquise rôtie entière avec son os.

## LA CUISSON

L'agneau est sûrement une des rares viandes meilleures grillées que poêlées et, dans tous les cas, poêlée, grillée ou rôtie, elle demande très peu de matière grasse. La viande de l'agneau ou du mouton est suffisamment grasse naturellement pour se passer d'ajout complémentaire. On peut caresser un carré, un baron ou un gigot avec un pinceau préalablement trempé dans de l'huile, parfumée de thym ou de romarin, mais rien de plus.
Les côtelettes, découvertes, premières ou secondes, se servent généralement sèches, sans sauce d'accompagnement. On peut donc commencer la cuisson sur une poêle antiadhésive, sur la tranche comportant le gras de couverture.
Il est malheureusement rare de manger un gigot ou une épaule rôtie qui n'aient pas été transpercés, tel saint

Sébastien, par de nombreuses gousses d'ail. Cette manie est détestable. Pourquoi gâter le goût de la viande, surtout lorsqu'elle est de bonne qualité ? Mieux vaut frotter le gigot avec une gousse d'ail, principalement la souris et, surtout, mettre des gousses d'ail autour du gigot ou de l'épaule qu'on écrasera dans le jus de déglaçage.
Les morceaux à rôtir peuvent être posés directement sur la grille pour peu qu'ils soient enrobés de gras de couverture. Sinon, ils s'installent sur la lèchefrite, entourés de quelques os, de gousses d'ail et d'un peu de parure.
Les pièces à rôtir exigent une dizaine de minutes de repos, entre la fin de la cuisson et le service, dans le four chaud mais éteint, confortablement emballées dans du papier d'aluminium, porte entrouverte.
Les morceaux à griller ou à poêler se mangent saignants, à point ou bien cuits selon les goûts. La cuisson "bleue" n'est pas adaptée à l'agneau.
Le gigot s'enfourne dans un four chaud, sans plus, à 200/230° (thermostat 5/6). Il faut compter 20 à 25 minutes par kilogramme. Au toucher, la viande doit rester souple.
Le carré doit être saisi, dans un four très chaud, à 260/280° (thermostat 8/9), et cuire pendant 20 minutes pour un kilogramme. La viande sera rosée et croustillante à l'extérieur.
L'épaule demande aussi à être saisie, dans les mêmes conditions que le carré, à 260/280° (thermostat 8/9), et cuire 25 minutes par kilogramme et demande du repos four éteint.

Un gigot de 1,5 kg à 2 kg, 40 minutes de cuisson et un bon 1/4 d'heure de repos.

# Gigot à la couverture

*Je tiens cette recette de François Landrieu, éminent journaliste, particulièrement au fait des problèmes de la viande. Elle lui fut confiée par Jean Delaveyne, l'un des plus grands cuisiniers français de ces trente dernières années et qui fit du "Camélia", à Bougival, La Mecque de la gastronomie.*
*Prévoir huit amis, des vrais, des dignes, de ceux pour lesquels on doit se donner du mal, des amis qui aiment la viande et qui sauront marquer leur reconnaissance envers vos talents de rôtisseur. Demander à votre boucher, une semaine, voire quinze jours à l'avance, de vous choisir un beau gigot de 3 kilogrammes, vos amis sont de bons mangeurs. Au besoin, évoquer votre recette devant l'homme de l'art. S'il ne la connaît pas, vous tenez la chance de votre déjeuner car il vous choisira un agneau "comme pour lui " puisqu'il gardera l'autre gigot pour le préparer à "votre " manière. Un boucher, digne de ce nom, ne se permettrait jamais de vous présenter un gigot sans l'avoir préparé, paré comme une pensionnaire de harem avant son premier rendez-vous avec le sultan !*
*L'artiste boucher saura jouer du couteau avec habileté, à la fois sur le volume des graisses pour protéger les chairs délicates de la viande des assauts du feu et sur sa forme pour lui permettre de parader sur la table quelques instants avant d'être dégustée. Il saura dégager la souris et gratter l'os pour faciliter la pose du manche à gigot ou des petits étuis de papier découpé, selon que l'on voudra être efficace pour la découpe ou s'attacher à l'aspect décoratif. La veille du grand jour, celui de la dégustation, le gigot sera sorti du réfrigérateur pour passer la nuit à l'abri d'un torchon, à la température ambiante de la cuisine.*
*Le même soir, il faudra songer à mettre une demi-feuille de laurier et une branche de thym dans deux cuillères à soupe d'huile d'olive pour que, durant la nuit, leurs parfums se mêlent. Pour passer à*

*table vers 13 ou 14 h, il faudra être en cuisine dès 7 h et, après une première tasse de café ou de thé, éplucher une belle gousse d'ail avec laquelle on frottera, tendrement, la souris.*
*Uniquement la souris. Avec un pinceau ou, mieux, à la main, il faudra oindre, caresser avec délicatesse le gigot avec l'huile parfumée. Le moment est venu d'allumer le four de 200° à 250° (thermostat 6/7) et d'introduire le gigot posé sur la lèchefrite, entouré d'une quinzaine de gousses d'ail épluchées.*
*Selon l'humeur, on peut reprendre une tasse de café, beurrer une tartine ou "attaquer le premier coup de blanc" avec une tranche de saucisse de Morteau froide, un rillon ou des rillettes. Lorsque ce petit en-cas est terminé, il est temps de réduire la température du four à 180° (thermostat 4). Pendant deux heures, deux heures et demie, selon sa taille, on laissera le gigot somnoler doucement dans la tiédeur du four. Vers 10 h, 10 h 30, on le sortira du four pour l'emballer complètement dans plusieurs couches de papier d'aluminium.*
*L'opération devra être exécutée méticuleusement car l'emballage doit être parfaitement hermétique. Sur le papier d'aluminium, on ajoutera un ou deux torchons bien propres et, sur ces torchons, un morceau de vieille couverture de laine, bien épais et protecteur.*
*Notre gigot, protégé, emmailloté, sera remis dans le four éteint jusqu'au moment choisi pour passer à table, 13 ou 14 h.*
*Dans la lèchefrite, sortie du four, on écrasera les gousses d'ail pour parfumer le jus de cuisson en prenant soin de gratter les sucs accrochés au fond. Ce jus aromatisé sera réchauffé au moment du service avec une goutte d'eau.*
*Ce système de cuisson est étonnant : la viande est restée chaude, la chaleur s'est diffusée jusqu'au cœur de chaque fibre qu'elle a pénétrée et amollie.*
*Chaque bouchée est juteuse, tous les parfums de la viande sont intacts. On découvre des saveurs et une texture inhabituelles.*

*C'est le gigot de l'extrême !*

# *Brochettes d'agneau*

Les brochettes permettent de donner libre cours à son imagination. Il faudra choisir des piques en fer longues, plates et bien acérées, plutôt que des sections rondes qui ne stabilisent pas la viande. On utilisera des morceaux d'épaule, coupés en dés de 25 à 30 g, on les séparera avec des petites saucisses de Toulouse, des rognons d'agneau coupés en deux, des morceaux de tomates, de poivrons, de poitrine fumée, d'oignons, de fenouil, des têtes de gros champignons de Paris ou de cèpes. Lorsque les brochettes sont confectionnées, on les passe rapidement dans un peu d'huile d'olive avant de les installer sur la grille du gril si on les fait au four, ou directement sur le gril bien chaud d'un barbecue. Il faudra veiller à les retourner et ne pas laisser le temps de cuisson dépasser 15 minutes.

## CARRÉ D'AGNEAU À LA BROCHE

### INGRÉDIENTS

- 1 CARRÉ AVEC LA SELLE (1,4 KG)
- 3 CUILLÈRES À SOUPE DE MOUTARDE FORTE
- 150 G DE CHAPELURE
- 2 CUILLÈRES À SOUPE DE PERSIL HACHÉ
- SEL ET POIVRE

### PRÉPARATION

Faire préparer l'agneau par le boucher.
Badigeonner avec de l'huile ou du beurre clarifié. Saler, poivrer.

Embrocher la viande sur le tournebroche. Placer la lèchefrite sous la broche. Laisser tourner 35 minutes en arrosant toutes les 10 minutes avec le gras de fonte. Débrocher. Rouler la pièce d'agneau dans le mélange de moutarde, persil et chapelure.
Remettre dans le four sur la lèchefrite 10 minutes pour faire dorer et croustiller. Déglacer le jus de la lèchefrite avec un verre d'eau. Servir.

## *Le porc*

Le porc mérite réhabilitation. Depuis de nombreuses années, il est traité avec un mépris scandaleux. Au Moyen Age, il était considéré comme un animal poubelle qui mangeait tout ce que le hasard laissait traîner. Dans la seconde moitié du XX$^{e}$ siècle, il est nourri d'ordures, par la volonté des hommes.

*Le synonyme de cochon était gras, dodu, potelé. Il est devenu maigre, triste et les chairs sans saveur.*

Heureusement, il semble que quelques éleveurs aient enfin compris qu'il existait encore des amateurs de viande grasse et persillée, d'honnêtes consommateurs refusant de céder aux diktats des diététiciens et autres nutritionnistes.
Ils fabriquent des porcs honorables et certains d'entre eux sont labellisés de rouge.
Les charcutiers sensés qui vendent ces nouveaux porcs n'hésitent pas à le faire savoir à leurs clients, trop heureux de porter haut les couleurs de leur noble métier.

# LES DIFFÉRENTS MORCEAUX DU PORC

Certains morceaux du cochon se font parfaitement rôtir, d'autres griller ou poêler.

## *La longe*

Dans la découpe du porc, si l'on enlève les quatre membres, la gorge et la poitrine, il reste la bardière et la longe. Morceau noble de l'animal, les meilleurs morceaux à rôtir y sont installés.

## *La pointe*

Appelée également le quasi, elle est située à la base de la queue. On l'utilise peu parce qu'elle est inesthétique et qu'elle interdit des tranches régulières. Avec l'échine, c'est le morceau le plus moelleux et le plus avantageux.

## *Le filet*

Le filet, ou partie lombaire proprement dite, peut être vendu entier, désossé ou non. On peut même le débiter en côtelettes de filet.

## *Le filet mignon*

Le filet mignon est accroché au filet dont on le détache souvent. Il a la forme d'un fuseau et son poids ne dépasse pas 500 g. Il est tendre et moelleux et conviendrait presque pour un dîner d'amoureux.

## *Le carré*

Le carré peut être vendu entier, désossé ou non. Désossé, il donne de très belles tranches. Entier, il a plus de goût si on lui conserve ses os, sinon il est bon de les intégrer au plat de cuisson pour ajouter de la saveur au jus.

Le carré est souvent vendu sous forme de :
- Côtes premières, noix de belle viande mais difficiles à cuire car elles sèchent très rapidement.
- Côtes secondes, entrelardées, moelleuses, elles procurent de grandes satisfactions.

### *L'échine*
L'échine est la partie située dans la continuité des côtes en direction de la tête de l'animal. Elle sert à la confection des pâtés ou des hachis mais peut constituer des rôtis familiaux très goûteux.
Elle peut également être débitée en côtes qui, poêlées ou même grillées, donneront d'excellents résultats.

### *Le travers de porc*
Le travers est constitué de l'extrémité des côtelettes du carré. Il se présente comme une succession de petits tronçons d'os parallèles reliés par de la chair. Les Américains appellent ce morceau spare-rib.

### *Les grillades*
Les grillades sont cachées dans le lard gras de la bardière qui recouvre tout le dos de l'animal et qu'on récupère en les dégageant pour travailler le lard gras. Poêlées et recouvertes d'une tombée d'ail croustillante, c'est un morceau exquis.

### *Le jambon*
Le jambon, frais, est vendu en tranches transversales plus ou moins épaisses que l'on appelle "rouelle". Cette rouelle fait de merveilleux rôtis en cocotte.

### *La palette*
Ce morceau se situe dans le membre antérieur, c'est l'omoplate couverte de sa chair. Frais, mijoté en cocotte, il

est excellent. On peut faire désosser la palette et la rouler. Elle se fait alors rôtir au four. Sa présentation n'est pas très régulière mais la viande est exquise et moelleuse.

## LA CUISSON

Le porc est, par nature, une viande grasse qui ne demande aucun ajout complémentaire pour la cuisson.
Il fait partie des viandes blanches et, par conséquent, doit être mangé bien cuit. La viande de porc est généralement très serrée, dense, ferme au toucher, sa couleur est plutôt rose, avec un aspect transparent, certains morceaux sont plus foncés.

## PROPORTIONS

La viande de porc est riche, c'est pourquoi nous limiterons les quantités à 125, 150 g avec os et 110 à 130 g sans os. La viande de porc froide est délicieuse. Aussi, lors de l'achat des rôtis, on envisagera 175 à 200 g la portion avec os et 150 g sans os pour être certain de pouvoir déguster les restes avec une belle salade croquante légèrement aillée.

# CÔTES DE PORC NATURE AU JUS

### Ingrédients pour 6 personnes

- 6 côtes de porc de 150 g
- 40 g de beurre clarifié

### Préparation

Faire chauffer une poêle à revêtement antiadhésif. Poser les côtes. Faire dorer les deux faces, puis couvrir et laisser cuire

4 minutes. Retourner les côtes. Couvrir et laisser cuire 4 minutes. Poser les côtes sur le plat de service chaud, ajouter 2 cuillères à soupe d'eau dans la poêle. Gratter pour récupérer les sucs de cuisson. Ajouter le beurre. Faire mousser et verser sur les côtes.

# CÔTES DE PORC CHARCUTIÈRE

## INGRÉDIENTS

- CHOISIR DES CÔTES SECONDES OU DANS L'ÉCHINE DE 150 G PAR PERSONNE.
- 50 G DE BEURRE
- 3 BEAUX OIGNONS
- 1 VERRE DE VIN BLANC SEC
- 1/4 DE LITRE DE BOUILLON INSTANTANÉ BIEN CORSÉ
- 3 CUILLÈRES À SOUPE DE VINAIGRE DE VIN BLANC
- 6 CORNICHONS
- 2 CUILLÈRES À CAFÉ RASES DE FARINE
- SEL ET POIVRE

## PRÉPARATION

Éplucher et hacher les oignons grossièrement. Préparer le bouillon de volaille instantané en utilisant une tablette pour le 1/4 de litre d'eau. Dans une casserole à fond épais ou un poêlon, faire fondre le beurre.

Ajouter les oignons. Les laisser fondre, à couvert, sans coloration. Saupoudrer de farine. Mélanger pour bien faire cuire la farine.

Ajouter le vin, le bouillon et le vinaigre et laisser cuire jusqu'à réduction des 2/3. Pendant ce temps, faire cuire les côtes de porc comme indiqué dans la recette ci-dessus. Les poser sur un plat de service. Vérifier que la sauce soit onctueuse. Saler, poivrer et ajouter les cornichons coupés en rondelles. Napper les côtes.

## L'ANDOUILLETTE ET LE BOUDIN

Ces deux préparations charcutières peuvent se faire grillées ou poêlées. Pour ma part, je les préfère l'une et l'autre poêlées ou cuites en cocotte.
Avant de les poser dans la poêle, andouillette ou boudin seront piqués d'une aiguille pour éviter que la peau n'éclate. La poêle ne sera pas préalablement chauffée mais posée à froid sur la source de chaleur, avec 30 g de beurre. La cuisson démarrera lentement. L'un et l'autre seront tournés régulièrement et, au bout de 10 minutes, la puissance du feu sera augmentée pour les amener à une peau croustillante.
Malgré toutes les précautions, il arrive que la peau (boyau naturel) éclate. Rien de grave. Seule la qualité du produit importe.

### *Rôti de porc*

*Bien qu'il soit meilleur mijoté en cocotte, on peut obtenir de bons résultats au four. Il faudra respecter deux règles essentielles. Pas de matière grasse et arrosage fréquent avec le jus de cuisson. La cuisson doit être conduite à feu moyen.*

### *Volailles*

*On peut utiliser le four pour faire rôtir les poulets, les canards, les pintades, les pigeons, le lapin, la dinde, l'oie et le chevreau.*

# Le chevreau

L'animal a la chair blanche, tendre et fade. Il exige une persillade. On le trouve chez les volaillers, chez certains bouchers ou sur des marchés bien approvisionnés, au début du printemps, généralement autour de Pâques.

# GIGOT DE CHEVREAU RÔTI

**INGRÉDIENT**

- 1 GIGOT DE 1,5 À 1,7 KG

**PRÉPARATION**

Badigeonner le gigot de beurre clarifié au pinceau et enfourner 30 minutes, four à 220°, thermostat 6. Badigeonner deux fois en cours de cuisson.

# Les volailles

Les volailles de petite taille seront meilleures à la broche si votre cuisinière est équipée d'un tournebroche.
Quelles que soient les volailles, si on choisit la cuisson au four, il faut les enfourner à four froid, porter la température à 180° pendant 30 minutes, puis monter à 220° pendant 15 minutes et à 250/260° pour finir la cuisson et obtenir une peau dorée et croustillante.
L'arrosage fréquent est la condition indispensable d'une parfaite réussite.

Cette technique de cuisson demande peu de matière grasse, une caresse de beurre clarifié liquide, au pinceau, éventuellement renouvelée une ou deux fois en cours de cuisson.

Les précisions ci-dessus sont destinées à des volailles entre 1,2 et 1,4 kg.

# POULET GRILLÉ À LA DIABLE (RECETTE DE CLAUDE PEYROT, LE VIVAROIS)

### Ingrédients pour 4 personnes

- 4 cuisses de poulet
- 1 œuf
- 1 cuillère à soupe d'huile d'olive
- 1 pincée d'herbes de Provence
- 1 cuillère à soupe de moutarde de Dijon
- 40 g de chapelure
- 30 g de beurre
- Sel fin et poivre au moulin

## SAUCE DIABLE

### Ingrédients

- 1 échalote ciselée
- 2 cuillères à soupe de vinaigre de Xérès
- 1 pincée de piment de Cayenne
- 20 cl de crème fraîche
- 30 g de beurre
- 2 cuillères à soupe de persil haché.

### Préparation

Assaisonner les cuisses de sel et de poivre. Mettre à mariner 24 heures avec l'œuf battu, l'huile d'olive et les herbes de Provence. Bien remuer.

Les badigeonner de moutarde et les paner.

Poser un morceau de beurre sur chaque cuisse et cuire au four à 180° (thermostat 5) pendant 30 à 35 minutes en arrosant fréquemment.

Réduire le vinaigre avec l'échalote ciselée, ajouter la crème fraîche, faire réduire un peu sans laisser bouillir et

l'incorporer au beurre à l'aide d'un fouet.
Assaisonner de sel fin, poivre au moulin et piment de Cayenne et parsemer de persil haché.
Déposer un morceau de poulet sur chaque assiette et napper de sauce autour.

# MAGRETS DE CANARD AU VINAIGRE

Le magret est le filet des canards mulards élevés traditionnellement pour le gavage et le foie gras.
Ils sont vendus individuellement avec leur peau.
Généralement, une épaisse couche de graisse est installée entre la chair et la peau.
Il faut veiller à ce que cette couche de graisse ne soit pas trop importante.

**Ingrédients pour 6 personnes**

- 3 MAGRETS DE 450 G CHACUN
- 150 G D'ÉCHALOTES HACHÉES FINEMENT
- 1/2 LITRE DE VIN ROUGE TRÈS CORSÉ
- 1 BOUQUET GARNI
- 100 G DE BEURRE
- 1 BONNE CUILLÈRE À SOUPE DE CRÈME FRAÎCHE
- SEL ET POIVRE

**Préparation**

Mettre les échalotes hachées au mixeur dans une casserole.
Ajouter le vin rouge, le bouquet garni et laisser réduire aux 3/4.
Ajouter la crème. Faire bouillir 1 minute.
Ajouter le beurre en petits morceaux.
Fouetter.

Saler, poivrer et réserver au bain-marie.
Faire chauffer une cocotte en fonte, à fond épais.
Poser les magrets salés et poivrés sur la partie peau et laisser cuire 6 minutes.
Retourner les magrets et laisser cuire 3 minutes.
Ils doivent être "saignants".
Les trancher en belles escalopes.
Servir avec la sauce à part.

## Le service des grillades et rôtis

En principe, les repas au cours desquels sont servies des pièces individuelles poêlées ou rôties ont un caractère familial. Il est en effet difficile de servir des biftecks à des invités de marque, même si votre boucher n'a jamais failli et si vos talents de rôtisseur sont indéniables.
En famille ou avec des proches, tout est permis, même ce qui pourrait paraître un non-sens gastronomique. Ce qui compte est le plaisir d'être ensemble, la convivialité, la conversation, mais avec une règle absolue,

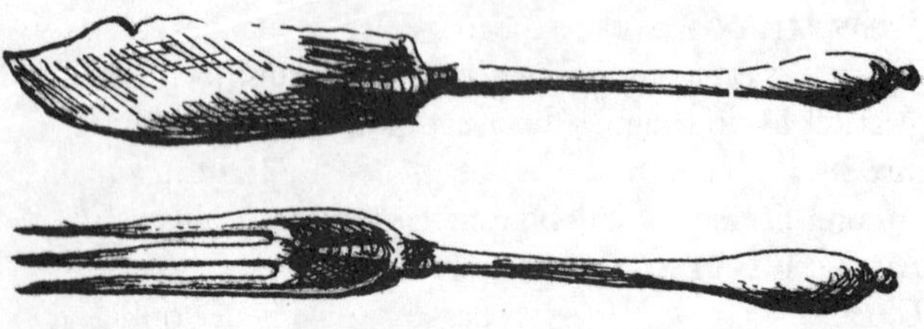

incontournable, la qualité des produits, non-sens gastronomique ne signifiant pas incohérence ou manque de réflexion. Il serait stupide, par exemple, de servir une salade de bœuf avant une entrecôte. Les règles élémentaires que nous avons vues dans les précédents chapitres devront être respectées, particulièrement en ce qui concerne les crèmes. Après une quiche en entrée, pas d'œufs au lait en dessert.
Dès l'instant où le repas prend un tour festif ou social, il faudra manifester attention et vigilance mais les règles de base restent les mêmes. Toutes les pièces rôties devront être présentables, c'est-à-dire parfaitement tranchées.
Si vous vous faites le reproche depuis longtemps de ne pas avoir fait aiguiser vos couteaux, prévoyez un mijoté plutôt qu'une côte de bœuf, sinon vous risquez de voir vos invités sortir leurs Laguiole et vous faire subir l'affront suprême (que vous aurez bien mérité).
En cuisine, vous devrez être équipés impérativement d'un couteau digne de ce nom, un couteau à trancher à bout arrondi.

*Si vous ne savez pas vous servir d'un "fusil", confiez votre couteau de cuisine à votre boucher qui le passera sur sa meule.*

Vous aurez également besoin d'un couteau à désosser, il est utile pour la viande et sert à détacher les viandes de l'os.
Évitez les couteaux à trancher électriques, ils sont pratiques mais font de vilaines tranches.
A table, la mode veut que l'on se serve de couteaux à microdentures dont les fabricants affirment qu'ils n'ont pas besoin d'être affûtés.
C'est peut-être vrai mais ils passent sous silence qu'ils ne

servent pas à couper mais, au contraire, à déchiqueter la viande qui exige une coupe franche et nette pour obtenir une meilleure mâche. Il faut préférer les couteaux à fil droit qu'on affûte facilement après chaque usage, comme le fait le boucher.

Depuis quelque temps, les couteaux en céramique font leur apparition. Le matériau est vieux comme le monde mais, revu par la haute technologie moderne, il permet d'obtenir des lames inaltérables, d'un tranchant et d'une longévité supérieurs à ceux de l'acier.

La céramique est une poudre ultrafine dont chaque grain est inférieur à un micron (millième de millimètre). Ces micro-cristaux d'oxyde métallique sont pressés à sec et vitrifiés à haute température, ce qui permet de réaliser des lames de couteau d'une dureté de 7 à 9, proche de celle du diamant (dureté 10). Pour garantir un maximum de confort à vos invités lorsque vous servez de la viande, à moins de consentir à aiguiser vos couteaux cadeaux de mariage, il vous faut choisir des lames 100% céramique, en zircone, au tranchant quasiment inusable ou des lames d'acier revêtues d'une fine couche de nitrure de titane.

Avec des rôtis, le service de la salade peut se faire simultanément à celui de la viande. Dans ce cas, la salade remplace le légume vert.

Si le repas a un caractère social, il est préférable de servir deux légumes, des pommes de terre sous toutes les formes, frites, rissolées, en gratin ou sautées et un légume vert, épinards, haricots verts, salade cuite, etc. Lors d'un repas de ce type, il n'y a aucune raison de mettre la salade dans la même assiette que la viande sous prétexte que l'ambiance est sympathique. Son association avec le jus de viande est sûrement délicieuse mais catégoriquement inopportune...

# Les vins

Je n'oserai pas vous faire l'affront de vous préciser que, dans tous les cas de figure, même avec des intimes ou sa plus proche famille, le vin blanc est exclu du service des mets de cette famille.
C'est entendu, les poêlés, grillés et rôtis demandent du rouge. Pas de millésimes exceptionnels, pas de vins capiteux, un bon ou très bon vin fera l'affaire. Je serais même tenté de vous dire que c'est sur la simplicité de ces plats que l'on jugera votre compétence de maître de maison en matière de choix du vin.

*Compétence ne veut pas dire extravagance mais, dans mon esprit, choix judicieux et intelligent.*

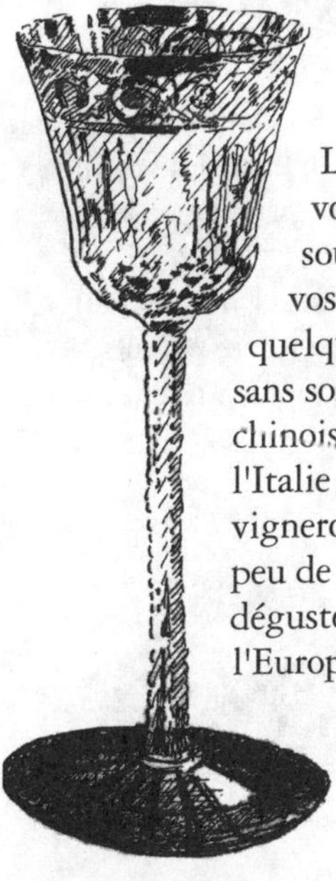

Les poulets grillés, rôtis, pourront vous permettre, si vous le souhaitez, de montrer l'étendue de vos connaissances en présentant quelques vins rouges étrangers, mais sans sombrer dans le folklore des vins chinois, par exemple... L'Espagne et l'Italie sont toutes proches. Les grands vignerons y sont nombreux, vous avez peu de chances de vous tromper si vous dégustez avant. En vous éloignant de l'Europe, vous trouverez en Amérique du Sud, au Chili principalement, en Afrique du Sud et en Australie des vins de haut niveau qui surprendront vos invités. Si l'originalité n'est pas dans le menu, elle sera à coup sûr dans le verre. Prévoyez une ou deux bouteilles supplémentaires en cas d'accident…

En France, pas une région dans laquelle vous ne puissiez trouver votre bonheur, la Bourgogne avec des petites choses, les coteaux d'Aix avec des grandes, les côtes-du-rhône, saint-joseph et croze-hermitage. Les bandols rouges et coteaux-varois feront merveille. De Montpellier à Perpignan, votre choix est vaste. Le Sud-Ouest est une mine inépuisable, bergerac, cahors, madiran, côtes-du-frontonnais. Dans les bordeaux, n'hésitez pas à oser les côtes-du-castillon, côtes-de-bourg, graves-de-vayres, côtes-de-blaye.

Dans la vallée de la Loire, tout est bon si le vigneron a du talent, anjou, chinon, bourgueil, saumur champigny. N'oubliez pas les arbois rouges qui surprendront vos invités.

A moins que l'entrée ne soit inadaptée, cantonnez-vous au vin unique pour tout le repas. Pour 6, l'impérial (3 litres) est un contenant magnifique ; sinon, privilégiez le magnum.

Vous connaissez maintenant mes goûts et mes conseils pour les vins devant accompagner le dessert : grand moelleux, grand liquoreux, banyuls, maury, rivesaltes.

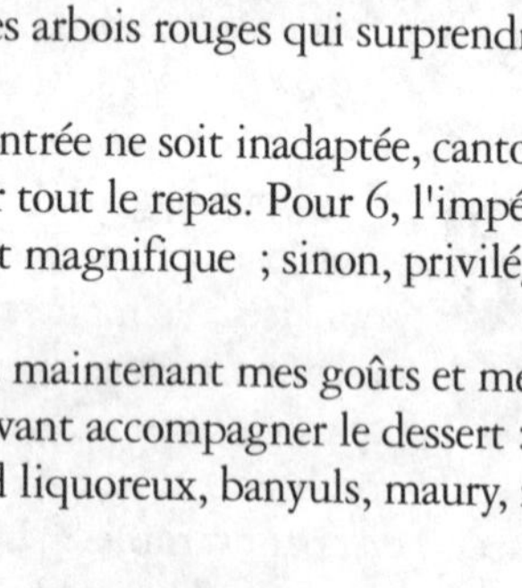

## Utilisation des restes

On peut faire doucement réchauffer dans du papier d'aluminium les restes de rôti de bœuf, veau, agneau ou porc, ou les introduire hachés, mélangés à de la chair à saucisse, dans un hachis parmentier, des tomates ou pommes de terre farcies. On peut faire des boulettes ou fricadelles (voir p. 400), des bœufs mirotons, les recouvrir de sauce aux oignons, de coulis de tomates. Les traditions sont riches en inventions de toutes sortes. Pourquoi se compliquer la vie et se remettre aux fourneaux alors qu'émincés en tranches fines, le gigot, le rosbif, le rôti de porc ou de veau froids sont merveilleux, admirables avec une mayonnaise et une belle salade verte, croquante et parfumée de fines herbes ?
On peut varier les plaisirs et préparer toutes les salades imaginables, y compris les salades composées (voir chapitre salades).

*J'ose affirmer que n'importe quelle viande froide avec n'importe quelle salade et une mayonnaise ne peut que rendre un être humain heureux.*

# LA FAMILLE DES TARTES

Dans l'histoire, de l'Antiquité à nos jours, des spécialités gastronomiques ponctuent les événements heureux, ou malheureux, des pays, des régions ou des personnalités. Les hommes ont semblé vouloir laisser une trace en donnant leur nom à des préparations culinaires ou participer à l'évolution de la cuisine en s'entourant de cuisiniers prestigieux. Des plats rappellent des victoires ou des défaites, d'autres sont liés à des romans, des opéras, d'autres encore à des personnages ou même à des villes. On en trouve de toutes sortes, des pâtés, des rôtis, des plats en sauce, des fromages, des pâtisseries, des glaces mais rien sur les tartes, qu'elles soient salées ou sucrées. Rien. Cette préparation toute simple, délicieuse lorsqu'elle est bien faite, aurait pu tenter un maréchal, un dramaturge, un poète, une courtisane ou une cocotte. Personne n'a été tenté, pas même un cuisinier. Pour être juste, reconnaissons à Louis Bourdaloue la paternité d'une tarte aux poires mais, comme il a laissé également son nom à un accessoire de chapeau et à un vase de nuit, on peut se demander si son rapport avec la pâtisserie est bien sérieux...

On peut parfaitement imaginer que, dès l'instant où le pain a été inventé et où on eut l'idée de lui donner des formes différentes, on songea à étaler la pâte et à la garnir. Quand on garnissait la maze, sorte de galette épaisse considérée comme du pain, d'oignons, d'ail, de viande, de poissons, de fromage ou de fruits, on n'exécutait rien d'autre que

l'ancêtre de la pizza, sorte de tarte salée à base de pain.
Les Grecs, qui étaient passés maîtres dans l'art de la boulange et de la pâtisserie, fabriquaient l'Euchyloûs, le Bazyma ou le Nastos, tartes au fromage, au miel, aux noix et aux raisins secs. Les Romains semblent avoir inventé la pâte feuilletée, mais à la manière arabe de la pastilla, chaque feuille était tirée l'une après l'autre et garnie de fromage et de miel.
Il est fait pour la première fois mention d'un "pasté aux poyres", garni de crème pâtissière, dans le menu du banquet servi par Taillevent lui-même au roi Charles V. Auparavant, on avait entendu parler des 50 000 tartes confectionnées pour le couronnement du pape Clément VI, le 19 mai 1344. A coup sûr, des tartes au fromage blanc et aux œufs battus, aux pommes et au vin blanc avec figues, raisins, oignons, gingembre, safran. Ne boudons pas, c'était peut-être délicieux...

*En 1440, la corporation des pâtissiers fut créée, retirant aux boulangers le droit de confectionner des gâteaux.*

Au XVIIe siècle, dans *Le Pastissier françois*, on trouve une recette assez précise de la tarte telle qu'on la connaît et l'apprécie aujourd'hui. " Dresser votre croûte, la pâte ne doit pas être si fine que si c'était pour faire une tourte. Donnez-lui l'épaisseur d'une teston [pièce de monnaie] et faites en sorte que le milieu du fond soit un peu plus épais que le reste. La croûte étant ressuyée, vous la garnirez de crème de pâtissier et de confiture ou de fruit ou de fromage qu'il faut assaisonner de sucre, de raisins de Corinthe, pignons, cannelle ou épices douces en poudre, beurre frais et autres ingrédients comme si c'était pour en faire une tourte. Quand la tarte sera garnie, vous la banderez par-dessus de quelques bandes de pâte puis on la sucrera et mettra au four. Lorsqu'elle sera cuite, vous la poudrerez encore de sucre et l'arroserez de quelques gouttes d'eau rose. "

Dès le début du siècle, l'usage des tartes s'est développé, les garnitures se sont simplifiées. Elles représentent le b.a.-ba de la pâtisserie et le "SAMU" de la ménagère. Simples, pratiques, rapides à fabriquer, elles donnent au repas une petite note personnelle à laquelle personne ne résiste. Selon le type de pâte et de garniture, elles peuvent devenir entrées, plats de résistance ou dessert.

Entrées et plats de résistance, elles sont alors salées et se garnissent de légumes mélangés avec des préparations classiques, comme la sauce suprême ou la béchamel. Rien n'empêche d'y ajouter fruits de mer, coquillages, poissons, viandes (sans les transformer en pâtés ou en tourtes, voir p. 516). On peut laisser la garniture apparente, la parer de quelques bandes de pâte ou lui mettre un couvercle, elle s'appellera alors " pie ".

Sucrées ou salées, les tartes font partie de la dynastie pâtissière. En cuisine, pour peu que l'on ait un peu de talent, on peut " adapter " une recette, y apporter son humeur, son imagination, sa fantaisie. En pâtisserie, il faut être précis, organisé, suivre la recette à la minute et au gramme près sous peine de voir apparaître tout autre chose que ce que l'on espérait. En cuisine, un plat raté peut éventuellement se rattraper, une sauce aussi.

*On peut comparer la pâtisserie à l'orfèvrerie, art de minutie, de science et de patience.*

En pâtisserie, quand c'est raté, c'est raté et rien n'y fait. En cuisine, on peut adapter, contourner, transformer lorsqu'on manque de matériel ou qu'il est inadapté. En pâtisserie, il est des ustensiles indispensables.

# Les ustensiles

## *Une balance et un verre doseur*

La balance, indispensable, représente le plus coûteux investissement du pâtissier.
Il existe maintenant des balances électroniques, extrêmement précises, qui pèsent au gramme près de 0 g à 3 kg. On les préférera à toute autre et on les manipulera toujours avec délicatesse, posées dans un endroit stable pour éviter qu'elles ne se dérèglent.
Le verre doseur n'a pas la même précision que la balance. Il est préférable de l'utiliser pour les liquides. Lors de l'achat, on veillera à ce qu'il soit bien gradué pour des quantités inférieures à 1/8 de litre. Pour les petites quantités, on peut utiliser le système, infiniment moins précis, de la cuillère.

| | *Cuillère à soupe* | | *Cuillère à café* | |
|---|---|---|---|---|
| | *rase* | *débordante* | *rase* | *débordante* |
| *Farine* | *10 g* | *20 g* | *3 g* | *6 g* |
| *Fécule/sucre glace* | *10 g* | *20 g* | *3 g* | *6 g* |
| *Sucre semoule* | *12 g* | *22 g* | *4 g* | *8 g* |
| *Sel* | | | *3 g* | *6 g* |

## *Bols*

Ils devront être de tailles différentes et en acier inoxydable. Ils serviront à fouetter les crèmes, mélanger les pâtes, cuire au bain-marie. Il existe de gros bols en verre transparent, élégants mais nettement plus lourds que les bols en acier inoxydable. On aura également besoin de petits bols ordinaires de cuisine.

Ne marquez pas d'étonnement lorsqu'un professionnel vous parle de "cul-de-poule", c'est le nom qu'ils ont cru bon de donner au bol en acier inoxydable.

### *Fouets*
Là encore, on les choisira en acier chromé inaltérable plutôt qu'en fer étamé, moins résistant. Ils serviront à battre les crèmes de toutes sortes et à mélanger les garnitures les plus délicates. Avant l'invention des robots électriques, les fouets servaient à monter les œufs en neige. Mais aujourd'hui, pourquoi se fatiguer ?

### *Pinceau*
Un seul suffit, éventuellement deux, de tailles différentes. Ils servent à enduire les pâtes de beurre ou de jaune d'œuf et à faire glisser les gelées entre les fruits rouges, à la saison des tartes aux fraises ou aux framboises.

### *Ciseaux*
Une paire sera utile pour entailler la pâte, découper et rogner les bords.

### *Spatule en caoutchouc*
Indispensable pour racler les bols à crème et à pâte et pour récupérer jusqu'à la plus petite parcelle de ces précieux ingrédients. Elle sert également aux mélanges délicats, blancs d'œufs montés en neige et chocolat fondu, par exemple.

### *Cuillères en bois*
La cuillère en bois a l'inconvénient de prendre le goût des aliments et de le conserver même après un passage sous la brosse. Il faut en acheter uniquement pour leur destin pâtissier et les réserver exclusivement à cet usage.

## *Rouleaux à pâtisserie*

Pendant longtemps, les ménagères économes se contentaient d'une bouteille de vin, vide et farinée. L'usage du rouleau fut ensuite détourné pour servir d'arme contre les conjoints récalcitrants. Il reste néanmoins indispensable pour étendre les pâtes. Les professionnels emploient un terme spécifique pour ce geste, ils disent "abaisser". N'ayant aucune prétention au professionnalisme, j'emploierai le mot "rouler", avec votre permission. On trouve dans le commerce deux types de rouleau, l'américain et le français. L'américain est pourvu de deux poignées et d'un cylindre qui roule sur lui-même alors que le nôtre est plus long, sans poignée et sans roulement à bille. Dans sa version la plus classique, il est en bois mais, depuis peu, il existe en inox et présente beaucoup d'avantages. Lourd, il façonne mieux la pâte, qui ne colle pas au métal froid. Cette dernière version de notre bon vieux rouleau à pâtisserie est coûteuse mais la dépense se justifie, quel que soit son usage.

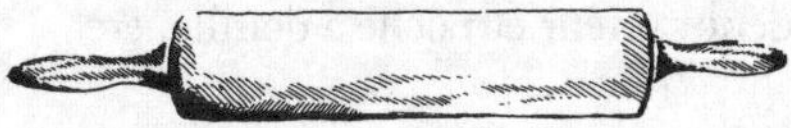

## *Spatules métalliques*

Ce large couteau, non aiguisé, plat, à lame souple, est indispensable pour lisser les crèmes et autres garnitures. On choisira le modèle dont la lame est désaxée par rapport au manche, infiniment plus pratique d'utilisation.

## *Robot électrique*

Il ne sert pas qu'à la pâtisserie mais son efficacité pour malaxer une pâte n'est plus à démontrer. Il monte également les œufs en neige bien que son efficacité ne soit

pas démontrée lorsqu'il n'y a qu'un seul blanc d'œuf. Pour les petites quantités, le fouet électrique, peu coûteux, me paraît un achat des plus appropriés.

***Minuteur***

Achat indispensable si votre four n'en est pas équipé. Il vous permet de vaquer à vos occupations en attendant que la cuisson soit achevée. Choisissez, de préférence, ceux qui dépassent 1 heure de durée.

***Thermomètre***

Il existe des thermomètres spéciaux pour four, ils sont peu coûteux et rendent de grands services car tous les fours ne chauffent pas avec la même intensité, malgré l'indication des thermostats.
J'ai volontairement passé sous silence tous les ustensiles fréquentant généralement les cuisines mais qui sont nécessaires à la pâtisserie, passoires, fourchettes, couteaux, économes, dénoyauteur et poche à douille, etc.

## LES MOULES À TARTE

Pour faire des gaufres, il est nécessaire de posséder un moule alors que pour les tartes on peut, éventuellement, s'en passer.
Dans ma petite jeunesse, ma grand-mère réalisait des tartes succulentes aux bords larges et épais qu'elle obtenait en roulant la pâte sur elle-même autour des fruits.
Elle cachait même quelquefois des fruits dans la bordure.
C'était délicieux.
Néanmoins, il est plus pratique de posséder des moules. Ils existent en plusieurs matériaux.

## *Le moule en fer*

Le moule en fer est l'ancêtre du genre. Tout le monde en possède au moins un au fond d'un placard ou d'un grenier. Il se présente à bords cannelés ou lisses, fond amovible ou fixe. Indiscutablement, il est bon marché mais difficile à entretenir. Il faut frotter dur pour enlever les résidus de pâte, le faire sécher immédiatement sur la plaque de la cuisinière mais, malgré cette précaution, il finit toujours par rouiller. Il est exigeant et demande à être généreusement beurré. En échange, il garantit des pâtes dorées à point, en un temps record.

## *Le moule en porcelaine*

Le moule en porcelaine à feu est blanc ou décoré, dans le pire des cas. De ce fait, il a la prétention de paraître sur la table mais comme il est mauvais conducteur de chaleur, il assure un résultat bien décevant. Il prétend que le micro-ondes lui convient très bien mais comme, par ailleurs, le micro-ondes affirme que les pâtes ne lui conviennent pas... Même beurré et cannelé, on peut se dispenser de le faire parader dans nos fours.

## *Le moule en verre*

Le moule en verre à feu est, comme son camarade en porcelaine, mauvais conducteur de chaleur. Sa transparence permet de surveiller à tout moment la couleur de la pâte. Bel avantage, surtout pour constater l'échec de la cuisson... Le verre est exigeant en beurre et présente un autre inconvénient, celui d'être difficile à nettoyer.

## *Le moule à revêtement antiadhésif*

Le moule à revêtement antiadhésif assure un confort maximal. Dans toutes les catégories de four, il donne les meilleurs résultats. Il n'est pas nécessaire de le beurrer et les tartes se démoulent pourtant très facilement. Depuis la découverte de Marc Grégoire (*Le Vrai Vivre*, du même auteur, p. 39), la qualité des revêtements s'est considérablement améliorée. Les rumeurs alarmantes se sont révélées sans fondement. On prendra simplement la précaution de ne pas utiliser d'objets pointus pour démouler la tarte afin d'éviter de rayer le revêtement.

## *Les moules en flexipan*

Les moules en flexipan, en raison de leur forme inhabituelle pour des moules à tarte, ovale, octogonale ou en cœur, donnent l'apparence de gadgets d'autant qu'ils sont souples comme du caoutchouc, noirs comme de l'ébène et se tordent dans tous les sens.
Pourtant, leur matériau d'origine minérale, combiné de verre et de silicone, les rend totalement fiables, insensibles au goût des aliments, utilisables dans tous les fours. Inutile de les graisser, la pâte n'accroche jamais et les tartes se démoulent sans un faux pli. Ni grattage ni raclage, un simple nettoyage à l'eau chaude les rend aptes au service suivant.

## *Les moules à tartelette*

Les moules à tartelette servent à cuire à blanc (sans garniture) des fonds de tartes que l'on garnit ensuite. On peut s'en passer.

## *Les moules à jeter*

En aluminium ménager ou en carton, on les jette après usage. Ils présentent l'avantage d'éviter les corvées de nettoyage et l'inconvénient d'avoir à les racheter chaque fois que l'occasion de faire une tarte se présente.
La plupart des moules à tarte existent en 4 diamètres : 24, 27, 30 et 33 centimètres. Ils correspondent à 2/3 personnes, 4, 6 et 8.

*Les moules à tatin ont les mêmes diamètres mais leurs bords, non cannelés, sont généralement plus hauts du double des moules classiques.*

## LES FOURS

Il est inconcevable d'envisager "pâtisser" sans four. Ils existent sous deux formes, intégrés à une cuisinière ou encastrés. Cette dernière version connaît un succès foudroyant qui va de pair avec celui des tables de cuisson. Il va de soi que ces fours "encastrables" n'ont rien de comparable avec les fours à micro-ondes dont il faut reconnaître l'extravagant succès, bien qu'ils soient pratiquement inefficaces en pâtisserie.
Les fours font l'objet d'une rude compétition entre le gaz et l'électricité, deux fluides qui, heureusement, dispensent les jeunes femmes des corvées de bois, "boulets" ou "briques " et de leurs inévitables conséquences, les cendres ! Pendant longtemps, les professionnels considéraient que la "fée" électricité permettait d'obtenir les meilleurs résultats en pâtisserie. Les indiscutables progrès techniques des fours à gaz, avec flammes invisibles et ventilation assurant une répartition uniforme de la chaleur, permettent maintenant une juste équivalence entre ces deux concurrents. Jusqu'à présent, les modèles les plus vendus restent ceux alimentés par la "fée" mais, à l'occasion d'un changement de matériel, il serait bon d'examiner sérieusement les avantages comparés de l'un et de l'autre. On peut considérer qu'il existe actuellement trois types de four :

### *Le four classique*

Le four classique dispense la chaleur par le haut et le bas. Ce matériel équipe encore en majorité les foyers. Il a permis à plusieurs générations de grand-mères de régaler leurs petits-enfants de tartes et de gâteaux. Il a encore de l'avenir, malgré son principal inconvénient qui est de ne pas assurer le même volume de température dans l'ensemble de l'habitacle, compensé par les avantages d'une action plus directe et plus rapide sur les pièces à cuire. En général, les températures et temps de cuisson indiqués dans les livres de cuisine, parus jusqu'à maintenant, s'appliquent à ce type de four.

### *Les fours à chaleur tournante*

Les fours à chaleur tournante sont à la mode. Les ménagères en raffolent, influencées par les pâtissiers auprès desquels il a la cote. Le principal avantage du four à chaleur tournante est la répartition uniforme de la chaleur dans l'ensemble du volume grâce à un ventilateur qui fait circuler l'air chaud. On peut faire cuire, si l'espace est suffisant, trois tartes à la fois.

En revanche, on ne peut faire cuire qu'une seule préparation directement posée sur la plaque à gâteaux ; plusieurs plaques empêcheraient la chaleur de tourner. Les détracteurs de ce type de matériel prétendent qu'on ne peut pas saisir et, par conséquent, qu'on n'obtient pas un aspect doré et que l'air en mouvement a tendance à dessécher certaines pâtes.

Ces inconvénients ne sont pas sensibles lorsqu'on maîtrise bien son utilisation.

Un minimum de précautions est à prendre. Compte tenu de sa chaleur constante, la température choisie doit être de 15 à 20 % inférieure à celle des fours classiques mais, en revanche, le temps de cuisson prolongé de 10 %.

Les thuriféraires du four à chaleur tournante prétendent

qu'il n'est pas nécessaire de le préchauffer. Une telle affirmation n'est pas complètement exacte, il demande simplement à l'être moins.

## *Les nouveaux modèles de four*

De nouveaux modèles de four combinent les deux systèmes : chaleur supérieure et inférieure réglable permettant de saisir et de dorer la pâte, avec chaleur tournante pour une fin de cuisson plus douce. Ces nouveaux fours, dans leur version luxe, vont même jusqu'à intégrer le micro-ondes alors qu'il convient mal à la pâtisserie, la pâte pouvant cuire mais sans lever.
Lors de l'achat d'un nouveau four, ne nous laissons pas tenter par un matériel qui n'a pas fait ses preuves auprès des professionnels. Même si certains d'entre eux ne remplissent pas toutes les conditions pour prétendre à ce titre, les pâtissiers sont, pour la plupart, des gens compétents et expérimentés qui essaient régulièrement toutes les nouvelles techniques proposées aux particuliers. Il est préférable d'attendre qu'un nouvel appareil soit au point plutôt que de prendre le risque d'être déçu. Mieux vaut alors encore acheter celui qui a déjà fait ses preuves. Même si la qualité du four est absolument fiable et si les conditions de durée et de température sont respectées, il est préférable, à tout moment, de vérifier par le hublot du four l'état d'avancement de la cuisson de vos préparations. On n'est jamais trop prudent. Quel que soit le four, un moule à pâtisserie se pose toujours sur une grille, jamais sur une plaque, sinon l'air chaud ne pourrait pas circuler normalement. Si la pâte cuit moins vite dessous que dessus, il faut descendre la grille d'un cran.

| Tableau des équivalences entre les températures des fours à gaz et les thermostats électriques | | |
|---|---|---|
| Four très doux | 105 à 140°C | Thermostat 1 |
| Four doux | 140 à 180°C | Thermostat 2 à 3 |
| Four moyen | 180 à 200°C | Thermostat 4 à 5 |
| Four chaud | 200 à 250°C | Thermostat 6 à 7 |
| Four très chaud | 250 à 300°C | Thermostat 8 à 10 |

# Les ingrédients

Pour faire de la pâtisserie à base de "pâte", un minimum d'ingrédients sont indispensables. Secs, comme la farine, quelles que soient les céréales dont elle est issue, et humides, œufs, eau, matière grasse, pour lier l'ensemble des éléments.
La pâtisserie peut faire usage de levure dès l'instant où les pâtes demandent à prendre du volume, gonfler, s'alléger. On se sert également de levure pour les pâtes à pizza.

## *La farine*

La qualité de la farine dépend de celle du blé et du talent du meunier. Ce couple est indissociable. Ils ont l'un et l'autre une responsabilité dans la réussite de vos pâtisseries.
Le blé est une céréale que nous connaissons bien car presque toutes les régions de notre pays en cultivent. Cette plante n'est pas capricieuse, elle s'adapte à des sols et à des climats variés mais elle manifeste quelques exigences et même des préférences. Le climat tempéré est celui qui lui convient le mieux ; une humidité moyenne lui suffit car ses besoins ne manifestent aucun

excès ; une terre riche en argile, alluvion et limon, bien préparée avant les semailles, est idéale.
Nous cultivons deux types de blé, le blé tendre, dont l'amande farineuse servira à faire la farine indispensable à nos pâtisseries et le blé dur, dont l'amande fibreuse entre dans la fabrication des pâtes alimentaires.
Le grain de blé n'est pas une simple graine, il se compose de trois parties essentielles : les enveloppes, qui protègent la graine et qui donneront le son après le travail du meunier ; le germe, qui donnera naissance à d'autres blés s'il est semé, et l'amande, constituée d'un ensemble de cellules renfermant les grains d'amidon réunis entre eux par une sorte de ciment naturel, le gluten. L'amande donnera la farine.
Pour obtenir la farine idéale, il faut que les grains soient d'abord nettoyés, puis broyés. Le résultat de cette première opération s'appelle la "mouture", combinaison de farine, son et semoule qui circulera au travers de tamis successifs qui sépareront d'abord la farine et les sons, ensuite le son des semoules (particules de farine encore compactes). Ces opérations de récupération de la farine au travers de tamis peuvent être recommencées de 3 à 10 fois, selon la qualité des moulins, l'objectif étant d'obtenir la farine la plus blanche.
Les différentes farines disponibles sur le marché sont numérotées selon leur pourcentage résiduel de cendres (sels minéraux). La farine la plus courante, de type 55, est utilisée par la boulangerie, celle de type 65, essentiellement pour la biscuiterie, celle de type 80, pour les pains spéciaux. La farine complète, non tamisée, est de type 150. La farine de type 45 est celle qu'il faut utiliser en pâtisserie. C'est la plus courante. Le top du top pour "pâtisser" est la farine "fleur" (taux de résidus 0). Contrairement à ce qu'on imagine, elle se

conserve mal. Détestant l'humidité, il faut lui imposer un récipient aussi hermétique que possible et un endroit sec, sinon les ténébrions, petits vers de farine, s'y rouleront avec délice. On comprendra que la farine s'achète en petites quantités après avoir vérifié la date limite de conservation.

*Une farine trop longtemps en rayon, même dans un sac en papier isolant, rancit et s'acidifie.*

Une farine trop vieille ne permet pas les meilleurs résultats en pâtisserie. Les minotiers ont mis au point des farines très élaborées dont ils nous disent grand bien (le contraire serait étonnant), du type "fluide", "tamisage extra-fin", "plein blé". Certaines contiennent même une poudre levante (inutile pour les pâtes à tarte, efficace pour les pizzas).

## *Les œufs*

J'ai souvent entendu dire qu'on pouvait faire de la pâtisserie avec des œufs de fraîcheur douteuse sous prétexte que "dans une pâte, ça ne sent pas". Quelle aberration ! Les œufs doivent être frais en toutes circonstances, y compris pour la pâtisserie, à plus forte raison pour la pâtisserie. Pour s'assurer de la fraîcheur d'un œuf, à défaut d'avoir des relations privilégiées avec la gent gallinacée, il faut acheter des œufs dont la date de ponte est inscrite à l'encre alimentaire sur la coquille. Je sais que la Commission européenne tente de faire interdire ce procédé mais certaines entreprises passent outre. Privilégions-les.
Hormis ces deux solutions, il ne nous reste qu'à lire les étiquettes et à savoir, précisément, à quoi correspondent les codes indiqués.

Sur l'emballage, on trouve un certain nombre de mentions : "extra-frais" ou "frais" ; la catégorie, A ou B ; les chiffres 1, 2 ou 3, et jusqu'à 7 ; et, enfin, la date d'emballage.
L'appellation "extra-frais" n'est valable que 7 jours à compter de la date de l'emballage. Au bout d'une semaine donc, le crémier doit supprimer la mention "extra" ; seul le mot "frais" doit apparaître. Malheureusement, il peut s'écouler 8 à 10 jours entre la date de ponte et celle de l'emballage. L'appellation "frais" est valable de 7 à 14 jours après la date d'emballage. Ensuite, les œufs sont généralement vendus en vrac.
Les œufs de catégorie A ont une coquille intacte et propre, une chambre à air ne dépassant pas 6 millimètres quand l'œuf est immobile, un blanc clair, limpide, gélatineux, exempt de tout corps étranger (si vous trouvez un clou dans le blanc de l'œuf, vous comprendrez qu'il n'entre pas dans la catégorie A, ni B, d'ailleurs !), un jaune bien centré, une chalaze bien droite (la chalaze est le filament d'albumine qui maintient le jaune au centre) ; enfin, le germe ne doit pas être développé (sinon, on mange de la volaille). Ajoutons que cet œuf-là doit être dépourvu d'odeur, ne pas avoir été nettoyé, ni à sec ni à l'eau, n'avoir subi aucun traitement de conservation ; on doit encore le conserver à une température inférieure à 8° C. Les œufs de catégorie B respectent les mêmes normes que ceux de la catégorie A ; seule la chambre à air peut atteindre, au plus, 9 millimètres de haut. Vous ne trouverez guère d'œufs de la catégorie C dans le commerce ; ils sont destinés à la casserie ou à l'industrie.
Les pâtissiers achètent souvent des œufs cassés ou séparés : des blancs sans jaunes, ou inversement.
Le chiffre de 1 à 7 qui suit la catégorie indique le poids de l'œuf. Le 1 correspond à 70 g ; le 2 va de 65 à 70 g ; le 4, de 55 à 60 g. Le chiffre 7 est réservé aux œufs

anormaux, ou destinés à la casse. Si vous avez eu le courage de me suivre jusque-là, vous devriez donc savoir qu'une inscription cabalistique comme "10/7/92 extra-frais A 3" désigne un œuf de poule emballé (et non pondu, vous m'avez compris) le dixième jour du mois de juillet de l'année 1992 ; il sera considéré comme extra-frais jusqu'au 17 du même mois de la même année ; il pèsera entre 60 et 65 g ; sa coquille sera intacte et propre ; sa chambre ne dépassera pas…, etc. Vous voilà bien avancés.

Pour être tout à fait complet, je devrais encore vous parler de l'élevage de la poule qui a son importance pour l'œuf. Il faut distinguer une poule élevée en plein air en système extensif, d'une autre poule élevée en système alternatif, voire en plein air. (Du même auteur, *Le Bon Vivre*, 1989, extraits.)

Si vous n'êtes pas sûrs de la fraîcheur des œufs que vous avez achetés, il est préférable de les casser un à un dans une tasse ou sur une assiette. Le blanc doit adhérer parfaitement au jaune ; plus le blanc est liquide et moins l'œuf est frais ; si, par hasard, blanc et jaune se détachaient l'un de l'autre, il faut le jeter. Vous pouvez aussi plonger l'œuf dans de l'eau salée à raison de 100 g par litre. S'il est frais, il reste au fond.

Vieux de 15 jours, l'œuf s'installe à la verticale et sort de l'eau 1/3 de son volume. S'il fait tristement la planche à la surface de l'eau, il est inutilisable.

Les œufs doivent être conservés à l'abri de la lumière et de l'humidité, dans un endroit propre, sans odeur et d'une fraîcheur constante. Les alvéoles réservées à cet effet dans les réfrigérateurs conviennent parfaitement.

Néanmoins, pour les œufs dont on fréquente les poules, un endroit frais, à l'air et à l'abri de la lumière, présentera tous les avantages.

Il est impossible de monter un blanc en neige si du jaune s'y est mélangé, ne serait-ce qu'une goutte. Il n'existe malheureusement pas de méthode miracle pour le rattraper.

## *Les matières grasses*

Elles donnent son élasticité et son moelleux à la pâte, la rendent fondante et légère et sont indispensables pour enduire plaques et moules afin d'éviter une adhérence désagréable au moment de démouler les pâtisseries.
Le beurre est, évidemment, ce qui se fait de mieux. Rien ne le remplace et son goût particulier se communique à la pâte. Les remarques concernant la fraîcheur des œufs s'appliquent au beurre. La pâte à tarte n'est pas un dépotoir pour écouler vos morceaux de beurre rance. Le goût de la pâte s'en imprégnerait et en souffrirait gravement. Il existe un beurre concentré, réservé à la pâtisserie, qui contient au moins 96 % de matières grasses, alors que le beurre habituel du commerce n'en contient que 82 %.

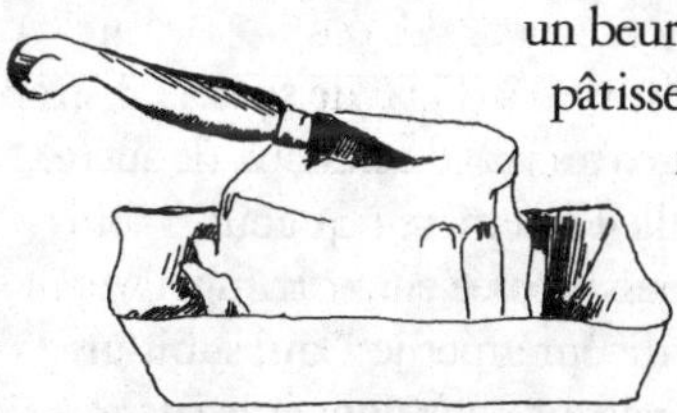

## *Le sucre*

Les Chinois revendiquent la paternité de la fabrication du sucre à partir de la canne (qu'est-ce qu'ils ne revendiquent pas ?). Au cours de l'expédition de Darius dans la vallée de l'Indus, les Perses découvrirent ce "roseau qui offre du miel sans le secours des oiseaux", ils le cultivèrent et gardèrent jalousement le secret de sa transformation en sirop.
Vers l'an 1000, les Arabes installèrent en Crète la première raffinerie industrielle.

A partir des XIe et XIIe siècles, grâce aux Croisés, la mode du sucre se répandit et sa culture se développa rapidement, occasionnant la première grande guerre commerciale européenne.
Grâce à Napoléon et aux travaux de Chaptal et, surtout, au blocus continental qui coupe le pays de la route du sucre, on développe en France sa fabrication à partir de la betterave.
Bien que n'ayant aucun rapport botanique, la canne et la betterave ont un point commun indiscutable, leur remarquable teneur en sucre, entre 11 et 25 %. Bien que le principe de l'extraction des jus sucrés diffère sur le plan technique, celui de la cristallisation est identique. Le sirop de saccharose est composé dans des proportions variables de sucre, de glucose, de déchets organiques et surtout d'eau. On le filtre, on le refiltre pour obtenir un liquide jaune-brun très dense.
Après décantation, il contient 60 à 75 % de sucre. Ce sirop est chauffé avec un mélange très pur de cristaux de sucre, sorte d'amorce qu'on appelle l'eau mère ou égout.
Cette masse est malaxée, puis essorée en centrifugeuse. On obtient alors un sucre dit "premier jet" qui subit un "clairciçage" à l'eau et à la vapeur pour donner le sucre blanc destiné à la consommation et à l'industrie. Un second essorage permet de récupérer un sucre de "deuxième jet". Le troisième jet donne le sucre roux.
Reste finalement la mélasse, dont on tire tout et n'importe quoi : de l'alcool, des aliments pour le bétail, des levures de panification, de l'acide glutamique et citrique pour l'industrie, et même des antibiotiques...
Dans le commerce, le sucre se présente sous toutes sortes de formes et à tous les prix. Le cristallisé blanc ou le sucre cristal est le moins cher de tous, il sert aux confitures, aux liqueurs, on en trouve aussi sur les pâtes de fruits. Le

traditionnel sucre en poudre, ou sucre semoule, s'obtient par tamisage. Le sucre glace, poudre blanche très fine, est réservé aux desserts sans cuisson ; on l'obtient par broyage du sucre cristallisé. Ces trois variétés de sucre sont indispensables aux pâtissiers.

*Il est important de noter qu'en aucun cas le sucre ne peut être remplacé par des édulcorants de synthèse.*

Le sucre cristallisé blanc se répand sur les tartes chaudes garnies de certains fruits, comme la mirabelle ou la quetsche. Il croque sous la dent, c'est délicieux.
Le sucre semoule contribue à la texture et à la compacité de certaines pâtes et le sucre glace sert de liant ou de décoration.

# Les pâtes

Dans la famille des tartes, il existe quatre types de pâte, la brisée, la sablée, la feuilletée et la pâte à pizza.

## *La pâte brisée*

Rien de plus simple. Un jeu d'enfant. Neutre, on peut l'utiliser comme pâte de base pour les quiches, "pies", tourtes, croustades, pâtés.

Les fruits se plaisent en sa compagnie.
Elle est "bonne fille", facile, on la fait à la main, au robot, avec ou sans œufs, avec ou sans sucre.

# LA PÂTE BRISÉE

**Ingrédients pour 6 personnes**

- 200 G DE FARINE
- 100 G DE BEURRE
- 2 JAUNES D'ŒUFS
- 5 CUILLÈRES À SOUPE D'EAU
- 1 PINCÉE DE SEL FIN

**Préparation**

Il est important que le beurre soit souple, donc à température de la pièce, avant de commencer à le travailler.
Dans un saladier, mettre du beurre en pommade, ajouter les jaunes d'œufs, mélanger, ajouter l'eau cuillère après cuillère tout en continuant à lier le beurre et les œufs.
Ajouter la pincée de sel puis, petit à petit, la farine.
Lorsqu'on est en présence d'une boule qui se détache du saladier, on enveloppe la pâte dans un torchon et on la laisse reposer une petite heure au frais dans le bac à légumes du réfrigérateur.
Le mélange du beurre, des jaunes d'œufs et de l'eau avant d'incorporer la farine évite une pâte trop élastique.
Le terme technique pour ce procédé est la "pouliche".

**◆ Variante 1**

Dans un robot, verser la farine, le beurre, les œufs et le sel. Faire tourner quelques instants jusqu'à ce que tous les éléments soient complètement broyés. Ajouter la totalité de l'eau et faire tourner jusqu'à ce que la pâte homogène se rassemble en se détachant des bords.
Laisser reposer 1 heure dans le bac à légumes du réfrigérateur.

### ◆ Variante 2

#### Ingrédients

- 210 g de farine
- 10 g de sucre semoule (1 cuillère à soupe)
- 100 g de beurre
- 1 pincée de sel
- 1 œuf entier
- 2 cuillères à soupe de lait

#### Préparation

Dans un robot, mettre l'intégralité des ingrédients, laisser tourner jusqu'à ce que la pâte se détache des parois de l'appareil.
Laisser reposer une heure emballé dans un papier-film ou dans un torchon dans le bac à légumes du réfrigérateur.
Après l'heure de repos au frais, la pâte est prête pour ses noces avec le rouleau à pâtisserie.
Fariner un plan de travail, étaler la boule de pâte en vous servant du rouleau. Ne pas hésiter à passer et à repasser afin d'obtenir une épaisseur de pâte fine et régulière.
Beurrer un moule et transporter la pâte dans le moule sans la casser. La méthode la plus pratique pour ne pas échouer dans cette opération délicate consiste à fariner la pâte puis à l'enrouler autour du rouleau à pâtisserie pour ensuite la dérouler dans le moule.
L'opération peut se révéler catastrophique, surtout pour un novice. Ne vous inquiétez pas, les pâtes se rustinent comme une chambre à air de vélo.
Découper des morceaux de la taille du trou ou de la fissure, les poser en appuyant légèrement avec le doigt pour boucher les interstices. Inutile de recommencer à mettre la pâte en boule et à rouler.

### *La pâte sablée*

La pâte sablée se travaille à mains nues. Sans robot, ni batteur ni cuillère en bois.
L'homme, sa main, les ingrédients.
Cette pâte est idéale pour recevoir les fruits rouges. Framboises, fraises, groseilles, cassis, mûres se promèneront sur cette pâte comme la belle Otéro au bois avec son dernier amant. Cette pâte se cuit toujours à blanc, c'est-à-dire vide. Une fois le moule beurré garni de pâte, on le tapisse de papier sulfurisé recouvert de légumes secs. Le haricot fait merveille, quelles que soient sa couleur et son origine botanique. Il existe même des haricots en métal spécialement destinés à ce genre d'opération. On enfourne la pâte pour 20 minutes environ si elle ne doit pas recuire et pour 15 minutes seulement si on doit la remettre au four avec la préparation.

## LA PÂTE SABLÉE SUCRÉE

**INGRÉDIENTS**

- 250 G DE FARINE À PÂTISSERIE
- 175 G DE BEURRE
- 70 G DE SUCRE SEMOULE
- 1 ŒUF ENTIER
- 1 PINCÉE DE SEL
- 1/2 SACHET DE SUCRE VANILLÉ
(À LA VANILLE NATURELLE DE PRÉFÉRENCE)

**PRÉPARATION**

Travailler le beurre en pommade.
Dans un saladier, verser la farine en fontaine.
Mettre le beurre au centre avec le sel, le sucre vanillé et le sucre semoule.

Mélanger l'ensemble rapidement. Ajouter l'œuf et travailler encore rapidement.
Faire une boule du mélange ainsi obtenu, fariner légèrement.
Envelopper dans un papier-film ou un torchon et laisser au réfrigérateur.

◆ **VARIANTE**
On peut incorporer à cette version 60 g de poudre d'amandes. Il faudra l'introduire avec la farine, le sel et les sucres, avant l'œuf. On obtiendra un résultat particulièrement fondant.
Les pâtes à tarte sablées sont très fragiles à étaler. Il est préférable de choisir des moules de dimensions moyennes et d'en prévoir deux plutôt que de tenter l'impossible avec un grand diamètre.
Ces deux pâtes permettent de faire des petits sablés délicieux avec les glaces.

## *La pâte feuilletée*

Vous attendez sans doute que je vous livre le secret de la pâte feuilletée de ma grand-mère ou d'une vieille tante. Je n'en ferais rien parce que je n'ai pas de secret et parce que le principe de la pâte feuilletée me paraît long, fastidieux et fatigant.
Il faut préparer une pâte, poser un morceau de beurre au centre, l'enfermer en le repliant, puis étaler, recommencer et recommencer encore en sachant que plus on donne de "tours ", meilleure est la pâte.

Depuis que les pâtes feuilletées sont vendues toutes prêtes, je n'utilise que celles-là. Elles existent en deux versions, surgelées ou fraîches, avec une date limite de consommation. Indifféremment, j'utilise l'une ou l'autre. Dans le cas de la pâte feuilletée, l'idée de la congélation ne me dérange pas, sachant que les pâtissiers professionnels, quand ils la fabriquent eux-mêmes (ce qui peut arriver), la font à l'avance et la congèlent.

### *La pâte à pizza*

Les pizzas sont très pratiques pour les enfants ou pour l'apéritif à la campagne. La fabriquer soi-même n'est pas compliqué et sera largement meilleur que tout ce qu'on pourrait éventuellement vous livrer sous le nom de pizza.

## LA PÂTE À PIZZA

### INGRÉDIENTS

- 500 G DE FARINE
- 40 G DE LEVURE DE BOULANGER OU DEUX SACHETS DE LEVURE
- 1 CUILLÈRE À CAFÉ DE SEL
- 1 CUILLÈRE À CAFÉ DE SUCRE
- 2 VERRES À MOUTARDE D'EAU
- 1 CUILLÈRE À SOUPE D'HUILE D'OLIVE

### PRÉPARATION

Délayer du bout des doigts la levure avec une 1/2 tasse à café d'eau tiède puis mettre au four cette sorte de pâte (thermostat 1) jusqu'à ce que le levain prenne du volume (ne jamais mettre de sel dans la levure).

Dans un robot, verser la farine, l'eau et l'huile.

Laisser tourner 5 minutes. Ajouter le levain, le sel et le sucre et une cuillère à soupe de farine.

Faire tourner jusqu'à ce que le mélange forme une boule ramassée. Le mettre dans un saladier couvert d'un torchon et au four (thermostat 1). Laisser "pousser" 2 heures.
" Pousser" est un terme de boulangerie qui veut dire gonfler.
Si l'âme est paresseuse, on peut se contenter d'acheter de la pâte à pain chez le boulanger.

# PIZZA À LA TOMATE ET AU PARMESAN

**INGRÉDIENTS POUR 6 PERSONNES**

- ❖ 400 G DE PÂTE À PIZZA
- ❖ 2 OIGNONS ❖ 5 TOMATES
- ❖ 2 GOUSSES D'AIL
- ❖ 1 BOÎTE DE 100 G OU 5 CUILLÈRES À SOUPE DE CONCENTRÉ DE TOMATES
- ❖ 1 BRANCHE DE BASILIC FRAIS
- ❖ 1 POIGNÉE DE QUEUES DE PERSIL
- ❖ 1 BRANCHE DE THYM
- ❖ 1/2 FEUILLE DE LAURIER
- ❖ 1 PINCÉE DE SUCRE
- ❖ 400 G DE MOZZARELLA, SI POSSIBLE DE BUFFLONNE
- ❖ 100 G DE PARMESAN RÂPÉ (PLUS LE PARMESAN EST VIEUX, PLUS IL EST PARFUMÉ)
- ❖ 2 CUILLÈRES À SOUPE D'HUILE D'OLIVE
- ❖ SEL ET POIVRE

**PRÉPARATION**

Dans une casserole, verser 2 cuillères à soupe d'huile d'olive. Ajouter les oignons finement hachés et laisser cuire 5 à 8 bonnes minutes.

Peler, épépiner les tomates, les concasser grossièrement puis les rajouter aux oignons avec le concentré de tomates, le bouquet garni, les queues de persil, une pincée de sucre, de sel et 3 tours de moulin à poivre. Laisser cuire 20 minutes à découvert. Laisser refroidir. Fariner le plan de travail.
Étaler la pâte en lui donnant la forme souhaitée, ronde, ovale, carrée, peu importe... Rouler les bords sur 1,5 centimètre. Verser une couche de sauce tomate sur la pâte en respectant le bord roulé. Saupoudrer de parmesan et de mozzarella en copeaux. Enfourner et faire cuire à 250°, thermostat 8.
Sortir. Arroser d'huile d'olive.

◆ **VARIANTE**
En gardant la recette de la pâte et la base de la sauce tomate, on peut remplacer la mozzarella et le parmesan par des olives, des anchois, des champignons, du jambon cuit ou de pays.
La pizza est un havre d'accueil pour les inventifs.

# Tartes salées

## QUICHE LORRAINE

La quiche lorraine peut se servir chaude, en entrée ; il est alors facile de faire coïncider la fin de la cuisson avec le moment de passer à table. On peut aussi la servir comme plat de résistance avec une jolie salade croquante, scarole, laitue, chicorée, batavia ou frisée. S'il en reste, elle se réchauffe facilement mais peut aussi se déguster froide, tard dans la nuit, si un "petit creux" se manifeste.

**Ingrédients pour 6 personnes**

- 300 G DE PÂTE BRISÉE
- 4 ŒUFS
- 200 G DE CRÈME FRAÎCHE
- 250 G DE POITRINE FUMÉE
- SEL ET POIVRE
- 2 POINTES DE COUTEAU DE NOIX DE MUSCADE RÂPÉE

**Préparation**

Couper la poitrine fumée en petits dés après l'avoir découennée et débarrassée des cartilages. Faire chauffer une poêle et faire revenir les lardons à feu doux pour les libérer de leur graisse.

Il n'est pas nécessaire de les laisser trop croustiller.

Allumer le four (220°, thermostat 6/7). Fariner le plan de travail, étaler la pâte sur une épaisseur de 3 ou 4 millimètres. Poser la pâte sur le moule beurré en veillant à ce qu'elle remonte bien sur les bords du moule. Piquer le fond de la pâte de quelques coups de fourchette. Garnir le fond de la tarte des lardons bien égouttés.

Dans un saladier, battre les œufs entiers avec la crème, 2 pincées de sel (méfiez-vous de la poitrine fumée qui dégage toujours un peu de sel), 3 tours de moulin à poivre et la noix de muscade râpée. Verser le mélange crème-œufs sur les lardons. Mettre au four, laisser cuire 25 minutes.

*Certains iconoclastes rajoutent de l'emmenthal ou du comté, râpé ou en petits dés. Hérésie. Lorrain depuis plusieurs générations, j'affirme qu'il n'a jamais été ajouté le moindre gramme de fromage dans la quiche lorraine.*

Il arrive que l'on mélange un talon de jambon, encore moelleux et coupé en dés, à la poitrine fumée. C'est admissible dans le cas où la quiche est servie comme plat de résistance.

# TARTE À L'OIGNON

**INGRÉDIENTS POUR 6 PERSONNES**

- 300 G DE PÂTE BRISÉE
- 500 G D'OIGNONS
- 4 ŒUFS
- 200 G DE CRÈME FRAÎCHE
- 3 CUILLÈRES À SOUPE DE LAIT
- 25 G DE BEURRE
- SEL ET POIVRE
- 2 POINTES DE COUTEAU DE NOIX DE MUSCADE

**PRÉPARATION**

Éplucher les oignons, les couper en fines lamelles.
Dans une cocotte, faire fondre le beurre, ajouter les oignons et les laisser étuver doucement, cocotte fermée. L'opération demande une vingtaine de minutes pour qu'ils deviennent transparents.
Allumer le four (230°, thermostat 7). Préparer la pâte comme indiqué dans la recette de la quiche lorraine mais la faire cuire à blanc, 20 minutes (cuire à blanc : recouvrir d'un papier sulfurisé rempli de haricots secs).
Dans un saladier, battre les œufs avec la crème fraîche et le lait, saler, poivrer et ajouter la muscade. Verser dans la cocotte, mélanger.
Verser dans la pâte à tarte le mélange oignons, œufs, crème et remettre au four une dizaine de minutes.
Vérifier avec une aiguille à brider. L'aiguille doit ressortir propre.
Démouler et servir.

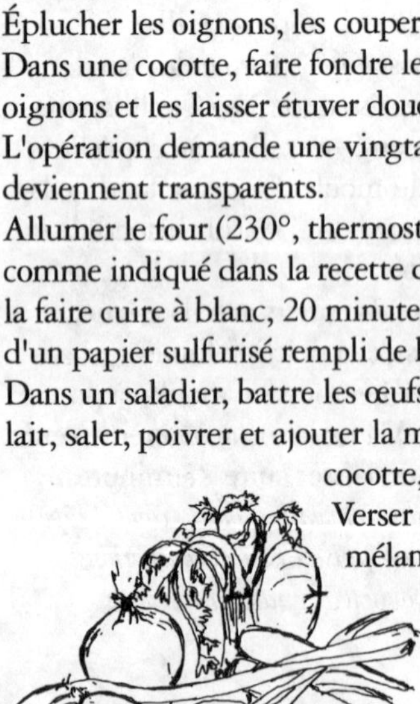

# TARTE AUX POIREAUX OU FLAMICHE

**INGRÉDIENTS POUR 6 PERSONNES**

- 300 G DE PÂTE BRISÉE
- 500 G DE POIREAUX
- 1 BOL DE BÉCHAMEL RAPIDE (VOIR P. 107)
- 125 G D'EMMENTHAL OU DE COMTÉ RÂPÉ
- 1 NOIX DE BEURRE
- SEL ET POIVRE
- 2 POINTES DE COUTEAU DE MUSCADE

**PRÉPARATION**

Éplucher et laver les poireaux. Ne conserver que la partie blanc et vert tendre. Couper en tronçons de 2 centimètres de long.
Les faire cuire 6 à 7 minutes dans un grand faitout d'eau bouillante salée.
Égoutter soigneusement.
Allumer le four (230°, thermostat 6/7). Préparer la pâte feuilletée comme pour la quiche.
Préparer une béchamel (selon la recette p. 107).
Ajouter la muscade, les 2/3 du fromage râpé et laisser chauffer l'ensemble à feu doux.
Garnir la tarte avec le mélange béchamel-poireaux.
Saupoudrer le reste de fromage. Mettre au four pour 35 minutes.

# TARTE À LA TOMATE ET AU BASILIC

**INGRÉDIENTS POUR 6 PERSONNES**

- 250 G DE PÂTE FEUILLETÉE
- 6 TOMATES BIEN MÛRES
- 6 CUILLÈRES À SOUPE D'HUILE D'OLIVE
- 10 FEUILLES DE BASILIC
- 1 CUILLÈRE À SOUPE DE FLEURS DE THYM
- 1 CUILLÈRE À SOUPE DE CONCENTRÉ DE TOMATES
- SEL ET POIVRE AU MOULIN

**PRÉPARATION**

Ébouillanter les tomates quelques instants (30 secondes), retirer la peau et le pédoncule. Les couper en tranches épaisses de 1/2 centimètre, épépiner.

Étaler la pâte sur 2 millimètres d'épaisseur et la poser à même la plaque de cuisson du four. Mixer les feuilles de basilic avec 5 cuillères à soupe d'huile d'olive. Il faut obtenir une sorte de pommade, le pistou.

Ajouter la dernière cuillère d'huile d'olive au concentré de tomates pour le désépaissir. Avec votre pinceau, badigeonner la pâte feuilletée étalée avec le concentré de tomates.

Réserver environ 1,5 centimètre sur tout le pourtour de la pâte. Sur le concentré de tomates, étaler un peu de la pommade au basilic et saupoudrer de la moitié de la cuillère de fleurs de thym.

Allumer le four (220/230°, thermostat 7).

Sur la pâte ainsi préparée, poser une première couche de tomates, puis une seconde en quinconce.

Veiller à ne rien mettre sur le pourtour, réserver un

centimètre et demi. Ajouter le reste du pistou et la fleur de thym.
Saler, poivrer. Mettre au four 18 à 20 minutes.
On peut ajouter, si on le désire, des anchois, des olives, des oignons émincés comme pour une pissaladière.

# TARTE AUX CHAMPIGNONS

**INGRÉDIENTS POUR 6 PERSONNES**

- 300 G DE PÂTE BRISÉE
- 300 G DE CHAMPIGNONS
- 4 ÉCHALOTES
- 40 G DE BEURRE
- 3 CUILLÈRES À SOUPE DE CRÈME FRAÎCHE
- 3 ŒUFS
- SEL ET POIVRE

**PRÉPARATION**

Laver méticuleusement les champignons et les sécher.
Dans une sauteuse ou une cocotte, faire fondre le beurre à feu doux, ajouter les échalotes et les faire cuire doucement, couvercle fermé, en remuant de temps en temps, jusqu'à ce qu'elles deviennent transparentes.
Pendant la cuisson des échalotes, hacher les champignons finement.
Allumer le four à 220°, thermostat 7.
Ajouter les champignons aux échalotes, saler, poivrer. Laisser cuire en mélangeant

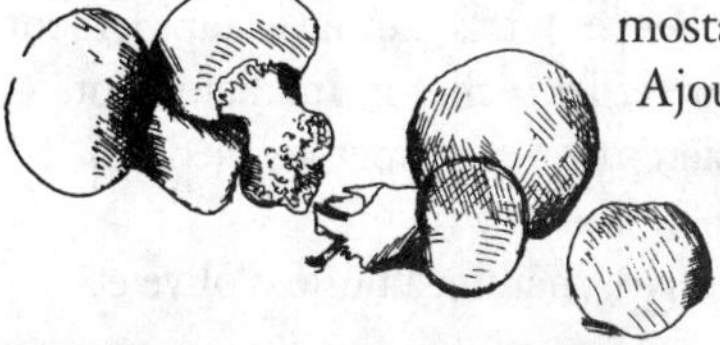

jusqu'à ce que toute l'eau de végétation soit évaporée.
Battre les œufs, ajouter la crème, saler, poivrer.
Étaler la pâte comme dans la recette de la quiche lorraine.
Ajouter le contenu de la cocotte aux œufs et à la crème, mélanger. Verser sur la pâte à tarte. Enfourner 25 minutes.

### ◆ VARIANTE 1

On peut faire une autre tarte aux champignons en conservant le principe de la réduction échalotes/champignons mais en mélangeant à une béchamel selon le principe de la tarte aux poireaux.

### ◆ VARIANTE 2 : TARTE AUX CÈPES

#### INGRÉDIENTS

- 300 G DE PÂTE FEUILLETÉE
- 1 KG DE PETITS CÈPES BOUCHON DE CHAMPAGNE, FRAIS ET BIEN SAINS
- 3 CUILLÈRES À SOUPE D'HUILE D'OLIVE
- 1 GOUSSE D'AIL
- 50 G DE BEURRE
- 100 G DE CRÈME FRAÎCHE ❖ 1 ŒUF
- 1/2 BOTTE DE CIBOULETTE
- SEL ET POIVRE

#### PRÉPARATION

Séparer la tête des pieds des cèpes. Essuyer les têtes méticuleusement. Éplucher les pieds. Les laver rapidement à l'eau fraîche si nécessaire et les sécher immédiatement.
Escaloper les têtes grossièrement et couper les pieds en petits dés.
Dans une poêle antiadhésive, chauffer l'huile d'olive et

faire sauter rapidement les têtes de cèpes avec la gousse d'ail hachée.
Les retirer et égoutter.
Dans la même huile, verser maintenant les pieds de cèpes.
Faire sauter, égoutter dans un autre récipient.
Étaler la pâte feuilletée.
Poser le moule, genre tatin, à l'envers sur la pâte feuilletée et découper ce qui deviendra le couvercle de la préparation.
Dans le moule, plutôt haut, verser les têtes de cèpes sautées et égouttées. Saler, poivrer.
Dans une casserole, faire réduire la crème en maintenant 2 à 3 minutes de grosse ébullition. Ajouter les pieds de cèpes. Laisser bouillotter quelques instants pour que la crème s'imprègne du parfum des champignons.
Battre l'œuf en omelette. Le verser dans la crème hors du feu. Saler, poivrer. Verser cette préparation sur les têtes de cèpes rangées dans le moule à tatin.
Poser le couvercle découpé dans la pâte feuilletée sur la tôle à pâtisserie. Enfourner le moule sur une grille et la pâte feuilletée sur la plaque, en même temps, dans le four. Chauffer à 200°, thermostat 6.
Laisser cuire 20 bonnes minutes.
Placer délicatement le couvercle de pâte feuilletée sur le moule, retourner pour faire tomber le contenu du moule.
Saupoudrer de ciboulette finement hachée et servir chaud.

# TARTE AUX MOULES ET COQUES

**INGRÉDIENTS POUR 6 PERSONNES**

- 300 G DE PÂTE BRISÉE
- 2 LITRES DE MOULES
- 1 LITRE DE COQUES
- 4 ŒUFS
- 200 G DE CRÈME FRAÎCHE
- 2 VERRES DE VIN BLANC
- 3 ÉCHALOTES
- 2 CUILLÈRES À SOUPE DE PERSIL HACHÉ
- SEL ET POIVRE

**PRÉPARATION**

Les coques s'achètent la veille pour le lendemain et se mettent dans un saladier, mélangées à 2 cuillères à soupe de farine, 2 cuillères à soupe de gros sel, recouvertes de glaçons.

Cette préparation se range au réfrigérateur toute la nuit.

On peut, le lendemain, avant leur utilisation, les laver à plusieurs grandes eaux pour les débarrasser plus facilement du sable et des impuretés qu'elles contiennent.

Gratter et laver les moules.

Dans une cocotte ou une grande sauteuse, mettre les échalotes hachées finement, le vin blanc et les moules.

Les secouer énergiquement à feu vif jusqu'à leur ouverture complète.

Retirer les moules et, dans la même casserole, mettre les coques à ouvrir de la même manière.

Retirer les coques. Décoquiller moules et coques.

Filtrer le jus de cuisson des moules et des coques, mettre sur feu moyen et laisser réduire doucement des 2/3.

Allumer le four (220°, thermostat 7).
Étaler la pâte comme dans la recette de la quiche lorraine.
Battre les œufs, mélanger avec la crème, saler et poivrer.
Ajouter le jus de cuisson réduit.
Répartir les moules et les coques sur la pâte. Verser le mélange crémé.
Mettre au four pour 25 minutes.

◆ **VARIANTE**
Dans cette tarte aux fruits de mer, on peut ajouter des champignons émincés et sautés.
*Ces recettes ne sont que des exemples. Toutes les variantes sont possibles. Laissez courir votre imagination. N'hésitez pas à utiliser des parures de saumon fumé, du fromage, des légumes, blettes blanches et vertes, blanches ou vertes, épinards, oseille… Tout est possible.*

# Tartes fermées

A partir des pâtes que nous venons d'évoquer, on peut réaliser un certain nombre de préparations comme les vol-au-vent, les petits pâtés à la viande ou des tourtes au fromage. Pour la plupart, ces préparations simples ne demandent que de la méthode. Elles permettent souvent d'utiliser des restes.

## TOURTE AU FROMAGE

### INGRÉDIENTS POUR 6 PERSONNES

- 400 G DE PÂTE FEUILLETÉE OU DE PÂTE BRISÉE
- 1/4 LITRE DE LAIT
- 25 G DE MAÏZENA
- 50 G DE BEURRE
- 3 JAUNES D'ŒUFS
- 80 G D'EMMENTHAL OU DE BEAUFORT OU DE COMTÉ RÂPÉS
- 50 G DE COMTÉ COUPÉ EN DÉS
- SEL ET POIVRE
- PINCÉE DE MUSCADE

### PRÉPARATION DE LA SAUCE

Dans une casserole à fond épais, verser le lait et ajouter la Maïzena, le beurre coupé en petits morceaux, les 80 g de fromage râpé, 2 jaunes d'œufs, une pincée de sel, 3 tours de moulin à poivre, une pincée de muscade. Porter à ébullition sans cesser de remuer. Goûter et vérifier l'assaisonnement. Laisser refroidir, ajouter le comté coupé en dés.

**Préparation de la tourte**

Allumer le four à 200°, thermostat 6.

Étaler la pâte feuilletée sur 3 ou 4 millimètres d'épaisseur.

Donner la forme d'un rectangle à votre pâte.

Avec un pinceau trempé dans l'eau, mouiller tout le pourtour de la pâte sur un centimètre et demi environ.

Verser la préparation lait-fromage râpé sur la moitié de la pâte feuilletée.

Rabattre l'autre partie de la pâte au-dessus du mélange.

Appuyer sur les bords humides pour bien souder les deux morceaux.

Déposer le feuilleté sur la plaque de cuisson du four.

Délayer le jaune d'œuf qui vous reste avec une cuillère à café d'eau et une pincée de sel. Avec un pinceau, badigeonner toute la surface de la pâte (on appelle cette opération "chiqueter").

Avec la pointe d'un couteau, rayer la surface de la pâte en dessinant des losanges et faire une petite cheminée au centre.

Mettre au four une petite heure. A mi-cuisson, vérifier que le feuilleté ne cuise pas trop vite.

Si tel était le cas, couvrir avec une feuille de papier d'aluminium.

Ce feuilleté se sert bien chaud, avec une salade croquante, éventuellement aillée.

Il peut se faire à l'avance et se réchauffer parfaitement pendant 20 minutes (150°, thermostat 3).

◆ **Variante**

On peut remplacer le comté coupé en dés par la même quantité de roquefort ou par du chester. Il faut toutefois garder le même principe de sauce, le fromage râpé servant de liant.

# PÂTÉ PANTIN À LA VIANDE

**Ingrédients pour 6 personnes**

- 350 G DE PÂTE FEUILLETÉE OU DE PÂTE BRISÉE
- 200 G D'ÉPAULE DE VEAU
- 200 G D'ÉCHINE DE PORC
- 100 G DE JAMBON DE PAYS
- 2 ÉCHALOTES
- 30 G DE BEURRE
- 1 PETITE CUILLÈRE À CAFÉ DE POUDRE 4 ÉPICES
- 3/4 D'UNE CUILLÈRE À CAFÉ DE SEL FIN
- 2 ŒUFS
- 1/2 VERRE DE PORTO
- 1/2 VERRE DE COGNAC

**Préparation**

Hacher ou faire hacher par le boucher, à la grosse grille, le veau, le porc et le jambon. Mélanger dans un saladier avec le sel, le poivre, le quatre-épices, le porto, le cognac et un œuf entier.
Hacher finement les échalotes et les laisser cuire dans le beurre sans prendre de couleur. Ajouter à la farce, mélanger et laisser mariner quelques heures au frais.
Allumer le four à 220°, thermostat 7.
Étaler votre pâte sur 3 ou 4 millimètres d'épaisseur. Former un grand rectangle. Mouiller les bords sur 1,5 centimètre avec un pinceau trempé dans l'eau. Répartir la farce sur une des moitiés de la pâte. Rabattre l'autre partie de la pâte intacte et souder en appuyant bien avec les doigts sur le pourtour du pâté. Délayer le jaune du deuxième œuf avec une cuillère à café d'eau et une pincée de sel. Avec le pinceau, badigeonner toute la surface du pâté. Au centre, faire une ouverture, appelée cheminée, et avec une fourchette ou la pointe du

couteau, tirer des lignes très peu profondes sur la longueur.
Piquer également avec la pointe de la fourchette en 4 ou 5 endroits différents.
Poser sur la plaque de pâtisserie du four.
Enfourner pour 50 minutes. Après 10 minutes de cuisson, réduire le four à 170°, thermostat 3.
A mi-cuisson, couvrir de papier d'aluminium si la pâte est trop colorée.
Servir chaud ou froid avec une salade.

◆ **Variante**

**Ingrédients**

❖ 350 G DE PÂTE BRISÉE ❖ 200 G D'ÉCHINE DE PORC
❖ 200 G D'ÉPAULE DE VEAU ❖ 1/2 GROS OIGNON
❖ 20 CL DE VIN BLANC SEC ❖ 1/2 GOUSSE D'AIL
❖ 100 G DE MIE DE PAIN TREMPÉE DANS DU LAIT
❖ 1 BOTTE DE PERSIL HACHÉ ❖ 2 ŒUFS
❖ 10 CL DE CRÈME ❖ SEL ET POIVRE

**Préparation**

Couper la moitié des 2 viandes en lamelles et mettre à mariner avec le vin blanc, la moitié du persil haché, l'oignon et l'ail hachés.
Laisser mariner une nuit.
Le lendemain, passer le reste de la viande au hachoir avec la mie de pain, le blanc d'œuf et le reste du persil. Saler, poivrer.
Allumer le four à 220°, thermostat 7.
Préparer la pâte comme pour les deux recettes précédentes.
Sur une des parties du rectangle, étaler la moitié de la viande hachée, répartir sur cette viande hachée les lamelles de veau et de porc marinées. Étaler le restant de la farce.

Rabattre la pâte et fermer.
Caresser la pâte avec un pinceau trempé dans le jaune d'œuf.
Faire une cheminée au centre.
Donner quelques coups de pointe de couteau sur la pâte.
Enfourner. Au bout de 10 minutes, ramener la température du four à 170°, thermostat 3. Laisser cuire 40 minutes.
A mi-cuisson, si la pâte est très colorée, la couvrir d'une feuille de papier d'aluminium et 5 minutes avant la fin de la cuisson, rajouter, par la cheminée, un œuf battu avec 10 cl de crème.
Servir chaud en entrée ou comme plat de résistance avec une salade.
On peut réaliser cette recette dans un moule à tarte en recouvrant complètement la partie supérieure et en faisant une cheminée de la même façon.

## PÂTÉ À LA CITROUILLE

### Ingrédients pour 6 personnes

❖ 350 G DE PÂTE BRISÉE ❖ 1 KG DE CITROUILLE
❖ 3 OIGNONS ❖ 1 BOTTE DE PERSIL
❖ 15 G DE BEURRE
❖ 1 CUILLÈRE À SOUPE D'HUILE D'ARACHIDE OU DE NOISETTE
❖ 1 ŒUF ❖ 10 CL DE CRÈME FRAÎCHE
❖ 1 BONNE PINCÉE DE NOIX DE MUSCADE
❖ 1 CLOU DE GIROFLE ÉCRASÉ ❖ SEL ET POIVRE

### Préparation

La veille, couper la citrouille en petits dés parsemés d'une cuillère à café de gros sel. Emballer les morceaux dans un torchon et suspendre le tout dans un endroit frais pour laisser dégorger.

Le lendemain, mélanger les dés de citrouille, l'oignon et le persil hachés grossièrement, un clou de girofle écrasé et une bonne pincée de noix de muscade. Saler et poivrer.
Allumer le four à 220°, thermostat 7.
Étaler la pâte sur 3 millimètres d'épaisseur. Beurrer un moule à tatin. Le garnir avec la pâte en la laissant déborder de 3 centimètres. Le reste de la pâte est à nouveau étalé pour permettre de couvrir le moule.
Verser dans le moule le mélange citrouille-oignon-poivre-sel, ajouter le beurre découpé en petits morceaux et répartir la cuillère d'huile.
Poser le couvercle de pâte sur le moule.
Mouiller les bords avec un pinceau trempé dans de l'eau, rouler la partie débordante de la pâte avec le couvercle.
Découper une cheminée au centre. Donner quelques coups de couteau pointu pour décorer.
Mettre au four. Après 10 minutes de cuisson, ramener à 180°, thermostat 4, pour 40 minutes.
Battre un œuf avec la crème, saler, poivrer. Faire glisser dans la cheminée du pâté. Maintenir au four 5 minutes.
Servir chaud.
La qualité du pâté et sa réussite dépendront beaucoup de l'égouttage du potiron. S'il est mal dégorgé, l'eau de végétation détrempera la pâte.

## VOL-AU-VENT

Vol-au-vent et bouchées à la reine sont des plats portés à leur plus haut niveau par les grands cuisiniers. Ali-Bab donne une définition et deux recettes qui font rêver. Il parle de "triomphe de la pâtisserie française" dont la création remonte au début du XIXe siècle et dont la croûte, d'une extrême légèreté, lui a valu son nom. Il

propose, pour les temps de carême, une garniture de homards, quenelles de brochet, huîtres de Cancale, truffes à volonté.
Des carêmes comme celui-là pourraient durer toute l'année... Quant à son vol-au-vent au gras, il n'est composé que de crêtes et de rognons de coq, de quenelles de godiveau truffées, de cervelles de mouton, de ris de veau et, là encore, de truffes à volonté.
Notre recette sera infiniment plus simple mais il est bon de savoir que ces vol-au-vent sont des prétextes à fantaisie à partir d'une base, toujours la même, de sauce. On peut donc les préparer avec des poissons, crustacés ou coquillages ou avec des abats plus ou moins riches.
Le ris de veau peut se remplacer par des ris d'agneau ou même par des amourettes (moelle épinière). Des animelles (rognons blancs ou testicules d'agneau) peuvent se substituer à la cervelle, bien que leur situation géographique ne soit pas rapprochée…

**INGRÉDIENTS POUR 6 PERSONNES**

❖ 400 G DE PÂTE FEUILLETÉE ❖ 3 QUENELLES DE VOLAILLE
❖ 2 CERVELLES D'AGNEAU ❖ 2 BLANCS DE VOLAILLE
❖ 150 G DE CHAMPIGNONS DE PARIS
❖ 1 PETITE BOÎTE DE JUS DE TRUFFE
❖ 1/2 LITRE DE CONSOMMÉ OU DE BOUILLON, DE VOLAILLE OU DE BŒUF ❖ 50 G DE BEURRE
❖ 2 CUILLÈRES À SOUPE DE FARINE ❖ 3 JAUNES D'ŒUFS
❖ 2 CUILLÈRES À SOUPE DE CRÈME FRAÎCHE
❖ 1 CUILLÈRE À SOUPE DE VINAIGRE BLANC
❖ THYM, LAURIER ❖ SEL ET POIVRE

**PRÉPARATION**

Mettre les blancs de volaille à cuire à petits bouillons dans le consommé (si l'on ne dispose pas d'un reste de bouillon

de poule au pot, on peut utiliser un cube industriel).
Laisser cuire 20 minutes.
Faire dégorger les cervelles et les débarrasser de leurs petits filaments ainsi que du sang coagulé. Les mettre à cuire une quinzaine de minutes dans une casserole avec de l'eau additionnée d'une cuillère à soupe de vinaigre blanc, sel, poivre, thym et laurier. Allumer le four à 250°, thermostat 8.
Fariner le plan de travail. Étaler la pâte feuilletée au rouleau sur 2,5 millimètres d'épaisseur et la poser directement sur la plaque de cuisson du four.
Au centre de la pâte feuilletée, poser une grande assiette qui servira de gabarit pour le fond du vol-au-vent. Découper avec un couteau l'excédent de pâte autour de l'assiette. L'étaler à nouveau sur le plan de travail. Découper un autre rond de la même taille que la première assiette. Au milieu de ce rond, poser une autre assiette plus petite, d'environ 6 centimètres de diamètre, et découper pour obtenir le chapeau du vol-au-vent.
A l'aide d'un pinceau, passer de l'eau sur les bords du deuxième rond et le coller sur le premier installé sur la plaque de cuisson. Remettre le chapeau à sa place, au centre.
Caresser la pâte avec le jaune d'œuf mélangé avec une pincée de sel et une cuillère à café d'eau, décorer avec la pointe d'un couteau en dessinant, par exemple, des losanges. Mettre au four 25 à 30 minutes.
Faire un roux en mélangeant 20 g de beurre fondu avec la farine et le bouillon de volaille chaud, versé lentement. Laisser cuire à petit feu une quinzaine de minutes, couvert. Le volume ne doit pas réduire.
Laver, essuyer, émincer les champignons et les mettre dans une cocotte avec deux cuillères à soupe d'huile, 30 g de beurre et laisser cuire quelques minutes. Ajouter les

quenelles de volaille, la cervelle et les blancs de volaille, coupés en gros dés, et laisser cuire quelques instants.
Battre les jaunes d'œufs avec la crème fraîche épaisse et mélanger au roux, ajouter les champignons, les quenelles, la cervelle et les blancs de volaille. Tenir au chaud au bain-marie.
Sortir le vol-au-vent du four. Avec un petit couteau pointu, découper le chapeau qui risque d'être légèrement collé.
Poser la croûte sur un plat et remplir avec la garniture et un peu de sauce. Apporter le reste en saucière.
On peut remplacer la cervelle par du ris de veau, les champignons de couche par des champignons sylvestres.
Rien n'empêche de rajouter une truffe ou deux, ou même davantage puisque Ali-Bab nous conseille "à volonté"...

## Tartes sucrées

Ces tartes sucrées ont enchanté notre enfance. Toujours fabriquées très simplement, à la dernière minute, elles étaient, pour la plupart, servies tièdes, quelquefois même brûlantes lorsque le désir nous rendait impatients. Le sucre cristallisé crissait sous la dent. La cannelle, sur certaines tartes aux pommes, nous obligeait à éternuer. Nous mangions les tartes à la myrtille si goulûment qu'en nous passant un torchon humide sur le visage, ma grand-mère nous appelait ses "petits ramoneurs".
Toutes ces tartes sont de vrais bonheurs. Elles doivent être réalisées impérativement avec des fruits frais, mûrs et de la saison. Les tartes garnies de fruits en conserve

n'ont pas le même pouvoir évocateur. En été, les tartes seront à l'abricot, à la reine-claude, à la quetsche, à la mirabelle, à la prune, à la pêche ou à la myrtille. A l'automne, il faudra utiliser toutes les saveurs des différentes variétés de pommes et de poires. Pendant l'hiver, on se servira de citrons, d'oranges, de bananes, d'ananas ou de kiwis. La fin du printemps et le début de l'été nous permettront de retrouver les grosses burlats noires, les montmorencys ou petites cerises anglaises avec de la crème, des fraises, des framboises, des mûres, des groseilles et du cassis, à la Chantilly ou à la crème fouettée.

## TARTE AUX ABRICOTS

### Ingrédients pour 6 personnes

- 250 G DE PÂTE BRISÉE
- 800 G D'ABRICOTS FRAIS
- 1 TRANCHE FINE DE PAIN D'ÉPICE
- 1 CUILLÈRE À SOUPE DE SUCRE CASSONADE
- 1 NOISETTE DE BEURRE

### Préparation

Chauffer le four à 230°, thermostat 7.

Étaler la pâte, beurrer le moule, le garnir avec la pâte, piquer avec une fourchette, émietter la tranche de pain d'épice sur le fond de la pâte. Couper les abricots en deux, retirer les noyaux. Les ranger debout les uns contre les autres. Ajouter la cuillère de cassonade.

Mettre dans le four pour 15 minutes. Réduire la température à 180°, thermostat 4. Laisser encore 15 minutes. Démouler tiède et servir tiède ou froid. Rajouter du sucre à votre goût.

Les noyaux d'abricot contiennent une amande. On peut casser ces noyaux, récupérer les amandes, les éplucher et les poser au milieu des abricots comme décoration.

◆ **VARIANTE**
Les abricots peuvent se remplacer par des quetsches, des mirabelles ou des reines-claudes. Ces fruits doivent se dénoyauter. Lorsque la tarte est cuite, il faut la saupoudrer de sucre cristallisé.

# TARTE AUX FRUITS ROUGES

Les fraises, framboises, fraises des bois, cassis, groseilles, myrtilles ne se cuisent généralement pas. Ils se posent sur la pâte cuite à blanc. Pour garnir les trous et pour la sucrer, on rajoute au pinceau de la gelée de groseille, de cassis, de mûre ou de framboise, tiédie si elle est compacte. On peut aussi saupoudrer les fruits de sucre.

**PRÉPARATION**
250 g de pâte sablée, étalée et posée sur un moule beurré, recouverte de papier sulfurisé et de haricots blancs (voir recette p. 504). La cuisson à blanc se fait à four chaud 200, 220°, thermostat 7 une vingtaine de minutes, 15 seulement si la pâte doit recuire avec la préparation. La pâte est cuite lorsqu'elle se détache du moule, elle ne doit pas brunir.

Poser les fruits rouges entiers, à l'exception des fraises que l'on coupera en 2 ou en 4 selon leur taille, sur la pâte refroidie.
On peut aussi employer de la pâte brisée.

## RECETTE DE LA GELÉE DE GROSEILLE

**INGRÉDIENTS**

- ❖ 1 KG DE GROSEILLES (SI POSSIBLE, 250 G DE BLANCHES ET 750 G DE ROUGES)
- ❖ SUCRE EN MORCEAUX. LE POIDS EXACT SERA IDENTIQUE À CELUI DU JUS EXTRAIT DES GROSEILLES.

**PRÉPARATION**

Choisir des groseilles très saines et très propres. S'il se trouve des grains moisis, les jeter.
Plonger les fruits rapidement dans l'eau, les brasser légèrement. Les égoutter dans une passoire. Les étaler sur un torchon pour qu'ils finissent de s'égoutter. Les équeuter. Passer les grains dans une passoire à purée. Il faudra exécuter l'opération en plusieurs fois pour débarrasser la grille des pépins et des peaux qui s'y accumulent et retiennent le jus.
Passer le jus obtenu et préparer le même poids en sucre.
Porter le jus à ébullition à feu moyen dans le faitout ou la bassine à confiture. Dès que le jus bout, sortir le faitout du feu et ajouter immédiatement le sucre en tournant vigoureusement pour le faire fondre. Quand vous ne sentez

plus le sucre sous la cuillère, verser le mélange dans les pots. Laisser refroidir et fermer les pots avec un couvercle ou du papier spécial "confiture".

# TARTE FINE AUX POMMES

**INGRÉDIENTS POUR 6 PERSONNES**

- 250 G DE PÂTE FEUILLETÉE
- 6 OU 7 POMMES REINETTES DU MANS, CLOCHARDS OU GRANNY-SMITH
- 100 G DE BEURRE
- 4 CUILLÈRES À SOUPE DE CASSONADE OU SUCRE SEMOULE

**PRÉPARATION**

Étaler la pâte sur 2 millimètres d'épaisseur.
Couper des bandes de la largeur d'une pomme coupée en 2 plus 1,5 centimètre de chaque côté. Beurrer la plaque de cuisson du four et poser la pâte piquée à la pointe de la fourchette.
Chauffer le four à 250°, thermostat 8.
Éplucher les pommes fruits, les couper en 2, enlever les pépins.
Les émincer finement sans les séparer complètement.
Placer les moitiés de pomme sur la pâte et, avec la main, appuyer légèrement sur la pomme pour que les lamelles s'écartent un peu.
Saupoudrer et de la moitié du sucre et de la moitié du

beurre en petits copeaux sur les pommes.
Mettre au four pour 15 minutes.
A ce moment, ajouter le reste du beurre et du sucre. Servir chaud.

*On peut servir cette tarte avec une glace à la vanille ou au miel. On peut également faire des tartes individuelles avec, pourquoi pas, des poires bien mûres et fondantes.*

# TARTE AUX FRUITS À L'ALSACIENNE

**INGRÉDIENTS POUR 6 PERSONNES**

- 350 G DE PÂTE BRISÉE
- 350 G DE POMMES
- 2 CUILLÈRES À SOUPE DE CONFITURE D'ABRICOTS
- 2 ŒUFS
- 2 CUILLÈRES À SOUPE DE CRÈME DOUBLE
- 2 CUILLÈRES À SOUPE DE SUCRE SEMOULE
- 2 CUILLÈRES À SOUPE DE POUDRE D'AMANDES
- 1 CUILLÈRE DE PISTACHES CONCASSÉES

**PRÉPARATION**

Éplucher les pommes et les couper en 12 quartiers.
Allumer le four à 220°, thermostat 6/7.

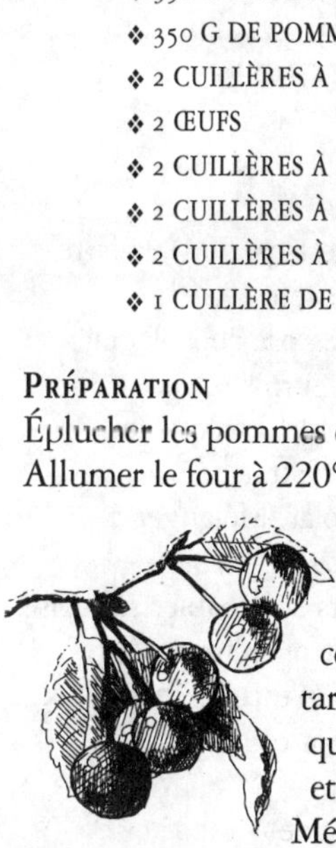

Étaler la pâte, la poser dans le moule beurré. La piquer avec la pointe d'une fourchette. Étaler la confiture d'abricots sur le fond de la tarte. Ranger soigneusement les quartiers de pommes. Mettre au four et laisser cuire 20 minutes.
Mélanger les deux œufs battus, la

crème, le sucre, la poudre d'amandes et les pistaches concassées. Verser sur la tarte après les 20 premières minutes de cuisson et laisser cuire encore 15 minutes. On peut faire la même tarte avec des abricots ou les remplacer par des cerises et de la confiture de groseille.

## TARTE AU CHOCOLAT

**Ingrédients pour 6 personnes**

- 250 G DE PÂTE À TARTE SABLÉE
- 250 G DE CHOCOLAT AMER
- 3 ŒUFS
- 2 JAUNES D'ŒUFS
- 2 CUILLÈRES À SOUPE DE SUCRE SEMOULE
- 50 G DE CRÈME FRAÎCHE

**Préparation**

Préparer une pâte sablée (selon la recette p. 504), la faire cuire à blanc 15 minutes.
Dans une casserole au bain-marie, casser le chocolat en petits morceaux. Le laisser fondre.
Mélanger les œufs avec le sucre semoule. Lorsque le mélange est bien lisse, ajouter la crème fraîche.
Rajouter le mélange obtenu au chocolat. Mélanger soigneusement à l'aide d'une spatule.
La pâte étant cuite, retirer les haricots et le papier sulfurisé, verser le mélange sur la pâte et remettre au four 10 minutes. Cette tarte se sert tiède, éventuellement avec une saucière de crème Chantilly.

# TARTE ALBIGEOISE

**INGRÉDIENTS POUR 6 PERSONNES**

- 250 G DE PÂTE SABLÉE
- 300 G DE PRUNEAUX DÉNOYAUTÉS
- 80 G DE FRUITS CONFITS HACHÉS
- 2 CUILLÈRES À SOUPE DE CONFITURE D'ABRICOT
- 3 ŒUFS ENTIERS
- 1/2 LITRE DE LAIT
- 1 GOUSSE DE VANILLE
- 50 G DE SUCRE SEMOULE
- 30 G DE SUCRE CASSONADE

**PRÉPARATION**

Préparer une pâte selon la recette p. 504. La faire cuire à blanc 15 minutes.

Mélanger les fruits confits avec la confiture d'abricot. Faire bouillir le lait avec la gousse de vanille coupée en 2 et bien grattée, et le sucre. Laisser infuser 1/4 d'heure pour que le lait s'imprègne du parfum de la vanille.

Battre les œufs en omelette et verser le lait sur les œufs après avoir retiré la vanille.

Après les 15 minutes de cuisson, débarrasser la pâte des haricots et du papier sulfurisé, la garnir des pruneaux et des fruits confits mélangés.

Recouvrir le tout avec le lait.

Mettre au four 25 minutes à 200°, thermostat 6.

Sortir la tarte du four. Allumer le gril à son maximum.

Saupoudrer la tarte de sucre cassonade.

Remettre la tarte au four, sous le gril, jusqu'à ce que le sucre caramélise.

Servir tiède ou froid.

# TARTE AUX CITRONS JAUNES

**INGRÉDIENTS POUR 6 PERSONNES**

- 300 G DE PÂTE SABLÉE
- 4 ŒUFS
- 100 G DE BEURRE
- 100 G DE SUCRE SEMOULE
- 3 CITRONS JAUNES

**PRÉPARATION**

Faire cuire à blanc la pâte sablée (voir p. 504) pendant 20 minutes à 220°, thermostat 7. Rincer, sécher les citrons.

Éplucher avec l'économe l'écorce de 2 citrons. Passer au mixeur.

Mettre cette purée dans une casserole et recouvrir d'eau froide.

A ébullition, vider l'eau et garder la purée d'écorces de citron dans la casserole. Ajouter une cuillère à soupe de sucre semoule, un peu d'eau pour recouvrir et laisser cuire, à petit feu, jusqu'à ce que les zestes soient brillants.

Dans une casserole, travailler le beurre en pommade, le reste du sucre semoule et les œufs.

Lorsque la pâte est lisse, ajouter le jus des 3 citrons pressés et placer la casserole au bain-marie pour faire cuire le mélange pendant 20 minutes, en le tournant régulièrement. Ajouter les zestes de citron, sans le sirop.

Après 15 minutes, sortir la tarte, enlever les haricots et le papier sulfurisé, verser le contenu de la casserole, étaler.

Remettre au four pour 15 minutes.

# TARTE PÂTISSIÈRE À L'ORANGE

**INGRÉDIENTS POUR 6 PERSONNES**

- 350 G DE PÂTE SABLÉE
- 3 ORANGES
- 230 G DE SUCRE SEMOULE
- 5 JAUNES D'ŒUFS, 1 ŒUF
- 1/2 LITRE DE LAIT
- 40 G DE FARINE
- 1 GOUSSE DE VANILLE

**PRÉPARATION**

Faire cuire à blanc, pendant 20 à 25 minutes, la pâte sablée selon la recette p. 504 à 220°, thermostat 7.

Laver les oranges. Les couper en fines rondelles et les mettre dans une casserole avec le 1/2 verre d'eau et 80 g de sucre semoule. Laisser confire 35 à 40 minutes à petit feu et laisser refroidir dans le sirop.

Faire bouillir le lait avec la vanille fendue en 2 et bien grattée. Laisser infuser 1/4 d'heure.

Dans une casserole à fond épais, mettre les jaunes d'œufs, l'œuf et les 150 g de sucre restants. Mélanger jusqu'à ce que les œufs et le sucre blanchissent et moussent.

Ajouter la farine. Mélanger. Retirer la vanille.

Verser le lait bouillant sur le mélange.

Porter à ébullition en remuant continuellement.

Étaler la crème sur un grand plat et la laisser refroidir recouverte d'un papier-film.

Égoutter les oranges.

Mélanger la crème pâtissière refroidie avec 3 cuillères à soupe du jus de cuisson des oranges. Étaler sur la pâte.

Recouvrir de rondelles d'orange confites et égouttées.

Servir froid.

# TARTE AUX POMMES RENVERSÉE APPELÉE AUSSI TARTE DES DEMOISELLES TATIN

**INGRÉDIENTS POUR 6 PERSONNES**

- 250 G DE PÂTE FEUILLETÉE
- 6 POMMES FRUITS CALVILLES, ROUGES OU REINETTES. CETTE RECETTE EXIGE DES POMMES RUSTIQUES. LES POMMES MODERNES, GENRE GOLDEN, NE CONVIENNENT PAS, ELLES SE DÉLITENT TROP RAPIDEMENT.
- 250 G DE SUCRE SEMOULE
- 1/2 VERRE D'EAU
- 100 G DE BEURRE

**PRÉPARATION**

Dans un moule à tatin en cuivre ou dans une poêle en fonte, verser le sucre et ajouter l'eau. Mettre sur le feu et surveiller.

Le sucre commencera par blanchir, très vite il deviendra blond clair et tournera au fauve. A ce moment précis, ajouter le beurre coupé en morceaux. Maintenir sur le feu jusqu'à ce que le caramel l'ait totalement absorbé, puis retirer la poêle ou le moule du feu et laisser refroidir.

Éplucher les pommes, les épépiner, les couper par moitié dans le sens de la hauteur et les ranger debout, serrées les unes contre les autres, dans la poêle ou le moule, en commençant par les bords et pour finir par le centre.

Étaler la pâte feuilletée sur votre plan de travail fariné, 3 ou 4 millimètres d'épaisseur, avec un couvercle ou une grande assiette de diamètre supérieur à la poêle ou au

moule, découper le couvercle de votre moule.
Le piquer à la fourchette et le mettre au réfrigérateur.
Chauffer le four à 180°, thermostat 5.
Poser votre poêle ou le moule garni de pommes et de caramel sur le feu. Laisser cuire 5 minutes, puis mettre au four 20 minutes.
Retirer du four. Couvrir le moule ou la poêle avec la pâte feuilletée. Rabattre les bords pour fermer hermétiquement.
Remettre au four et compter 25 ou 30 minutes de cuisson. Sortir le moule du four et laisser reposer 15 minutes.
Poser un plat sur le moule. Retourner. Les pommes doivent se trouver sur le dessus. Servir tiède, en l'état.
Le pot de crème fraîche est superfétatoire.

## Le service des tartes

Une fois bien établi qu'il est impossible de servir deux fois de la pâte, deux fois des œufs, deux fois le même ingrédient, le service des tartes devient très simple.
Si vous avez décidé de servir des tartes en entrée, veillez à trouver des plats de résistance simples, du genre grillades ou volailles rôties. Tous les plats bouillis sont proscrits, à l'exception du très simple bœuf à la ficelle.
Vous éviterez également les plats mijotés ou liés à la crème. Les poissons seront grillés, braisés, rôtis ou meunières. Méfiez-vous des poissons cuits au court-bouillon, ils demandent généralement une sauce en accompagnement.
Il me semble inutile de vous préciser qu'une tarte en entrée interdit formellement une tarte en dessert, quelle

que soit sa garniture. Si la tarte entrée est préparée avec un mélange de crème et d'œufs, là encore, ni crème ni œufs dans les desserts. Si, évidemment, vous servez une tarte à la tomate, vous pouvez parfaitement confectionner des œufs à la neige ou les délicieux œufs au lait de votre grand-mère.

La tarte plat de résistance ne se sert qu'entre intimes. Personnellement, je la trouve éminemment sympathique le dimanche soir, avec une salade et une compote, en regardant la télévision ou pour un "déjeuner de femmes" attentives à leur ligne. Aucune entrée, pas de fromage, une magnifique salade et une assiette de fruits ou un sorbet.

On peut également servir comme plat de résistance un somptueux vol-au-vent. La richesse et la qualité des produits mis en œuvre vous épargneront le souci d'une entrée. De même, si vous souhaitez servir un pâté pantin ou un pâté lorrain, vous serez dispensé de vous préoccuper d'une entrée. La tarte dessert est soumise aux mêmes règles que la tarte entrée pour les ingrédients.

La famille tartes exerce tous ses talents dans la simplicité et dans l'amitié. N'essayez pas, à l'exception des tartes desserts, de les glisser dans un repas social, même si vous êtes imbattable "à la pâte brisée".

Les tartes se servent démoulées, posées sur une grille (il en existe de très simples en osier tressé) ou sur un plat rond. On peut les découper avec un couteau de service sur la table. La pelle à tarte est indispensable, elle évite les maladresses, le déséquilibre et ses conséquences catastrophiques.

# Les équivalences

**ENTRÉES**
*Tartes salées - Tourtes - Vol-au-vent*

**PLAT PRINCIPAL**
*Tout sauf plats aux œufs*
*famille bouillis à l'exception du bœuf à la ficelle*

**FROMAGES ET DESSERTS**
*Tout sauf tartes, desserts aux œufs*

**ENTRÉES**
*Tout sauf tartes ou œufs ou ingrédients entrant dans la composition des tartes*

**PLAT PRINCIPAL**
*Tartes salées - Tourtes - Vol-au-vent*

**FROMAGES ET DESSERTS**
*Tout sauf tartes sucrées et desserts aux œufs ou crème*

**ENTRÉES**
*Tout sauf tartes ou œufs ou ingrédients entrant dans la composition des tartes*

**PLAT PRINCIPAL**
*Tout sauf tartes ou œufs ou ingrédients entrant dans la composition des tartes*

**DESSERTS**
*tartes sucrées*

## Les vins

Comme le service des tartes, en entrée ou en plat de résistance, s'effectue sous le règne de la simplicité, les vins ne pourront que suivre. Jouez la carte des vins de pays. La gamme est pratiquement illimitée, chinon, bourgueil, anjou, saumur. Les vins du Languedoc ont fait des progrès considérables, c'est une occasion de les essayer. N'oublions pas les crus du Beaujolais, oubliés sous la tornade du primeur ; les chiroubles, brouilly, chenas et autres existent et voilà l'occasion de se les mettre à nouveau en bouche. N'éliminons pas les petits bourgognes modestes, ni les côtes-du-rhône. Nos tartes salées sont également une bonne occasion de regoûter les vins de cépage ; ils ont du mal à me convaincre mais une dégustation de différents cépages avec des amis peut faire passer la simplicité des mets.
Dans tous les cas de figure, servons à la juste température : 14°.
Les tartes salées à base de crème et œufs pourront

s'accommoder de vins blancs modestes et sans prétention. Profitons de l'occasion pour redécouvrir les vins d'Alsace ; certains d'entre eux, élevés par de bons propriétaires, n'ont aucune raison d'être vilipendés...
Sur les pâtés à la viande, il faudra grimper sur l'échelle viticole, cahors, madiran, buzet, bandol. On peut se faire plaisir avec un saint-joseph, un croze-hermitage ou même un châteauneuf-du-pape.
Sur les vol-au-vent, croûtes aux champignons crémés, il faut sortir les grands bourgognes, les vins du Jura, magnifiques inconnus, les châteauneuf-du-pape blancs et, pourquoi pas, un grand hermitage.
Sur les tartes sucrées, pas d'hésitation : les liquoreux. Tous, du plus grand au plus petit.

# Dans la collection Bien-vivre :

❖ Paul Bocuse
BOCUSE DANS VOTRE CUISINE
*Cuisine* - FJ 7145 - 5*

❖ Jean-Pierre Coffe
LE MARCHÉ
*Cuisine* - FJ 7154 - 8*

❖ Karen Christensen
LA MAISON ÉCOLOGIQUE
*Maison* - FJ 7152 - 6*

❖ Sonia Dubois et Marielle Couësmes
LA COUTURE
*Loisirs* - FJ 7144 - 5*

❖ Daniel Gélin
LE JARDIN FACILE
*Nature* - FJ 7143 - 7*

Maquette intérieure Monika Jakopetrevska
Achevé d'imprimer en Europe (Allemagne)
le 20 août par Elsnerdruck à Berlin
Dépôt légal : août 1998
ISBN : 2-290-07148-X

Éditions J'ai lu
84, rue de Grenelle, 75007 Paris
Diffusion France et étranger : Flammarion